山东青年文学名家文库
山东省作家协会 编

DONGTIAN
WOMEN QU NANFANG

常　芳 作品

冬天我们去南方

山东文艺出版社

图书在版编目（CIP）数据

冬天我们去南方 / 常芳著 . -- 济南：山东文艺出版社 , 2020.3
（山东青年文学名家文库）
ISBN 978-7-5329-6003-3

Ⅰ.①冬… Ⅱ.①常… Ⅲ.①中篇小说—小说集—中国—当代 Ⅳ.① I247.5

中国版本图书馆 CIP 数据核字 (2019) 第 273267 号

冬天我们去南方

常 芳 作品 　山东省作家协会 编

主管单位	山东出版传媒股份有限公司
出版发行	山东文艺出版社
社　　址	山东省济南市英雄山路 189 号
邮　　编	250002
网　　址	www.sdwypress.com
读者服务	0531-82098776（总编室）
	0531-82098775（市场营销部）
电子邮箱	sdwy@sdpress.com.cn
印　　刷	山东临沂新华印刷物流集团有限责任公司
开　　本	700 毫米 ×1000 毫米　1/16
印　　张	15.75
字　　数	240 千
版　　次	2020 年 3 月第 1 版
印　　次	2020 年 3 月第 1 次印刷
书　　号	ISBN 978-7-5329-6003-3
定　　价	48.00 元

版权专有，侵权必究。如有图书质量问题，请与出版社联系调换。

《山东青年文学名家文库》编辑委员会

主　　　任：王红勇
常务副主任：程守田　姬德君　黄发有
副　主　任：李　军　葛长伟　陈文东　李运才
委　　　员（以姓氏笔画为序）：
　　　　　　王　伟　王方晨　王秀梅　东　紫
　　　　　　刘玉栋　孙书文　铁　流　张　继
　　　　　　张海珊　张晓楠

目 录

冬天我们去南方 ………… 1

纸　环 ………… 33

渡过楚玛尔河 ………… 66

鹤顶红 ………… 99

如果蝉活到第八天 ………… 138

撒拉弗的翅膀 ………… 172

阿根廷牛排 ………… 207

冬天我们去南方

一

　　这个夏天，鱼震洋觉得自己一直处在一种暧昧的情绪之中。窗子外面是剪草机轰轰隆隆的震动声。跟随轰隆声飘进房间里的，是割倒后的麦子才会分泌出来的那种植物清香。半个夏天过去了，季节意义上丰沛的雨季即将结束，可期望中的雨水却没有降落多少。不过，靠着人工灌溉，楼下草地里的青草倒是生机蓬勃，一片葳蕤。鱼震洋踱到窗子前，拉开窗子，探出脑袋往下瞅着。在麦田的上空，是会飞着许多鸟的，有麻雀，有燕子，偶尔也会有几只飞不高的鹌鹑。它们在麦田的上空盘旋着，时高时低，翅膀一会儿是飞速剪动的，一会儿又紧紧地收拢。它们收拢翅膀，是为了速度更快地从高空俯冲进麦田里去。只是到现在，鱼震洋也没有弄得十分清楚，那些鸟俯冲进麦田里，它们是为了吃麦子，还是为了去捕捉隐藏在麦地里的虫子，或者，仅仅就是为了俯冲。

　　鱼震洋微闭着眼睛，观望着那些俯冲的鸟，它们的翅膀，正在慢慢地收拢起来……

　　"怎么不说话了，"彭博说，"轰轰隆隆的什么声音？"

　　"是麦田上空的鸟。"

　　"麦田？又在看什么片子？"

　　鱼震洋望向草地上被剪草机剪碎的草叶。它们被机器里吹出的热风鼓荡起来，飘飘欲仙着离开了地面，翻飞舞动了一圈后，又纷纷扬扬地落回了自己或是同伴的身体上。

"是草地里，剪草机正在剪草。"

"在草地里放养上一群牛和羊，就不用剪草机了。"彭博说。

鱼震洋用力捏住脸颊，离开窗子，几步迈进洗手间里，盯住镜子里变了形的那张脸看着，惊讶自己怎么又模仿着彭博，在和自己说话了。

他已经很长时间没这么做了。

第一次发生这种事情，是在彭博和甘美龄举行婚礼那天。宴席结束，宾客散尽，一群同学簇拥着彭博和甘美龄，从酒店里回到他们在马鞍山路上的新房。他喝多了，进门就钻进卫生间里，趴在马桶上呕吐起来。吐完后，他站在摆满甘美龄化妆品的镜子前，看见彭博站在他的身后。彭博在他肩膀上轻轻地拍了两下，笑着说："没事了兄弟，回家好好睡一觉就好了。"他也笑起来，对彭博晃了下左拳，说："世界上可就一个甘美龄。"彭博也对着他晃了晃拳头，说："要不要把甘美龄克隆上一批。"

"克隆你个王八蛋。"他冲着彭博的胸部伸出了拳头，彭博也冲着他伸出了拳头。

次日中午，他醒过来，发现自己不是睡在家里，仔细环顾了一圈墙壁和家具，才弄明白是在彭博家的小房间里。彭博刚从外面取了报纸进来，看见他从卧室里出来，笑着说昨天下午甘美龄让他们到卫生间里去，看看他怎么样了。结果，他们走进去，瞅到的画面差点儿没把大家笑趴下。他们看见他半跨在马桶上，紧紧地按着水箱，正在和水箱较着劲儿，让它再打他一拳。

那天从彭博家里出来，他没有打车，也没有乘坐公共汽车，而是一直步行着朝家走。路上，他几次因为恶心停下来，蹲在路边的树下吐着酸水骂自己，骂完了，再绞尽脑汁地去回忆，他和马桶较过劲儿，被他们弄到床上后，是不是就安静地睡过去了，没有再出什么纰漏。

在甘美龄的新婚之夜，他居然睡在了她隔壁的房间里。这些年，只要一想到这件荒唐透顶的事情，他就想狠狠地抽自己一个嘴巴。也就是这件事情，他一想起来，就会鬼使神差地、不断重复和模仿着彭博的声音，没头没脑和自己说上几句鬼话。每当这个时候，他能做的事情就是像刚才那样，恶狠狠地捏住自己的脸颊，或者是，以拔枪射向对手的速度，用牙线紧紧地勒住口腔里那条不受自己约束的舌头。

"怎么就会管不住你这条腐烂的舌头!"他一次次地拿着刀子,在那条舌头上比画着,威胁着它,最好是赶紧找把锁,把那条被魔鬼操纵的蛇锁上。

刀子的威胁失败后,他忍耐了有半年时间,然后是来回跑着去看心理医生。当然去了也等于白去,和不去几乎没有分别,因为见了医生们,他没有一次按着他们细致的询问回答过问题。每次,按照约定的时间,他先是轻手轻脚地走进他们静谧的门诊室,然后不声不响地坐在他们对面,一句话也不说。他们像对待亲人似的,亲切地看着他,试图和他拉近点儿距离,绕着圈子问他有什么事情需要帮助时,他会严肃认真地回答,我不知道。后面的时间里,他也不会去回答他们企图诱导他回答的任何一个问题,不管是什么问题。黑的、白的、粉的、紫的、热的、冷的、深层的、浅层的、痛的、痒的、物质的、精神的、个人的、社会的,他一概摇着头,说他不知道怎么回答。最后,弄得那些接待过他的医生们,都认为他是有意去捣乱的。有两位医生被他折磨得不耐烦了,干脆建议他到精神病院去做一些特别的测试。

遇上这种恶毒的医生,他反而会突然轻松起来,然后像浑身生了能飞翔的羽毛般如释重负地笑着,站在那里感谢他们。他感谢他们的时间,往往又比他们询问他问题的时间要长上一倍,甚至两倍。有一次,他的感谢还没进行到一半,那位接诊的女心理师就满眼慌乱地站了起来,瞅准一个缝隙,夺门而出,从门诊室里逃了出去。

鱼震洋捏着脸颊,看着镜子里的自己,耳朵听着外面笃笃响起的敲门声。敲门声敲两下停顿几秒,敲两下又停顿几秒,动作很轻,但很有节奏,像条在温暖的水域里甩籽的鱼。鱼震洋垂下手,迅速在心里拆解着"谁在敲门"四个字,计算着每个字的笔画数。"谁"是十画,"在"是六画。四个字全部拆解完,加在一起总共是三十三画。鱼震洋在心里又默念了五遍"三十三"。这些都做完了,敲门声还是在断断续续地响着,丝毫没有马上停下的意思。

一、二、三……重新数过十个数之后,鱼震洋从卫生间里走出来,把眼睛瞄在门镜上。从门镜,他看到了一个脸孔瘦削的陌生女人,她正神情黯淡地盯着门镜,在门前等待着。

这些年,鱼震洋一直坚持着两个原则。一个原则是不让任何外人到家里来——除了彭博和甘美龄。这些年,他一直都把他们两个看作是家人。除了他们两个,他从没带其他人到家里来过。(他们两个也仅仅来过那么一两次。)所以,熟悉他的人里,知道他确切居住地址的,也就仅限于彭博和甘美龄。他的另外一个原则,是从来不给陌生人开门。

退回客厅里,鱼震洋坐到沙发上,听着一声接一声的敲门声,想象着这个女人是推销什么产品的,是劣质化妆品还是什么乱七八糟的人寿、财产或者车辆保险,再或者是马桶清洗液、乳房按摩器。上门推销能够杀人的领带、项链这类物品的情景,应该还仅限于国外或者国外的一些小说里面。鱼震洋眼前忽然浮起了彭博父亲的脸孔。这位一辈子在文化系统里工作的老人,20世纪八十年代初到北京去,曾被他的一位朋友邀请去看了场话剧——《推销员之死》。遗憾的是,从头看到尾,这位县文化局局长也没弄明白,"推销员"到底是种什么职业,究竟是干什么的,他们生产的东西为什么还需要去推销?更不明白什么是分期付款,不明白一个靠分期付款拥有着房子跟汽车的美国人,为什么还会是个穷人,还会去自杀。

"资本主义国家的人玩的那些花花手段,总是让人摸不着头脑。"彭博绘声绘色地在酒桌上给大家模仿他父亲这句话时,他父亲对推销员这种职业早已经了如指掌,也明白了"分期付款"是个什么东西,还有它为什么逼死了那个有房子有汽车的美国老推销员。

敲门声一直在坚持着,不屈不挠,并且已经换成了长短不一的"密电码"。鱼震洋对那些电码声好奇起来。他重新走到门口,看着被门镜推出几步远的女人,高声问道:"请问你有什么事?"

"你开一下门好吗?"女人说,"你开一下门。"

"我什么都不需要,"鱼震洋说,"请你去别处看看好不好?"

"你先开一下门好吗?"

"我说了,我什么都不需要。"

"你先开一下门好吗?"

现在还会有这么固执的推销员?鱼震洋耐着性子,又提高了点儿嗓门说:"请你别在这里耽误时间了,我真的什么都不需要!"

"你开一下门好吗?"

"请问你推销的是什么东西?"鱼震洋大声问。

"你先开一下门好吗?"

鱼震洋有点儿想笑,这个女人推销东西的精神,倒跟甘美龄给他介绍女朋友的劲儿头颇有一拼了——不达目的誓不罢休,固执得让人惶惶然不知所措。甘美龄……他在心里念叨着甘美龄的名字,猜想这个女人肯定不是甘美龄给他介绍来的第十二个姑娘。甘美龄知道他从来不会给陌生人开门,不可能让她和彭博之外的人到他这里来。鱼震洋说:"我想先知道,你推销的到底是什么东西?"

"你先打开门好吗?"女人突然哭了,声音里夹带着低低的哭泣声,"你先打开门,听我解释好不好?"

望着门外哭起来的女人,鱼震洋有点儿被她的行为搞糊涂了。推销个东西,如今还有了这样的招式?这个世界现在真是无奇不有了!他沉思了一下,把声音又提高了一度,说:"请你仔细辨认一下,是不是敲错门了?我真听不懂你在说什么。"

"你先打开门好吗?"女人祈求道,"我知道你生我的气,你先听我解释行吗?"

"你一定是敲错门了。"鱼震洋说,"我们根本就不认识!"

"我知道你在生气。你先打开门,给我一个解释的机会,求你了!"

怎么会突然冒出来这么个莫名其妙的女人?鱼震洋静下来,想她应该真的不是上门推销产品的。他顺着一个一个的环节,前后想了一遍近期的事情,并没有找出什么纰漏来。那么,就是这样了:门外的女人做了件什么事情,让某个男人生气了,那个男人为了惩罚她,便闭门不再见她。这个失魂落魄的女人,因为伤心欲绝,稀里糊涂就走错地方,敲错了门。现在他告诉她敲错门了,她非但听不进去,反而以为是那个男人在和她赌着气,不愿意搭理她。

从剪草机里扑出来的热气,纠结成团上升着,先是落在了树木上,旋即又被树木的枝叶荡起来,送进了敞开着的窗子里。鱼震洋坐在沙发里,闭着眼睛,嗅着缠裹在热气团里的麦草味道,等待着门外那个女人自己离开。他看了看表,从女人开始敲门到现在,已经过去快两个钟头了,她还是固执地站在门口,每隔几分钟,就敲两下。

女人是在草地上的剪草机停止了轰鸣之后,离开的。离开前,她又敲了门。

这次只敲了三声,不过敲打的声音是两个小时里最响的一次。接着,鱼震洋就听见了高跟鞋迟缓忧戚地下楼去的声音。她没有乘电梯。她在门上重重地敲了三下，之后，就走了。三下。她是在说什么呢？鱼震洋想，她是在对门里边那个人说"我走了"，还是在说"我爱你"，或者是"原谅我"，又或者是"我恨你"？

鱼震洋站起来，走到窗子前，看着腕上的表计算着时间，等着女人或者女人的车，重新出现在他的视线里。五分钟后，女人终于出现了在了楼前灰白的水泥路上。鱼震洋看见她低着头，犹如在沼泽地里跋涉似的，步子一斜一晃地往前踉跄着，让人担忧，下一步，她会不会突然就一头摔倒在那片泥水里，被泛上来还冒着水泡的泥水给吞没了？

女人在视线里消失后，鱼震洋又走回门口，趴到门镜上往外瞅了一会儿。门前空空的，似乎，那个女人根本就没有在这里出现过。他犹豫了一下，慢慢地推开条门缝，想探出脑袋去印证一下，方才是不是真的有个女人一直站在这里敲门。他把脑袋探了出去。就在这时候，在一阵若有若无的薰衣草的香味里，他看见了一张白色的纸片。那张白色纸片被对折成了三角形，飘摇着，从他推开的门缝间，无声无息地朝着地面飞落。

二

在荣军医院门口见到甘美龄之前，鱼震洋一直低着头，瞅着脚下的影子，想着甘美龄这次给他介绍的，又会是个什么样的姑娘。

从去年柳树爆芽开始到现在，一年半的时间，甘美龄带着他，已经见过十一个女孩子了。最近两次，他每次看着她，都抑制不住地要去怀疑，她是不是也患上了某种强迫症；或是错服了什么药，体内分泌出了某种神秘的腺上素，让她突然患了高热病，所以才一个接一个地给他介绍女朋友，企图用这种精神消耗来给她自己降温解压松绑。昨天半夜里，她又打来电话，说加上这个，高的矮的，环肥燕瘦，都凑够金陵十二钗了，到底什么时候才能有块末日岩石撞上地球？末了，她"威胁"他说："给你说呀鱼震洋，这次你要是还对不上眉眼，下回就别怨我一次给你带两个了。"鱼震洋瞄眼时间，甘美龄应该是刚下了夜班回到家。他靠在床头上，左手捏着牙线，将右手里正在读的书扣到床单上，眼睛盯着"金刚经集注"五个白色的字，心里忽然冒出来一个龌龊的念头：甘美龄是穿着什么颜色的睡衣，在给他打电话呢？

甘美龄新做了头发，原来顺滑的披肩长发，今天全变成了绵羊毛一样温润的小卷卷，看上去，跟她脸上那些一层一层涌出来的笑容，倒是很有几分相得益彰。鱼震洋瞅着她满脑袋的羊毛卷，装出左右张望的样子，朝甘美龄背后看着说："那第十二个姑娘呢？"

"马上就到。"甘美龄说，"你今天怎么这么守时，没迟到？"

"上次你不是下了指示，说备战备荒的时候，态度应该积极一点儿嘛。"

"改造得不错。"甘美龄笑着说，"今天的姑娘临时到机场送人去了，可能会晚几分钟，你先耐心在我这里等上一会儿。"

门诊楼前的空地上，除了一个椭圆形的花坛还算清静，余下的地方处处都塞满了车和人。鱼震洋走在甘美龄旁边，贴着花坛光滑的大理石边沿往里走着。那些生长旺盛，还没被及时修剪的花枝，毛毛躁躁地探到了大理石的外侧，不时地勾一下他挂在肩上的挎包。他躲闪着不断伸过手来的枝蔓们，目光在花坛中杂乱的植物身上移动着，辨认着里面都是些什么品种的花木，有月季，还有剑兰。在这座城市里，这两种算是最普通平凡的植物，似乎没有一个花坛里，少了它们朴实的身影。

"无论从哪方面说，这个女孩的条件都不是一般地不错。"甘美龄侧身让了下从身边经过的轮椅，上面坐着位头发灰白的病人，病人低垂着脑袋和眼睛，目光斜斜地对着左边的脚尖，似笑非笑地流着口水。甘美龄朝推轮椅的人点下头，笑了笑，扭回脸来冲着鱼震洋说："这次，你别再上来就问人家，有没有发现你有什么异样。你能有什么异样！还能是天外来客？"

"可以给她说说我喜欢剑兰吧？"鱼震洋回头朝花坛里扫了一眼，那些白色贞洁的剑兰花，每一朵，都仿佛是在尽情地吐露着内心的私情，于是说，"你们花坛里的剑兰真是有意思，右边这两株，花柱上的花开得一样多，都是二十三朵。"

甘美龄看了眼鱼震洋，停下来，然后半信半疑地退回花坛边，伸出食指一点一点地数着，说他们科里两个小护士从窗子里盯着它们，不知道数过多少回了，都没有数明白过，不信鱼震洋一眼就能数清楚了。

不多不少，加上从他们这个方向望过去，显然是躲藏在花柱背面的几朵，两株剑兰的花柱上，果然都是开了二十三朵。甘美龄走回鱼震洋身边，脸上漾着笑说："眼睛这么毒，不去做特工真是有点儿可惜了。"

太阳白得有点儿像剑兰的花，底子里浮着层纠缠不清的暗香。鱼震洋站在路边一根灯杆的暗影里，脑袋挨着它蓝白相间的三道横纹，等着出租车。他在身后那家叫西发的茶社里坐着，给两个女人倒着菊花茶，给喜欢甜味的第十二个姑娘的杯子里加着冰糖时，就已经在琢磨着，离开甘美龄和这个姑娘后，他是不是该到彭博那里去，试着请彭博婉转地提醒下甘美龄，别再这么马不停蹄地给他找什么女朋友了。

出租车司机是个肥胖的女人，看上去跟个相扑运动员似的。鱼震洋上了出租车，告诉她一直往前走，又让她关了收音机，便朝后靠了靠，眯上眼睛，忖度着见了彭博后话到底怎么说合适。这是件很让他头疼的事。话要说，还要不着痕迹，不能让彭博觉出像是件事，也不能让甘美龄心里生出嫌隙。说来说去，一个首要前提，是这件事绝不能够使他和他们夫妇俩之间，弄出丝毫不该有的小波澜来。鱼震洋吁出一口气，觉得这个世界真是奇怪和莫名其妙，一些原本想着时很美的意图，用行为表达出来后，味道却往往在陡然间就变了，就会无中生有地，衍生出千般万般惹人厌烦的枝蔓。

彭博是鱼震洋的大学同学，同一个班级，同一个宿舍，睡上下铺，学的都是应用数学。就跟入学之初，他们那个矮胖的系主任给同学们训话时说的那样，数学系是最不挑剔的一个地方，因为那些由于患色盲和鼻炎等等毛病，而被物理系和化学系拒之门外的学生，统统都被扫进数学系里。毕业后，彭博毫不挑剔地进了报社，鱼震洋也出乎所有同学的意料，更加不挑剔地，选择做了一名自由职业者。因为家在偏远的乡下，读大学的几年，鱼震洋全是靠奖学金和各种资助完成学业的，由此，对于他的这个选择，连彭博都有些难以理解，说鱼震洋的脑子是不是被下水道里的臭水泡涨了。鱼震洋也没有过多的解释，翻来覆去地只有一个不算理由的理由——不愿意在一家单位里死待着，受那些看不见的条条框框的捆绑。这十年里，他在一家保险公司的市场开拓部，当了五个月的区域经理；被彭博强迫着，到他们报社里干了七个月跑法制新闻的记者；到一家房产公司担任了半年的销售副总；在京剧院里待的时间最久，做了差不多一年的舞美设计助理。每两个工作中间空余的时间里，他的身份就是一个没有固定职业的社会闲杂人士，他的主要工作就是四处游荡着寻找新的"工作"。

同学当中,包括彭博在内,没有谁弄得清楚鱼震洋真实的身份是什么。去年,彭博和几个同学又发起了一次大学同学聚会,制作通讯录时,打电话给他,问他职业一栏怎么填写。那几天,他刚从一家干了不足两个月的行业杂志社里辞了职,正准备去马尔代夫,便说你随便写好了。于是,他的简历就被彭博弄成了如下模式:鱼震洋,男,三十五岁,职业模糊。(小注:不是游手好闲,皆因工作及女朋友更换过于频繁。)

过了花园路路口,鱼震洋让出租车停下来,下车走了几十米,然后又换了一辆。这是他的习惯,乘坐所有的出租车,如果不是迫不得已,每辆车的行驶距离绝对不会超过七公里。因为这件事,彭博每次和他一块打车,都会半真半假地嘲弄他一次,说他还是早一天加入国际刑警组织算了。

出租车在前面路口掉转方向,拐到了对面的行车道上。看着车外——跳过去的鲜花店、饭店、品牌服装折扣店、杂货店、人群、树木以及各种车辆,尤其是在这些物体间蜂蛹般扭动的阳光,鱼震洋心里愈加烦乱起来,仿佛谁在他身体的某个器官上系了条绳子,此刻正一张一弛地在那里牵动着他。他忽然想起来,甘美龄急着赶回去,是因为下午还有一台重要的手术。

看着远处两个楼角处缓缓变换着角度的光线,鱼震洋抬手拍拍驾驶座后面的安全防护罩,让出租车沿着路口向右拐去,告诉司机一直往南走。出租车司机从后视镜里看了他两次,终于还是没按捺住,好心地提醒他去荣军医院往这个方向走,可是有点儿南辕北辙了。

"我怎么说您就怎么走吧。"鱼震洋低着头回答。

穿过经十路时,居然等了三个信号灯。这样纠结难缠的路口,绝对是一些犯了事的家伙们逃窜时,拼命想躲开的地方。到了植物园东南门口,鱼震洋让司机在路边停了车。植物园几年前就被换掉名字,改成了泉城公园。他一直没改口,仍旧叫它植物园。植—物—园,听听,说的、听的,一定都会在心里生出种扶摇直上的清凉通透之感,心里溢出某种植物叶子的清香,抑或是有一树的花朵,在某个地方摇曳起来。

付车费时,鱼震洋从裤兜里掏着钱夹,想起了出租车司机在路上说的"南辕北辙"一词,便笑着说:"哥们,这个世界上没有南辕北辙,条条大道都通罗马。"出租车司机没吭声，接过钱，低着头给他找完零，又递出发票，一跺油门就跑走了。看着逃一样跑走的出租车，鱼震洋对着路边上花花搭搭的树荫笑了笑，知道司机肯定会在心里骂他神经病。

天空万里无云。鱼震洋在一片竹林边上，背靠着两竿竹子接完了老马的电话，站在那里等着他过来。已经中午了，空气似乎都在恹恹欲睡地打着盹。竹林边的小路上少有人经过，只有微风吹过来时，背后竹林里才发出些许细软无力的沙沙声，逗引得人不停地想打哈欠。

老马曾经是位有名的品菜师，做品菜师之前，他是一家海鲜大酒店的厨师。不过，他拿手的菜品却不是烹制海鲜，而是用蒲菜和鸽子做出来的一道汤，菜名也吉祥，叫作"扶摇直上"。这道菜先是被卫生局里一位副局长青睐上了，后来这位副局长扶摇直上做了一把手，老马也就借此一夜成名。慢慢地，随着前来品尝这道"扶摇直上"的人层次越来越高，他做这道菜时，就只选用从大明湖里采来的蒲菜了。后来，为保证四季来点这道菜的人都能心愿得偿，他又研制出来一种秘制方法，春夏里从大明湖中采回蒲菜，先用秘制方法把蒲菜处理了，然后放在几个特制的冰箱里备着，这样，大雪飘飞的冬季里便也有新鲜蒲菜可用。两年后，跟着这道吉祥的菜一起，他成了省里一位大领导的"御用厨师"。再后来，他就变成了有名的品菜师。

品菜师这个行当不像在国外那么受关注，概念也不一样，而且一般的人都不太在意。了解一星半点的，也多限于在一些宫廷剧里面，看见某个太监在皇帝就餐前，先去品尝下御膳房里呈上来的各式菜品，检验一番是否有毒。就鱼震洋所知，老马做品菜师那几年，从事品菜师这个行当的人并没有多少，尤其像老马那样，专为接待省部级以上领导品菜的，就更不多见了。

后来，老马突然离开了那些美味佳肴。据他自己说，是他的味觉一夜之间突然跑走了，消失了，连简单的咸淡都没法品出来，也没法嗅出来了。"就像丧失了嗅觉的警犬，没了嗅觉，自然就什么用处也没有了，还不立马就成了丧家之犬。"鱼震洋喜欢老马的地方，就是他自嘲起来，很下得去手。不能用味觉分辨美味后，老马干脆就从饮食界里销声匿迹，出来成立了一家广告文化公司，专门为电视台的综艺类节目组织方队。鱼震洋结识他的时候，他的业务已经辐射到了西藏的电视台，手里也有了两三千万元的现金。唯一的不足，是他当中学教师的老婆读在职博士时，忽然间得了个怪毛病，再也嗅不得半点儿市井的气息，嗅之，则遍身奇痒难耐，每个毛孔都张开着，好像皮下真要往外钻出羽毛似的。开始两年是人不能出门，不能上街，后来发展到老马从外面回到家里，身上带回去的气味老婆也不能闻了。没有办法，两年前，他只好把老婆送回了乡下老家。

上一周鱼震洋在青岛，有事关了两天手机，老马就四处找他，打电话给彭博，问他是不是还有另外的号码。从几个月前，老马就想学着旧时那些在城里混得有了点儿银子学识，或者有名望的前人，来个告老还乡，回去做个乡儒，一边为那些父母常年在城里打工，一直被留在乡村里念书的孩子们开个图书馆，一面陪着在乡下已经学会了种菜喂鸡采山货的老婆，在山里过几年清净的田园生活。彭博弄明白老马的意思后，先是说他酸腐得够呛，然后说他是不是还有其他深远的意图，若真想回老家去做隐士，油门一轰，拔腿就走了。

鱼震洋看眼手腕上的表，计算着老马此刻是该到了停车场还是电视台大门口。最快，他也要五分钟才能走到这里。计算完老马走过来需要的时间，鱼震洋点支烟，看着一竿竹子吸着，边去想甘美龄。

他认识甘美龄，是通过他从前交往过的一个女孩子——蔡娴。蔡娴是艺术学院里的一名舞蹈老师，擅长画舞谱，是老马介绍给他的。介绍的时候，老马哈哈地笑着说，兄弟你可要抓住喽，若是不抓住，别说哥哥我，恐怕连老天爷的苦心都会被辜负了。这条鱼背后水深着呢，迟早会驮着你这条鱼跃过龙门去。那时候，他正在京剧院里为新排的《锁麟囊》忙着搞舞美设计，笑着看了眼老马，说知道"文革"时候为什么会禁演《锁麟囊》吗？就是因为只要有人类存在着，阶级就会存在，而且绝对不可调和。老马说的深水，是指蔡娴的父亲。她父亲在省政府里，算得上是个举足轻重的人物，老马曾经就是专门跟着他，在各种重要的宴会上品菜的。蔡娴的父亲是谁，鱼震洋不感兴趣，所以和蔡娴见面时，他根本就没去想她的家庭背景。蔡娴也不谈。说实在话，正是由于蔡娴没谈她的家庭，鱼震洋才开始有点儿喜欢她，稍稍有点儿动了心，拿出了认真的态度和她交往起来。

半年后的一个周末，鱼震洋和蔡娴在一个叫黑山的咖啡店里对着夕阳坐着，讨论咖啡店的老板是不是读过《日瓦戈医生》。谈着谈着，鬼使神差地，鱼震洋就从《日瓦戈医生》扯到了彭博身上，告诉蔡娴，他看这本书，是一个叫彭博的同学在图书馆里推荐给他的。接着，鱼震洋便问蔡娴身边有没有让人生出点感觉的女孩子，有的话给彭博介绍一个。

"那小子现在还是根单棒。"鱼震洋说。

"只要是个女孩子就行，那个家伙肯定不挑食。"鱼震洋开着玩笑又补充道。

蔡娴想了想说："还真有一个叫甘美龄的，是我高中的同学，现在在荣军医院里上班。要不，我们现在就把他们一起约过来？"

"那还等什么，"鱼震洋鼓动着蔡娴，"你现在去约你那位同学，我来约彭博，看看他今天有没有点儿上好的运气。"

一个小时后，彭博率先来到黑山咖啡店里，在二楼找到了鱼震洋和蔡娴。又过了一刻钟，甘美龄也被一个胖胖的女服务员引着，来到了正在翘首等待着她的三个人面前。

接下来，鱼震洋和蔡娴的关系，并没有因为他们做了红娘，就开始加速度地发展下去，而是异常微妙地，看似不经意间，慢、慢、地，慢、慢、地——在保持了一阵滑行状态后，最终停滞下来，熄了火。这个意外的结局，是当介绍人的老马和女主角蔡娴，以及已经开始进入恋爱角色的彭博和甘美龄，都没有料想到的。此前，彭博还一直怂恿着鱼震洋，他们的婚礼最好能凑在一块，热热闹闹地一起操办。那一阵子，他们几个人偷偷观望着鱼震洋，没有一个人弄明白鱼震洋是怎么回事。当然，他们明白不明白没有关系，鱼震洋自己心里清楚就行。鱼震洋清楚的是，他和蔡娴的关系发生变化，慢慢地演变、终止，最后决定了它生死的一个因素，就是甘美龄出现了。

甘美龄仿佛是上帝忽然间撒过来的一把酚酞。在彭博和甘美龄结婚后很长一段时间里，大概有五年时间，直至甘美龄怀孕，鱼震洋夜里躺在床上，还是会像被魔鬼操纵着的小丑那般，颠来倒去，一遍一遍地问自己：上帝无意中撒的那把酚酞，为什么在无知无觉的瞬间，就改变了他对面前现有色彩的全部认识呢？

三

天热，临到傍晚时分，街边巷尾，便到处是烧烤的摊子。烤鱼，烤虾，烤肉串，烤大蒜，烤茄子，烤豆角，有的摊子上还出着花样在烤韭菜。鱼震洋和彭博在护城河边的一棵柳树底下找张桌子，让服务员先上了两杯鲜啤酒，一盘毛豆拼花生，喝着等烤鱼。如果不是有非常特别的事情，外出时间会超过一周，鱼震洋每周里都要和彭博碰个面，喝点酒。这倒不是因为甘美龄，早在大学里时，他们两个就是穿一条裤子都嫌肥的弟兄。也是从在大学里起，鱼震洋和彭博一直都是以"弟兄"相称，从来不称"哥们"，他们俩一致的观点是，"哥们"俩字总是带了点江湖的痞腥味，叫起来听起来，都隔着层摸不透的东西，不贴心。

　　河对岸一户人家门前，两个孩子赶着只大白鹅走出来，正挥着柳条子往河水里赶它。肥胖的大白鹅摇摇晃晃的，来回躲着两个孩子手里的柳条。大白鹅抖过两下翅膀，伸长脖子和两条腿飞着跳下水之后，两个孩子又开始沿岸边的青石条板来回跑动着，欢声叫着"白鹅"，一会儿用手里的柳条把它赶往南边的小桥下，一会儿又追着它跑回来。跟随着游动的白鹅和两个孩子的欢叫，河里清凉的水汽也慢慢地沁上来，沿岸边扩散着，附着在了轻轻摇动的柳条上。

　　"老马准备什么时候走？"彭博问。

　　"就等着跟众人告别了。"鱼震洋回答。

　　"等我们什么时候像老马那么有资本了，也找个草肥水美的好地方，告老还乡去。"

　　说着，彭博从盘子里拿起颗花生，扬着胳膊，使劲儿向凫在河面上的白鹅投掷过去。大学毕业后，彭博一直在现在的报社里干，连个槽都没跳过。这么多年来，他负责的不是社会新闻里那些楼上水管漏水泡了楼下地板的市井琐事，就是文化专题里某某某明星大腕学者那些飞短流长的无聊绯闻，弄得他整个人从头到脚都像被喷洒了百草枯。前年夏天，鱼震洋和彭博两个人在日照海边喝着啤酒，看着黑暗中的大海没边没沿地瞎扯，不知怎么就扯到了新疆、内蒙古一些地方发生的非法测绘案上，鱼震洋说境外人员用一种我们国内测绘界称之为"西安坐标系"的地理坐标系统，已经把一些地区的电子地图叠加到320层了。

　　彭博没弄明白"西安坐标系"和"320层"是什么意思，鱼震洋解释说，打个比方，如果在赤道上经度精确到分，1分经度就是1800多米宽，如果精确到秒，1秒经度的宽度就只有30米左右。在这样精确的底图上面加上实地测绘，对一个目标的定位就可以精确到厘米级。320层，实际上就是指320个类别，一层就是一类，比如医院、桥梁、军事单位，都各算一类，在电子地图上分别点开对应的一个层，所有的医院、所有的桥梁，或者所有的军事单位，就会同时显示出来。所以，每个国家公开发行的电子地图，大多只允许叠加标注到17层。

彭博说，去电脑搜索框里随便输入个地方，只要有地名，别管那个地方多偏僻，是不是藏在山沟里，从省份，到市县，到乡镇，到村庄，再具体到某户人家，只要耐着心思，按照电子地图一步一步点击下去，别说那些公路铁路大桥湖泊了，就是村子边上一条小沟汊，电脑屏幕上显示出来的图像也会清晰得令人恐惧，咋舌。那些外国人又不是大脑长在脚趾头里了，干吗非得跑到我们这里投入大量资金成立公司，跑到偏远山区开展艾滋病什么病的合作防治，还要搞什么茶文化的考察研究，花尽着心思去弄那些东西？

喝着酒胡乱说过此事，鱼震洋过后也就忘了。两个月后，他去报社里找彭博，在报社大楼下面，突然看见彭博和两个人扭打在一起，彭博的鼻子都出血了，手里还是死死地抓着测绘仪不放。鱼震洋跟着他们去了派出所，方弄明白事情的原委：彭博在楼上向下俯瞰，看见了两个在路上搞测绘的人，他便跑下来盘问他们是什么单位的。两个市自来水公司的人开始不理睬他，后来干脆收起工具就走。他们越是这样，彭博便越发怀疑他们，质问他们是不是被境外人员雇用了，非法测绘出卖国家的地理信息，结果就发生了肢体冲撞。

这件事情发生后，彭博突然就转移了生活重心，差不多是把全部精力都投进了追踪调查非法测绘事件上。为了跟踪调查一个可疑的人，他成宿地蹲守在人家周围不回家，还在人家楼房对面租上房子，用在英雄山市场上买来的高倍数俄罗斯望远镜，观察着被追踪者的一举一动，甚至跟着人家三下上海，三上北京。鱼震洋每次和他见面喝酒，他谈论最多的，也都是和各地非法测绘案有关的一些细枝末节。有时候，同一个案件，鱼震洋见到他几次，他就会兴致勃勃地讲述上几遍。

彭博单位的老总在忍耐了半年后，把他请去喝了一次茶，提醒他现在文化专题部最主要的任务是弄广告，是上天入地想法子给报社里找银子！至于国家地理安全数据那些乱七八糟的东西，他们发一次文章意思意思就够了。就算一定要有记者去关心这类事，这也只能说明记者和记者的职责不一样，报社和报社要关注的层面也不一样，像他们这类以市民生活市民文化为主要导向的生活类报纸，报头上有篇此类稿子，提醒读报的市民平时增加点爱国保密意识，看见有人拿着测绘仪器在大街小巷里乱测乱绘时，能上前问问或是举报一下，就功德无量了。

国之神器，不可予人。彭博一直笑眯眯地看着他们老总高谈阔论，一副油盐不浸的嘴脸，弄得老总也没了脾气，最终是让他写了份声明，请他自便——声明他做的任何跟踪或追踪调查，都属个人行为，不以报社记者的身份去进行采访，一切事情都与报社没有丝毫关系。

这件事情闹到最后，连甘美龄也没能干涉得了彭博的行为。鱼震洋觉得事情的开端都是由他引起来的，就打电话给甘美龄解释。没想到甘美龄沉默了一会儿，说就当是他患了强迫症吧，这是早晚的事，即便不是去关注那些非法测绘，肯定也会有另外一件事，让他这么去做。

"你最近追踪的那个案子，有什么新情况？"鱼震洋知道彭博一直在跟踪采访发生在新疆玛纳斯的非法测绘事件。

"算是没白忙活。"彭博说，"我跟踪他们去了上海、北京、广州，你猜怎么样，他们用一种手持的GPS接收机，已经在几个省份采集储存了9万多个地理坐标。可惜的是，雇佣他们的人，一直都是在海外通过网络和他们联系，从来没有和这家电子地图网站的人有过直接接触。"

"为了世界和平，干一杯。"鱼震洋端起酒杯。

"你上周是不是也去过青岛？"彭博举着杯子，看着鱼震洋。

这些年，即便在他们那帮非常要好的同学眼里，鱼震洋的身份也一直像谜一样，令他们无从捉摸。上次同学聚会，他们宿舍里那几个家伙又半真半假地问鱼震洋是不是被什么富婆包养了，要不怎么活得这么有钱有闲，每年还会去马尔代夫那样的人间天堂里逍遥上一回两回。大家越是这样饶有兴趣地胡乱猜疑，鱼震洋好像也就越发地喜欢打太极，问他们谁手里有走私贩毒或者军火生意，有的话介绍一单给他。这样的话题，彭博一次也没有去参与。每个人都会有点儿自己的秘密，哪怕左手和右手呢，相互还会有一些不能告知的私密。至于鱼震洋在"游手好闲"的背后,到底还从事着什么"私密"工作,彭博不清楚,至少在表面上从来没想过去弄清楚。一个人喜欢和愿意做什么,那都是这个人自己的事。当然,他凭着自己的感觉,判断出鱼震洋一定不会像众人揣测的那么肮脏,就可以了。

"在哪里看见我了?"

"是看着有点儿像。"彭博说,"那天在酒店大堂的会客沙发上闲坐,后来刚起身离开了有三十秒,就有几个持枪的人冲到沙发前,把一直坐在我对面的两个人带走了。我站在楼梯上看着,觉得中间有个人的背影很像你。后来酒店里的人说,那伙儿持枪的人已经在酒店秘密蹲点很多天了。"

"要是脸长得像就有点儿意思了。"鱼震洋朝一个服务员晃晃酒杯,示意他过来接啤酒。

彭博欲言又止地微微笑了一下,说:"甘美龄说她又给你介绍了一个女朋友,见面后感觉怎么样?"

"你是说那第十二个姑娘?二十八岁了,还一脸的婴儿肥。"

"都已经第十二个了?甘美龄这次可是够卖力的。"彭博在小炉子上转动着烤鱼。

"所以,我都觉得对不住她了。"鱼震洋说。

"还是没有感觉对吧?"彭博笑着说,"我真是同情你。现在我都怀疑,我们这些年整天喝酒,是不是喝得神经都跟晚高峰时段的立交桥一样,早就已经拥塞瘫痪了。"

风荡起来的柳丝在两个人的旁边晃着。鱼震洋把晃过来的一根柳条牵住了,把柳梢沾在啤酒杯里搅动了两下,想象着甘美龄的笑。甘美龄是个体态稍稍丰腴的可爱女人,可爱得让人看见了就想上前去拥抱一下。这么多年,鱼震洋每次见了她,都会无耻地在心里拥抱她一下。而她的可爱,在鱼震洋眼里,正是来源于她那些可爱的笑。在现在这个社会,一个女人的笑会让人觉得可爱,多么难得。尤其是夏天里,她露出来的脚指甲,都会让人觉得上面荡漾着一层可爱的笑意。鱼震洋喜欢在心里拥抱甘美龄,大多都是因为她那些可爱的笑。当初蔡娴在那个叫黑山的咖啡店里向鱼震洋介绍的时候,就说甘美龄是个喜欢傻笑的姑娘。说完了,又笑着对鱼震洋补了一句:"你见了她,可别以为她的笑对你意味着什么。"

平常，鱼震洋和甘美龄很少见面，一年里见个几面，五六次的，也都是和彭博一起。有时是彭博或者甘美龄的生日，或者他们女儿和鱼震洋的生日——巧合的是，他们女儿点点的生日和鱼震洋的生日是在同一天；有时是春节前后，鱼震洋按惯例到彭博家里去拜年；有时则是中秋节，鱼震洋父母都不在了，他又不愿前往外地的姐姐家，就被彭博喊了过去凑个热闹，和他们一起喝喝酒赏赏月。近几年，这几道程序基本上都是固定了的。剩下的，就是春天或者秋天，选个晴好的日子，他们会约在一起，到南部山区去踏踏青或者赏赏秋景，然后在满目青翠的山水间吃顿农家饭，也算放松一下。还有就是，偶尔在夏天里，他们一起去青岛等地找个海边玩上几天。鱼震洋和彭博喝酒，都是两个人单独在外面找地方，甘美龄很少参与其中。

彭博迷上追踪调查非法测绘的事情后，甘美龄似乎也慢慢地变了。她的变化之一，是单独联系和见鱼震洋的次数逐渐多了。当然，她联系和见鱼震洋的理由，都是给他介绍女朋友。她的变化之二，是见到鱼震洋后，她喜欢谈论的不再是彭博那些鸡零狗碎的日常琐事，也不再是他们女儿的一个一个成长趣闻，而是他们以前从未谈起过的，一些与宇宙有牵连的乱七八糟的东西。甘美龄最早说的是牛郎织女星，那是在她给鱼震洋介绍第三个女朋友时。那天见过面后女孩子先走了，他们两个人站在植物园门口的摩卡酒吧前闲聊着，等着彭博来接甘美龄。旁边一辆车在掉车头，一束灯光慢慢地扫过了他们的身体。甘美龄就是从这束光开始，把话题扯到牛郎织女星上的。她说："我们现在从地球上看到的牛郎织女星的星光，按照光年计算，它们应该是在二十六年前发出来的，因为我们距离牛郎织女星，是二十六光年。"

"二十六年前，我还在读小学二年级呢。"甘美龄说，"那个八岁的小女孩，她那时候怎么能想到，二十六年后，会是谁和她一起，谈论天上的牛郎织女星在她八岁时发出的光辉呢。"

那天晚上，在彭博来到之前，甘美龄问鱼震洋知道土星的秘密是什么吗。见鱼震洋摇着头，说不知道，甘美龄就说土星最大的一个秘密，是它的周围有一圈巨大的环，这个环比其他轨道碎片环要大很多。只是这个环的物质太过于分散了，导致它只能将一些异常微弱的光反射到地球上。所以，如果不是通过斯皮策那样的红外望远镜，在地球上根本就观测不到这个环的存在。

说完土星的这个秘密，接下去，她又给鱼震洋说起了布基球，说布基球同样是由斯皮策望远镜发现的。

鱼震洋说他从来没听说过布基球是个什么东西。甘美龄笑起来，说，布基球是一种分子呀，它是一种由六十个碳原子构成的罕见分子，在这之前，从来没有人在地球以外的地方发现这种分子的踪迹。这个重大的发现——地球外的布基球，还被赫特和派尔用一幅精美绝伦的插图给表现了出来。哪天我把那幅图片带给你看看，在那幅图片上，复杂的原子结构被赫特和派尔设计成了图片的主体部分，它们背后映衬的，是一团无比美丽的行星状星云。

"只是，你一定想不到，"甘美龄的眼神在黯淡的灯光里闪烁着，看着鱼震洋说，"浪漫背后的残酷事实是，布基球实际上是随意漂浮在太空中的单一分子，距离地球足足有六千光年。"

讲完布基球，甘美龄又把谷神星、艳后星、图塔蒂斯星、阿波菲斯等太阳系里最怪的七颗小行星，从它们的形状、质量、体积、跟地球的关系，到它们的构成、名字的来历，挨个给鱼震洋介绍了一遍。尤其是阿波菲斯，甘美龄说这是一颗最令天文学家感到惊慌失措的怪星，它曾经在2004年从距离地球不超过一百六十一万公里的地方掠过，这个长度仅仅相当于地球到月球距离的四倍多，有人预测它很有可能会在2029年撞击到地球。

"阿波菲斯这个名字的希腊语意思，就是邪恶的埃及黑暗之神。"甘美龄在暗影里说。

到这天晚上告别前，甘美龄滔滔不绝地给鱼震洋说了不下十件，他从前闻所未闻的宇宙现象。这让鱼震洋在某个瞬间里，甚至产生了一种特别奇怪的感觉，他觉得现在这个甘美龄，已经不再是从前的那个甘美龄了。原来的那个甘美龄，总是温婉地笑着，在不谈论丈夫和女儿时，最多会轻描淡写地说些单位里新近发生的、大大小小的医疗纠纷，他甚至从来没有听她谈到过有关天气的话题。

四

夜里一夜大雨，雷电交加，鱼震洋早上起床上厕所时，家里的电就已经停了。一场雨也能导致一座城市交通瘫痪电力中断，真是不容易呀。鱼震洋坐在马桶上嘲笑着如今的市政部门，心想，别说去拿欧洲那些先进的排水系统来做比较了，就说说我们自己的老祖宗吧，去瞅瞅清朝留下的那座紫禁城，谁听说过故宫和它周围的地界被大水泡过？从马桶上站起来时，鱼震洋又想起了前段时间看过的一篇文章，上面讨论的，就是人类是不是一直还在进化着。这些无聊的人，鱼震洋挤着牙膏，按捺不住地有点儿想笑：按照目前这种状态，人类再继续进化的话，恐怕真该去美国人一直在探索的火星上待着了。但问题是，谁又能肯定，火星上没有类似现在地球上这般的人类生存过，而他们，正是用他们高度发达的大脑和小脑，最终毁灭了他们赖以生存的星球。

没有电，开不了空调，还不到十一点，房间里就闷热得跟烤箱差不多了。鱼震洋扔下手里的《世界桥梁》，去冲了凉，换上衣服，思谋着到哪里找个地方避暑去。

老马昨天去了西藏，电视台是不能去了。彭博那里肯定一百个不合适，办公室里三十几平方米大的地儿，被横七竖八地切割出了十几个格子铺，每个格子里桌子椅子电脑和人都挤得满满当当的，要往外溢。他每回上去找彭博，在角落的沙发里坐着说上两句话，眼睛瞅到格子铺上方露出的一个个发质不同的头顶，就会产生出错觉，觉得自己看见的是一个个浮在水面上的死人脑袋。然后，他的脖子瞬间就会生出一种被什么东西紧紧套住的恐慌。有次喝着酒，他把这个感觉说给了彭博听，彭博哈哈地笑了两声，说，你在那里坐上几分钟，就觉得会看见了一群死人脑袋，现在明白我为什么这么肥胖了吧，还不是天天吃腐尸吃的。

地面滚烫，打个鸡蛋上去似乎都能成煎蛋。鱼震洋到小区门口的快餐店里要了碗荷叶粥、一个蒲菜馅包子，吃完后，他决定到马路对面人民商场的地下停车场里去。地下停车场是个绝好的去处，是他烦闷或是无聊时，首选的一个地儿。里面冬暖夏凉，他可以一边在里头取暖纳凉，一边来回溜达着，记那些千变万化的车牌号码。除了记号码，他还喜欢找辆安静泊着的车来观察，凝视着它的颜色与车牌号，去想象它的主人——性别，体型，个头，脸型，发式，衣着打扮，喜欢带什么款式和颜色的包，等等。人都说养的狗随主人，在路上碰到条被人牵在手里的狗，不用抬头去瞧狗主人的脸，只需看看狗头，八九就能知道牵狗的人长了副什么尊容。鱼震洋觉得车也是如此，看见一辆车，看它的款式和颜色，就能知道它的主人。不管高矮胖瘦，气度上人总是和他们的车融为一体，没有多大的出入。

　　车与人一样，也是五花八门，什么品性的都有，比如那些购买BYD（比亚迪）小型车的人，大多数都喜欢在车屁股上弄点儿花样出来，不是粘个壁虎，就是在车标上弄双翅膀，还有的干脆顺着车标把它弄成个握着长矛的蟹将。在挨近停车场中间位置的一根柱子前，鱼震洋找个位置停下来，盯住了一辆白色丰田越野，拿手机给它拍了张照片，等着它的主人出现，同时想象着车的主人——他应该是个肤色带点儿苍白的男人，接近中年，有点儿清瘦，眼睛上八成还会架副近视眼镜，当然最主要的还是他的神色，一定是淡然至极的那种。但在夜半时分，这个人又会比世界上任何一个人，都会感到活得颓废与无趣。

　　平时，在停车场里盯着一辆车，想象着它的主人，鱼震洋能够一动不动地待上一个上午，或者一个下午。这些年，他一直在用这种看似简单愚拙的方式，葆有着自己在某些时刻必须有的耐力。但是今天，他却无论如何也没有办法彻底安静地去做完这节功课。陌生女人留在他门缝里的那张纸片，就像女人那天的敲门声一样不可理喻，现在，每隔几分钟，它就会从他想象中那个男人苍白的脸上跳出来的，电视字幕般在上面滚动一遍。

　　纸片上，那个陌生女人只用红色唇膏写了七个字：冬天我们去南方。

　　外面酷暑难当，她在门口站了两个小时，结果就留下了这莫名其妙的七个字。为了这七个字，这一周里，刨去和彭博喝酒的一个下午，余下的时间里，鱼震洋就窝在家里琢磨这张纸片，没有再出一次门。头三天里，上午起床后，他做的第一件事，就是把那张纸片照原样叠起来，再小心翼翼地把它插在门缝里，然后坐在沙发上，等着那个女人回来把它取走。他觉得那个女人一定会回来。待她清醒过来，恢复了正常的思维和辨别能力，察觉出自己在这个外部造型和房门都千篇一律的住宅区里，的确是走错了地方，敲错了房门后，她就会慌里慌张地跑回来，把这张纸片取回去，再塞到她真正想塞的那个门缝里。到了下午，他瞅着时间把门打开，看到纸片还在，便把它又取回来，放到桌子上。然后，每隔上半个钟头，他就走过去一次，盯着上面的字瞧上一阵子。他想弄明白，这由三十九个笔画构成的七个汉字背后所隐藏着的含义——这个女人到底在说什么？

后面几天，除了拿着放大镜显微镜对纸片反复察看外，鱼震洋还用可可粉、荧光灯等工具和热熨、曝光等简单的方法，依次对它做了一遍处理，最后就差去动用静电压痕仪了。一边这么做着，鱼震洋自己都觉得有点儿滑稽和可笑，又无聊又荒唐透顶。但最后，要做的他还是都去做了，只是末了，他盯着纸片，看见纸片上还是只有那七个字。在一片茫然中，"艳红的嘴唇"无限固执又不动声色地凝望着他，似乎在等着他伸出上帝般的手，把它们从一个不可捉摸的梦境里拉出来。

出门时，鱼震洋把那张纸片又塞进了门缝里。塞完纸片，他站在门口一边等着电梯，一边看着它，想着自己晚上回来的时候，它最好是不在了——被打扫楼道的那个独眼睛妇人收走了也好。那个独眼睛的妇人是个极其有意思的女人，一绺刘海儿压在右边坏掉的眼睛上，在楼道里遇见任何一个人，她都会动作迟缓地举起她的右手，对着面前的人打个敬礼，跟火炉上慢慢被烤热的虾似的。鱼震洋每次看见她举起的手，都会感到一种莫名的惊慌和窒息。现在，不拘是被谁取走，反正，只要纸片不在了，他就可以当作它是被那个陌生女人返回来取走了。它原本就应该在另外一个男人手里，而不是在他鱼震洋这里。

已经挨过了两个小时，白色丰田车的主人还没有出现。鱼震洋心情烦乱地把手腕举到耳朵旁，贴在上面，心里跟随着手表分针的跳动，一分钟一分钟地默数着时间。数一下，他就在心里告诉自己一遍：也许这个时候，我塞在门缝里的那张纸片，已经被那个陌生的女人跑回来取走了。

数到第二十三遍时，鱼震洋忽然想起来，那天跟着甘美龄往荣军医院门诊楼里走时，他在花坛里看见的剑兰，就是开了二十三朵。他抽动着鼻子朝四周嗅了嗅，寻找着剑兰的幽香。

假如塞纸条的陌生女人是化妆后的甘美龄呢？鱼震洋胡思乱想着，感到心里有个东西骤然沉了下去。他在剑兰的幽香里，慢慢地往停车场出口的方向迈着步子，心想家里也许已经来电了，他现在最需要的，可能就是回家好好睡上一觉。

昨天夜里，鱼震祥一夜没睡，就那么戴着眼罩，一直躺到了天亮。不像别人是为了避开现代都市里那些不夜天的光亮，他戴眼罩，是害怕看见那群突然游到眼前来的鱼。昨天晚上在戴眼罩之前，他把眼罩放进柔和的橘色的灯光里，盯着它看了很长时间，想着眼罩可真是个好东西，戴上它，眼前就全黑了。白色的天花板、水纹状的石膏边线、紫红的窗帘、白色的衣柜和小书架、正在徐徐送出冷风的空调，这些触手可及的物体，一件一件，都会不见了，都将逃之夭夭，在他眼前隐遁消失得不再有一丝踪影。当然，这其中也包括那群从珍珠泉里游来的、巨大的黑色鲤鱼。

　　夜里睡不着觉，又不愿爬起来做别的事情，鱼震洋每次都是这样强迫自己躺在那里，漫无边际地胡思乱想。他觉得自己就像是这座城市的偷窥者，一个时刻睁大了眼睛的猎人，令人作厌地清醒着，浑身杀气，猫在一个阴暗的角落里，目光炯炯地窥视着别人会客、私聊、旅游、吃饭、睡觉、拥抱，甚至做爱。而不论在何时何地，他周围的人，似乎都是在某个空间里目不斜视地说笑着，拥挤着，走路就是低头在走，挤车就是见缝插针地往上挤，赚钱就是挖空心思地去赚，争斗就是耍尽手段地斗，看电影就是四仰八叉地看，吃肉就是大快朵颐满嘴流着油地吃，喝酒就是仰着脖子畅快地喝，找女人约会就是抱着蜂蜜罐子前去赴约。他呢，他这个窥视者，唯一能做的，就是眼神冷冷地站在人群的后面，头脑结着薄冰，跟狙击手一样清醒，在他们的后面，盯着他们的一言一行、一举一动，琢磨着他们为什么眨眼睛，为什么打哈欠，仿佛一个时刻等待着窥探到别人的内衣和皮肉的无耻之徒。

　　因此，最近两年，每次与彭博喝酒，鱼震洋心里都怀着一种说不上来的罪恶感，隐隐地觉得愧对这座城市，一个让他加倍恐慌的现实是，就算去喝酒，他的酒量也变得越来越好了，好得令他恐惧和惊怵，似乎他生来就是一个酒囊饭袋，装酒的家伙比一只猪尿泡还富有弹性。每次，他都悄悄地等着喝醉，期盼着自己在烂醉之后连汤带水地融进这座城市一次，可他偏偏就是一次也不能如愿。从酒桌上站起来，他瞪着通红的眼睛，身子摇晃着，脚下也早已经蹒跚不齐，他和彭博勾肩搭背地相互搀扶着，两个酒鬼，在马路边上跌跌撞撞地往前行走，时不时地就要停下来，蹭到一些可爱的绿色植物身边，把胃里臭气熏天的酒菜无耻地吐到它们干净的枝叶上。令他绝望的是，在这样狼狈的时刻里，他内心里仍然是清醒的，隔岸观着火，清醒得仍然能够嗅出十米之外存在的某种危险。

　　至于那些鱼，那是彭博迷恋上追踪调查非法测绘案后，鱼震洋一趟一趟地邀请着彭博，让彭博陪着他去珍珠泉，他在泉里看到的。一年的时间里，他们去看了它们不少于二十次，也许有三十次。他一直头疼的是，彭博站在池水边，瞪大眼睛看着水面，不管他选择的是早晨、中午、黄昏，还是晴天、阴天、雨雪天，是逆光还是不逆光，有风还是风和日丽，有云或是风轻云淡，彭博没有一次说他看见了沉睡在水底里的那些鱼。令他匪夷所思的是，彭博不但没有看见它们，还固执地认为，鱼震洋看见的那些鱼，都只是他的幻觉。

"它们根本不存在，只是那些红色鲤鱼落在水底的影子。"彭博说。

鱼震洋不断地邀请彭博，让彭博陪着他到珍珠泉去看这些鱼，是因为甘美龄说彭博真的已经患上了强迫症。

甘美龄这么说的当天夜里，鱼震洋就到电脑上查阅了一些有关强迫症患者的基本症状，逐条逐条地跟彭博对着号。后来再和彭博一起喝酒时，见了面一落座，鱼震洋就没头没脑地问彭博，有没有发现他最近什么地方不一样了。彭博盯了他半天，说没看出来有什么异常。鱼震洋就把从电脑里查阅的那些强迫症病人的基本症状描摹了一遍，把它们全糊在自己身上，对彭博说他可能真的是患上强迫症了。

"你怎么会不这样认为呢？"他反复地问彭博。接下来，除了喝酒，他就是纠缠着彭博，要彭博陪他去珍珠泉看那些鱼了。鱼震洋在治疗强迫症的一个网页上看见，观赏鱼是治疗强迫症最有效的一个方法。

他们最后一次去看那些鱼，是在去年春天，那一日甘美龄也去了。荣军医院和法国诺曼底大区的美国医院结成了友好医院，甘美龄的姐姐又在法国，医院里便派了甘美龄到法国诺曼底大区的美国医院，进修半年的神经外科临床。甘美龄临走的前一个周末，鱼震洋约了几个朋友，张罗着为她饯行。因为有孩子，时间就安排到了中午。饭后一群人从酒店里出来，甘美龄领着女儿走到珍珠泉门口，说这么好的阳光，大家不如再到珍珠泉去转转，她也正好去拍些珍珠泉的照片，带去法国给她姐姐瞧瞧。老马和两个朋友有事先走了，鱼震洋留下来陪着彭博一家三口。进了珍珠泉，甘美龄便举着手机，沿水池走着，找着角度给水下那些鱼拍照片去了。彭博带着女儿，和鱼震洋在水池边站着，靠在护栏上聊着天，远远地看着甘美龄拍照片。

彭博往水池里探了探脑袋，一手拉着孩子，一手指着水面对鱼震洋说："你再仔细看看，你说的那些黑色的鱼，真的是红色鲤鱼的影子，不信我们哪天跳下去看看。"

鱼震洋从对面一团阳光横流的黄色植物上移回眼睛来，盯着彭博的手指，第一次怀疑，患了强迫症的人到底是彭博呢，还是他自己。

就是在那天夜里，鱼震洋一夜没有睡觉，他一直邀请彭博前去观看的那群沉睡的鱼，则自作主张地摆脱掉了珍珠泉里禁锢着它们的泉水，悄无声息地围拢在了他的床边。

五

从电梯里出来，鱼震洋一眼就看到，他出门前塞在门缝里的那张纸片，还安静地插在那里，并没有被人取走。不过，却像他想象的那样，多出了一张，鸡毛信似的插在那里。

刚才在回来的路上，他一直都在想象，走出电梯，眼睛里看见的也许就是两张纸片。他盯着两张从质地到折叠形状都一模一样的纸片，一下子就猜出，是那个陌生女人又来过了。他走到门口，把纸片取下来，打开，新纸片上面的字，果然也和前一张纸片上的如出一辙，还是用口红写的，还是那七个字：冬天我们去南方。连同口红的颜色，也和先前那张纸片上的红色不差分毫。他手里拿着纸片，在门口站了两秒钟，然后顺着楼梯，两步跳到窗子前，推开窗扇，探出脑袋去，希望能在楼下的路上搜寻到那个女人的身影。而路面上空荡荡的，什么也没有，没有行人，甚至连平时喜欢成群结队的流浪猫也瞧不见一只。然后，他想着这件咄咄怪事，手里捏着两张纸片，懒散地从台阶上往下迈着步子，思忖着这件事情含了几分的戏剧成分：假如这个陌生女人上次只是敲错了门，那么这次又算怎么回事？这次塞纸片之前，她又敲了多久的门？每次是敲几下？还是根本就没有敲门，只是把纸片塞在门缝里，就转身走了？接下来，进屋后，他站在门前犹豫了片刻，然后决定，还用上回检验纸片的那些程序，对今天这张纸片再做一遍检验。他前前后后地一通忙活，忙得他又出了一身酸臭的汗，检查的结果没出意料，依然和上次一样，纸片上除了那七个莫名其妙的字，别的什么痕迹也没有冒出来。

坐在沙发上，鱼震洋端着水杯，眼睛盯着纸片，回想着陌生女人上次来敲门时的情景，开始怀疑这个女人是不是精神上有问题。想一想，一个精神正常的女人，就算她被一个男人的爱情折磨得痛不欲生，失魂落魄，就算他们这片小区里所有的房子都是一个颜色与造型，她也绝不会两次来错同一个地方。

若是把这件事告诉彭博，结果会怎么样呢？鱼震洋想，彭博一定会亲自跑过来，拿出他跟踪守候某个非法测绘嫌疑人的方法，先是守株待兔，候在这里等着那个陌生女人再次出现，然后顺藤摸瓜，炮制出半个版的粉色都市新闻来。

这样想着，鱼震洋就兴奋起来，他离开了沙发，从客厅走进书房，又从书房踱进卧室，控制不住地打量着房间里的每一件物品，想着最近都在什么时候动过它们。拿起放在床头柜上的牙线和眼罩看完后，他又拉开衣橱的两扇门，仔细地检查了一遍里面悬挂和叠放的衣服，甚至还把抽屉里的内裤全部翻出来，挨条拿起来放在鼻子前嗅了一下，以求明白无误地确认，他是在自己的家里，不是开错房门，将那个陌生女人前来寻找的男人的家，当成了他自己的家。彭博就曾经写过一篇这样的社区新闻，说某小区里有两个单元，每个住户手里的钥匙，都能像开自己家房门那样，打开另外几户人家的门。在卧室里巡视完毕，关好衣橱的门，鱼震洋接着去了厨房。检查过厨房里的刀具和杯盘，开了一下油烟机上的灯，稍一犹疑，他又出来打开房门，伸着脑袋到门外确认了一遍门牌号。门牌号也对，一本正经的蓝底子，上面是1701四个白色的阿拉伯数字。他扫着电梯不锈钢的门缩回脑袋，重新踱回到沙发跟前，这才稍稍踏实地安坐下来。

为了摆脱那个陌生女人和她留下的纸片带来的困扰，鱼震洋从桌子底下拽出本画册，胡乱翻着。这是上次去彭博那里，彭博给他的，说里面有他在报社里跑新闻时，他们那个部主任老胡画的驴。老胡是个粗眉大眼的人，个子又高又壮，胡子也极其茂盛，见人就自诩是钟馗之髯，所以办公桌旁边，也一直挂着把桃木剑，剑把上垂着一根二尺多长的大红穗子。鱼震洋被彭博弄进报社里去跑法制新闻的第三天，就知道了他们主任最大的嗜好——画画，而且专工仕女。后来在报社为女同胞们组织的一次"庆三八"活动中，鱼震洋见识到了他画的杨贵妃和林黛玉，两个人物，眼角眉梢完全一个神色，唯一的区别，大概就是外形上，一个体态丰盈，一个身形消瘦。鱼震洋进报社半年后，这位胡主任说不上是夜里发高烧烧坏了脑子，还是做梦时在梦里被驴踢了脑袋，忽然就崇拜起了黄胄，遂把那些仕女们一一从笔端收起来，开始用画过美女的那些笔和墨，画起了驴。

鱼震洋想了半天也没想起来，那位胡先生当时是为了画好一只驴耳朵，还是一只驴蹄子，在办公桌前反复地揉着眼睛，张开大嘴打着哈欠，对部里的几个人说，他已经三天三夜没有睡觉了，然后吩咐鱼震洋到摄影部去借一架相机，陪着他到三百里外的高唐去拍驴，说回来后把那些千姿百态的驴的照片挂满画室，他不信就画不好一头驴。高唐是全国著名的驴乡，尤其是那里独有的黑驴，当真天下无双，这些鱼震洋也知道。还有，凭着他的摄影技术，去给驴拍出点让老胡满意的照片也不会有什么问题。关键是鱼震洋不想去。那段时间，不知道什么原因，彭博和甘美龄两个人搞起了拉锯式冷战，彭博这里天天拉着鱼震洋喝酒，甘美龄那里不断地给鱼震洋打电话，两个人轮番找鱼震洋细数对方的错处，一遍一遍地重复，没完没了，弄得他倒比他们两个人还烦乱，恨不得拿脑袋撞墙，哪里还有去给驴拍照片的兴致。别说是驴，就是有人请他去给一位美女拍写真，他也肯定不会去。借回来相机，鱼震洋把它放到主任桌子上，一边告假说别人给他介绍了个女朋友，就这两天等着见面，一边打着哈哈，说黄胄老先生为了画驴，差点都把自己画成驴了，主任您不会也想把自己画成一头驴吧？老胡当时斜着眼角睨了眼鱼震洋，忽然摩挲着钟馗的胡子笑了起来，说没想到鱼震洋这么厉害呀，能把黄胄说成驴。他站起来拍了拍鱼震洋的肩膀，然后拿起相机去了摄影部，请摄影部的一个小伙子陪他去了高唐。一周之后，他就到彭博那里，死活把鱼震洋退回到了彭博手里。

给他画册时，彭博说老胡现在也和他画的驴一样，在纸上都能尥蹶子了，最近两年，甚至连电话都不用了，不给人打电话，也不接电话，无论什么人有事找他，要么亲自或者派人跑到报社和他家里去，要么写信。他去找别人也是这样，有人搞活动，邀请了他，他如果临时有事不能前去，也会亲自跑去一趟，不惜来回花上半天工夫，告诉人家他有事去不了了。"现在，这位大师就像瘟神一样，社里的人听见和他一起做什么事，没有一个不害头疼的。"彭博说。

看来时间的确是个魔术师。几年下来，这位胡主任画的驴，倒也有几分驴样了。鱼震洋看着画页上夸张的驴脸，想起老胡去高唐拍了驴照片回来，拿到部里给大家传看时的神情，简直跟眼前画页上的驴子一模一样。

甘美龄和彭博的那次冷战，前后持续了差不多半年的时间，是鱼震洋知道的，历时最持久的一次。那时候，他们结婚已经四五年了。之前，彭博和甘美龄偶尔也会搞一次冷战，这些鱼震洋都知道。他们一冷战，彭博就会请鱼震洋到家里去吃饭。这回，彭博没有请鱼震洋到家里去吃饭，并且，两个人都闭口不谈冷战的原因。甘美龄是在他们两个人的冷战持续了半年之后，突然怀孕的。当然，这个"突然"，是针对鱼震洋来说的。

鱼震洋是在和他们一起过中秋节时，知道甘美龄怀孕的，消息是彭博告诉他的。中秋节的晚上，鱼震洋和彭博一家人在植物园里面的海鲜大酒店里吃完饭，彭博的父母先回了家，他们三个人就在离酒店不远的湖边找个地方，坐在水边的石头上赏月。那个夜晚的月亮在水中也是无比明亮的。甘美龄离开两个男人，走到一处能够摸得着水的地方，蹲在那里，一下一下地撩着水和月色。鱼震洋看着水里的月亮和撩水的甘美龄，想起小时候学过的《猴子捞月》，便问彭博还记不记得猴子捞月的故事。

"怎么会不记得。"彭博笑着说，"如果甘美龄现在是一只想捞月亮的猴子，明年，就会有一只小猴子，跟在她后面和她一起捞了。"

"小猴子？"鱼震洋看着彭博，一下子没弄明白彭博的意思。

甘美龄还在那里撩着水，水撩得很高，落下去哗啦哗啦的，仿佛是那些水在一跳一跳地奔跑跳跃着。彭博朝着甘美龄的方向笑了笑，转过脸来对鱼震洋说："甘美龄怀孕了。"

"谁干的？"鱼震洋脱口而出。

说完这三个字，鱼震洋就瞅着彭博，等着彭博笑。这句"经典"的话最初就是来自彭博。大二暑假里过完假期回来，开学的第一天晚上，彭博趴在铺上往外探着脑袋，问大家愿意不愿意听他读一篇世界上最短的小说。还卖关子说，这篇小说是一个全世界最短小说大赛征集到的，征文的要求是字数不超过十五个，但小说内容要包含宗教、政治、色情、暴力、悬疑等因素。宿舍里几个人都把目光聚到彭博脸上后，彭博清了清嗓子，拿起本杂志，一本正经地读道："教皇的女儿怀孕了，谁干的？"读完这一句，他就合上了杂志，低头问鱼震洋还有没有脚气膏，说他脚上又起水泡了。他对面铺上睡的是老大，老大等了半天，见彭博还在那里低头抹脚气膏，就扔过去一本书，说下边呢老六？彭博举着脚气膏，说脚上长水泡就够我受的了，你还想让我"下边"也抹脚气膏。老大说，我说的是刚才的小说。彭博说，小说不是已经读完了吗？就这一句？老大说。彭博说，要不怎么是全世界最短的小说。看见大家都在笑，老大有点儿气急败坏起来，说谁干的。彭博也哈哈地笑着，说除了老大你，教皇也想知道是"谁干的"。

应该就是从那天开始，"谁干的"这句话就天天挂在他们宿舍一群人的嘴边，像是他们唇角上生长正旺盛的胡子。地上有了垃圾，他们会说：谁干的？屋子里有了臭袜子的味道，他们会说：谁干的？班里某个女同学被惹哭了，他们也会说：谁干的？后来这句话又成了他们班里的公共口头禅，即使到毕业大家各自离开学校，这三个字好像也从来就没有离开过他们的生活。上一次同学聚会，大家说到因摔伤了脚去医院里手术，结果被过量麻药弄成了脑血栓的老大时，他们宿舍里几个人又异口同声地说了句：谁干的！说完，大家互相瞅了半天，差点儿没笑得背过气去。

远处有鱼在水面上一跃，在月光里描出一道银白的弧线。彭博在鱼震洋的注视里笑了笑，说："应该把刚才剩下的月饼带出来，现在扔到水里去喂喂鱼。"

甘美龄生下女儿后，鱼震洋从彭博话语间流露出的一些蛛丝马迹里，慢慢地判断出，彭博和甘美龄之前的冷战，大抵都是因为甘美龄不能怀孕。另外，他还隐约地觉得，甘美龄极有可能是通过人工授精的方式，才怀孕的。鱼震洋这么猜测，是缘于甘美龄怀孕后，有那么一段时间，彭博只要喝多了酒，就会和他探讨上两遍，医院里在给那些不孕患者实施人工授精时，会不会出现像昆德拉小说里描写的那种情况：医生们根本就是用了他们自己的精液，使那些渴望怀孕的女人们怀孕的。

彭博迷上了跟踪调查那些非法测绘案后，一天，甘美龄跑来找到鱼震洋，进门就对他说："你知道彭博已经患上了强迫症吗？"鱼震洋没有回答她，准确一点儿说，应该是他一时间不知道该怎么回答她。他看着她手里垂着的钥匙扣，瞧着钥匙扣里那个长得有点儿丑丑的小女孩的肖像，手心里冒出了一把细细的冷汗。鱼震洋想着甘美龄刚怀孕的那个中秋节的晚上，他们坐在湖边，彭博告诉他甘美龄怀孕了，他脱口说出谁干的那句话后，彭博脸上那个僵了一下，又迅速消失的表情，猛然意识到，彭博患强迫症的原因，会不会就是因为，他一直都在怀疑，甘美龄怀胎十月生下来的那个小女孩，根本就不是他亲生的孩子。

六

重阳节的这一天早上，鱼震洋赶到珍珠泉时，溺水身亡的彭博已经被人打捞上来，浑身水漉漉地躺在地上。鱼震洋站在离彭博一米远的地方，顺着他闭着的眼睛往上看去，他平静的面孔对着的上空，是一株枝叶繁茂的法国梧桐树，枝叶间结满了青绿的铃铛。在早晨的阳光里，那些枝叶的影子，斑斑驳驳地落在他的身上，他的身上和脸上就一块儿明亮，一块儿黯淡，像是时间正在他身上一起一伏地往远处游荡着，而他，正在游动的时间里，变成一条巨大的黑色的鱼。

在枝叶间那些铃铛的碰撞声里，甘美龄小心翼翼地坐在彭博的身边，安静地，一动不动地瞅着丈夫安静的面容，脸上也是一脸的平静。好像她的丈夫睡着了，她正坐在床边，盯着这个熟睡的男人的面孔，想象着，这个男人正在梦里梦见些什么。

鱼震洋走到甘美龄身边蹲下来，轻轻地搂住了甘美龄左边的肩膀。甘美龄没有动，仍然在盯着彭博，只是有点儿蹑手蹑脚地说："我们先不叫他，他好几年没有睡得这么踏实了。"

鱼震洋是在夜里三点钟，收到彭博给他的信息：

"天亮后到珍珠泉里来找我，我还是想让你看清楚，水里面真的没有那些黑色的鱼。"

那时候鱼震洋还没有睡，他戴着眼罩躺在床上，手里拨弄着牙线，正在一分钟一分钟地等待着六点钟的钟声。天亮之后就是重阳节了，甘美龄说，如果重阳节到来前的那晚，人静静地躺在床上，一直到早上听见六点钟的钟声，那这个人一年的厄运就会全部被消除。

听见短信响，鱼震洋取下眼罩，摸过手机，看到是彭博的短信，就把手机扔到了枕头边上。这个家伙又失眠了，他想。这几年，彭博只要夜里失眠，就肯定会给他发来一条信息，把第二天或者第三天，也或者是第四天才准备约着鱼震洋一起去做的事情，告诉他。好像就是因为这件事情一直在折磨着他，才造成了他失眠，令他无法入睡的。他们已经一年多没有去珍珠泉看鱼了，鱼震洋重新戴上眼罩，在黑暗里琢磨着，彭博为什么突然又想起来去看那些鱼呢。

医生和警察都在旁边站着，抢救结束之后，甘美龄就不让任何人再靠近彭博。

"他游泳游得特别好，以前也经常会这样带着一身水回家。你们等一会儿，他一会儿就会起来回家了。"甘美龄举着手机，目光四处祈求着说，"不信你们可以看看他半夜里发给我的短信，他还说冬天我们要去南方。"

见没有人凑过来看手机，甘美龄就把它塞到了鱼震洋手里。

"你看看，我说的都是真的。"

树叶的斑影在一点一点退着，太阳已经晒着彭博的额头了。鱼震洋盯着彭博的眼睛，看见彭博悄悄地把眼睛睁开一条缝，迅速地看了他和甘美龄一眼。他发现彭博看他们时，唇角处还悄悄地笑了一下。

鱼震洋忽然记起来，昨天他们一起喝酒时，彭博就是一直这样微笑着的。还有，昨天整整一个下午，彭博始终没有谈论任何和非法测绘案有关的事情。当时，鱼震洋甚至还在想：太阳终于还是从西边出来了。

因为专业是数学，两个人共同的爱好又是桥梁设计，前些年彭博一直在说，他和鱼震洋如果肯钻研，说不定就会成为一流的桥梁设计师。昨天下午一直在给他们佐酒的，就是那些世界各地的桥梁。这也是他们以前喝酒时，俩人都喜欢谈论的事情。昨天，他们两个人先是从非洲塞内加尔河上费代尔布大桥的锈蚀谈起，谈到了那里潮湿的海洋环境，然后，又谈到了西班牙加林多河桥上的人行道。谈到新加坡的海湾桥时，鱼震洋说海湾大桥效仿的是人体基因脱氧核糖核酸的双重螺旋构造，据说美轮美奂，以后有机会应该带着孩子去看看，让孩子去那里乘坐一次世界上最高的摩天轮。

彭博没接鱼震洋的话，他笑了笑，就把话题转到了法国的韦里耶尔高架桥上。韦里耶尔高架桥是法国"地中海公路"上的一座桥，位于编号 A75 路段。鱼震洋知道，这条高速公路从巴黎开始，往南经过地中海海岸转向西南后，穿过比利牛斯山进入西班牙。韦里耶尔高架桥跨越了地势陡峭的韦里耶尔峡谷，而在它北部约十五千米的地方，就是世界著名的米约高架桥。说到这座桥梁的墩底时，彭博突然笑起来，两只手伸到鱼震洋面前，用右手的食指在左手掌上画着图，说如果按着数据把这座桥的截面画出来，它们的形状简直太像女人们使用的卫生巾了。说着，彭博停顿了一下，说他回家后，得去问问甘美龄，她去年到法国，在这架桥上经过的时候，有没有想到，在她的下面，就是一百四十多米深的山谷。

鱼震洋没有和彭博谈论韦里耶尔桥墩是像女人使用的卫生巾还是像一块滑雪板，他想的是，当风穿过这座距离谷底一百多米深的桥时，这座桥能承受的最大风力会是多少。

张罗完彭博葬礼的这天夜里，鱼震洋回到家就躺在了床上，闭着眼睛想彭博。彭博躺在珍珠泉边的那棵法国梧桐树下，在斑驳的阳光里眯着眼睛，瞅着他笑着。

鱼震洋说："昨天夜里，它们又游过去了。"

"我给你说过多少次了，珍珠泉里根本没有你说的那些鱼。"彭博仰头盯着树上的叶子说，"现在开始怀疑，这两年里我一直像个紊乱的生物钟似的，是不是把你也搅乱了套。"

"你是不是以为，你是个强健的肺结核球菌？"鱼震洋来回弹拨着牙线。

"那样倒好了。"彭博闪烁其词地说，"有个问题一直想问你，你有没有想过有一天会抓我？"

鱼震洋继续弹着牙线说："我怎么听不明白你在说什么？"

"我认识一个韩国男人，他一直喜欢榨松树汁喝。"彭博说，"点点在幼儿园里新学了一个舞蹈，一会儿我们回去，让她跳给你看看。看完了她跳舞，我们找个地方喝酒去。"

点点是彭博的女儿，刚刚三岁，特别喜欢跳舞。鱼震洋用力地拍了下额头，想起来自己去了趟马尔代夫，居然没有给她带件礼物回来。一件也没有，连一块指甲大的巧克力都没有。

"这次我可以喝醉吧？说老实话，我真想喝醉一次，就像你们结婚那天。那样，也许我就可以好好睡一觉了。"鱼震洋说。

鱼震洋暗暗地谴责着自己，上次为什么就忘了给点点带件礼物。马尔代夫人不允许外国游人带走他们的任何一只贝壳，甚至一粒沙子，但是别的还有很多东西，是可以带走的。可以带走的东西里面，甚至包括漂亮的女人。

"当然可以,我们当然可以喝醉。"彭博说。

"几点钟了?"

"现在是五点,我们现在就走。"

"我可真要喝醉。"鱼震洋轻轻地捏着自己的嘴巴,看着彭博头顶上那些在风里飞扬的树叶,以及淡绿色的、不能发出声音的小铃铛。

"那就一起醉好了。"彭博说,"我现在先想想,一会儿我们去哪里喝。"

七

冬天到来之前,鱼震洋辞去了他那份很少有人知道的工作。辞掉工作后,他做的第一件事情,便是把陌生女人塞在他门上的那张纸片,拿飞镖钉在了镖盘上,然后,他每天都要定时站在镖盘前面,盯着上面"冬天我们去南方"七个字,看上一会儿。

偶尔,他在贯穿房间的风里看着那七个红色的字,看着它们在镖盘上慢慢地消失。他自己都会觉得糊涂,不知道有些事情是真的发生过,还是那些事情根本就从来没有存在过。还有彭博,如果不是去彭博家里看见了甘美龄和那个叫点点的小女孩,还有彭博年迈的父母,他甚至怀疑,这个世界上,到底有没有过彭博这个人。

(原载《上海文学》2015 年第 2 期)

纸环

一

　　站在阳台上，朱节看着摇晃的树叶子和青青的草皮，好像还没来得及等待，那种坠落的感觉就凶猛地席卷而来了，像窗外的阳光突然笼在了她的身上。朱节战栗了一下，人就像被射出去的一支利箭，先是进了卧室，接着穿过起居室到了厨房。在厨房门口，朱节拉开冰箱的门，迅速把一只柠檬牢牢地抓在了手里。

　　阳台下面的杨树有十几棵的样子。朱节曾经数过无数次，但从来也没数清楚它们到底是多少棵。就像它们都是天上的星星落到地上幻化而成的，朱节数着数着，它们就闪闪烁烁地跑开了，把自己隐藏在了天空的一角。朱节只是看见，每棵树的叶子都喜欢在风里摇动着，而摇动它们的那些风，有时候是轻轻的，有时候又是肆无忌惮的。还有那些草皮，好像它们天生喜欢倒弄颜料，在厌恶了绿色时，就会在人们不留心的夜里或是中午，悄悄地，不动声色地，往绿色里混进去一些柠檬的黄。

　　章辉坐在书房里，先是看见朱节跑进了厨房，接着就看见朱节撕咬柠檬的贪婪样子。他皱了下眉头说："给你说过多少遍了朱节，柠檬从来都不是吃的。它是用来泡水喝的，是来当佐料，当点缀的。"

　　看了看手里的柠檬，又看了看章辉，朱节搜寻记忆一样地静止了两秒钟之后，才微笑着说："我是想咬出一点儿汁来，尝尝它们的味道是不是一样，然后再去泡水。看见刀子了吗？"

"难道柠檬里还有苹果和菠萝的味道吗？"章辉说。

朱节没吭声，假装折回厨房里去找刀子。每个柠檬的味道肯定都是不一样的，朱节想，要是一样，你现在为什么还会去爱上另外的女人呢？但朱节不想和章辉说这些，她不愿让章辉知道，她已经知道他在外面有了别的女人。她想看看章辉到底要把戏唱到什么份上。章辉是一个谁见了都会说他是一个好丈夫的男人，这样一个男人，现在居然也在外面有了女人，这本身是不是就很有戏剧色彩？而且，让朱节觉得更有讽刺意味的是，这个消息，竟然还是章辉以前爱过的女人亲口说给她的。

从厨房里走回来，朱节的手里仍然只有柠檬。这是章辉早就预料到的，因为朱节每次拿着柠檬去找刀子，十次有九次肯定都是这样的结果。

章辉是很偶然地发现，朱节在吃柠檬的。起初，他看见冰箱的冷藏室里放了一堆柠檬，还以为朱节是误把它们当作橙子买回来的。朱节虽然是个医生，但谁也没说医生就不能偶尔粗心一下。但是，很快，章辉就发现是自己的理解出了问题。接下来，他暗地里观察了一段日子，大约有三个月，也就是一整个冬季，但他始终没弄清楚，朱节为什么要这样去吃柠檬。而且，章辉还发现，朱节好像每次都是在阳台上站着站着，突然就像被童话书里的巫婆念了魔咒似的，先是抱头鼠窜地逃进房间里，然后就是去冰箱中抓出柠檬，像跟敌人搏斗一样疯狂地撕咬，似乎手里的那个柠檬是和她积了八辈子怨，欠了她一百条命的。

切好几片柠檬投进杯子，然后百无聊赖地看着它们慢慢沉进水里，朱节觉得自己也跟着柠檬一起潜进了水底，从里到外地窒息着。她想让章辉帮忙把她捞出水面，即便是让她呼吸一口新鲜的空气也好，但现在章辉又回到他手中的那本书里去了。似乎那本书里有一个让人流连忘返的仙境，走进那里面的章辉，跟在一个境幻仙子的身后，已经完全忘记了身外还有一个朱节。

"你能不能先放下手里的书？"朱节看了一眼在水里渐渐变着颜色的柠檬片，走到书房门口，面无表情地看着章辉。

"有事情要做吗？"章辉看着手里的书说。

"是想和你说一件事情。"

章辉犹豫了一下，还是放下了手里的书，扭过脸来看了一眼站在门口的朱节。现在，朱节的脸上已经由方才满脸的惊慌，转换成了一脸的疲惫，好像她真的是刚刚冒死穿越了一条生死封锁线，从硝烟弥漫的某个战场上逃回来的。

"我上午到可可的美容院去了。"朱节看着章辉放在书脊上的手，想象着一个男人的手在抚摸和拥抱着他妻子之外的女人时，他血管里的血液会比平时的流速加快多少倍呢？

章辉换了个看上去更舒适一些的坐姿，然后才说："你好像每周都去。"

"可可说，她这次已经下定决心，准备和大志离婚了。"

"你上次回来好像也是这么说的。"章辉心不在焉地说，"那是他们自己的事，想离了谁也不能把他们绑在一起。这和我们好像没有多大的关系？"

"可可说这次是真的要离。"

"你能不能不每次回来都反复地说他们？"章辉的口气忽然生硬起来，"如果大志是流氓，那可可现在也不可能是清清白白的。"

朱节没想到章辉会这么形容可可。她看着章辉的表情，感觉身体里有个东西剧烈地晃荡了一下，好像是一个装了水的器物，不小心被什么尖锐的东西狠狠地撞击了一下，水就从那个被撞破的地方凶猛地喷涌了出来。

在喷涌的水里挣扎了一会儿，朱节侧了身子，把眼睛转向了泡在水里的柠檬片。那些柠檬已经在水里略略变得膨胀起来，颜色也和形状一样，开始有些面目全非了。

"可可认为她是被大志逼的。"朱节说，"可可说大志能做动物，她为什么就要委屈自己呢。她偷看过大志的日记了，那里面已经记录了一百多个女人的名字。他还把每个女人来见他的时间和发生在床上的那些事，全都描写得一清二楚。"

"那是她根本不了解男人的心理，不知道男人有时候也是需要用虚构和幻想，来缓解一下生存压力的。"

"你的意思是，大志日记里那些被他从网上勾引来的女人，都是他堂吉诃德式的虚构？"

"真相只有他自己知道。"章辉说着，把刚放下的书又抓在了手里。

章辉想，在这座城市里，除了宋大志的父母，除了宋大志，除了他章辉，恐怕再没有人知道宋大志是一名被人从孤儿院里领养的孤儿了。宋大志说他是在六岁时被现在的父母收养的。那时候，他的养父是一名刚刚转业的军人，他自己的儿子，在唐山大地震中死去了。

章辉知道宋大志的身世完全是一次意外。宋大志的家里搬家，宋大志叫着章辉前去帮忙。往外搬东西时，宋大志抱着一个彩陶的小罐子，一边走一边和跟在后边的章辉聊天，在二楼的楼梯拐角处，宋大志一脚踏了空，失手就把手里的罐子摔在了地上，而那个小罐子里，恰好就藏着宋大志被收养时办理的那份收养证书。当时章辉放下了手里的纸箱子，把扭坏了脚的宋大志扶起来，又把散落在地上的东西收拾起来，那一刻他最后悔的就是那一天到宋大志的家里来帮忙了。

　　房间里的光线已经在慢慢地变弱了，像有一层薄薄的雾霭从家具的缝隙里钻了出来，弥散在了房间里。朱节知道章辉现在并不是真的在看书，但章辉拿起了书，朱节就跟着沉默起来。这样的事情也能虚构吗？朱节虽然怀疑这样的可能性，但她却不准备再和章辉继续谈论下去了。章辉已经不是从前的那个章辉了，他已经不再像原来那样喜欢耐着性子，像教孩子一样给她解释一些她弄不明白的问题了。还有，眼下他和宋大志又有什么本质的区别呢。不同的只是，宋大志用白纸黑字记录了一百多个和他有染的女人的名字，章辉则是把一个女人藏在了他的心脏和灵魂的皱褶里。

　　直到现在，章辉都不知道，朱节每天早上醒过来，都要先闭着眼睛，像基督徒对着上帝祷告一样，默默地问一遍自己：朱节，你今天还要对章辉微笑吗？

　　当然，每天这样问完了，朱节还是要对着章辉微笑的。她给自己的底线是：要一直微笑到章辉亲自告诉她，他在外面有了另外的女人。

二

　　从超市里出来，绕过一片草坪，朱节在一棵银杏树下的休闲椅上坐下来，仰着头看满树绿蝴蝶一样颤动的银杏树。朱节喜欢蝴蝶，也喜欢这些蝴蝶形状的银杏叶子。

　　看完银杏树，朱节下意识地往远处扫了一眼，就看见了宋大志和他带着的三个孩子。三个孩子齐刷刷地张着小手，正在给一群围着他们的鸽子喂食。宋大志则在一边举着个长镜头的相机，给喂鸽子的三个孩子拍着照片。鸽子全是天使一样的洁白，三个孩子的脸上全是鸽子羽毛一般洁白的笑。宋大志给人的感觉呢，是他脸上泛滥着的那些幸福的笑，眼看就要决堤了，好像他真的是那三个孩子的父亲，而那三个孩子全都是他的掌上明珠、心肝宝贝。

这是个周末，朱节不用猜测就能知道，三个孩子一定都是福利院里的。朱节从认识宋大志那天开始就知道，无论春夏秋冬还是风霜雨雪，宋大志每个周末都是要到福利院里去，陪着那里的孩子一起过周末的。

"你们和鸽子好！"朱节走到宋大志跟前，把手里的两个袋子挡在了宋大志的镜头前，笑嘻嘻地说。

"你和你的袋子好！"宋大志看着朱节手里的袋子说，"商场里是不是又在搞促销？"

"正在促销美女呢。"朱节诡秘地笑着说，"假如你去买一件高档服装，他们就送你一个意大利进口的美女模特。要不要我在这里照顾着孩子，你去搜罗几个回来？"

"那恐怕需要章辉先给我提供几套免费的房子了。"宋大志说，"你怎么一下子买了这么多柠檬，是不是准备开个柠檬汁厂？我那里正好有两个孩子还没联系到工作呢。"

宋大志和可可都是章辉的大学同学，不是朱节的同学。但是这些年里，他们给人的感觉却好像朱节和章辉的位置已经完全错了位，好像和宋大志跟可可是同学的人是朱节，而不是章辉。朱节现在每周都要到可可的美容院里去，和可可亲密得就像是一朵花上的两个花瓣。而章辉呢，只有在逢年过节这些亲朋好友不得不聚在一起的时刻里，他才会被朱节张罗着，出现在宋大志和可可面前，和他们在饭桌上山南海北地瞎扯上一会儿。除了在这样的饭桌上，平常的日子里，章辉很少和宋大志他们联络。

"一会儿是黑白红黄绿，一会儿又是生旦净末丑，你的大戏台上有多少人安排不开。"朱节想起可可说的宋大志日记里那一百多个女人，就顺着宋大志的玩笑话说，"你最好是等那些美味的桃汁梨汁葡萄汁呛着你的时候，再来麻烦我。我坐在120车上，车可能跑得会快一些。"

宋大志现在是省电视台"好戏连台"节目的制片人。从当上这个制片人开始，宋大志就常年在宾馆里包着房间了。可可说，他包那个房间的唯一目的，就是便于和各种各样的女人鬼混。

朱节记得她第一次把可可的这些话转述给章辉时，章辉的神情是略略带了点异样的。朱节说不清楚章辉的异样里到底包含着什么东西，但章辉的那种神情，却让朱节的心里浮上了一层说不出来的伤痛。这种伤痛就像她手里缝合刀口用的那些针尖一样扎着她，同时又不停地提醒着她，怂恿着她，回来把宋大志和可可的事情说给章辉听，哪怕一线蛛丝马迹也要清晰地描绘出来，完美地呈现给章辉。朱节总觉得，章辉对宋大志和可可的生活现状，是有意在模糊不清的。

宋大志夸张地笑了笑，笑完了，说："我以为我的形象完全是在可可手里迅速升值的，现在才明白，原来可可后面还有这么个得力的助手。"

"美死你。"朱节说，"你给了我多少好处，让我扯破喉咙摇旗呐喊地去炒作你。你以为你是什么超女快男或是股市里的涨停股？用一个乱七八糟的盘子托起来，就能从你身上榨出另外一个新天地来。"

"我有那么芝麻绿豆吗？"宋大志说，"虽然操不了那些十二寸的大盘子，可是我一直都觉得，自己起码还算个能操纵起三寸五寸小盘子的男人。"

"是，操盘子的男人。你的大戏台上来来往往的那些角儿，哪个不听你的摆布。"朱节说。

两人正笑着，忽然听见三个孩子起了争执。他们鸽子也不喂了，对立成了两派。两个大的成了同谋，对着被孤立在一边生气地哭的孩子齐声唱道："乌龟小姐你别生气，明天带你去看戏。看什么戏？去看河豚流鼻涕。"

宋大志走到那个被孤立的小孩子身边，抱起她来哄得她笑了，然后才看着朱节说："你愿不愿意和这几个孩子一起拍张照片？今天是他们的生日。"

广场上已经落满了夕阳的余晖。朱节看见三个孩子和鸽子，看见宋大志和自己，还有广场上的树木和行人，远处的街道和楼房，都沐浴在一片温暖的红色里，就连护城河对岸一蓬一蓬的白色蔷薇，也被天空中荡漾着的那些胭脂般的颜色，泅染得绯红了脸颊。朱节想，这样温馨的傍晚，是多么适合孩子们围在父母的身边嬉戏撒娇。朱节被眼前这些温暖的情绪感染着，就有些动情地说："当然愿意。看着他们，我甚至希望自己就是他们的妈妈。"

朱节走到三个孩子身后，单腿跪下来，然后伸出胳膊，像一个真正的母亲那样，慈爱而温柔地揽住了他们。在揽住他们的一瞬间里，朱节忽然想，这三个孩子里，会不会有一个孩子就是她亲手把他迎接到这个世界上来的呢？

以前，朱节只知道宋大志每周都会去福利院里看望孩子，但她从来没亲眼看见过宋大志和这些孩子在一起。一边是可可形容的宋大志道德败坏得像个四蹄动物，一边又是宋大志对福利院的孩子们的这种无私的爱。现在，朱节看着宋大志手里的镜头，又低头看了一眼怀里揽着的三个孩子，突然有些疑惑起来。

宋大志一直属于那种异常敏感的人。他抬起眼睛来，从镜头的上方看了朱节一眼，笑着说："怎么，对这个世界上的某些事情，是不是又有些不能理解了？"

"我又不是外星人。"朱节躲闪着说，"你忘了，我是研究瘟疫史的，难道这个世界上还有比霍乱更难理解的东西？"

"你这么亲切地揽着孩子，我倒把你这个妇产科医生的另一个爱好给忘了。你现在一说，还真有件事要问你。"宋大志说。

"什么事，问吧。"朱节说，"是关于妇产科的还是关于瘟疫史的？"

"当然是瘟疫史。'非典'过去后，我们台里一直想筹备制作一部介绍世界瘟疫史的片子，他们想找个研究瘟疫史的医生做医学顾问，你有没有兴趣？"

"好哇。"朱节说，"不知道你们是准备先从伤寒和副伤寒做起呢，还是准备先从非典和鼠疫做起？"

"应该是先从梅毒做起吧。"宋大志哈哈地笑着说，"你是不是更想说这句？"

"先从梅毒做起有什么好笑的，是不是做贼心虚了？希特勒在他写的《我的奋斗》一书中曾宣称：治疗梅毒是德国'刻不容缓的任务'！所以有人说希特勒完全是出于对犹太人的极度仇视，才对犹太人实行种族灭绝的。而研究者认为他之所以仇视犹太人，仅仅是因为他早年流落维也纳街头时，从一个犹太妓女那里感染了梅毒。"朱节说。

"除了希特勒、政治家林肯，就连章辉和可可都喜欢的音乐大师贝多芬和舒曼，好像同样也是死于伟大梅毒的折磨。而且，我还知道，据说在1519年前后的法国上流社会里，任何一位没有感染上梅毒的贵族，都会被看成是不会享受生活的土包子。"宋大志说，"你看，梅毒是不是很挑剔？它既不像鼠疫，也不像伤寒和霍乱，不是随便一个草芥样的小人物都配染病上身的。"

这么多年了，朱节竟然从来都不知道章辉是喜欢贝多芬和舒曼的，更不知道，可可居然也和章辉一样喜欢他们。章辉喜欢贝多芬和舒曼，他为什么从来就没对自己说过呢？而且，朱节想起来了，有一次她想用舒曼的一节曲子做手机来电的铃声，但是只用了一天，就被章辉动员着换成了清晨的鸟鸣声。章辉说他不喜欢舒曼的东西。

　　章辉为什么要对自己撒谎说他不喜欢呢？朱节的心里又开始恍惚起来。她害怕宋大志看出她的破绽，慌忙含混地笑了笑，对宋大志说："我们现在要不要带着孩子们去吃蛋糕？"

　　福利院的楼房全部是五层的，每一层的墙壁都刷成了粉色。宋大志看见朱节从进了楼洞开始，就一直盯着走廊里的墙壁看，便笑了笑，说："你如果是在白天来，将会看见这儿里里外外的墙壁刷的都是这种浅粉色。他们可能觉得这种颜色淡淡的，看上去比较温馨。"

　　"是不是有点儿像你们医院里护士们的工作服？"宋大志说。

　　朱节有些心不在焉地说："是有点儿像。"

　　从楼上下来，朱节才注意到已经很晚了。甬道两旁的合欢树都已经闭合了翠绿的羽毛般的叶子，在星星和灯光的安抚下睡着了。在一个瞬间，朱节甚至在微风拂过那些羽毛时似有似无的声息里，听见了它们熟睡时的呼吸声。朱节这才想起来，出门的时候，她本来是想早些回去给章辉做饭的。她已经一个星期没和章辉一起吃晚饭了，有时候是她不在家里，有时候当然又是章辉不在家里。现在，她发现自己也和章辉一样，只要外面有不回家的机会，她就会把回家的事给忘到路的另一边去了。

　　把车子掉转了头，宋大志看了一眼朱节说："第一次来这种地方，说说感觉？"

　　"说不上来的一种感觉。"朱节说，"以后有机会，还是希望能再和你一起来看他们。"

　　"如果知道你不讨厌这里的孩子，还对他们有这么多爱心，我肯定早就邀请你来了。"宋大志稍稍停顿了一下，停顿的时间让朱节感觉大约能眨动两次眼睛，他才又声音散散地说，"可可和你不一样，她现在一点儿也不喜欢这里的孩子了。"

　　"可可也许是觉得，这些孩子占有了你们的周末。"朱节看着宋大志，忽然开玩笑地说，"要不是我和章辉去你们家时，看见过你的爸爸妈妈，而且还看见你长得那么像你爸爸，我真怀疑你从小就是在福利院里长大的。要不，你怎么能和这里的孩子有那么深的感情呢。"

发现章辉在自己的老婆面前也没有出卖过自己，宋大志就似有似无地笑了笑，说："正常家庭里出来的人可能都不会了解这些孩子，不知道他们最缺乏什么，更不知道他们的内心里最需要和最看重的又是什么。"

"那他们最需要和最看重的都是什么呢？"朱节说。

"他们最需要和看重的其实是同一样东西。"宋大志说，"他们最需要爱和亲情了，因为他们是这个世界上最孤独的人。"

"孤独是人类的共性，爱更是人类共同的需要哇。"朱节说，"你和我，还有章辉和可可，我们每个人，都需要爱和亲情，都希望得到别人更多的爱护。"

朱节故意把章辉和可可的名字连在了一起。自从下午意外地从宋大志口中知道了章辉和可可都喜欢贝多芬和舒曼后，一整个晚上，朱节都在期待着宋大志再说出一些类似的话来，让她知道更多一些章辉和可可的过去。现在，在章辉和可可两个人身上，朱节自己都觉得自己像一个浑身都被腐朽气淹没着的考古人员了。

"爱和爱是不一样的。我们需要的那些爱和感情，有时候可能只是欲望。"宋大志说，"很多时候，我们都在把一些欲望当成了爱。而在这些孩子的心里，爱更像一张透明的玻璃纸，它的上面是没有一丝杂质的。"

路灯斜斜地照进车里，一束束的光线打在宋大志的脸上，又波浪一样的涌到后面去了。宋大志的眼睛虽然一直在专注地盯着前方，但朱节能觉得出来，他绝不是用心地在开车。他的眼睛是在杂草丛生的旷野里追赶着一只跳跃的蚂蚱，或者一只飞舞的蝴蝶的。

"他们，我是说这些孩子，他们还会想爸爸妈妈吗？"

问完了，朱节才忽然感到自己的话无比愚蠢。至于愚蠢得像什么，朱节想了一下，最后还是不想把自己比喻成驴子一类的蠢东西。

"当然想。不过，也许说成想象会更合适，因为爸爸妈妈在他们的记忆里都是空白的。"宋大志突然像深呼吸一样，不为人觉察地叹息了一声，又说，"所以，这些孩子的心理，是和普通家庭长大的孩子不一样的。这也许会是他们长大之后很多痛苦的根源。"

"能说一说都有哪些不一样吗？等以后再来看他们的时候，我也好注意一下。"朱节已经听见了他那个深呼吸一样的叹息。

"怎么说呢，"宋大志说，"他们可能会比一般的孩子更自卑，更多疑，更脆弱，更忧郁，也比一般的孩子更容易受到刺激和伤害。"

"还有吗？"朱节等了一会儿，见宋大志不往下说了，就转了脸盯着宋大志问。

"也许还有很多，只是我一时又说不清楚了。"宋大志发现朱节一直在盯着他看，神态像一个耐心问诊的老中医，就笑了一下，说，"怎么，现在又开始做心理学研究了？"

"我也许是需要多读一些心理学的书了。"朱节看着车外因为灯光闪烁而变得有些迷离的夜色，说，"甚至，我一直都在想，要不要改行不再做接生婆了。"

"为什么会有这样的想法呢？"宋大志说，"亲手把那些小生命迎接到这个世界上来，这是一项多伟大的工作。这样的工作真的只有天使才配来做。"

朱节轻轻地笑了一下，说："跟着你来了一趟福利院，接生婆马上就升级成天使了？只可惜我的后背上还没生出天使的翅膀来。"

三

朱节读了五年的医科大学。在这五年的时间里，朱节学的就是怎么把一个新生命顺利平安地迎接到这个被太阳星星和月亮照耀着，有花朵有绿叶有笑声的世界上来。

朱节喜欢听那些孩子被她的双手托起来时，发出的那声嘹亮的啼哭。那些嘹亮的啼哭就像划破黑夜的一束阳光，带着世界上最耀眼最蓬勃的力量，只需一声，就把产房里凝固着的空气弹开了。所以，朱节每接生一个孩子，都会觉得这个生命的到来就是她期待已久的一个春天，而每一个春天，都是伴随着一朵一朵花朵的盛开，在朱节的心里和喜悦与幸福连接在一起的。

在可可告诉她章辉在外面有了女人之前，她一直最得意的，就是她当了十年的接生婆，连她自己都弄不清楚，她到底在多少个孩子的出生证上签下了朱节这个名字。这之前,朱节每次走在街上,眼睛看见那些被父母牵在手里,或者抱在怀里,眨着明亮的眼睛对世界充满了好奇的孩子,都会莫名地兴奋起来,猜测这个孩子是不是她亲手接生的,等这个孩子长大了,看见他出生证上朱节这个名字时,他会不会反复地猜测,那个把他迎接到这个世界上来的朱节,到底长着一副什么样子?

一想到那些孩子长大后可能会有的种种想象,朱节就觉得自己的工作真的是世界上最美好的一种职业,朱节就经常会在黑夜里自鸣得意地想:这多像一个天使,在给一个一个的家庭馈赠着最珍贵的节日礼物。而每一个得到这份礼物的人,他们的喜乐就是一颗钻石,就是新绿的叶子上一颗透明的露珠,沐浴在阳光里。

但是,那种坠落的感觉,不动声色地,一点一点地吞噬着朱节,就让她再也不能这么想了。不仅不这么想了,每次一到手术台上,朱节还会不由自主地恍惚起来,好像那些孩子的未来和命运,都是在她把他们迎接到这个世界上的一刹那,由她亲手给他们设定的。可是,她却不知道那些孩子的未来是什么样子的,甚至不能知道,他们能不能一直生长在一个温暖而完整的家庭里。

而越来越严重的是,朱节发觉,她不仅害怕在那些孩子的出生证上签下自己的名字,还开始害怕在街上看见孩子了。甚至街上那些来来往往的车辆,阳光和风,以及路边那些在风里翻动和摇摆的树叶子,都会突然跳出来,给她一种胆战心惊的惊悸。有几次她坐在车里紧紧地闭着眼睛,章辉发现了,问她是不是哪儿不舒服?她说没有不舒服,就是不想看见街上的东西。头两次章辉听了她的回答后,还会说她一句怎么越来越莫名其妙了。到后来,章辉再听见类似的回答,干脆就不作声了。

朱节知道,在章辉的眼里,她目前的一切行为都是莫名其妙的。她最热衷做的事情,好像就是不停地到阳台上去,然后再疯狂地跑回房间里,疯狂地去吃那些可恶的柠檬。但是朱节却不能告诉章辉,现在,即便她的内心里存着一万个不愿到阳台上去的念头,她的脚还是会像对待灰尘一般把这些念头统统地践踏到脚底下,然后鬼使神差地带着她去阳台。然后,带着她,去等待那阵不能自已的坠落感从脚底蔓延上来,咒语一样钻进她的大脑里,再让她疯了一样地去寻找柠檬。朱节觉得自己已经没有一丝选择的余地了,她去吃那些柠檬，就像她虽然讨厌到可可的美容院里去，但还是要风雨无阻地每周去一次一样。

朱节去可可的美容院从来都不是为了做美容。朱节一点儿也不喜欢做美容，不但不喜欢，而且还有些厌恶。所以，无论可可怎么动员她，把美容的好处堆到了天边的云彩里，和那些眼花缭乱的云彩镶嵌到了一起，朱节仍然一次也不去做。她厌恶那些在无数人脸上游走的按摩小姐的手指，她觉得她们的手指会像蛇一样，缠住她的脖子令她不能呼吸。

只有朱节自己知道，她到可可的美容院里去，仅仅是为了看见她不愿意看见的可可。

而这一切，就像春天里没有任何东西能够控制树木花草发芽开花一样，朱节一点儿也没有办法来控制自己。

可可在医院里把章辉和宋大志裹在一面旗子里骂过后，她的嘴里就再也不提一丝和章辉有关的事情了。可可不再说，朱节也不开口问。好像可可从来没给朱节说过章辉的事情，而朱节也从来没听可可说过那件事情。但是，朱节的潜意识里却一直都在固执地等待着，虽然她自己也不清楚自己究竟在等待什么，就像等待戈多。

春天的阳光像X光一样穿过了窗子上透明的玻璃，落进了房间里。然后，它们落在了朱节的身上，就在朱节的皮肤上脉络里骨骼里内脏里还有蓬乱的头发上来回地扫描着，纷纷乱乱地排列着，好像要给朱节拍出一张透明的X光片子来。

从书房里出来往洗手间里去时，章辉看见朱节又坐在一团阳光里发呆，就折身走了过来。他在朱节面前停下来，拿书在她眼前晃了晃，然后拱着腰看了看朱节涣散的眼神说："用不用我陪着你看看心理医生去？我早就说过，像你这种性格的人在产房里待久了，那些大呼小叫开膛破肚的场面看多了，一定会被刺激得得忧郁症。"

章辉在外面泡的时间越来越长，待在家里的时间就越来越少了。而且，即便是在家里待着的这一节比小拇指还短，在这近似昙花一现的时间里，他也喜欢独自蜷缩在那间书房里，手里须臾不离地握着一本书，让那朵昙花书签一样的凋落在书页里。有时候朱节喊他出来吃饭，他的手里照样还是握着一本书走出来，拿着它坐到饭桌前。好像他的一只手里不拿着一书本，他的大脑和肢体就会跟着丧失一切开花结果的功能似的。

朱节在那团明亮的光辉里抬起脑袋来,看了看章辉手里那本纸张淡黄的书,低声说:"我记得你好像说过,在学校里读书时读得眼睛看见书本就想吐,所以发誓下半辈子再也不摸书本了。现在,你怎么好像又变回一条离开书就不能活的书虫了呢?"

"我只是拿着它,并没有在读它呀。"章辉看着手里的书说。

"那你拿着它在干什么呢,当调料吗?"朱节朝章辉微笑了一下,说,"还是准备拿它们叠了飞机,让宋大志带到福利院里去,给那里的孩子们来回扔着玩?"

"简直莫名其妙。"章辉说,"可可和大志什么时候被你雇来当了保安,让你一天到晚地把他们钉在嘴角上。你要是喜欢宋大志,就和他厮混去,你不是说他们要离婚了吗?"

"这么说,你是希望他们离婚了?"朱节脸上仍然在微笑着,眼睛刀尖似的逼视着章辉。

章辉看着朱节的眼睛,有些恼怒地说:"神经病!我为什么希望他们离婚?"

朱节的声音突然细小下来,弱得几乎要变成若有若无的游丝了:"从我第一次走进你们三个人的小圈子,你们三个人就都怪怪的。但到底怪在哪里,我到现在也说不清楚。只是觉得你们三个人一直在演着一出戏,可我就是看不明白你们演的是什么。"

"那就赶紧去把票退了,离开这座让你莫名其妙的剧院。"章辉说着,拿着书本转身就去了卫生间。

看着章辉的背影,朱节突然有些歇斯底里地说:"章辉,你这些年不搞新闻了,是不是心里痒痒了,现在想自己去制造出几条花边新闻来?"

章辉曾经在报社里干过几年的新闻记者,后来凭着敏锐的职业嗅觉,他发现网站已经成了当下掘金的最新矿藏,就离开报社办了一家淘房网。现在,南到海南,北到黑龙江,不仅北京上海广州这些一流的大都市,就是任何一个在中国地图的版面上被标识出来的最偏僻的小县城,那里有多少二手房源,那些二手房具体都坐落在这座城市的什么位置上,它周围的环境又是什么样子的,在这座城市横数多少条街上,纵数多少条街上,离它的省会有多远,离它最便捷的高速公路有多远，距离与它最靠近的大海和知名的高山有多远，它的附近都有什么名胜古迹，甚至在经纬多少度上，距离地球上的某条地震断裂带有多远，这些，你只要到章辉的淘房网上去一搜，所有的一切全都会一目了然。一句话，假如你想淘房子，不管你在全国大大小小哪一座城市里，需求哪种类型的房子，章辉的淘房网一定都能满足你。

朱节越来越弄不明白的是，章辉现在能给所有希望在网上淘到满意房子的人，提供着大大小小各式各样无限量的幸福和满意的阳台，他为什么唯独不能够给自己提供一个小小的，可以比一片树叶一个巴掌还要小的平稳的阳台呢？在这个洒满阳光和细风的阳台上，她能够像刚结婚时那样，自由自在地行走在上面，在下雪的日子里随心所欲地晒一晒太阳，在风清日暖的日子里哼着歌儿给花草洒一洒雨露，然后随意趴在任何一扇窗口后面，听树上那些途经他们窗前的鸟儿说说远方的天气，或者鸟儿一样俯瞰着楼房下面的树木在风里摇动着头发，看草皮随着它们的心情青青或者黄黄。但是，唯独不会有那种坠落深渊的恐惧，油轮爆炸一样浓烟滚滚着从脚底蔓延上来。

四

这段日子，朱节莫名其妙地迷上了剪摩比乌斯环。她把一张纸条扭转粘贴成一个环状，用剪刀从纸环的中间剪开，再剪开，再分别剪开，就剪成了一个一个套在一起的纸环。每剪出一串这样的纸环，朱节就把它们提在手里反复地看，反复地想象自己是被套在了其中的哪一个套子里。

朱节想：过氧脂质是使人衰老和形成褐色素的主要物质。但是，使朱节和章辉的婚姻衰老和出现褐色素的又是什么物质呢？

朱节想：如果我们能听懂万物的语言，一定能听懂手里的这个纸环是在唱歌还是在叹息。但是，谁又能听懂剪纸环的朱节心里是在唱歌还是在叹息呢？

朱节想：火药、罗盘和印刷术，曾经是打开世界的三大法宝。但是，打开朱节和章辉婚姻的钥匙又丢在哪里了呢？

朱节想：人体里百分之五的DNA是有序排列的，是在编码区里的，剩余的统统都被称作垃圾DNA。但是，感情的DNA又是怎么组合的呢？章辉有序的感情病变之后，那些感情的垃圾DNA又怎么处理呢？

朱节想：在特定的条件下，光线的运行轨迹可以不是一条直线。但是，人类婚姻的光线的运行轨迹应该是什么样子的呢？

朱节想：蛋白质是构建生命的基石。但是，人们构建情感生命的基石又是什么呢？

朱节想：挪威政府计划在北极圈内的斯匹次卑尔根岛上建立一个"世界末日地窖"，希望在这个种子银行里保存住全球已知的所有农作物的种子。但是，有没有一个地方，能这样长久地保存一个人的感情呢？即便是这个人的感情遭遇了核战争、小行星撞击、气候剧变、海平面上升等致命的"末日危险"。

把那些五颜六色的纸环挂在了阳台的晾衣架上，朱节看着看着就僵住了，它们在阳光里闪烁着，多像摆满了一阳台的花圈哪。而她却不知道这些花圈是拿出去出售好呢，还是像殡仪馆里那样把它们租赁出去好。在殡仪馆的遗体告别室里租赁一个花圈，是要花上几百块钱的，朱节想她的这些花圈该是什么价码呢？

昨天，朱节去殡仪馆参加了一个高中同学的追悼会。她的那个同学安静地躺在告别室中央的水晶棺里，被整容师修饰得比他做新郎时还要耐看。朱节跟着几个同学走进去看见他时，神情恍惚了好一会儿，她觉得自己好像是走进了一个陌生的卧室里，看见了一个女人的正在熟睡中的丈夫。朱节心里颤颤的，第一次忘记了人体解剖课上那些被福尔马林药水泡过的尸体，觉得死亡原来也是可以这么美好的。

从商玉石的电话里，朱节已经知道这个同学是突发了心脏病死亡的。但一个月前，朱节还在医院里看见过他。当时他手里拿着病历站在朱节面前，说朱节你当初为什么不学心胸专业呢？你要是心脏病的专家，我来看心脏病就连号都不用挂了。朱节说你老婆给你生儿子那会儿，你怎么不说我学心胸专业好呢？朱节拿过他的病历看了看，说问题好像不大呀，回去把你的工商局局长位置让出来，少跑几趟高级酒店，少喝几杯酒，少吃几条海参，少吃几次河豚，你就是个心跳正常的人了。

朱节想一个区工商局的局长虽然不算什么大官职，管辖的也只是小小一个区，但几十万的人口养着一个工商局局长，还是足以把他养出心脏病来，最后要了他的命。

　　朱节被一个人轻轻地碰了一下，然后跟着他离开了那个同学的水晶棺，站到一面花圈跟前后，她才看清刚才碰她的人是商玉石。商玉石也是朱节的高中同学。仔细算应该说是高二以前的同学，因为商玉石是在他们高二的那一年，转学走的。他们读高中时，学校里的浴池是男女生合用的，一三五归男生，二四六归女生。高二上学期，商玉石在一次洗澡的时候，竟然对一群男生散布说，他们男生洗澡时是会在浴池里留下精子的，女生去洗澡时万一碰上了，就一定会怀孕的。后来这件事情不知怎么在学校里传开了，结果吓得所有的女生都不敢到浴池里去洗澡了。因为散布邪说，商玉石随即就被学校逼着转了学。

　　"你以为你参加的是他的婚礼？不明就里的人看见你刚才的神态，说不定还以为你是他的一个情人呢。"商玉石低声地说。

　　"但他真是比做新郎的那天还亮堂。"朱节说，"你记不记得，他结婚的那天，穿的西装都是不足二百块钱一套的。但他今天这一套，至少也要一万块。"

　　"他是趴在办公桌上死的，"商玉石调侃地说，"正确的说法是，他是为人民服务累死的。我还想建议市政府发给他一个披星戴月奖呢。"

　　朱节不想讨论躺在水晶棺里的人是怎么死的，对于一个死去的人，那些细节显然已经毫无意义。朱节心里乱乱的，她想无论他是怎么死的，反正他人已经死了，已经不会呼吸不会走路不会说话了，而且，他是死在他的父母还健在，他的儿子还在读小学二年级的时候。想完了这些，朱节又想，在他死的那一刻，假如真像商玉石说的，他还有情人，那么他的情人是不是正在某一个地方等着和他会面，或者等着他的电话，或者等着他的短信呢？

　　看见商玉石的眼睛一直盯着她看，朱节就收了收杂乱无章的心思，没话找话地说："你老婆，现在还在法国吗？"

　　"还在呀。"商玉石换了一种复杂的口吻说，"长了翅膀飞出去的女人，是不能指望她再飞回来的。"

　　"那长了翅膀的男人呢？"朱节说，"是不是也不能指望他飞回来了？"

　　商玉石诡秘地浅笑了一下，说："是不是身边的男人也觊觎着想长出一双翅膀了？"

"现在，好像只有郭洪波这样的男人，腋下才不会再生出翅膀了。"

朱节说着，忍不住又往被人挡住的水晶棺的方向看了一眼。郭洪波就是躺在水晶棺里的那个人。

"女人对付长翅膀的男人，和男人对付长翅膀的女人一样，当你没有力量用剪刀剪除他的翅膀时，最好的办法就是以毒攻毒，看看谁的翅膀落过的地方更多。"商玉石说，"你也说了，到了郭洪波这一步，他就是想让自己长出翅膀来，也不会有一根毛翎从腋下生出来了。"

商玉石看了一眼周围的人，又往下压了压声音说："现在，像我这样硬捂着自己不长翅膀的男人，真的已经不多了。"

商玉石现在是一所大学政法学院的招生办主任，每年除了招生前后的一两个月，他还算是在忙乎一点儿正经事，其余的日子里不是呼朋唤友地喝酒，就是四处去物色各类女人了，有时候甚至是带着大二大三的女学生们彻夜不归。这些都是朱节曾经听郭洪波说的。郭洪波说他们同学里现在过得最滋润的就数着商玉石了，虽然老婆在法国不回来，但商玉石的日子却过得比钻石还要有质量有光芒。

想到郭洪波的那个比喻，朱节就真的像看钻石一样仔细地看了看商玉石，说："我要看看，你最新的翅膀已经长出几厘米了。"

"就是真的长出了新翅膀，也是看见你后才突然冒出来的。"商玉石说。

水晶棺的四周围站满了郭洪波单位里前来致哀的同事。朱节往那里看了看，突然觉得她和商玉石站在这里说这些玩笑话，实在是对躺在水晶棺里的郭洪波不尊重。他们今天来参加的到底是他的葬礼，不是他的婚礼，也不是同学聚会。这样想着朱节就拿出手机装作接电话，离开了商玉石往大厅门外走。

快要步出告别大厅时，朱节往一边的人群里看了一眼，竟然意外地看见了掩在角落里的可可。可可的半个身子靠在一个花圈的边上，眼睛上架着一副阔大的墨镜，墨镜下面的半张脸，正表情凝滞地对着前方的水晶棺，好像那里躺着的是她在这个世界上最亲近的一个人。

朱节没想到会在这里遇到可可。她想这个世界有时候怎么就小得这么不可思议呢。她不想让可可发现自己看见了她，便加快了往院子里走的速度，看起来真就比一道闪电还要快了。

院子里是一院子蓝色的天空和有些灰暗的绿色树叶。但是，在蓝色的天空和绿色的树叶间，甚至在那些灰白的墙壁和水泥地面黯淡的阴影里，也仍然到处挤满了悲凄的哀乐声。它们洪水一样的汹涌着，仿佛要在瞬息间吞噬掉什么。

长长地呼出了一口气，又呼出了一口气，朱节还是禁不住想逃离开这个死亡的终结地。她觉得自己就要被那双巨大的死亡的翅膀压扁了。

五

可可的美容院设在一条僻静得不能再僻静的小街上，即便这样，也仍然挡不住它日夜的灯火鼎沸，车水马龙。有一次，可可看着泊在楼下的那些车，戏谑地对朱节说："要是真有歹徒到我的美容院里来绑架，无论绑走哪一个，肯定都是金身玉身钻石身。即便是最次等最不值钱的那一个，肯定也会是一身银子塑的身。"

当时，朱节看着可可的背影，想着可可假装醉着酒说出的章辉在外面有了女人的那些话，心里突然恨恨的。她近似神经质地笑了笑，有些恶毒地说："那些到你这里来美容的太太小姐们可能做梦也想不到，她们到这里来美容，也能顺手做成你手里的大牌姑娘。"

"哈！"可可把背靠在窗子上说，"别忘了，我当年在台里的时候，也是姹紫嫣红的一枝花。倒是我的这些大牌姑娘们，你能保证她们在外头就干干净净？"

可可说的台是电视台。可可在市电视台做节目主持人的那几年，工作认真得简直都令人发笑了。那时候一到台里，可可的手机就会关掉，无论什么人打电话到台里找她，只要她是在忙，就会对喊她接电话的人说："告诉他们我正坐台呢，让他们一会儿再打过来。"

时间久了，上班的时间里再有人打电话来找可可，接电话的同事连问也不问可可了，而是一律告诉来电话的人："可可正在坐台呢，她现在没时间接客。"

可可跟一个女主持人争女主播的位置，争了两年。后来市里换了一位新市长，第一次的采访任务可可没去成，她就稀里糊涂地彻底败下阵来了。可可负着气从电视台里跳出来后，随即开了一家"可可美容院"，然后利用她当过主持人的号召力，把这座城市里有权有势的名媛太太们全都招了来，组装成了她的取钞机。

在美容院开业的饭桌上，可可把她"坐台"的这个典故说给朱节和章辉听时，朱节记得章辉只是微微地笑了笑，倒是宋大志哈哈地笑着说："从今天起你就升级了，除了我和章辉朱节两口子，你再也不用亲自接客了。"

在离美容院五十米的地方，朱节停了下来。每次到可可的美容院里来，朱节都会在这里停留上一小会儿，或者一分钟，或者半分钟，反正是要停留一次，然后才会继续往前走，进入可可的美容院。朱节不知道自己为什么每次都要在这里停下来观望一会儿，好像她停留下来本身，就是为了找到那个让她在这里停留下来的原因。

在一棵梧桐树前站定，朱节像往常一样沿着树干向树冠上张望去，看见原来干干净净的树干上，今天竟然被人贴了张脏乎乎的东西。再看，先是看见了一张灵堤狗的照片。再仔细看，原来是一张寻狗启事。因为看见的是一只灵堤狗的照片，朱节就顺着寻狗启事的字迹好奇地往下看。寻狗启事的内容是：

我院于5月12日晚6点左右走失灵堤狗一只，身体细长，头部有黄毛，毛发较短，性格温顺。此狗为我院病理研究狗，考虑到它身上还携带病毒，为了保障您和您宠物的安全，请收留者速与我们联系。当面重谢！我们可给予您的宠物全年的健康护理。

启事内容的下面，是两排六个电话号码。电话号码的下面，是一家叫作"欧雷"的宠物医院名字。宠物医院名字的左下面，就是那只灵堤狗的照片了。照片的右边，是宠物医院的服务项目和医疗设备的介绍。朱节看见他们的服务项目有诊疗、化验、手术、住院、美容、寄养。设备有进口呼麻机、心电监护仪，还有血液分析仪、全自动电生化仪，以及全自动升降手术台、X光机、冷光源手术无影灯。朱节看着那些服务项目和设备的名称笑了笑，想以后的狗会不会也流行做剖宫产手术来生育呢？

朱节耐着心看完上面的全部内容，是因为那只灵堤狗的照片。朱节发现它和可可的那条狗一模一样,以为是可可的狗走丢了。但是看到最后,朱节看明白不是可可丢了狗后,突然又不明白那到底是一张寻狗的启事,还是宠物医院拐着弯做的一份广告了。

可可家里那只细长的灵堤狗,已经养了三年了。朱节知道可可非常喜欢它,她还知道,可可和宋大志怄气的时候,就会把那只灵堤狗弄到床上去,整夜地搂着那只狗睡觉。就连可可骂宋大志最多的一句话,也是骂他简直连一只狗都不如。

人有时候真的是连一只狗都不如的。朱节这样茫然地想着,眼睛就同样茫然地盯住了可可的美容院。

阳光下,法国梧桐树斑驳的树荫从朱节的头顶上云层一样地覆盖下来,然后一路覆盖着到了街对面,和对面树上那些新鲜闪亮的枝枝叶叶亲热地重叠在了一起。朱节盯着可可美容院的门口看了一会儿,她忽然不知道自己为什么要不停地到这个地方来了。

朱节目光散散地又看了一遍寻狗启事上面的字,然后慢慢地转了身子往回走。现在,朱节开始弄不明白的是,一只狗走失了,丢狗的人都可以这样大张旗鼓地撒着帖子满世界寻找,为什么一个女人眼瞅着丈夫从自己的身边走失了,她却没有力量没有办法去把他找回来呢?丢狗的人可以说走丢的狗身上是携带着可怕的病毒的。丢了丈夫的女人呢,她能说走丢的丈夫身上携带着可怕的病毒吗?那又是一种什么样的病毒呢?如果那是病毒,那又是不是另外一些女人所嗜好的病毒呢?就像宋大志说的,在16世纪初的法国上流社会里,每个贵族都是以染上梅毒为荣的。

朱节看着街的尽头,看着那些明亮的阳光和在阳光里闪烁着的绿色叶片,忽然想让自己像一只狗或者一头狼那样,对着这个喧闹而杂乱的世界放声嚎叫上两声。

六

医院里开始实施了医患双向选择后,朱节的手术预约数就排在了第一位。上午,朱节本来是要做三台剖宫产手术的,但做最后一台时,朱节忽然发现那个孕妇长得特别像可可。想着她的脸,朱节的手一颤,刀子一游离,一停顿,刀锋就深了下去。朱节心里一阵慌乱，一层细细的汗跟着就冒了出来。她屏住呼吸闭了闭眼睛，心想千万不要出意外。朱节清楚，她手里的刀子稍一差池，下面胎儿的脸上就有可能留下一道终生也抹不去的刀痕。假如出了这样的状况，麻烦就会大得没边没沿了。

可可是在喝醉了酒之后，对朱节说的章辉和他外面的女人。

每次喝醉了酒，可可都喜欢开着车在大街上东歪西倒地疯跑。那次，她头里闯了红灯，后头就被一辆巡逻车上的警察盯上了。巡逻车上的警察示意可可靠边停车，但可可偏偏一脚把油门踩到了底，横冲直撞地飞奔起来。最后，是以她把车开到了高架桥的桥墩上，头破血流地被警察送到了医院里而告终。那天朱节下了班，刚从产科的楼上拐出来，就看见了躺在担架上还没停止张牙舞爪的可可。

在病房里，可可喷着满嘴的酒气骂完了宋大志，突然抓住朱节的胳膊笑着说："朱节，朱节，你这个最傻的傻瓜，你以为章辉就是个好东西吗？全天下，大概只有你还被他蒙骗在鼓里，以为他在外面没有女人，天天只围着你这个黄脸老婆转。你现在看着我的脸，看着我的脸，你就知道章辉外边的女人长着什么模样了。他妈的宋大志，他说他有一次在酒店里看见了章辉和那个女人，竟然差点把那个女人看成了我，他甚至还怀疑是我和章辉又拧在了一块。他们男人能在外边朝三暮四地找女人，他们凭什么就要家里的老婆立牌坊呢？朱节，你为什么要这么傻呢？你到街上去看看，外边的爱情是一样会让我们神魂颠倒的。"

身边的助手低低地问了声朱节是不是累了。朱节回过神来，才意识到自己手里的刀子划着的只是孕妇的表层皮肤，刀锋还没有深到腹腔，没有接触到女人包裹着孩子的子宫。

朱节抬起口罩上面的眼睛，看了一眼对面的墙壁，她想靠着墙壁的坚实让自己的目光稍稍稳定一下。但是，那些在灯光里刷白的模糊成一片的墙壁，却让她的眼睛更加晕眩了。

后面的手术，朱节只能把它交给了一名进修医生。朱节发现自己的手虽然不抖了，但那种从高处坠落的感觉又波涛汹涌地席卷而来了。从可可嘴里知道章辉在外面有了女人后，朱节最不想看见的女人就是可可了；但她最想看见的，又同样是可可。可可为什么要把章辉的事情告诉自己呢？有一段日子，朱节甚至在质疑可可告诉她那件事情的真正目的。朱节怀疑可可说那件事情的时候其实头脑早已经清醒了，她只是还在那里用酒精的气味伪装着，假装醉醺醺的，就为了看朱节落进水里的样子是不是和她一样狼狈。

朱节是在一次全市大学生演讲比赛中认识的章辉，在朱节认识章辉之前，章辉和可可大志三个人早已经像狮子那一类动物撒尿画圈子一样，圈定了自己的一个小圈子。朱节一直记得，章辉带着她进入原来只有他们三个人的小圈子那天，可可和宋大志听完了章辉的介绍，竟然都对她热情得像酷暑天气一样，让她有一种透不过气来的感觉。尤其是可可，她甚至还跑上前来挎住了朱节的胳膊，以此表示着对朱节的特别友好和欢迎。但是，朱节在被可可挽住胳膊的一刹那，却突然生出了一种怪诞的感觉，她觉得可可就像一条美女蛇，只软软地缠绕住了她的手臂，就让她的心脏在骤然间感到无限地惊慌和窒息。

后来，朱节是从章辉的笔记本里，知道了章辉是爱过可可的。结婚后没多久，有一天章辉心血来潮地收拾起读书时的一个旧皮箱，竟然意外地从里面搜出了一摞旧笔记。章辉自己回味着翻看了半天，然后又拿了其中的一本递给朱节，调侃着说："你看看读书时傻用功不傻用功，居然就做了这么多毫无用处的笔记。"

朱节接过笔记随手翻着，一边看一边嘲笑章辉的字写得简直就像蚂蚁爪子，比医院里医生们的处方签还难看。正嘲笑在劲头上，朱节的手指忽然就被刚才按住的几个字卡住了。她用力地眨了眨眼睛，完了又用手指抹了抹纸上的字，但那几个字还是固执地赖在那儿，并且一副气势磅礴的样子。

章辉的蚂蚁爪子在那儿突然被放大了好几倍，那儿气壮山河地写着：可可，我爱你！！！

看完了那几个字，朱节又慌乱地看了看自己的手指，仿佛是要看明白，那几个字有没有像蜘蛛一样粘在自己的手指上，把自己的指头咬出鲜红的血。

朱节看了一眼章辉，不动声色地合上了笔记。笔记是合上了，但章辉那几个蚂蚁爪子一样的字，却没有从朱节眼前抹去。不但没被抹去，朱节发现那几个字还在迅速地膨胀着，巨石一样从她的上空滚落下来，而后边士兵一样站成一排的三个感叹号，正在杀气腾腾地端着冲锋枪，对着她突突地扫射着。

苍白着脸色从产房的门里走出来后,朱节才知道外面已经下过一场大雨。窗子外面那些被雨水洗刷一新的梧桐树叶子上,还挂着滴滴答答的一片水珠。好像是那些树突然走进了童话中的圣诞夜里,浑身上下都被圣诞老人挂满了会眨眼睛的小星星。

可可坐在朱节的桌子后面,她看着朱节在一把椅子上软软地坐下来,满脸沮丧地对着朱节说:"朱节,我真的要崩溃了,我怎么会在这个时候怀孕呢。"

"真不是大志的?"朱节盯着可可的眼睛,"你在电话里说的时候,我以为你是在开玩笑呢。"

"我现在也拿不准到底是不是那个王八蛋的。"可可说,"我头一天被那个王八蛋强暴了,第二天又去报仇,强暴了另外一个男人。我身体里又没有能检测的仪器。"

"那,被你强暴的那个男人,他知道你现在怀孕了吗?"

"他?"可可先是突然愣了一下,然后神情落寞地叹息了一声,说,"我怎么会让他知道呢,他是永远也不会知道的。"

朱节心里一动,不知道为什么忽然就想到了郭洪波,想到了站在殡仪馆告别大厅的角落里,那个戴着墨镜,神情和刚才一样落寞的可可。

"那你准备怎么办?如果大志知道你这次又怀孕了,他会不会逼着你生下来?这些年大志每周都到福利院里去照顾孩子,给他们讲故事洗衣服,带着他们四处玩,喜欢孩子好像都喜欢得要疯了。"

和宋大志去过福利院后,朱节觉得宋大志更是一个谜团了。在对待可可和对待福利院的孩子两者上,宋大志简直就是判若两人。可可说宋大志对待她比魔鬼还狠毒,魔鬼也不会背着自己的老婆在外面找上一百个女人。但是在对待福利院的孩子时,朱节又觉得宋大志分明就是个没有翅膀的天使。那天,他甚至能把那些孩子吃剩下的蛋糕,通通地吃进自己的嘴巴里。

"给他生孩子?那一定是我疯了。"可可嘲弄地说,"他在外面搞了上百个女人,说不定福利院里就有一大群孩子是他生的。"

朱节想笑一下,最终还是没笑出来,只是说:"你这个奇怪的想法若是被大志听见了,真不知道他是会偷偷地乐死,还是被你活活地气死。"

"谁知道呢。"可可说,"大概只有上帝才知道他会怎么样,他又到底是一个什么狗东西。"

"我记得章辉好像说过,在大学里时,你是经常跟着大志到福利院里去帮忙照顾那些孩子的。"

朱节看见可可脸上的某个表情触电一样地停滞了一下。她想起来了,那次,可可说完章辉在外面有了女人后,脸上的表情就是这样停滞了一下的。想到可可刚才的表情,想到章辉外面那个酷似可可的女人,那种坠落的感觉就从四面八方扑过来,章鱼一样团团地缠裹住了朱节,缠住了她的每一条神经和每一个细胞。

朱节慌乱地挣扎着站起来,快速地去包里摸出了一个柠檬,然后对着手里的柠檬恶狠狠地咬了下去。咬完了,她才如梦初醒地看着可可说:"忘了问你,你吃柠檬吗?怀孕的女人应该喜欢吃酸的。"

"柠檬从来都不是用来吃的。"可可刚刚停滞过的脸上这会儿已经充满了讶然,她看着朱节说,"你怎么会吃柠檬呢?"

朱节模糊地笑了笑,笑完了,说:"你知道吗?章辉第一次看见我吃柠檬的时候,反应和你刚才的反应一模一样。你们简直就像是在背诵同一句台词。"

"任何人看见你吃柠檬,都会是这样的反应。你准备什么时候给我做?"可可说。

从那次醉了酒,在病房里给自己说出了章辉的事情后,朱节发现,只要自己说到章辉,可可就一定会像扳道工扳火车的道岔一样,把正在进行的话题岔到另外一条轨道上去。并且,神情也是那么古怪,好像章辉是朱节手里一把正在挥舞着割草的镰刀,而她是一片茂盛的青草,只要那把镰刀一挨近她,她马上就会面临着失去生命的危险。

"你想好了吗?"朱节看着手里的柠檬说,"也许生了孩子,生活就会是另外的样子了。"

"生活永远都是生活的样子,它永远不会因为谁生了一个孩子就会改变模样。"可可突然换了一种缥缈的声调说,"即使变,也只会使眼前的生活变得越来越糟糕。"

在朱节的印象里,可可的声音一直都是饱满的,饱满得就像是白露之后的露珠，既晶莹又剔透。她从来没有像现在这样颓废过，更是从来没有用这样一种空洞的声音说出过半个字。现在，似乎她身体里所有的东西都被一只手悄悄地掏空了，或者是那些珠圆玉润的露珠都在不经意间被炽热的太阳悄悄地蒸发掉了，而她却全然没有觉察到。

朱节盯住可可看了一会儿。她停止了撕咬柠檬，并且把柠檬放到了桌子的一个角上，忽然温柔地说："你做的次数太多了。知道吗？多做一次，就意味着你会失去一次做母亲的机会。所以，你最好还是先休息几天，仔细地想一想，然后再做决定。"

七

最近，朱节翻来覆去的老是在做着同一个梦。在梦里，她分明是上了自己楼洞里的电梯，也按了自己家六层的按钮。但是，每次电梯门打开的时候，她都发现自己并没有走到家门口，而是被电梯带到了一片没有人烟的旷野里。旷野里到处是成片成片的树木和分不清方向的沟壑。朱节站在旷野里，怎么也找不到回家的路，因为她根本就不知道，自己的家到底在旷野的哪个方向。

每次从这个梦里醒过来，朱节都在黑夜里心跳如鼓，仿佛自己刚刚真的是穿越了梦境，从那片一望无际的旷野里逃奔回来的。有几次，她的心惶惶地跳着，感觉自己的脚后跟上沾满了旷野里那些树木和杂草的味道，还有一些灰尘和泥巴。她想不明白，自己为什么会反复地做着这样一个梦呢？而且她每次站在空无一人的旷野里，心里都是那么茫然和恐惧。按照弗洛伊德关于梦境分析的学说，人所有的梦境都是大脑皮层在白天思维的一种反射和延续，是人在白天思维活动的一面镜子。但是，这些日子朱节几乎要把脑袋想得开满花朵了，也没想出来，自己的大脑里什么时候产生过和旷野有瓜葛的那些东西。如果硬要把她和旷野联系起来，就只能说她每天吃进去的那些蔬菜和水果，是从旷野里采摘来的。可是那些蔬菜和水果，怎么可能带着她到旷野里去呢？它们又不是从旷野里来的蔬菜精灵和水果精灵。

那些精灵都是孩子童话书里的主角，而在现实生活这本书里，是没有一根丝线的纬度，能让它们来拉开帷幕的。

那天，朱节终于忍不住，把梦里的情景讲给了章辉听。章辉听完了，眼睛盯着朱节看了足足有三分钟。之后，他才神情严肃地说："朱节，我现在不是开玩笑了，再去看看你满阳台上挂的那些烂纸环、冰箱里储藏的那些烂柠檬，你就该知道自己真需要去看心理医生了。"

想着章辉外面的那个女人，朱节心想，需要看心理医生的应该是你们，是你章辉，是那个宋大志，还有可可。她笑了笑，用一种在章辉看来十分古怪的眼神看着章辉，微笑着说："章辉，你现在最盼望的，是不是就是我赶快得了忧郁症，然后再不可救药地去自杀？假如一个人想去自杀，你说她是用丝袜勒脖子好呢，还是用刀子刺穿股动脉好？"

"最好是用刀子刺穿股动脉。"章辉几乎是恨恨地说，"医生自杀时要么选择药物，要么就用手里的手术刀。用这些才有意义，才能说明你曾经是一个救死扶伤的医生。"

"我认为最好还是用药物，"朱节的眼神游离了一下，口气却坚硬地说，"这样就弄不脏衣服了。当然，药物里速度最快的就是氰化钾。"

"在你自杀之前，最好先告诉我一声，我好事先安排好手里的工作，然后有条不紊地来处理你的后事。另外朋友们送花圈的时候，要不要提醒他们给你买鲜花的？还有告别仪式上的音乐，你准备用克莱德曼的钢琴曲呢，还是用中国的《茉莉花》？"章辉说

"还是《茉莉花》吧。"朱节说，"可可的老家是苏州，她从小是在茉莉花里泡大的，一朵茉莉花唱得既香又甜，我的葬礼上由她来领唱茉莉花应该会最出彩。"

"那要不要我现在就去通知她，让她先开始彩排？"

"但可可怀孕了。"朱节看了一眼章辉，又说，"你现在不看书了吗？你看书的时候有没有闻到，现在，茉莉花的味道好像一直在我们家里弥漫着。"

章辉在沙发上坐下来，突然扳过了朱节的脸。他捏住朱节的下巴，说："朱节你看着我，你不是要得忧郁症了，你是心里已经得了舞蹈病，并且已经严重得全身扭曲不能自理了。"

朱节推开了章辉的手，语气松散地说："章辉，你已经连个玩笑都不愿意和我开了是吗？是你一直在暗示我得了忧郁症，说我需要去看心理医生的。"

"是我暗示你得了忧郁症吗？"章辉说，"那你告诉我，你什么时候才

能不去吃那些烂柠檬?"

"柠檬是大麻吗?"朱节在心里叹息了一声,忽然想缓和缓和房间里绷紧的空气,自由地呼吸一下,于是,她就看着章辉笑了起来。

"没人和你笑。"章辉说,"柠檬不是大麻,但它在我们家里已经变得比大麻还可怕了。"

"你的意思是,应该专门给我成立一个戒柠檬的戒毒所了?"朱节平静地说。

"你现在这副样子,只有等着进精神病院了。"章辉看着朱节不可救药的笑,气恼地从朱节身边站了起来,神情愤懑地进了书房。

看着章辉的后背消失在书房门口后,朱节的目光就像开得太久的一朵花,在书房门口低垂着散落下来。她看着地板上一地颓败的花瓣,猜测章辉在另一个女人跟前,会不会也是这样没有了儒雅的风度呢?最后朱节否定着自己摇了摇头,心情犹如被大风吹着的一朵蒲公英。她想,章辉是多么会怜香惜玉的一个男人,他怎么可能对他爱着的女人这样呢,他以前从来都不是这样的。

但以前的章辉是什么样子的呢?朱节坐在那里回想了好久,回想得眼睛里湿漉漉的都要长出青苔来了,也没能回想起来。以前那个章辉就像秋天树上的一树叶子,落过之后,尽管在来年的春天里又蓬勃了起来,而且还是一样的茂密和旺盛,可是树自己的心里明白,这一树的叶子无论如何也不是那一树的叶子了。朱节想,即便哲学书里不讲世上没有两片相同的叶子,那树上每一年的叶子,也仍然是不相同的。

书房里的门这次只关了五分钟,就被章辉打开了。但是在这五分钟里,朱节却觉得她的目光已经在那里逗留了有一百年那么长了,好像楼下那些生长得最最缓慢的松树,也都已经粗大得没有人能搂抱过来了。她看着章辉,发现他的手里没有书。章辉的手里不拿书,就说明章辉是要出门了。朱节已经重新分析出了章辉现在的生活规律,现在,章辉只要在这个家里待着,手里就一定是拿着一本书的。他手里不拿书的时候,就一定是要出门了。果然,章辉的眼睛没有朝朱节这里瞅一眼,就径直进了卧室。

朱节知道,他是换衣服去了。

章辉再从卧室里出来时,朱节看见他真的已经换好了衣服,而且上衣换的是一件她从未看见过的休闲衫。章辉所有的衣服都是两人一起去买的，朱节在脑子里迅速地翻了十遍，确认着这件衣服是不是她陪着去买的。朱节盯着章辉的上衣还没想明白，章辉已经拉开家门走了出去。他没和朱节打招呼，甚至看也没再朝朱节这里看一眼。仿佛朱节已经不在家里了，已经比他早先一步出门去了，这个空荡荡的家里只有正要出门的章辉一个人在。

听着章辉碰上了门，走进了电梯，朱节才慢慢地站了起来。她还在思索着，章辉身上的衣服到底是不是她陪着去买的。

趴在窗子前看了一会儿，朱节只看见了章辉从车库里钻出来的车子。她还看见，章辉的车子从车库里跑出来的时，快得像一只被枪声惊吓到的藏羚羊。

朱节从来没找宋大志考证过，他是不是真的看见过章辉和一个长得像可可的女人在一起，并且他还把那个女人当作了可可。朱节知道男人之间所谓的友谊是什么。他们的友谊，就是章辉说宋大志在日记里记载的那一百个女人，可能都是作为一个男人的宋大志为了缓解生存压力而虚构的。

朱节重新回到了沙发上。她看着墙壁，开始在墙壁上翻找着可可的眼睛。从可可给朱节说了章辉在外面有了女人后，朱节就觉得家里到处都是可可的眼睛了。它们有时候是在电视墙蓝色的背景上眨动着，有时候是在饭桌上看着朱节做的饭菜，有时候竟然就在朱节和章辉的结婚照上，自上而下地俯视着躺在床上的朱节和章辉。朱节要不停地去可可的美容院里确认可可坐在那里，确认可可的眼睛还在可可的脸上动情地眨动着，才会相信可可的眼睛已经不在他们家里蛇一样地游走了。

这些年，朱节一直没能想象出来，在大学里时，到底是章辉和可可之间先有的爱情呢，还是可可和宋大志之间先有的爱情。假如是可可和章辉先有的爱情，可可为什么最后又选择了宋大志？假如是可可和宋大志两个人先有了爱情，那章辉呢？章辉为什么还会在笔记里写下爱可可的话，而可可又为什么还在一边标注上，"可可同学同意章辉同学爱可可"呢？朱节想，那不可能是一个玩笑。虽然在他们各自结婚后的这些年里，你从他们所有的来往和举止里，丝毫都搜不出他们曾经相爱过的痕迹。但这些，并不能说明他们之间没有过任何感情瓜葛。

现在，朱节觉得要不是可可亲口告诉她章辉在外面有了女人，要不是章辉前些日子还在骂可可，她真应该怀疑章辉这么急促地从家里逃出去，完全是因为她说了可可怀孕的事。只是，朱节仍然想不明白，章辉又不是宋大志，可可又不是那个长得像可可的女人，可可怀孕了，章辉的情绪为什么要那么激动呢？他甚至动作粗鲁得像牲口市场里的经纪人一样，扳住了她的下巴。他的激动，真的是因为他认为柠檬在他们家里，已经比大麻还可怕了吗？这听起来多么可笑。

会不会，可可说的那个像可可的女人，就是可可自己呢？

朱节突然被自己的这个念头惊呆了。停顿了一会儿，她抓起桌子上的半个柠檬，狠狠地砸在了额头上。

八

走在街上，朱节看见街上的阳光好像是被人从一个巨大的烂铁盆里倾倒出来的，满大街上都在肆虐地流淌着它们肮脏的泡沫。里面除了令人掩鼻的铁锈的气味，还漂浮着一些烂袜子臭鞋垫，一些烂菜叶子死老鼠，甚至还有一团一团纠缠不清的让人看了就恶心的头发。

在路边一幢老式住宅楼上，爬山虎疯狂的绿叶子不仅占领了水泥的墙壁，而且眼看着就把一个扒着窗子往下张望的老太太吞没了。她的身体已经完全被那些绿色的植物吃掉了，只剩下一颗脑袋顶着满头沧桑的白头发，和一双毫无表情的大眼睛，她在默默地打量着这个喧闹的世界，仿佛成了嵌在绿色背景上的一张脸谱。

看见那张脸谱，朱节就在路边停住了脚，仰视着那面绿色的墙壁。朱节想知道，一个女人能这样活到白发苍苍，她依靠和凭借的都是什么呢？她的丈夫年轻时，在暗处背着她喜欢过别的女人吗？她的内心里，有过没处安置的孤独吗？她有没有设想过，可以像现在的可可那样，用来自丈夫之外的爱情来填充生活？而一个人背离婚姻的翅膀，真的可以像商玉石说的那样，想生就能从腋下生出来吗？

参加完郭洪波的葬礼之后，商玉石开始天天给朱节打电话。商玉石有些无赖地说：“朱节，除了冰凉的手术刀，你就不能再拿点别的温暖的东西，献给我们这些亲爱的同学吗？郭洪波的葬礼，怎么就没能给你敲响警钟呢？说不上哪一天，你参加的就是我的葬礼了。”

"你要硫酸呢，还是要火焰？它们不仅是温暖的，而且还都是滚烫的。"朱节说。

"不管是火焰还是硫酸，只要是你给的，我都喜欢。"商玉石说，"在高中里的那两年，我就最喜欢看着你的眼睛和听你说话了。可惜后来被学校给逼走了。你猜后来怎么着，后来咱们那个班主任的小儿子报考了我们政法学院，但是分数不够，他竟然手里拿着一个装钱的大信封专门来找我，想让我给他儿子补录上。"

朱节笑着避开了商玉石前面的那些话，说："刘老师的儿子不是考了一所师范学校吗？"

"那是因为他当时就被我用有关条文给打回去了。"商玉石说，"如果他不给我送钱送物，我也许还考虑考虑。"

"现在，我总算知道清正廉洁的模范人物都是怎么来的了。"朱节说。

商玉石笑了一声，说："当年因为浴池事件，我被学校勒令着转学时，我爸爸也曾经提着东西去找他，想让他在校长面前给我说说情。你猜他说什么？他说如果我爸爸不给他送礼，他也许会考虑到校长那里给我求求情。但我爸爸拿着东西去找他，他就不能给我求情了。他说我爸爸拿的那些礼物是侮辱了他的人格。"

朱节也笑了笑，说："看来你到现在还没认识到，你当年犯的那个错误有多么不可饶恕，你知道你的邪说把多少女孩子的内分泌都给吓得紊乱了吗？所以，班主任当时不给你求情就对了。那次要是放过了你，你还指不定会弄出什么大乱子来。"

"你呢？"商玉石依然呵呵地笑着说，"听郭洪波说，当时是你第一个带头去浴池里洗澡的，你就不怕男生的那些精子让你碰上怀了孕？"

"别忘了，我可是妇产科医生。"朱节说。

"那是后来的事。说句真话，你考医学院的念头，是不是就是在那个时候跳出来的？如果是，那现在最该感谢我的，就该是国内著名的妇产科专家朱节了。"

"想让我怎么感谢你？"朱节想到那天在可可美容院跟前看见的寻狗启事，上面对收留狗者的重谢，竟然就是给他们家的宠物做全年的健康护理，于是就笑着说，"要不要来我们科里给你做个全面的体检？"

"好哇。但前提条件是，必须由你亲自给我做。"

"你就不怕我给你检查时，在你翅膀底下装上一个定时炸弹？"

"只要是你亲手在我身上安装的，就是粉身碎骨了我也心甘情愿。"

"那你就明天过来吧。"朱节说，"我要一条血管一条血管，一个毛孔一个毛孔，仔仔细细地给你检查，看看你是不是每个毛孔里都长出了翅膀。"

听见商玉石在电话里坏笑，朱节忍不住慌乱地看了看自己的一只手掌，她突然就被自己现在的心理状态吓住了。朱节惊讶地发现，自己现在和商玉石说着这些无聊透顶的、甚至是带有某些调情色彩的话时，心里竟然是流水一样的自然，甚至是奔涌着一丝愉快的。

"我约了几个同学准备下周到普陀山上烧香去，你去不去？"商玉石说。

朱节明白，任何女人和商玉石这样的男人来往久了，是迟早都会变得和现在的可可一样无耻的。她便笑了一下，说："我从来没烧过香，真还不知道该怎么烧呢。"

"很简单哪，"商玉石说，"熊猫烧香你总是知道吧，我们只要像熊猫那样去烧就行了。"

带着可可往楼下的 B 超室里走时，朱节挽着可可的胳膊说："你真是让人弄不明白，每次这样，都让我觉得你是在故意先折腾你自己，然后再来折腾我。"

这些年里，可可来找朱节做一次这样的手术，朱节对可可的疑问就会反复一次：这么一个千方百计地心疼着自己，连脚指甲都会去做护理的女人，怎么到了床上就一点儿也不会爱惜自己了呢？

可可笑着看了一眼朱节，说："要是没有你，我还真不敢这么疯狂地折腾自己。"

"疯狗。"朱节说，"你跟男人疯狂也和我有关系？"

"当然。"可可说，"有一个国内著名的妇产科专家做保护神，我还怕什么呢。"

"就是国际著名的妇产科专家，也不能保证你的身体每次都丝毫不受损害。"朱节说，"身体是你自己的，不是我朱节的，也不是任何一个女人的。"

"但我从来就没认为我是属于自己的。"可可依然笑着说，"你不是一直喜欢说世界上一切美的东西，都是属于全人类的吗？我就是那种属于全人类的。"

朱节第一次觉得可可的笑容是闪动着寒光的，像阳光打在锋利的刀锋上，耀眼、刺目，但缭绕的寒气却是令人胆战心惊的。朱节觉得可可笑容里的那股冰冷的寒气，让她全身的血液都随着步子在楼梯上停滞了一下。

可可和宋大志结婚后，可可做的第一次人流手术，就是朱节给做的。本来，朱节陪着可可到了人流室，只是想告诉人流室里的医生可可是她的朋友，让她们在做的时候仔细一点儿。但手术之前，可可突然说她害怕得要死，一定要朱节在一边拉着她的手才可以。后来医生准备好了，要做的时候，可可突然问朱节："朱节，你会做这样的手术吗？"

朱节看着人流室里的两名医生笑了笑，说："当然会。"

"既然你会，你为什么不亲自给我做呢。除了你，任何人做我都会害怕的。"

"你怎么变得像个小孩子，我已经很久没做过这个了。"

"我不管，我就是要让你亲自给我做。"

朱节没有办法说服可可，最后只好亲自动手给她做了。有了这个开始，之后可可每次怀了孕，都是坚决要求朱节亲自给她做。

现在，朱节讨厌透了给可可做这样的手术。这个身体，从她告诉朱节，章辉外面的那个女人是和她长得一样开始，朱节就开始憎恨她了。

宋大志来找朱节时，朱节刚从可可的病房里回来。看见宋大志，朱节的心里突然就怦怦地跳了两下。不用猜，朱节就知道宋大志是为什么来找她的。

宋大志在一把椅子上坐下来，先是沉默了一会儿，然后才语调迟缓地说："一定要把她的子宫切除吗？"

朱节点点头，说："为了她的安全，现在看来已经没有其他选择了。"

可可是在人流前做例行的 B 超检查时，查出长了子宫瘤的。朱节在仪器里看见那个比拳头还大的东西时，第一个动作就是抬手往上推了推眼镜。她看了一眼躺在那里的可可，心里竟然莫名地轻松了一下。朱节想这个女人以后再也不会来这里展示她罪恶的身体了。

"怎么会这样呢？真的会是恶性的吗？"宋大志说。

"这个需要切片以后才能弄清楚。"朱节说，"现在的女人生育少了，这种情况太普遍了。"

"那是和她没有生孩子有关吗？"宋大志说。

"是和雌激素有关。"朱节说。

九

朱节是在商玉石打电话邀请她去普陀山时，突然决定住进银河大酒店里的。银河大酒店就在他们小区的对面，酒店经理的妻子去年难产，是朱节手里那把精湛的手术刀，救下了他妻子和儿子的性命。朱节决定以写学术论文的名义，到银河大酒店里去住上一周。

这个念头一冒出来，朱节就去推开了书房的门，对正在拿着一本书出神的章辉说："我已经决定了，下周跟着几个同学到普陀山去。"

然后，还没等章辉抬起头来看她，朱节就从书房的门口飞速地消失了。朱节觉得自己心里终于有了一种快感。这种快感让她突然有了一种飞翔的感觉，她觉得自己的腋下真的生出了一对看不见的翅膀。

从可可住院开始，朱节就一直在心里计划着出行的路线了。但是，从国内想到了国外，从内蒙古的沙漠一路跋涉到了开满鲜花的草原，甚至想到了南美洲的热带雨林。朱节仍然恐惧地发现，所有这些她想到的去处，无论多么远，都没有一个地方，是可以让她忘掉家里的阳台，忘掉那种突然坠落的恐惧感的。

星期天的上午，朱节几乎是跳跃着走进了酒店十六层的房间，然后跳着舞步去拉开了落地的窗帘。她趴到窗子前，朝他们家居住的小区张望着，第一眼，就找到了他们家挂满纸环的阳台。她看见家里的阳台是那么矮，矮得好像就贴在下面绿色的草皮上。而她剪的那些五颜六色的纸环，似乎是在吹进阳台的风里，在落满阳光的低矮的草皮上空，轻盈地飞着，盘旋着，就像一群生着翅膀的鸟一样。

（原载《上海文学》2010年第1期）

渡过楚玛尔河

一

从书房里走出来,汤加文的鼻子就嗅到了一股淡淡的红酒味。在红酒盘旋荡漾起的迷醉气息里,他想起来,杜丽一直是特别喜欢喝红酒的。在他们的结婚纪念日、他俩的生日,或是家里来了朋友,抑或是做爱前,她都喜欢摆弄出那些透明的高脚水晶酒杯,在里面斟上五分之一的红酒,然后用三根手指捏了酒杯的细脖颈,轻轻地在空中画着达·芬奇的蛋,舞蹈般旋转着。神情陶醉地欣赏完那些红色液体在杯壁上完成的舞姿之际,她的下一个连贯动作,是马上把杯口伸到鼻子下面,愈加陶醉万分地,嗅着红酒飘摇弥漫起来的气味。直到嗅够了隐藏在酒液深处的阳光、雨水、风声、泥土的芬芳、玫瑰的颜色,甚至采摘葡萄者和酿酒者的手温和目光,她才会慢慢地,极度优雅地把杯子送到唇边,用舌尖一点一点地勾引着那些正在微微喘息的红色液体,引领它们到达她的唇齿间、味蕾区,直到一条一条敏感神秘的神经线上。那时候,一看见她喝红酒,汤加文就会在心里替她着急上火,尤其是做爱前,他看着她手里的杯子,觉得自己澎湃的那点儿激情都要被它折磨光了。每次,都是他强行把它夺下来,扬起头一饮而尽。

杜丽已经两年没叫过他的名字,汤加文也就两年没在客厅和餐厅看见杜丽喝红酒了。这段时间里,她喝红酒都是躲在楼上属于她自己的那个空间里——她的卧室、书房或者琴房。有时候,他在楼梯口经过,嗅到从楼上飘下来的红酒味道，偶尔也会停留上几秒。说是停留，实际上就是放缓了步子，在飘过来的一丝丝若有若无的酒香里，猜一猜她是在为一件什么事情而喝红酒。

杜丽现在坐在沙发上。汤加文朝她跟前的几案上看了一眼，那里，空荡荡的桌面上安静地摆放着两杯红酒，杜丽坐在那里，正休眠似的盯着它们。汤加文一时猜不透杜丽摆的是什么阵，阴阳八卦还是十面埋伏，便迟疑着，看着杜丽正盯着的酒杯说："你在叫我？"

"家里应该没有其他人了吧。"杜丽从酒杯上抬起眼睛来，神色茫然地扫了他一眼，旋即又把视线落回到了酒杯上。汤加文一直盯着杜丽的眼睛，淡淡的灯光下，它们就像一只受了伤的蝴蝶，翅膀低垂着，动作迟缓地落在了酒杯弧形的边沿上，而那条切割着空间和空气的弧形线，正在不停地旋转着。

找了半天位置，汤加文最后在杜丽旁边一只小沙发上坐了下来。坐下之后，他才记起来，这只小沙发，过去曾经一直是杜丽盘踞着的，而杜丽现在坐着的位置，过去则一直是他坐在那里吸烟，喝茶，看电视新闻，翻翻杂书，或者望着窗子外的天空，胡乱发一会儿呆。

从电话旁边摸过烟盒和火柴，又摸过烟灰缸，汤加文划着火柴点燃烟，吸了一口，气体慢慢地在口腔里搅动着舌头，等在那里。他沉默着不开口，是由于他没弄明白杜丽到底要做什么，她居然还拿了红酒下来。

"赏光喝一点儿？"杜丽说。

"晋升副院长了？"汤加文弹着烟灰瞅了眼酒杯，回想着刚才正在观看的月光。书房里黑着灯，他站在阳台上，看着从对面楼顶上飞落下来的月光，觉得它们皎洁得有点儿令人生疑。而在它们扑落下去的地方，一团一团由树木和楼房、灯影和月色交织着描摹出来的、形状各异的半透明暗影，仿佛剪纸似的，正柔和地贴在地面上。

"不想听见点儿别的理由吗？"杜丽面色冷着，嘴角处却挂上了一丝笑意。

"比如什么？"

"比如什么呢，"杜丽沉吟着说，"你希望比如什么？"

"我没有任何希望。"汤加文漫不经心地说。

"你原来好像不是这样的人。"

"我原来是什么样子？"

杜丽低下头沉默了几秒钟，然后端起酒杯，轻轻地摇动着说："你都已经忘记的事情，我怎么还会知道。"

自己曾经是什么样子呢？汤加文看着烟头上的火点回忆了一会儿，感觉大脑里仿佛被糊了一层白纸，好像真的连自己也忘了自己原来的样子了。他忘了自己的样子，却突然想起了原来的杜丽。那时候，杜丽总是像一杯品质名贵的圣达梅莉安，透亮，性感，芳香流转。每天早上出门前，他如果没有拥抱着吻她一下，心里就会忐忑上一路，老是怀疑自己再也回不到家，再也没有拥抱她的机会了。所以，那些年里，即便杜丽上了夜班，早上还在床上熟睡着，他吃过早餐出门前，也一定会回到卧室里，弯下身体去亲吻一下正在睡眠中的杜丽。有时候，杜丽躺在床上假装睡着，在他弯下腰快接近她时，她便会鱼跃起来，搂住他的脖子，鼻子抵着他的鼻子，要他交代，他每次偷偷地到床边来亲吻她时，眼睛里看见的是不是都是一个让他心跳加速的睡美人。

想着那个躺在床上撒娇的杜丽，汤加文手里捏着香烟来回捻动了两下，说："到底是什么值得庆贺的事情？"

"不管是什么，反正，对你来说，一定是值得庆贺的。"

"对我？"

"是，对你。"杜丽说，"但是有一个小小的附加条件。"

"还有条件？"汤加文说，"这个时代真是有意思。我们说别人的时候，常常像是在说我们自己；我们说自己的时候，又像是在说别人了。"

杜丽晃了晃手里的杯子，说："是有条件，但是，很简单。"

汤加文说："再简单也是条件。带条件的事情，就很难说清楚是不是值得庆贺了。"

"我相信这个条件对你来说，一定值得庆贺。"

汤加文探直上身，弹了弹烟灰，说："那就先说出来听听。"

二

吃午饭的时间，各个部里的人都出去了，整个报社大楼里一片空旷和寂静。汤加文坐在桌子前，仰头靠在椅子上，盯着天花板上泥石流似的一些黄斑纹，慢慢地又坐进了那座巨大的坟墓里，四周是渐渐升腾起来的黑色与腐气。空气正在一点点地稀薄，他甚至嗅到了氮气浓得几欲燃烧的气味。坟墓的外面是连成片的荒草，连着天，杂草的叶子枯黄干涩，在地面上低低地伏着身子。一些高的是瘦弱的狗尾巴草，它们被黑夜里掠过的劲风吹得急行军似的弯下了身体，须臾间又挺起来，但接着又被另一阵风吹弯了。四野里除了风声，还是风声，杂草叶子的卷动声已经彻底淹没在了风里。顺着坚硬的风盘旋向上，是穹庐一般的天空，只是在那里，荣耀归于上帝之处，没有他想象中的璀璨星光在闪烁，甚至没有一丝能够照进墓穴里的光亮射过来。

现在，他和杜丽可以一个月不说一句话。他们在各自的房间里呼吸，睡觉；在各自的卫生间里洗漱，洗衣服，洗澡；在各自的书房里坐着上网，或者就是一动不动地呆坐着。在唯一可以让他们交汇的厨房和餐桌上，他们的时间也是错开的，没有谁率先表示出来，但总是她在前，他在后，各自草草地在微波炉里热一杯牛奶，在面包机里烤一片面包，这是早餐。他们家里就只有早餐是在家中吃的。而且，除了牛奶和面包，他们家的冰箱里就什么也没有了。当然，说别的什么都没有了也不确切，里面还有杜丽的化妆品。杜丽不像别的女人，别的女人的化妆品可能都是放在化妆间或者化妆包里，但杜丽不是，她所有的化妆品都是放在冰箱的冷藏室里。每天早上和晚上，她会不厌其烦地去打开冰箱的门，从里面取出化妆品来化好妆，然后再一一地、像摆放食物般仔细地摆放回去。不过，化妆品不是可以果腹的东西，他觉得自己说冰箱里除了面包和牛奶，别的什么东西也没有了，这个表述应该还是正确的。面包和牛奶是他们各自买回家的，他的放在冰箱的左侧，她的放在冰箱的右侧，中间是一条看不见的柏林墙，墙上面，是刺刺流动着的漠视。他每次打开冰箱往里边放面包和牛奶，或者往外取面包和牛奶，都会产生一种恍惚的怪诞感，觉得他和杜丽仿佛是两个性格古怪，但又莫名其妙地合租了一套房子，不得不共用一个冰箱的倒霉房客。

昨天晚上，杜丽为什么要那么做呢？

汤加文在一阵难耐的窒息里挣扎着挺起身体，坐直了，伸手从桌面上摸起支铅笔，嘭地扔到了对面的窗子玻璃上。在玻璃发出的沉闷声响里，窗子仿佛被破开了一个洞，一股清凉的空气水流般清澈，从那个小小的洞眼里蜿蜒过来，桑蚕般蠕动着，钻进了他的鼻腔里、肺里、大脑里、心脏里、肾里、胆囊里，然后沿着一根一根看不见但清晰交叉的神经线，到达了他四肢的神经末梢，以及散乱的头发上。

随着肢体的复活，汤加文长长地呼出一口气来，开始去想左小平。左小平就是在这样一个中午，在他投掷出铅笔后，在铅笔和玻璃碰撞的轰鸣声里，突然从格子间里冒出来，开始进入他的生活的。她神色慌张地站在格子间里，朝门口的方向张望着，眼睛里充满了惊吓，那神态，让他立即想到了一只突然发现了致命猎手的小鹿——远处可能是一只狮子，或者是一只老虎，总之，它远远地围着这个可怜的小家伙，来回兜着圈子，款款地迈着君王从容不迫的步子。那君王只是在远处来回兜着圈子，目光虚虚地，偶尔朝它觑了一下，但是，这可怜的被觑者，就已经浑身颤抖得近乎不会动弹了，样子如同被爱神的金箭突然射中的蠢物。

从格子间里冒出来的左小平，同样也吓了汤加文一跳。他下意识地直了直身体，看着左小平脸部的侧影说："你，怎么还没去吃午饭？"

"我自己带了寿司。"

似乎是为了证明自己的话，在汤加文的视线里迅速消失一会儿，再出现时，左小平手里已经高高地举起了一个饭盒，面部的惊慌也在这一俯一仰间褪掉了，略带着一丝微笑，稍稍迟疑着说："您要尝一下吗？我从电视里学的，每次都会做多了，结果只好带来当午餐。"

"我不太习惯生鱼片之类的东西。"汤加文说。

"里面没有生鱼片。"

"蟹肉有吗？"汤加文想让自己看起来更加轻松一些，脸上就带了微笑，"我可是对螃蟹也过敏。"

"这些都没有。除了鸡蛋皮子、黄瓜和胡萝卜，我只在里面放了一点儿香肠。只有紫菜是韩国的海产品。"

说着，左小平人已经从她的格子间里走出来，站到了汤加文的办公桌前，把盛着寿司的一只半透明饭盒，摆在了汤加文面前。

"味道很好的，"左小平说，"您尝一下。"

左小平翘着纤纤的无名指打开饭盒的盖子，一块一块款式精美的寿司，便整齐地呈现在了汤加文眼前。他看着它们，发现左小平将胡萝卜条、黄瓜条、鸡蛋和香肠这些简单的食料精心搭配组合起来，居然做出了一朵一朵鲜艳撩人的花朵。他轻轻闭了一下眼睛,仿佛是在嗅那些花朵散发出来的迷人芳香。做完这个动作,他突然想到了电影《香水》里那个丑陋而肥胖的老家伙,他在鼻子前轻轻扬着块小手帕,在那款意外得到的、令他灵魂出窍的香水的芬芳里,仿佛徜徉在了鲜花丛中;然后,是一个妖娆的女人风情万种地走过来,在他左边的脸上轻吻一下,用蜂蜜汁般黏稠的声音对他耳语道:"I love you!"

"东西做得这么漂亮,就让人不忍心吃它们了。"汤加文嗅着香水的气息说。

"中国的饮食不是向来讲究色香味嘛,色字之后,才是味道。"

汤加文看着左小平的表情,笑了笑,说:"寿司可是日本人创造出来的美食。"

"这个问题也许还值得商榷。"左小平说,"《齐民要术》里有过这样的记载:春秋时节,将新鲤去鳞,切成两寸宽、一寸半长的片,放在盘中撒盐腌渍备用;取糯米蒸熟,以橘皮、茱萸、酒,混合搅拌,散热待用。将腌渍好的鱼片平铺至陶桶底部,铺满后覆上一层调好味的米饭,压紧;然后,在压紧的米饭上敷一层竹叶,再铺一层鱼片一层米饭。如此反复铺八层后,用竹叶子填住桶口,压上石头,放在屋内暖处,酿至成熟,以竹刀取而食之。上面描写的这些制作手法,你看像不像是在制作寿司?"

"听起来很像。"汤加文说,"读的书不少哇,《齐民要术》都读过。"

"我是农业大学毕业的,这样的书当然要读。您可能忘了,我来面试的时候,您还问过我,农大的学生为什么会喜欢上了纸媒。"

汤加文笑着,脑袋里搜寻着左小平来面试时的情景,同时拿起块寿司塞进嘴里嚼着,赞赏道:"味道真是不错,跟纯正的日本料理基本没有区别。"

想了半天左小平来面试时的情景,汤加文还是一点儿也没记起来,他记忆里全是那段时间和杜丽争吵的画面。杜丽把厨房里所有的刀具都搬到了卧室里,在地板上排成了不规则的一字形,让他帮她选择,她该用哪把刀子来切断动脉。

"是不是少了点儿鱼子酱和芥末?"

"如果不是被逼着进日本料理店,我从来不吃芥末。"

"我也不喜欢芥末的味道,但喜欢它的性格,一下子就能让人记住,忘不了。还有颜色，绿的、黄的，皆与众不同。"

"芥末什么时候也有性格了？"汤加文笑了两声。

左小平跟在后面笑了笑。"万物有灵嘛。"她说，"比如您刚才投到门上去的东西，肯定也是带着灵气飞过去的。"

"刚才扔出去的是一支笔。"

"能不能这样设想：任何一支笔，都是某种思想的代言人。"

"也可以这么想。"汤加文说，"准备给哪支笔做做广告？"

"当然是您刚才投出去的那一支。"

左小平脸上始终荡漾着的一层笑意，让汤加文恍惚间有了些微醺的感觉。他很想形容它一下，想了一会儿，终于想起了"妩媚"这个词。这两个字跳出来后，他才忽然意识到，自己已经很多年没用这个词形容过女人了。

他想起来最初认识杜丽时，杜丽脸上的笑也是这样妩媚的，她站在医院楼下的一棵樱花树旁边，笑着，看着他，一边听同事章辉的女朋友朱节给他们相互做着介绍。实际上，在去见杜丽之前，他从来没有想过要找一个医生娶回家做老婆，他不喜欢医生。他不喜欢医生，完全是因为受他母亲的影响。他母亲不喜欢医生。而他母亲不喜欢医生的原因，则由于他的外公就是医生，直到去世的上午，那个老人还在小诊所里忙碌着。在送走外公那天，从墓地里回来，吃过晚饭，他一个人陪着母亲，在外公的卧室里，对着老人的遗像枯坐着。坐到半夜时，他母亲突然站起来，走到他外公的遗像前，在上面来回抚摸了一会儿，然后微微叹息着对着他说：我一辈子不喜欢医生这个职业，就是因为你外公总是没日没夜地忙碌着给人看病，从来也不舍得花点儿时间在家人身上，陪陪我们。在我们小的时候，他一次也没有陪着我们进过公园。

跟杜丽结婚时，汤加文告诉过杜丽，他之所以一关一关地战胜了自己和母亲，选择和她结婚，完全是因为他们初次见面那天，她脸上荡漾着的那一层笑，蜘蛛丝一样密密地铺过来，捕捉住了他。他记得杜丽当时还笑着问他，她是一只巴西漫游蜘蛛呢，还是一只悉尼漏斗形蜘蛛。最后，她笑着说，你一定得弄清楚，不管哪一种，它们可都是有剧毒的。

那天中午，到最后，汤加文去拿寿司的手指在盒子里扑空之后，他才醒悟过来，自己在左小平妩媚的笑里，不知不觉中把她的午餐吃光了。

三

他们站在一棵金合欢树下，面对着那座西欧式的老教堂，背后则是栋中西合璧的三层楼房，楼房的底部是大块的石头，往上是青砖、花脊，山墙上刻着精美的砖雕，模样很像一个刚刚留洋回来的人。望着教堂在阳光下闪烁的尖顶，汤加文想，他已经很久没和杜丽一起站在这里，一起对着教堂的尖顶说话了。

前些年，每次来接杜丽，他都喜欢早来一会儿，先围着几座欧式老建筑转上一圈，然后再站在这里，对着老教堂十字交叉的尖塔，欣赏它和错落两边的钟塔。他第一次站在这里等杜丽时，杜丽曾经介绍说，这座教堂里有一百多个窗子，人走进去，会发现它里外的光线都是一样的明亮，透彻。"可惜的是，它早就被我们医院占用，挪作办公楼了。"杜丽当时说。

汤加文一直在把这里的建筑群称作凝固的音乐。现在，他站在一个凝固的音符前，看着一脸灰暗的杜丽说："我想改变一下主意。"

"你是指我们那天的合约？"

"是。"汤加文说。

"你跑过来，就是为了告诉我，你想改变主意？"

"我不是为了我自己。"

"我知道你不是为了你自己。"

汤加文没再说话，他看着杜丽，回想着她那天说的合约内容。

杜丽说，一个是你找一块合适的墓地，我们坐在那里，你给我讲五十次和别的女人在一起的感受；一个是你陪着我，去教堂里观看一百场婚礼。

杜丽说，你可以选择其中的一个，当然，如果是前一个条件，每次只限于讲一遍，不能重复。

杜丽说，结果？结果会是你一直想要的。

杜丽的后背靠在金合欢的树干上，仰头看着枝干上一丛一丛褐色的刺。在东非，金合欢是漂亮的长颈鹿最喜爱的植物。现在，它们羽状的叶子还没有生长出来，还躲藏在春天微风荡漾的衣襟下面。汤加文随着杜丽的目光往树冠上扫一眼，望着那些尖利的刺和被刺尖挑着的天空。杜丽已经很久没有把这些棘刺带回家烧了。把金合欢的刺烧成灰,给产房里那些胎衣难以剥落的产妇服用,是杜丽和他结婚后,从他外公那里得到的一个秘传。

"那个条件对你不公平。"汤加文说。

"我自己提出来的,没有什么不公平。"

"我想换成第二个。"

"但是我现在不想观看婚礼了,"杜丽说,"我不愿再听见任何人的誓言。"

风吹着金合欢树,一树的刺好像都在风里轻轻抖动着,杜丽和两个从他们面前经过的年轻女人打着招呼,告诉她们别忘了到护士长办公室领取刚分下来的蔬菜。两个年轻女人回答着杜丽的话,一边微笑着,对汤加文点了点头,脚下却明显地加快了步伐,斜穿过地面上两个画着黄色交叉粗线的长方形空车位,匆匆走了过去。

汤加文看着两个年轻女人的背影,等她们走过了那棵高大杨树投下的影子,完全拐过了老教堂附楼的楼角,他才收回视线来,看着杜丽低垂下去的眼睛说:"你再考虑考虑。"

在杜丽头顶的上方,是一簇怒放的金合欢刺,它们斜斜地,毫不留情地刺向半空。汤加文看着它们,想象着照相机从多高的角度拍摄,才可以在镜头里将这团荆棘的皇冠戴到杜丽头上,让它与她长满尖刺的内心完全协调起来。她头戴着荆棘,假如再展开两只胳膊,他估计自己就会看见她手上的钉子了——不可偷盗,不可杀人,不可奸淫。而他这个十恶不赦的家伙,又偷盗,又杀人,又奸淫。他看见她头顶上方的那团刺,正以不可遏制的速度,向他刺过来。他下意识地躲闪着那团刺说:"我没有别的意思。"

"现在什么都不需要解释了。"

"我没想解释什么。"

杜丽神情古怪地笑了一下,说:"我知道,你想说不想伤害我。问题是我不想让你伤害的时候,你是伤害不到我的。"

树枝的阴影一直笼罩在杜丽身上。汤加文看着杜丽脸上掠过去的古怪笑容,心里不自觉地悸动了一下。杜丽有个习惯,每次到洗手间里洗手时,她总是会站在镜子前,用沾着水的手指顺便撩一撩头发,偶尔会有颗水滴滴落在额头上,顺着鼻子上方流淌下来。发生了那起医疗事故后,再有水滴慢慢地往下流动时,如果汤加文在家里,她就一定会让他看着那滴水,问他那颗水滴像不像一滴血在流淌。我觉得它特别像一滴血。问完之后，不等他回答，她就又抢先下了结论。有两次他问她为什么会这么想。她说，是因为我老觉得有一把看不见的激光刀，在从我的头顶往下切割，那滴往下滴落的水，就越来越像因为被什么东西暗暗遮蔽住了颜色而变得假意透明的血了。杜丽每回这么说时，脸上都会闪现出类似刚才那种的古怪笑意，这弄得他常常要心悸上两支烟的工夫，要在半夜里坐起来，在昏暗中听着她的呼吸，猜测她是不是给哪个产妇剖宫抱孩子时，在手术中又出现了一些危险场面。结婚后杜丽一直坚持不要孩子，缘由之一就是她看那些产妇千姿百态的生产过程，看得出现了严重的心理阴影。当然，后来横亘于他们两个人之间的最大阴影，还是来自那起医疗事故。

他是在事故发生的第二天早上，才知道有产妇死在了杜丽的手术台上。杜丽一天一夜没有回家，也没给他打过一个电话，这是以前从来都没有过的事情。他早上醒来，摸摸身边还是空的，就摸过电话，拨打杜丽的手机。杜丽的手机关着。他闭了一会儿眼睛，又把电话打到了他们产科值班室。接电话的是章辉的老婆朱节，朱节听出他的声音后，支吾了一下，然后说："你还是马上过来一趟，到熊院长办公室里去找找她吧，她在熊院长那里。"

"一大早的，杜丽怎么会在熊院长那里？"他问。

"我们这边出了起医疗事故。"朱节又粗略地说了两句，他才弄明白，是杜丽昨天夜里给一名产妇接生时，发生了意外，导致一名产妇死在了手术台上。

扔下电话，他驱车跑到医院里找到杜丽时，杜丽还蜷缩在熊院长办公室的一把椅子上，手里握着一把止血钳，正在不停地夹着自己的手指头。他上前去夺下她手里的止血钳，抱住了她，一直抱到中午，总算断断续续地弄清楚了事情的来龙去脉：医院里和一家团购网合作，对外实行了医疗"团购"，所以，他们产科里就接收了一个由三十名产妇组成的产妇团。而这三十名产妇，都要求在昨天的黄道吉日里，生下她们肚子里的宝宝。杜丽就是在为第七个产妇接生宝宝时，发生的医疗事故。她说她一天没有休息了，她正在来例假，血都顺着双腿流下来，留到了小腿上，她连去洗手间换条卫生巾的时间都没有。她说她一天都在害怕发生意外，紧张得眼皮一直在跳。但是，最后，她害怕的事情还是发生了。

在接下来的日子里，这些阴影在杜丽身上加重的呈现方式，便是她头痛着做各种噩梦。而在各种各样的梦里，有两个又是反复出现的，跟春天或者另外别的那些季节似的，到了一定的时候，推门就来了。在其中一个梦里，杜丽说她所有的牙缝之间，都被莫名其妙地塞满了缝衣服用的那种细钢针，那些针让她没法合拢嘴巴，就只有无助地大张着，她不停地用手指从牙缝里往外拨弄它们。但是令她恐惧的是，无论她怎么往外弄，那些针都不能减少，因为它们是不断地往外涌的，她前面拔出来一根，后面又会冒出来一根，她拔出来十根，后面就跟着冒出来十根，这种情景一直要等到她满头大汗地从这个梦里醒过来，才会消失。第二个梦的情形和前面这个基本相同，差别是钢针被悄悄地置换成了竹子牙签。开始是她在睡梦里感到头疼，然后她打开十指去按摩头，不一会儿，就会感觉到头顶上和耳朵里都被扎满了牙签，那些牙签露着一点儿尖，像春天刚拱破土皮的青草，芽尖刚刚能够被她的两个指尖掐住。于是，她就摸索着，一根一根地掐住那些草尖，一根一根地往外拔。这个的不同是，她拔出来一根牙签后，后面就不再往外冒了。但也更加困难，这次，她要万分仔细地，顺着皮肤，一丝一丝地在皮肤表层寻找，找到了，还要担心掐断了它们细细的芽尖，倘若把断掉的半截留在里面，那就再也没法往外弄了。而在每一次，在最后一根牙签被她从耳朵里拔出来之后，她还是要用力地鼓着双腮，拼命把整个脑袋都膨胀起来，一次次地，反复检查里面还有没有残留在暗处的漏网之徒。杜丽给他讲这两个反复交替着出现的梦，讲了大约半年，之后就渐渐地不再给他讲了。他以为她已经远远地摆脱了那两个噩梦，但是有一天他回到家里，发现她已经独自搬到了楼上。就是从那一天开始，她拒绝称呼他的名字，拒绝和他有肌肤之亲，并一天一天地断绝和他说话。她在他们两个人的家里，开始了一个人的独自生活。

十几米外的一块草地上，一名工人正在给那些草施肥，空气里飘浮着淡淡的肥臭。汤加文想着夏天里剪草机巨大的轰鸣声和青草腥甜的气味，翕动鼻子嗅着那些青草的味道说："我在想，我们能不能简单一点儿，别像现在这样，满手里都是冰冷的武器。"

"先生，握冰冷的手术器械是我的职业。"

"我知道，"汤加文说，"我的意思是——"

"我现在不想知道你的任何意思。——我要去上班了。"

杜丽说着，已经离开了金合欢树下，迅速走出了它的影子，朝刚才那两个女人消失的方向走去。午后的阳光灿烂地落在她的头发和身上，使她浑身都在放射着光芒，那光芒又仿佛是一层金质的铠甲，从上到下地包裹着她，把她完全彻底地装在了一个坚硬发光的套子里。套子的形象一冒出来，就让汤加文想到了曾经在省博物馆里看见的金缕玉衣，他甚至听见了那些玉片细碎的摩擦声，以及金线弯曲变形时弓起的声音。只是，那些玉片和金线，都是属于死亡的。

在玉片和金线揉合起来的声响里，汤加文不由自主地跑了起来。他冲上前去，一把拉住了杜丽的胳膊，挡在她面前说："你今天一定要同意。"

"我要是不同意呢？"杜丽没有表情地看了他一眼。

"不同意也要同意。"

杜丽冷漠着翘了下唇角，说："蜜已经够酸了。"

"酸了也还是蜜，不是苍蝇屎和蚊子血。"

看见杜丽脸上的肌肉跟着她的唇角又跳了一下，汤加文就松开了手，看着杜丽慢慢地绕过了他，脑袋低垂着往前走去，走进了那棵高大杨树的影子里。

一直到杜丽拐过楼角，完全消失后，汤加文才走回教堂跟前，在教堂右侧的钟塔下面站住，点了一支烟，默默地抽着。前几年来接杜丽下夜班，或者来送杜丽上夜班，他都要在现在站立的这个位置上，将身体贴在墙壁上，变成墙体的一部分，燃上一支烟，看着杜丽脚步轻快地走过那棵树冠已经冲入云端的杨树，拐过楼角去，或者慢吞吞地从楼角里拐出来，走过那棵树的下面，一直朝他走来。那时候，夜晚温暖的灯光洒落在教堂的钟塔上，也斑斑驳驳地落在他的身上，它们或者静静地蛰伏着，或者舒缓地晃动着，总是蜜蜂似的酝酿出一层层带甜味的东西。那些淡淡的甜味往往会首先抵达他的口腔，然后，随着津液波纹般扩散传遍周身之后，他就会把后背靠在身后钟塔的墙壁上，紧紧贴着，学着在上海话剧院看过的话剧《浮士德》里的台词和腔调，高声说上一句："多么美呀，请让我停留一下。"杜丽偶尔听到了他这句话，也会学着他的腔调，重复上一遍，并且在重复完之后，还会补上一句："我们私下里说句实话，记者先生，您说的美真的是美吗？不是像你们报社里那位女老总，怀里抱着一只肥猫，坐在那里给你们训话？如果是在19世纪的法国宫廷里，我倒是愿意相信，这真是一个很美的画面。"

"您说的美真的是美吗?"汤加文把吸进去的一口烟缓缓地吐出来,侧过脸看着杜丽刚才倚过的金合欢的树干,在烟雾摇曳扩散的声息里,摇着头问自己。

四

草还在枯萎中休眠着,没有一点儿睡醒的迹象。沿草地往上看,是几乎垂到枯草叶上来的一条条柳丝,它们在微风里轻轻地飘拂着,只是缺少了湖对面一层一层在枝条间洇着的绿烟。湖对面的柳丝垂在水里,若隐若现的绿烟正在那些柳丝间弥漫着,宛如在等着音乐从舞台后面流淌过来。汤加文看着湖对面一团团的绿意,忽然觉得人待在这样烟波飘渺的湖边上,是很容易浮想联翩的。这样想着,他的目光在湖面荡漾的波纹上跳了跳,心里就浮出了左小平的笑。左小平每次和他做完爱后去清洗身体,都喜欢一边侧过身子往床边上蠕动着,一边腻腻地笑着问他:看看,我现在像不像一条美人鱼?

左小平说自己像美人鱼的时候,他在她的背后注视着她,每次都觉得是最后一次了。就像他以前每次走出家门时,总会想象再也回不到家了那样,整个人在那一瞬间,全是形容不上来的恐慌和颓废。

湖水的四周几乎是一色的柳树,万千垂下绿丝绦那样的垂柳,仿佛比江南的柳丝还要婀娜。在烟雨里逗留了一会儿,直到一条画舫搅着水汽,从那幅水墨里慢慢驶出来,汤加文的目光才又逶迤着,在画舫荡开的长长水波里,缓缓地跃了回来。

他身边挨着的,也是一棵柳树。他很认真地端详了它一眼,柳丝上的芽苞淡得从褐色中几乎还辨不出嫩黄,只是因为有春天在里面孕育鼓动着,似乎就泛出了一层隐约的奶白。今天是从西方舶来的情人节,这是早上开手机时,手机屏幕上的一束玫瑰和"情人节快乐"这几个字告诉他的。他看着那束红色的玫瑰,心想信息时代的商机真是无孔不入,大概就差在清明节这天的手机里卖墓地了。早上打开手机,一排一排的墓地以镜头推进的方式涌现到一个人眼前,墓地四周是簇拥的鲜花,背景是蓝天和白云,广告语是这样:一定会有一块鲜花盛开的墓地,是您未来的天堂。

盯着那些隐约的奶白色,他想起去年情人节这天,柳芽好像要比今年大一倍,那些被生命鼓胀着的芽苞,鼓着有点儿臃肿的身躯,既像是因为新生命的即将降临在疼痛中低声呻吟,又像是在小声地唱着赞歌。左小平在柳丝间穿行着,突然停下步子,很认真地仰头看着他,说:"我们现在像不像两只在春风里挥着剪刀穿梭的燕子?""应该更像是一只老麻雀和一只燕子。"他牵起垂在左小平旁边的一根柳丝,一丝不苟地观察着上面的芽苞说。

想着左小平,汤加文的目光又往水汽氤氲的水面上掠去,觉得心里某块地方似乎被那些弥漫着的烟雨舔舐得软了一下。他吁了一口气,重新抬起眼睛凝视着它们,努力想在柳烟间搜寻到那支无法看见的柔软画笔,把左小平抹去,但左小平却跟那些绿烟似的,只是不动声色地,一点一点地往他心里洇染着,一副形容不出来的霸道。

从湖边绕过来,就是章辉的公司。走进章辉的办公室后,汤加文没有像以前那样,直奔摆在门口左侧的沙发。他先是站在房门口朝里环视了一圈,然后走到窗子前,看着外面一棵柳丝飘拂到窗子上来的柳树说:"周围的老房子一拆,一改造,你这个地方可真就变成天堂了,抬起头来就是满眼的风光。"

"天天待在这里就什么都看不见了。"章辉笑着,走过去给他泡着茶说,"我一直没弄明白,你那个房子够宽敞了,怎么还要弄房子,想炒房还是金屋藏娇?"

"是要给泥菩萨找座庙,偶尔藏藏身。"

"上下两层还不够你藏的?"章辉说,"你这尊菩萨现在可是够大了。"

从窗子前转过来,汤加文在沙发上坐下,盯着章辉放在他面前的水杯看了几秒钟,才把后背结结实实地靠在了沙发背上,打开两只胳膊,叹息着说:"真是累呀。"

"要不要去叫个按摩小姐过来,给你放松放松?"章辉端着杯子在汤加文对面坐下来,看着他鸟翅般展开的胳膊说,"上回我们喝酒的时候不是说了嘛,一堆朋友里,现在就数你活得滋润,住着两百多平方米的豪宅,身边还美女成群。"

汤加文微笑着坐直了身子,盯着对面墙壁上一幅地图,上面各种颜色的线段缠绕穿插着,扮演着河流和道路的角色,他想象着左小平此刻会走在这幅地图的哪条细线上,是飞越大西洋到了英国法国瑞典芬兰,还是扛着长矛穿过法国进入了它的邻居西班牙境内。她曾经不止一次地说过，她最向往的地方就是西班牙的格拉纳达，一个海边小镇。"那里，我一直喜欢把它形容成真正的天堂，比威尼斯还要充满诱惑。"左小平每次说到西班牙的这个海边小镇，都是这么结尾的，一成不变，仿佛她就是从那里一路走来的，那里就是生她养她的故乡。而实际上，他知道，她既没有去过威尼斯，更没有去过西班牙的那个海边小镇。她能说出的西班牙语，也仅仅限于"我爱你"和"谢谢"这类的几个短句子。

"你也知道，一个女人就能折腾得人死去活来，哪里还要成群。"汤加文说，"你说的那个房子，是不是在东仓？"

"不管什么时候，部下都得先摸准领导的胃口。"章辉点着头说，"从我这里过去，步行十多分钟的路程。以后，你在那边逍遥完了，就可以先经过我这里，站在窗前临窗看一看湖里的景色，跟李清照或者辛弃疾谈论上一番诗词，然后再去忙活别的。"

汤加文摸了把额头，慵懒地说："我就是希望能离报社近一点儿。我是不是还没告诉你？现在，我已经越来越讨厌开车了。昨天我还对部里两个小伙子说，你们谁愿意开车，就把我的破车开走，不行的话，我给你们加油都可以。"

"结果怎么样？"

"结果他们说我是不是想蒙骗着，让他们给我大修车。"

"要是一个爱车如命的家伙这么给我说，我也会这么想。"章辉说。

看着章辉脸上揶揄的表情，汤加文回想了一下，发现自己以前的确是很爱车的。他买第一辆车的时候，章辉还在报社里，跟他还是同事，还没有出来捣弄现在的淘房网。尽管那是辆二手车，但他还是爱惜得要命，同事朋友不论谁坐他的车，上车之前，他都要用玩笑的形式，提醒他们要磕一磕鞋底，最后弄得谁也不愿意搭他的车了，包括他老婆杜丽，杜丽出门时，宁愿去街上打车，也不愿意坐他的车。他老婆打车这件事在报社里传开后，他记得章辉还在一张白纸上写了"车神之位"几个字，贴了他的椅子背上，捉弄他。

他应该是左小平离开之后，开始不愿意开车的，汤加文想。左小平离开他后，他坐在车里，常常就会忘记了自己屁股底下还有辆车，有好几次，在路口等红灯时，他的意识里都以为自己是坐在某个房间的窗子前，直到后面重叠的喇叭声吵得他耳膜都要穿孔了,他茫然地抬起头来想看看窗子外面发生了什么事,才发现自己原来是坐在车里,屁股底下的车正挡在那些拼命按喇叭的车前头。还有两次,直到他的车头砰的一声撞在了前面等候红灯的车屁股上,他才清醒过来,弄清楚自己屁股底下是开着车的。

端起杯子喝口水,汤加文又重新把后背靠在了沙发背上,看着章辉说:"还有一件事,想来想去,还是只有你能操办。"

"还是和房子有关系?"章辉说。

汤加文点点头,说:"还是和房子有关系。"

"进还是出?"

"进。"汤加文说,"有个朋友,一直想找到老房子。"

"没问题,先说说他都有哪些要求。"

"要求就是找到老房子。"

"不就是老房子嘛,"章辉说,"我手里什么房子没有,你问问他,济南开埠时德国人造的那些德式老洋房行不行,带壁炉的,那些老式壁炉,就连德国本土恐怕都已经很少见了。怎么样,够老了吧?"

汤加文缓缓地摇了摇头:"我可能没说明白,她要找的,是他们自己家的老房子。"

"自己家的老房子?"章辉笑着说,"我可从来没替人讨要过自己家的房子,那是律师要去干的事。"

"不是你想象的那样。"汤加文说。

"有料?"

"当然,"汤加文眼前闪现着左小平脸上的笑容,努力带着点玩笑的口吻说,"很猛的料,里面还夹着罂粟壳呢。"

五

左小平是为了找她外公家的老房子,才到这座城市里来的。那次,他们好像是从汤加文说到他的外公去世开始,说到了左小平的外公。

"我外公是名优秀的飞行员,曾经是杭州中央航校的学员,在淞沪会战中,还击落过日军的一架飞机呢。"左小平看着汤加文笑了笑,"我一直没有给你说，我当初到这座城市里来的唯一目的，就是想替外公找到他的老房子。"

"你外公还健在吗？"汤加文问。

"在呀，就是已经老得不能出门了。"

外面的天气热得犹如滚动的白开水，半空中的树叶子都被敷上了一层厚厚的白色蒸汽。但西餐厅里的冷气却开得十足，像冰箱的冷藏室，冷藏着分割在各个区域里的人和桌椅、杯盘、食品。在他们这个长方形的区域里，左小平搅了搅杯子里的咖啡，又说："我外婆带着两个孩子，等了他四十年，也没等到。"

"你外婆去世了？"

"不是她去世了，是我外公在那边又结婚了。"左小平说。

"那边？那边是什么地方？"

"台湾哪。"左小平说，"你一定想象不出来，我外婆和他生的两个孩子，在他去了台湾后不久，便相继夭折了。我妈妈和她的哥哥，都是我外婆后来抱养的。"

"这么复杂的关系。"汤加文说，"你外婆为什么没有住在这里？"

"她是我外公在南京认识的，但是他母亲不接纳这个娇小的南京女人。他要理由，他母亲说没有理由。他父亲曾经在美国的普林斯顿大学留过学，读的是人类学，但他却热衷于研究神学。后来从任职的大学里辞职，做了专门的牧师。他母亲也是个无比虔诚的基督徒。他们一度以为，是由于她没有信仰，他的母亲才不肯接纳她。直到四十年后，他们再度重逢了，她才弄清楚，他母亲不喜欢她的原因，是因为他的舅舅。他舅舅是个国民党军官，从淞沪战场上撤下来的，撤退到南京后，在南京大屠杀中，被日军枪杀在了长江边上，从此，他母亲就听不得'南京'两个字了。"

"后来呢？"

"后来就是悲剧降临了。他回家接我外婆和孩子时，他们的儿子生了急性阑尾炎，正在手术室里做手术，他只好先让她们留下来，他自己跟随那位大人物的专机去了台湾。后来，就再也没能回来接走老婆孩子。"

"他父母呢？"

"他父母也都跟他去了台湾。"左小平说，"我外婆虽然娇小，但是为人非常倔强，两个孩子先后夭折，她依然固执地守在他们原来房子的一间小厢房里，靠干各种零碎杂活维持着生计，等着丈夫回来。"

"这么多年了，怎么现在才想起来找。"

"他第一次回来的时候，只是为了找我外婆，没想找房子，而且一到南京就病倒了。后来托人帮忙找了两次，结果都不了了之。"

左小平从包里拿出两张老照片来，递给了汤加文。上面一张照片，是一座两层的小楼，墙壁从上到下都是那种立体感十分突出的、鼓凸凸的石头块垒砌而成。石头与石头之间，等距离地镶嵌着一个一个瘦长的玻璃窗子。靠镜头最近的那个窗子边，是半个探进镜头里的树冠，枝杈稀稀疏疏地伸着，似乎是想把脑袋探进楼里边，看看房间里的人或者摆设。只是由于没有叶子，在照片里没法准确地分辨出它是一株杏树，还是一株槐树。汤加文的目光沿着那些没法分辨出名称的树枝跳动着，跃到房子金字塔式的房顶上，整座楼房漫溢着的欧洲情调，便瀑布般，顺着房顶流泻了下来。后面一张照片里，是两个并肩坐着的小伙子，背景就是前面那张照片里的楼房，由于角度的关系，楼房只拍下来了半个窗子的高度。镜头里小一点儿的少年身着棉袍子，调皮而又阳光地脆生生地笑着；大一点儿的青年则是西装革履，浅色西装里是一条同样淡色的长围脖，他的十指交叉拢在并起的膝下，脸上也是一脸灿烂的笑容。在墙壁鼓凸的石块及反射着亮光的窗子下，他们脸上的笑容春水般柔和、光鲜地荡漾着，似乎一直漾到了画面外的某个地方。

"这个就是我外公。"左小平探过头，指着那个着西装的青年说，"是不是一脸的英气？我给我外婆说，如果我是她，也会像她一样，一辈子不屈不挠地爱着、等着这个男人。"

汤加文的兴趣一直在照片里那栋房子上，他抬起头来对着左小平笑了笑，然后说："这座房子看上去是很像一个牧师的住所。"

"这是那个留过洋的老牧师亲自盖的。"左小平说，"他儿子想找回这座房子来，把它卖了，捐助一些单身母亲。"

"这件事情，我们能不能以报社的名义参与进来？"汤加文认真筹划着，"你回去写篇稿子，配上这些照片先发出来，看看会是什么情况。"

"这么一个好主意，我之前怎么就没想到呢。"

左小平的目光在照片里那座老房子上停留了一会儿，端起咖啡，喜悦地看着汤加文说："碰一下吧。我要先替我外公，谢谢你这么精妙的好主意。"

"他要感谢的是你外婆。"

"是。从懂得爱情开始,我就在崇拜外婆了。你一定想象不出来,她的日常生活,就是默默地守着他们结婚时在西泠印社刻的一对铜雕印章,等待着那个和她相爱的人。我外婆说,那个时候,飞行员不到二十八岁是不准结婚的,但是,飞行队的那个大队长为了成人之美,故意在他们结婚前夕去了上海,有意避开了我外公的'违纪行为'。"

"你很幸福哇。"汤加文说,"从小就有崇拜的对象。"

"如果她不是在南京,我早就带你去见她了。她虽然快九十岁了,但绝对还是一个老美人,仅仅是满头亮闪闪的银发,谁见了都会被她迷死。"

"完全可以想象出来。"汤加文笑着说,"不是所有的人都有这样的福分,我有一位牧师朋友,他说白发是上帝赐给人类最高贵的冠冕。"

"我一直都在设想着,将来,我是不是也能够拥有那么一头漂亮的白发。当然,它存在的前提,首先必须是有这样一个人,他会像照片里这位优秀的飞行员一样,让爱他的女人舍生忘死地挚爱一生。能这么相爱一场,夫复何求!"

汤加文又笑了笑,说:"你这个梦想,或许曾经是很多人的梦想。"

"很多人里,也包括你吗?"左小平看了会儿汤加文,问。

"我们到了这个年龄,早就是任何梦想都没有的残疾人了。"汤加文呵呵地笑起来,"仅仅从这一点出发,我们就没有了任何可比性。"

"你有没有觉得,你的眼睛和照片里这位飞行员的,长得特别像。"左小平侧着脑袋说,"第一次见到你,我就发现了这一点。"

"你的想象力可真够丰富的。"

汤加文左手捏着根牙签,在一根香蕉上来回地扎着,眼睛看着它们慢慢变成深褐色的洞眼。他眼前掠过了杜丽头顶上一根一根早生的华发,右手的拇指和食指不由自主地就捏拢了一下。前两年,只要在卫生间的镜子里瞅见一根白头发,杜丽就会抱头鼠窜地跑到他面前,急急地把脑袋抵过来,同时一根手指焦急地在头顶上方画着圈子,没命地催着他快去把它们搜寻出来,替她消灭掉。每次,她给他的感觉,都仿佛那些白头发就是一条一条游弋在她发丛里的毒蛇,他没有任何选择和迟疑的闲暇,唯有风驰电掣般挥舞起宝剑,手起刀落,一剑斩断那些翻吐着芯子,令她胆战心寒的扁扁的尖脑袋。不然,她在它们咝咝作响的吐芯声里,一定会比那个吃了毒苹果的公主,窒息得还要迅速,倒地毙命的速度还要快上零点五秒钟。而且,她还没有那些能够拯救和保护她的小矮人,把她救活过来,藏在迷宫般的森林里。

或者可以这样说,直到此刻,他仍然没有弄明白,杜丽是从什么时候开始,不再惧怕那些游动在头顶上的蛇的;或者说,她是怎么战胜了它们的;再或者,她和它们,两者之间,最终是通过一种什么巧妙的方式,去达成某种调停与和解的。他日复一日地暗中观察着她头顶上的白发,它们日渐增多,队伍日益壮大,但是,她却像是意外地患了某种色盲症似的,突然对那些嗡嗡响动着集结起来的白发,视而不见了。她只是喜欢越来越长时间地站在某一面镜子前,端详着镜子里的那个女人,如同在产房里观察着一个待产的产妇。"骨缝才开了一指,还早着呢,坚持!"她俯身对着一个被生育折磨得满脸痛苦的产妇,细声呢喃着,眼神里堆砌的却是毫无关切的冷漠。

面对她在镜子里传递出来的冷漠,杜丽不仅丝毫没有节制,相反,她是一天比一天更加清晰地,对它呈现出来某种病态的热爱。他注意到她这些行为的时候,她已经像当初在一个月里就狂热地迷恋上了他一样,迷恋上了镜子里的那种冷漠,一种在热恋中交媾之后的迷恋。偶尔地,她还会出乎他意料地,在她的半边腮上,用黑色的眼线笔勾出半个唇印模样的图案,如同某位亲吻过她脸颊的男士,没有仔细留心,于是戏剧化效果就产生了,他似乎是暧昧地,把一抹粘贴的胡子留在了她那半边脸上。他站在卧室的门边,或者客厅的窗子前,以一个无耻的偷窥者的姿态,悄悄地窥视着,躲在洗手间或者阳台上,和一个男人拥抱着亲吻的她。他看着她和那个男人热情万丈地拥抱,激情飞扬地亲吻,忘乎所以地做爱,但是他——那个女人的丈夫,站在门边或者窗子前,目光注视着他们,唯一的有效行为,就是瞠目结舌地注视着他们的一举一动。

被安置在门边或者窗子前的汤加文,在灯光或者是阳光的照射里,他所能思考的,就是他和杜丽之间那扇曾经心有灵犀的大门,是怎么无声无息地,关闭的。

六

楼下玉兰树开花的这天黄昏,汤加文坐在弧线漂亮的阳台上,迎着夕阳点了支白沙,然后伏在窗子上,看着一棵玉兰树上刚刚绽开的两朵玉兰花。他爱抽十块钱一包的白沙,一是喜欢它柔和的口感,二是喜欢它的广告画面。快四十岁了,这个年龄的人从肉体到精神,都已经慢慢地趋向疲惫和麻木,除却权色和黄金这些最后的攫取物,在日常生活里,至少是很难有什么画面令他们这些人心动了。但是,说不清为什么,每次在电视上看见那两只在画框里飞舞着的鹤,他的心都会情不自禁地跟随着它们,雀跃一下,再雀跃一下。

除了料峭着开放的那两朵,枝头上还都是花蕾,更没有鲜绿的叶子生长出来。汤加文嗅着手指间烟草的气味,用力猛吸了两口,然后在缓缓吐出的烟雾里转过身体,寻找着烟灰缸。一个春天没有下雨了,空气干燥得用他手里的烟头都能点着。他听着身体和空气摩擦出来的哧哧作响的声音,缓慢地、近似优雅地弹着烟灰。优雅地弹过两下之后,他盯着自己弹动的食指,想起他和杜丽结婚时,就是这个季节,玉兰花也是刚刚绽开。那天,他们被一群朋友簇拥着,从酒店大堂里出来,迎着午后的阳光往婚车前走着,突然,杜丽举高了手里的玫瑰花束,越过人群往旁边一指,声音欢快地说:"你们快看哪,玉兰花已经开了。"她的话音还没落,就被身边那群人闹哄哄地抓在手里做了把手,他们大声地笑着,说:"你们家的玉兰花难道还没开过?是不是你们医生比我们这些正经人还会假正经啊!"

在婚后很长一段时间里,玉兰花都是他们夫妻生活中一个不可或缺的求欢暗语,就像那些气味和花纹各异的安全套,成了他们性爱过程里必不可少的一部分。

楼上,杜丽一下午都在播放着《黑色星期天》的钢琴曲,若隐若现的乐声沿着墙壁流淌下来,忧伤得令人窒息。

每次听见杜丽放这首曲子,汤加文眼前都会跳出一只在死神面前舞蹈的黑天鹅。这首被称作《魔鬼的情书》的曲子,是匈牙利一个叫作鲁兰斯·查理斯的钢琴家,在1933年创作的。这些都是杜丽告诉他的。杜丽第一次在家里播放这首曲子时,说这首曲子的作者鲁兰斯和他的女友,都是死于这首曲子。他的女友是服用了安眠药,而鲁兰斯,最后则是自己从楼上坠了下去。"你知道英美的一些电台为什么联合抵制播放它吗?那是因为,在欧洲,曾经有一百多个人死于这首曲子。"杜丽说,"据说从那个老鲁兰斯自杀之后,这首曲子的魔力就随之消失了,再也没有人因为它去自杀了。"

杜丽这样说的时候，神情和语气里似乎都夹带着一丝不为人觉察的遗憾。他在旁边看着杜丽，看着花蕊般在她唇角上抖着花粉的那丝遗憾，当时好像还笑了笑，并且和杜丽开了个小小的玩笑："你弄回来这首曲子，是准备让我听着它自杀呢，还是准备你自己听着它自杀？"

"如果哪一天我们过不下去了，我就选择听着它自杀。"杜丽笑着回答，"据说，在欧洲第一个听着它自杀的人，是一名英国军官，但愿在亚洲第一个听着它自杀的，不是中国的一名妇产科医生。"

一边说着，杜丽还朝他晃了晃手里的酒杯。由于晃动，他看见她杯子里那些红色液体，都跟着她激情澎湃起来，集体跳了个舞姿优美的华尔兹舞步，有一个舞女大概过于兴奋了，她甚至从舞池里滑了出去，直接跌落到了杜丽涂着黑色指甲油的大脚趾上，热烈地抱住它亲吻起来。

　　秋天到了
　　树叶也落了
　　世上的爱情都已经死去
　　……

他记得曾经在哪里见到过这首歌的歌词，并记下了开头的几句。他仰在沙发上，盯着杜丽黑色的脚指甲，笑着说："善良的好姑娘，祝你成功啊！"

"希望我成为亚洲第一个听着它自杀的产科医生？"

"脑子真是有病！你怎么就不会站到世界的另一面去想想。"

"你说的也许恰恰就是这一面呢。"

"这件事情你暂时自由发挥。"他说，"能不能先商量个别的事？"

"是不是想请求我自杀的时候，不要把悲惨的现场弄在家里。"

"滚蛋！"他说，"我现在唯一的请求，是你能不能不把脚指甲弄成这些恐怖的黑色，看着跟木乃伊似的。"

"我喜欢。"杜丽继续晃动着手里的酒杯，声音暧昧地嬉笑了一下，"它没有妨碍我和你做爱吧先生？我倒是一直觉得，黑色最能怂恿情人们去调情了。"

"我在和你说正经话。"

"我也在说正经话呀,你觉得我一直没说正经话吗?"

杜丽的表情和声音已经变得坚硬起来。他在她同样坚硬的目光里败下阵来,点了一支烟,想用柔和的烟雾软化一下杜丽留在他视线里的目光。自从那个在生产过程中,因为中央性前置胎盘而突然患了并发症的产妇死去之后,杜丽整个人就变得不可捉摸了。常常是,一群人正在愉快地谈论着一件事情,大家都在愉悦之中,她一个人忽然就像被熄灭掉的一盏灯那样,独自沉寂下去,对谁都不理不睬了,任凭谁和她说话,她也只是瞪着眼睛看着你,一句也不回应。或者是方向正好相反,她堆聚起坚硬的眼神,锥子般挑着你,寻找和制造着一切与你决斗的契机。他的母亲在和杜丽决斗过几次后,有一天摇着头对他说:"你以后的日子,真是有的过了。"

真的要感谢鲁兰斯的死,汤加文有时候想,如果这位老先生还健在,那首钢琴曲的魔力还在世界上风靡蔓延,那杜丽可能早就裹在那块黑色星期天的幕布里,在瞬息万变的舞台上,悄无声息地随着某一阵风消失了。

抽完了手里的烟,汤加文把烟蒂按在烟灰缸里,准备再回房间里取一支。刚迈开步子,他就看见了杜丽。杜丽不知道什么时候已经从楼上走下来,穿过了他的书房,也来到了阳台上。她俯在离他两米远的另一个窗口上,脑袋探在外面,像对楼下某个赏花人说话似的说:"今年的玉兰花开得真漂亮啊。"

汤加文稍稍停顿了一会儿。他盯住杜丽穿着玫红薄毛衫的后背,不明白她为什么也跑到了这个阳台上来。从她嘴里不再叫他的名字,不再手里端着高脚酒杯在客厅的各个角落里游荡着喝红酒之后,她好像再也没到这个阳台上来过。至少,他在家里的时候,从来也没有看见她来过。仿佛,他阴险恶毒地在这里布满了地雷,她的两只脚,甚至是一只脚、一个脚尖,一踏上来,就会被那些隐藏的地雷炸得粉身碎骨。他猜测,现在,她或许只喜欢坐在楼顶的露台上,翘着涂满黑色指甲油的脚趾,仰着头在观看天上的星星。除了万花筒,她还一直喜欢看星星。

杜丽一直喜欢收集万花筒,储物间的两个木箱里,以及客厅中间电视柜下面的抽屉里,全是她收集来的万花筒。这是她从十二岁开始,保持下来的一个癖好。不过,这两年里,他一次也没有看见,她去打开过那两个木箱和那个抽屉,把哪个万花筒拿出来。

旁边是一株绿萝。杜丽转过身体来,褪掉了右脚上的拖鞋,用脚趾反复勾着绿萝的一根细茎。"还有没有烟哪?来一支。"她盯着自己勾着绿萝的脚说。

他讨厌她那些覆盖着黑色指甲油的手指头和脚趾,腐烂了似的。古书里描写那些中了鹤顶红之类剧毒的人,说他们中毒之后的牙齿、骨头、手指甲和脚指甲都会是黑的。他不懂中医,想象不出她涂的那些颜色,像是中了其中的哪种毒。

杜丽脸上的表情和眼神,让汤加文心里动了动。他忽然发现,她比一年前看起来似乎是苍老了十岁,至少要有十岁。他想了想,自己好像已经有一年时间,没仔细地看过杜丽一眼了。这一年里,往往是他在客厅里待着,听见外面楼梯上杜丽走路的动静,他就赶在杜丽开门之前,回到自己的书房里。他们的房子是两层,复式的,底层是六楼,复式算是七楼,杜丽为了锻炼两条腿的耐力,上下楼从来都不乘电梯。所以,一般情况下,杜丽下班回来,在地下停车场里停好车,脚步往楼梯上一落,汤加文就会从她重重的鞋跟声里,听出是杜丽回来了。在家里也是一样,只要杜丽的高跟鞋在上面的楼梯口一响,他就会自然而然地熄掉手里的烟,回到他和杜丽曾经的卧室里,或者是书房里,以免和杜丽碰在一起。杜丽当然也是一样。她上班总是倒来倒去,有时是白天,有时是夜班,有时又会突然加班,但是,无论她怎么倒来倒去,他却总是能清楚地为它们排列出顺序来。不上夜班时,杜丽也只是在吃早餐的时间里,在下面逗留一会儿,其余时间都是无声无息地待在楼上。经常是楼上突然响起来一阵冲马桶的水声,汤加文这才忽然意识到,杜丽还在他的头顶上存在着,呼吸着,也许偶尔地会放出一个屁,气体在空气中肆意地流转着,无拘无束地穿越楼上楼下所有的空间。

"什么时候也开始吸烟了,"汤加文说,"你不是一直在倡导禁烟吗?"

"我们不是也曾经恩爱无比吗?就像大雪覆盖着原野。"

杜丽把一只胳膊支在了窗台上,侧过半个身子站着,夕阳穿过窗子上的玻璃落在她身上,给她的半个身体勾了道金边。汤加文装作来回晃动脖子的样子,漫不经心地扫了她一眼,他看见她被夕阳勾着金边的脸颊和唇角上,还没有浮出来那种古怪的笑。

"要我现在去给你取吗?"

没等杜丽回答,汤加文已经迈出了步子,他低着头,大脑里拼图似的,

还原着杜丽刚才的话。杜丽说的,是他曾经心血来潮时写的两行诗,那几行诗的原文似乎是:

他们恩爱无比／如同大雪覆盖着原野／上帝覆盖着星空

　　进到房间里,汤加文继续想着那几行诗,在电脑桌前足足站了两分钟,才伸出手去摸烟盒。他猜测杜丽肯定不是随便把这句话说出来的。她今天到阳台上来,是不是也可以这样解释:她也许,并不仅仅是想和他站在阳台上,欣赏楼下那两朵盛开的玉兰花。

　　杜丽从汤加文的手里接过烟,又探着脑袋,让汤加文给她点上。然后,她左手抱着右手的胳膊肘,眼睛看着手指上方摇曳着的淡淡烟雾说:"这场婚礼和上一场相比,你觉得哪一场更加精彩?"

　　"这个没有可比性。"汤加文说。

　　"你应该不会毁约吧?"杜丽继续看着那些烟雾,"换条件的时候,我们之间是有约定的。"

　　"约定里应该没有评判这一项。"

　　"没有吗?我记得在我们约定的第二条里,好像是这样写的:每观看两场婚礼,当事双方须做一次前瞻性回顾。回顾的意思,是不是可以理解为,包括评判?"

　　"这样做有什么意义?"

　　"很多事情都可以和意义没有关系。"

　　杜丽弯下腰,往一个花草已经枯死的花盆里弹了弹烟灰。汤加文看着那个钵一般的瓷花盆,想起来杜丽曾经在里面养了一蓬金钱莲,它们铜钱大的叶子碧绿碧绿地蓬勃着,缝隙里摇曳着一串串细碎的小花,样子跟壁虎脚掌上那些吸盘似的。他不知道,它们是在什么时候枯死的。

　　"你知道,我不会这么做。"

　　"你还记得那个喜欢和你站在老教堂下面聊天的熊院长吗?他上一周突然心梗,死了。"杜丽把一直勾着绿萝的右脚收回去,重新伸进了拖鞋里,"你不想知道他的死因吗?"

　　"你不是说了吗,心梗。"

"我是说，背后。"

"他心梗，我怎么知道他背后有什么。"

"他新娶了一位太太，二十六岁，去年刚到我们院里的。他们结婚之前，传说老熊就给自己购买了三百万险额的保险，受益人就是他这位新太太。"

"我现在不想关心别人的事情。"

"你是一位获得过全国新闻奖的记者。"

"愿他和他新娶的太太平安。"

"我刚才没有说吗？他已经心梗，死了。"

"死去的人同样需要平安。"汤加文把手里的打火机揣进裤兜里，言辞闪烁地说，"要是没有其他的事……我约了人，现在要出去了。"

杜丽掐下了绿萝的一片叶子，放在手心里看着说："那好，谢谢你的烟。"

七

和左小平在一起之前的那半年里，汤加文曾经有过两个过往甚密的女人。当然，说来说去，他和她们在一起，仅仅也就是在一起，他甚至一次也没有动过和她们苟且的念头，哪怕是抚摸她们一下。他对她们做的幅度最大的动作，就是偶尔拥抱她们一下。当然，他知道那两个女人都是喜欢他的，假如他想和她们上床，她们丝毫也不会拒绝，或者连扭捏一下的姿态都不会有。这一点，他从她们的眼神和肢体动作上都可以看得出来，她们一直都在巴望着成为他的女人，就差拿出点儿手腕勾引他了。问题在于他，他一点儿也没有欣赏她们身体的欲望。他仅仅是想让自己和她们无聊地在一起，喝酒，听音乐，厮混着，相互说着一些不着边际的闲话。他带着她们到酒吧里彻夜不归地喝酒，到KTV里唱歌唱到天亮，还分别把她们带到家里，选择在杜丽快要下班回来的时间里，搂着带回家的那个女人，在客厅里拥抱着、贴着面跳舞。有时候则是把她们和她们的朋友一网打捞到一起，都带到家里，五六个人围坐在一圈沙发里，举着酒杯，勾肩搭背地乱成一团，烤着火似的，煞有介事地谈论着他们共同欣赏过的某部电影，或者什么人的一首诗歌，再或者是一部在网络上流行的小说。

真是抱歉得很哪。在一群人嘈杂的哄闹声里，他总是控制不住自己地，把眼睛躲在高脚酒杯后面愧疚着。不管这期间他们谈论的是电影，是诗歌，还是一部流行的狗屁小说，但，在杜丽回家的那一刻，按着他的指引，他们玩的一定都会是同一个游戏：他们依次模仿着电影里某个人物的口吻，用各自的方言，大声说着一些他们自己创造出来的色情台词，当然，重要的也就是这些色情台词，每人一句，说得最色情的那个人，会享受到说得最烂的那个人的一个亲吻，第一次是亲额头，第二次是亲脸颊，第三次是亲嘴唇。游戏的要求是，不管男的女的，在游戏中概不能躲避和拒绝这些亲吻。很显然的是，从来也没有人真的要躲避和拒绝这些亲吻。这是一群真正需要亲吻的人。而按照他的要求，这些不伦不类的游戏终结的时间，一定要在杜丽推门进来之后。

这样，杜丽每次进门后看见的场面，不管是他搂着一个女人在客厅里狎昵地跳舞，还是一群人在那里乱糟糟地举着酒杯喧哗、亲吻，氛围一定都是暧昧到了顶点，每个人的头顶上仿佛都在冒着蓝色的火焰。

不出意外，最终来结束这些无聊游戏的，还是杜丽。杜丽每次进门来，不管汤加文在客厅里做什么事情，她都是同一个态度——视若无睹。仿佛她真的已经和他生活在了两个维度和空间里，他任何一种形式的存在，对她来说都是不存在的，没有丝毫意义的。

坐在坟墓里的感觉，就是在他厌倦并结束了上面这些荒诞的游戏之后，在某个刹那间突然生出来的。似乎它们早就等在路上，只等着有朝一日他从此地经过：呔！要想从此过，留下买路钱！在这一声断喝里，他先是感到无限的疲惫，就像拖着膏肓之体去参加了一场篮球赛，从赛场上下来，他大汗淋漓着，浑身死痛，心脏就要窒息，眼睛也被什么东西粘住了，连澡都不想去冲洗，就倒头躺在了地板上。他躺下之后，似乎还没来得及花力气挪动一下肢体，那些野草就齐声地呼啸着，从四面八方蔓延过来，疯狂地席卷着他的肢体，在无声无息地吞噬完他的手指和脚趾之后，又悄悄地靠拢到了他的眼睛和心脏，然后，它们对视了一下，轻轻一弹指尖，就把他推进了一座坟墓的中央，用混着石灰和猪血的泥土，封死了他和外界连接的所有通道，和他的身体一起关闭起来的，还有天空、大地、云层、鸟鸣、风声、雨水、花草、树木，还有空气、亮光、颜色和他虚无的声音……

在弥漫的夜色和暗淡灯光里，睡眠中的制锦市小区，仿佛把整个世界都带进了一个梦境之中。汤加文被冷风吹醒过来，望了望四周，才知道自己刚才是在车里睡着了，深夜夹带着细细雨丝摇荡起来的寒意，从落下的车窗里涌进来，拥抱似的贴紧了他的身体。他探着头看了看旁边的楼房、楼上，所有窗子里的灯都熄灭了，只剩下一个一个安静的窗口，在谨慎地观望着外面的风和细雨，看着它们在那些新生的树叶子上滑翔，或者，躲进一朵花瓣的衣裙后面。

往楼上数第五个窗子里，是左小平曾经住过的地方。汤加文摸了摸衣兜，左小平房门的钥匙，现在还待在那里，像熟睡的婴儿一样，极其安静，一动不动，周身缠裹着他的体温。他侧了下身体，把它们掏出来，放在手里，手指小心翼翼地摩挲着，就像在抚摸着睡梦中的左小平。

第一次和左小平拥抱的时候，他抱着她说："给你讲个故事吧。故事的内容是这样的，有个女人，她不小心走到了一座坟墓旁边，手里拿着把铲子，不经心地在坟墓上挖着。一点一点地，她先是挖出了一个男人的头发，然后是他的眼睛，然后是手指，然后是喉咙，然后是心脏，然后是肚脐，然后是两条腿，然后是脚趾，然后是……灵魂。总之，她一不小心，就把一个活死人，从坟墓里挖了出来。"

"听起来，这个人多像是遇到了一个天使。"左小平笑了起来。

"事实就是这样。"他说，"不管你相信不相信。"

"一想起人生里那些后悔的事，梅花就落满了南山。"

一边朗诵着，左小平一边还调皮地眨动着眼睛，似乎要用睫毛把他衣服缝里沉积的尘土都打扫干净了。

"这两行诗，总是会让我想起另外两行诗：我们把琴挂在那里的柳树上，一追想锡安就哭了。"

"这首以色列人被掳的哀歌，我可不止一次地给我姥姥读过。"左小平说，"我有没有给你说过，那个飞行员去了台湾之后，她就成了一个基督徒，开始每天都在读《圣经》了。"

他轻轻地抚摸着左小平的脸颊说："那个飞行员一定不会想到，现在，这个世界上有多少男人，在羡慕着他。"

左小平抬手摸了摸他的额头，说："你是不是发烧了？你的手好像有点儿烫。"

"可能是有点儿发烧了。"他抓住左小平的手,把它从额头上滑下来,亲了一下她的手背。

自己也许真的是发烧了。他亲着左小平,猜想着她和他在一起,是不是就因为他的眼睛真的酷似那个飞行员。而左小平,从懂得爱情开始,就走进了某种幻想的爱情里。

他自己也不能否认,在他拥抱着左小平时,总有一刹那,他会看见杜丽站在他们跟前。她仍然像进门后看见他搂着一个女人跳舞,或者他们一群人在那里玩亲吻游戏时那样,对他的存在视若不见,然后一闪就走掉了。杜丽每次都面无表情,但是,每次,在她单薄的背影消失的瞬间里,他还是会迅速地被她打倒在地,像一堆被抽掉骨头,在慢慢等待着腐烂的肉。

左小平的房子里,现在已经住进了另外一个年轻的女孩子,她像左小平一样留着漂亮的披肩长发,戴着半框的红边眼镜。他是在左小平走后的第二周,在一个黄昏里,再次到这里来的。当时,他手里握着钥匙,在门口一直犹豫着要不要打开门进去看看。后来,他也忘记自己在那里犹豫了多长时间,也许是五分钟,也许是一分钟。当他转过身,散散地握着钥匙,准备下楼时,他看见一个女孩子站在他身后。女孩子看着他说:"先生您有事吗?"他惶惑着,迟疑了半天,说:"我的一个朋友原来住在这里,她前几天刚刚搬走了。"女孩子继续盯着他看了一会儿,然后,从包里拿出钥匙开了门,说:"门上的锁已经换了,我昨天刚搬过来。"他跟随着她进了房间。女孩子指着沙发说:"您先坐吧先生,我请您进来,是因为我认识您。"女孩子说到这里,微微笑了笑,然后说:"您不要奇怪,我原来就住在对门,以前碰到过您。我原来那个房东的儿子结婚,急用房子,我在小区里找房子,找了一圈,正好遇到了这套房子往外出租。"

房间里所有的摆设都没有变动。橙色布艺沙发的旁边,还是那棵厚皮厚肉的橡皮树;靠近阳台的位置上,圆形的透明玻璃茶几上,是一束插在透明玻璃花瓶里的干麦穗;桌子旁边是两把淡褐色的藤椅,它们还是那样安静地,被摆放在柔和的光线里。这些都是他和左小平一起买回来的。以前他来这里的时候,他们从床上下来,差不多每次都会坐在这里,或者安静地喝一杯咖啡,或者静静地看着外面的天空,发一会儿呆,再或者,由他喋喋不休地说着杜丽。他说杜丽的时候,左小平也会一直用她那双清澈的眼睛,安静地看着他,像一个斯文的孩子在听着父亲讲天方夜谭里的故事。

左小平走后，他一直都是选择在黄昏时分来到这里，就像他之前总是喜欢在黄昏里和左小平亲热一样。他自己也弄不明白，为什么会对黄昏里的光线和那种宁静，充满着不可思议和不可遏制的迷恋。

望着外面的细雨，汤加文慢慢地关上车窗，然后把手里的钥匙捂在了脸上，就像捂住了左小平纤细温热的手。这个世界多么微妙哇，他想，现在，他坐在左小平曾经居住的楼下，手里握着左小平给他的房门钥匙，但是，他却不知道，离开他之后的左小平，到底去了哪里。

八

在汤加文的意识里，夏天应该是跟随着左小平一直要找的那座老房子，一起到来的。至少，汤加文觉得自己应该这么认为。

在电话里听见章辉告诉他，他要找的那座老房子已经找到的时候，汤加文正坐在电视机前面，看一群藏羚羊横渡楚玛尔河。羊群在一只头羊的带领下，正小心翼翼地试探着，走进浅浅的河水里。电视里介绍说每年五六月份，藏羚羊们都会从三江源出发，渡过楚玛尔河，到遥远的卓乃湖畔去产崽。一个月后，它们会再长途跋涉地返回来，再次渡过楚玛尔河，回到它们的家乡三江源去。现在正是七月下旬，已经产完崽的藏羚羊们，正在陆续地从卓乃湖返回来，所以，这些天，电视上就每天都在播放藏羚羊渡过楚玛尔河的画面。

"头羊已经过去了！

"两只小羊也过去了！！

"整个羊群都过去了！！！"

电视里不时传来记者和节目直播主持人激动战栗的声音。

在老东门附近的一栋旧居民楼下见到章辉时，汤加文已经在那里等待多时了。章辉来后，看着汤加文笑了一会儿，然后说："老汤你猜那座老房子的位置在哪里？你一定想不到，上次我给你找好了，你不愿意过来住的那套房子，它的整栋楼就是在那座老房子的旧址上改造的。后面还有你更想不到的，我给你找的那套房子，完全就是坐落在它以前的旧址上的。"

"你能确定？"汤加文说。

"很简单的事情。"章辉说,"我按照你提供的线索,再找来老济南的地图,然后又找到了房管局,在他们那里找到新中国成立初期房屋改造的一些原始档案,把这些资料汇聚在一起,房子的大致位置就出来了。最后,我又找到了两位一直住在这附近的老人,他们一位八十五岁,一位已经九十岁高龄,最重要的是他们从小就生活在这里。我把两位老人带过来,让他们回忆了一番那位老牧师家所在的位置。他们的描述,和你给我描述的情况,基本上没有什么出入。就连窗户玻璃上的花纹纸,他们说的,都和你描述的大体一致。"

"你原来说的那套房子,现在还在不在你手里?"

章辉看着汤加文脸上的表情,说:"先别说那个房子还在不在。替你找到要找的房子了,我自己心里都有点儿按捺不住的成就感,你脸上怎么就没有一点儿表示?"

"你先把那套房子给我。"汤加文说,"我想把它买下来。"

"你不是说,是在帮一个朋友找吗?"

"她现在不在,我想先替她买下来。"汤加文说,"还有,你手里搜集到的那些老地图,和从房管局里弄到的有关这座老房子的所有资料,都一块儿给我。"

"据那位九十岁的老先生讲,那个老牧师的大儿子,曾经是国民党的一名高级飞行员,老牧师和他的家人,在国民党撤往台湾的时候,都随着他去了台湾,这边已经没什么人了。"

"我明白你的意思。"汤加文停顿了一下,点了支白沙,然后说,"以后再慢慢地给你讲,我们现在先进去看看房子。"

房子在一楼。令汤加文意外的是,它居然还带着一个十多平方米的小院子,院子里还有一棵结满了石榴的石榴树。章辉站在阳台上,看着石榴树说:"真是巧了。那位九十岁的老先生说,那个老牧师很是喜欢石榴树,当年,他家的楼下边,到处都栽满了石榴树,每年一到中秋节,石榴熟了,他就会把满树的石榴摘下来,分给周围的邻居们。"

汤加文回想着左小平拿给他看的照片,上面探进画面里的那些辨认不出来的枝条,也许就是石榴树的。他想,左小平此刻如果站在这里,她一定会首先选择站在这棵石榴树下,和石榴树一起拍张照片,拿回南京去给她的外婆看,然后,再通过网络,发给那位远在台湾的老飞行员。

章辉走的时候，汤加文从他手里拿了钥匙，一个人留了下来。他坐在阳台的一个台阶上，看着石榴树婆娑的枝叶，继续想着左小平。想了一会儿，汤加文站起来，拿出手机，走到石榴树跟前，对着石榴树拍了一张照片，然后，朝后退了两步，加上房子的背景，又拍了一张。后面拍的这一张，石榴树伸出去的两根枝条，正好探向了阳台右边的窗子。

看着手机里的照片，汤加文努力地想象着，躺在病床上休养的左小平看见这两张照片后，会是一种什么表情。

汤加文是从左小平突然给他发来的一条信息里，知道她是因为患了急性白血病，才离开这里的。左小平说，是一位叫杜丽的捐献者捐献的造血干细胞，救了她的命。

在经四路教堂里观看第十五场婚礼这天，汤加文陪着杜丽坐在二楼的排椅上，一直看到新郎新娘在牧师的祝福和众人的掌声里，甜蜜地走出礼拜堂。新郎新娘走出去后，杜丽也站了起来，准备往楼梯口走。汤加文没有跟着杜丽站起来，他继续坐在那里，望着杜丽的背影说："为什么不告诉我？"

杜丽站在那里沉默了几秒钟，然后转回身体看着他说："告诉你什么？"

"左小平的事。"

杜丽笑了笑，说："你是要替她感谢我吗？那现在说好了。"

"为什么不告诉我？"汤加文又说了一遍。

"这是我自己的事。"杜丽说，"不过现在，我突然很想听听看一个男人为了另外一个女人，会怎么感谢自己的妻子。"

汤加文说："你知道我说的是什么。"

杜丽轻轻地摇了下头说："我本来是不想捐的。尤其是在我知道要救的病人名字叫左小平，是南京的左小平，你的同事左小平，曾经住在制锦市小区十九号楼上的左小平时。当时，我最后悔的一件事情，就是为什么曾经填了那么一张愿意捐献干细胞的表格。后来，是骨髓库的人反复来找我，我才同意了。我同意捐献给她，不是因为她，是因为我欠着那个死去的产妇一条命。"

"这就是当初你让我陪着你，观看一百场婚礼时的筹码？"

"是。那时候我正犹豫着，到底要不要捐给她。"杜丽说，"我的话说完了。

从今天开始,你可以选择继续陪着我观看完剩下的婚礼,也可以把这次当作第一百次。"

"你知道,我不会毁约。"

汤加文一直在看着杜丽干燥的嘴唇。她的嘴唇还是像春天时那样粗糙,有点儿像正在风干中的牦牛肉。他凝视了她一会儿,突然很想上前捧住她的脸,像原来那样疼爱珍惜地,轻柔地亲吻她一下,但又隐隐地有点儿茫然无措。他恍惚地觉得,此刻,自己多么像是一只走在浅浅的楚玛尔河边的藏羚羊。

(原载《山东文学》2012 年第 12 期)

鹤顶红

一

从报社里出来,乙伊朝报社大楼下边停满车的副道上扫了一眼,就看见了一个人——她的丈夫何大鹏。何大鹏的车停在离她十多米远的地方,人正从车窗里探出半个脑袋,一边打电话,一边朝她这里遥望着,对她招着手。

看见何大鹏,乙伊就后悔没早出来几分钟,挤进刚才那辆公交车里去。两年了,乙伊的眼睛只要看见何大鹏,心里就会抵挡不住地漫上一层灰色。那种明度最低短色调最灰暗的灰,那些没有丝毫亮色的灰,一旦浪潮样漫卷上来,就会阴暗低沉得令乙伊透不过气来。

太阳的颜色是温暖的,天空也是晴朗的。阳光从高高的树木上空披落下来,包裹着树木的枝干和新绽的淡绿色叶子,也包裹了乙伊看着天空的眼睛。乙伊的目光就沿着树木枝叶间新鲜的缝隙,孩子坐滑梯一样从天空中缓缓地滑落下来。

地上也是一地阳光的影子,只是它在这里变幻了各种不同的形状和形式,比如在树干的一侧,它就用一些条形和杂乱的阴影,展示了它的存在。

停滞了几秒钟,直到看见报社新闻部里一个她熟悉的女孩子,燕子样从大楼里剪冲出来,乙伊才快步朝何大鹏走去。这个女孩子每次看见乙伊,都要粘住乙伊,让乙伊陪着她去选购衣服,弄得乙伊每次见了她,第一个念头就是逃跑。

乙伊紧走了几步，女孩子招呼她的声音还是传了过来，让她不得不停住了步子。

　　看着女孩子在阳光里一跳一跃地走着，像一只在枝叶间蹦跳的欢快的小鸟，乙伊想到，自己是女孩子的时候，也常常这样快乐，在舞台上，在灯光和阳光底下，浑身都好像披着五彩的羽毛。女孩子走到乙伊面前，有些夸张地说："我在窗子里看见你从楼里出来，就赶紧找了个借口跑出来，我想请你再陪我去挑几件衣服。穿上和你一起买的衣服去约会，我男朋友都说，我从丑小鸭变成白天鹅了。"

　　"你本来就是只漂亮的白天鹅。"乙伊一边敷衍地说着，一边朝何大鹏的方向指了指，用抱歉的口吻说，"改天可以吗？我现在家里有点儿事，老公正在那里等着呢。"

　　女孩子随着乙伊的手指看向何大鹏，冲何大鹏点了点头，笑了笑，然后看着乙伊，撒着娇说："那我就只能等几天再去和男朋友约会了，多残忍哪。"

　　何大鹏看着女孩子踏着阳光渐渐走远的背影，收回眼睛，看着走到他跟前的乙伊，一语双关地说："这么快就完事了？"

　　乙伊没去理会何大鹏话里的尖酸，只是用一种呆滞的声音说："不是说好不用再来接吗？"

　　"我根本就没走。"何大鹏说，"刚才去给车加了油，准备带着你到南部山区里看桃花去。"

　　乙伊不喜欢何大鹏的，就是他这种随时随地强加给人的主观意志。现在，无论是在床上还是在床下，他要你做的任何事情，都没有了前奏和铺陈，让你没有丝毫的心理准备。何大鹏虽然没在部队上待过，但乙伊觉得，他现在越来越像她已经去世的父亲了，完全一副行伍做派，雷厉风行，令来如山倒，中间没有任何过渡色彩。

　　"今天不行。"乙伊抬起眼睛扫了何大鹏一眼。

　　对于乙伊的断然拒绝，何大鹏已经习惯了，并没表现出任何吃惊。他脸上仍然挂着笑，不慌不忙地说："我早就和他们约好了，不去不好。"

　　"他们是谁？"乙伊本来不想问的，想了想，还是问了。乙伊心想，这就是现在的何大鹏，即便是一周前就和别人约好的事情，他也决不会提前一天和你开尊口。

"公司里几个人。"何大鹏依然不慌不忙地笑着说,"他们早就闹着要去南边山区里看桃花了,并且一定要我带上你这个首席色彩师,去给他们讲讲服装的搭配问题。"

乙伊侧脸看着马路上来来往往的车流,平静地说:"今天肯定不行,我早就和客户约好了,现在要去给他们做色彩定位。"

"我已经答应他们了。"何大鹏盯着乙伊,不容置疑地说。

"我这里是我给人家约的时间。"乙伊没看何大鹏,眼睛仍然看着马路上川流不息的车辆,看着那些奔跑的车上,一跳一跳的风和阳光。

何大鹏盯住乙伊看了一会儿,直截了当地说:"是不是报社里又有人陪你去。"

乙伊没想到何大鹏会这么说。但她没有躲闪,也没有正面回答,只是淡淡地说:"我是他们时尚版的色彩顾问,是他们的合作伙伴,当然要配合他们做好栏目。"

何大鹏还在笑着,不过,这回的笑里,加进了一丝让人看不出颜色的冷笑,像一小片霜花,不动声色地贴在一枚金黄的叶片上。笑完了,何大鹏若有所思地说:"这样吧,你邀请上他们,一起到南部山区里去做。我这边呢,正好让公司里那帮孩子在一旁开开眼界。顺便让报社里你那个搞摄影的朋友,给大家拍一些照片。专门搞摄影的人,和普通人的审美视角不一样,拍出来的照片肯定会不同凡响。"

何大鹏说话的语气非常轻松,一点儿让人持疑的瑕疵都感觉不到。似乎他的心里对乙伊从来没有过丝毫的猜疑,干净得像一块透明的冰块或者玻璃。

乙伊猜测着何大鹏邀请他们到南部山区里去的目的,故意漫不经心地说:"你这个想法倒是两全其美,但是色彩定位要用很多不同色彩的面料去测试。所以,你这个不错的想法,就只能是个不错的想法了。"

何大鹏没有任何失望的意思,或者说他早就预料到了这样的结果。他提出让乙伊带客户到南部山区里去做色彩测试,只是在乙伊面前虚晃的一枪,目的就是为了测试他突然说到那个摄影记者车彦青时,乙伊的眼睛里会流露出一种什么样的表情。

他从后视镜里看着乙伊,问:"真不能去?"

"真不能去。今天是一个非常重要的客户。"

刚才，何大鹏已经隐隐约约地，听见了乙伊和那个女孩子的对话。他发现乙伊现在跟他说谎，已经连眼睛都不眨一下了。

乙伊是跟着叶燕，到报社里去商谈她们跟报社合作的有关细节时，认识的车彦青。叶燕是霓裳色彩公司的创办人。她通过朋友认识了车彦青后，突然就想把她们的色彩理论，和车彦青的镜头组合起来，跟车彦青所在报社的时尚版合作，把她们的色彩公司全力推广出去。那天，叶燕像所有喜欢卖弄学问的明星教授们一样，一直坐在那里宣讲她舶来的那套穿衣打扮的色彩理论。她说："虽然这套理论在国外已经流行很多年了，在欧洲，从国家元首一直到普通百姓，大多数人都接受过有关色彩的形象指导，但是在中国，知道用色彩来改善和提升自己形象的，大概只有那些耀眼的明星。生活中几乎所有的人，都用一种不正确的穿衣方式，毁掉了自己的美丽。"

车彦青一直在淡然地听着。听到最后，他说："色彩对于人的心理，无非是类似于一种传统的风水学的东西。说到底，色彩只是在对人的心理，产生着一种心理暗示的作用。"

乙伊坐在旁边一直没有说话，不动声色地翻看着车彦青的两本摄影集。听到车彦青的色彩风水学说法后，她觉得很有些新鲜，就笑着插了一句："车老师，你对色彩的理解和你的摄影一样，好像都有一种与众不同的独特视角。"

车彦青眼神温和地冲乙伊笑了笑，说道："我习惯了用镜头看世界，看任何东西都会先闭上一只眼。一只眼睛看见的世界，和两只眼睛看见的世界，肯定是不一样的。你们搞色彩，肯定会知道，那些盲人是用什么来辨别色彩的。他们是靠声音，凭借不同的声音来判断世界上的颜色。所以，在国外，有些残疾人学校就用音乐来向那些先天失明的人传达色彩的概念。比如用激昂的音乐来表示红色，用欢快的音乐来表示黄色，用庄重的音乐表示黑色，用柔和的音乐表示浅蓝色，等等。这一切，其实都是心理暗示。"

乙伊听得有些好奇起来。她没想到，在车彦青这里，色彩原来还可以这样理解，还可以和声音和音乐连在一起，将它们还原成各种颜色。这样说来，每个人所从事的工作，实际上都是具有某一种色彩的。那么，在她从前所跳的那些舞蹈里，她的每一个动作，每一个眼神里，是不是都应该有一种属于她自己的颜色？乙伊想，那时候如果能理解这些的话，她跳出来的舞蹈，是不是会更加曼妙和精彩呢？

二

车彦青开着他的北京现代，驶出了城市繁华而嘈杂的大街小巷，然后一路南下，半个钟头就出了城，来到了郊外的路上。透过半开的玻璃窗，乙伊发现路两边竟然到处都是灿烂的桃花。眼睛眺处，那些扑面而来的桃花或粉或淡，或重或浓，或工笔或写意，无不倾尽着天地间色彩的奢华，像一场色彩的盛宴，在天地间浩浩荡荡地铺展开，华丽得让人无法呼吸和眨眼睛。

从上了车，乙伊就很少说话。车彦青一路开着车，一路不停地讲着各种各样的笑话，甚至把国际问题都扯上了，试图逗乙伊笑一下，但乙伊脸上始终都没有笑意。

车下了宽阔的国道，拐上一条幽静的山间小路后，车彦青回头看了眼乙伊，笑着说："奇怪了，我们现在一不是去美国的校园，二不是去伊拉克的清真寺，三不是去银行里取钱，你怎么紧张得脸上肌肉都僵了？"

乙伊的面部表情依然僵硬着，只是随口问了一句："去银行怎么了？"

车彦青夸张地说："这可是目前世界上最危险的三个地方。美国的校园里随时都会发生枪击案，伊拉克的清真寺也是随时会发生爆炸，我们的报纸上呢，三天两头都是去银行里取钱时被抢劫的案子。这样，你说到银行里去，是不是跟去美国的校园和伊拉克的清真寺一样，随时都会发生危险？"

乙伊终于笑了笑，说："什么事情被你们搞新闻的人一说，一写，一报道，最后就都成了变形记，变得危言耸听起来了。"

漫山遍野的桃花，和公园里三株两株星星散散的桃花对比起来，无论是其妖娆的气氛还是给人的直感和视觉体验，都是不可同日而语的。乙伊站在一片梦境一样缭绕的桃花里，忽然间觉得自己的内心里也开满了桃花。那些桃花的霞光、温暖、细致的纹路，正在一丝一缕地铺展开，一寸一寸地照射进了她心灵的每一个角落，照射进她心底里最黑最暗的地方。乙伊看着车彦青手里的相机，看着他单腿跪在地上的姿势，看着他头顶上的阳光，看着他身后同样无边无际的桃花，心里突然有了种想被眼前这个男人拥抱一下的想法。仅仅是一瞬间，这个想法就从心里蔓延到了脸上。乙伊的脸就在太阳下迅速地燃烧了起来。她不知道自己猛然间怎么会有了这样荒诞的念头，于是就像小女孩一样掩饰着,撩了一下耳朵边上的头发,猜测车彦青会不会在镜头里看见,她脸上正在漾开的红晕。

果然,车彦青拍完几个镜头,就从相机上抬起了眼睛,瞅着乙伊的脸说:"你的脸色太漂亮了,要不说桃花和你们女人在一起,一会儿就让人分不清哪儿是桃花哪儿是女人了呢。你看你的脸,这一会儿,就已经完全变成了一朵桃花,让人找不出哪儿是你,哪儿是做背景的桃花了。"

"看来你真是魔法师,这么多桃花还没迷了你的眼睛。"乙伊笑着说,"今后,和魔法师一样的摄影师在一起,就需要时刻提醒自己去站在他背后,躲开他手里的镜头了。"

车彦青的脸上洋溢着他们这个年龄的人已经少有的顽皮笑容,他眼睛盯住乙伊,故弄玄虚地说:"咱们认识了这么久,你真的没注意过我的后脑勺?如果没注意过,那可是个天大的失误,现在应该马上补过来,看看我后脑勺上这只眼睛,是不是比前边这两只高科技多了。只要它对你扫描一次,那你就是到了天涯海角,它也能跟踪了去,捕捉到你的踪影,然后把你的信息一丝不漏地反馈回来。"

乙伊被车彦青的话逗着,笑得有些一塌糊涂了,就把手里一大把桃花瓣撒向了车彦青。

车彦青看着那些飘飘摇摇张着翅膀飞扬起来的桃花,迅速把它们和乙伊的笑都捕捉进了镜头里,说:"你摘掉了人家果农一筐桃子也就算了,如果再把桃花运砸在了我头上,你就要负责了,责任就重如泰山了。"

现在,乙伊觉得自己最贪恋的,就是和车彦青在一起时,他带给她的那种心里上的松弛感。那是一种就像一条被巨浪甩到了岸上,即将干渴而死的鱼重新跳回水里一样的畅快和自由自在。那一刻,重返自由的鱼忘掉了在岸上挣扎时披挂上的所有铠甲似的烂泥和无助的呻吟,一身轻松,无拘无束。

闹腾着拍完了照片,车彦青去车里拿了水和报纸,找了个花影密集的地方铺开报纸,然后拧开瓶子递给乙伊说:"花太多了,最容易造成乱花纷纷迷人眼的纷乱景象,让人产生视觉疲劳。你现在可以闭上眼睛坐一会儿,听听那些花瓣在窃窃私语地说什么了。"

乙伊接过瓶子喝了口水,幽幽地说:"听说已经有人在用桃花的花瓣,像提炼玫瑰精油一样,在提取桃花精油了。现在的人,似乎想的都是怎么从世界上最美丽的东西里，榨出它们的灵魂来。"

车彦青看着乙伊说："有一个词不是叫什么红颜薄命吗？说的大概就是这个意思。世界就是这么残酷，越是美好和宝贵的东西，就越是会转瞬即逝，比如现在比较稀有的爱情或者友谊。所以，我们每一个人，都应该尽力地学会善待，善待世界上每一样美好的事物。"

乙伊扔下手里一朵桃花，拿过了车彦青的相机，摆弄着，在镜头里看着桃花。在乙伊的意识里，车彦青是一个接近于完美的泛爱主义大师。她发现，无论是在报社还是走在街上，他好像对每一个女人都是热爱和尊重的。不论这个女人长得是貌若天仙，还是奇丑无比；是高贵的夫人，还是拿着一只碗在路边讨饭要钱的乞妇。在他那里，每一位女性都会得到同样温存的关爱和问候。

车彦青的时尚版每周做一期版面，乙伊就每周去一次报社。进进出出一年，乙伊就接近于半个报社的人了。开始是必须去，后来车彦青成了磁铁，她总是不由自主地被吸着去。该去的时候去，不该去的时候也去。或是和车彦青共同去拍一些照片，或是坐在那里和他讨论一些色彩的构成。从色彩的明度、色相到彩度，再到色彩的混合、心理传达和对比规律；从传统习俗到色彩的联想，再到色彩视角所包括的听觉、味觉、嗅觉、触觉等等。车彦青对色彩的所有理解，都比乙伊从色彩学的书里学到的鲜活和有趣。因此，每次听车彦青在那里说色彩，乙伊心里都会心虚，她觉得自己这样半路出家的所谓的色彩师，也就值每次给人搞色彩定位时收两千块钱。而她之所以反复地去和车彦青讨论那些色彩和一些时尚的东西，更多的时候，她认为自己只是为了坐在车彦青的身边，寻找一种无边无际的安全感和没有压力的关爱。

成为色彩师之前，乙伊是市歌舞团的一名舞美指导。稍微了解点儿他们歌舞团是什么样子的人都知道，他们歌舞团的人，从几年前就开始三天打鱼，两天晒网地过上了养尊处优的日子。除了一部分台柱子还时常会到团里去排练些节目，以备唱堂会一样，偶尔地外出表演上一场，其他人员也就每周去点个卯，然后像女人来例假一样走个形式去开个例会，再到月底领上几百块钱的工资就完事了。这样，多数人虽然还挂着个歌舞团的名分，实际上呢，都是各自在外面谋生。好在现在的社会上，到处是给孩子们准备的各类培训班，歌舞团出来的人呢，无论是在器乐还是在舞蹈上，手里又大都有点儿拿手的功夫。那些实在没有什么特长的，也都凭着一张嘴皮子，忙着跑保险或者卖汽车去了。

乙伊从部队上转业回来，进了歌舞团之后，一直是在团里跳独舞的。乙伊的身段好脸形漂亮，一走台整个人就熠熠生辉。跳起舞来，不论扭、曲、倾、弯、圆，还是各种流线的动律和动感，每一个动作都可以称之为摇曳生姿，眉目传情，魅力四射。跳出来的古典舞，每个舞姿起和落之间的动感和韵律，动静结合起来的节奏、方向和流线，无不给人一种"寂寞嫦娥舒广袖"的意境。跳出来的现代舞呢，更是流水一样自然，奔放，精彩动人，淋漓尽致。尤其是乙伊的孔雀舞，看过的人都说她半点儿也不逊色于孔雀舞皇后杨丽萍。只是生了孩子后，乙伊按着何大鹏的意思，借口身体有些僵硬了，主动提出不再上台，才在幕后做了舞美指导。

两年前，歌舞团的老团长退休了，团里来了名新团长。新团长上任没两个月，就三天两头地找乙伊，和她探讨舞美的设计问题。开始，团长还装模作样地谈论一些有关舞蹈和各种背景音乐之间的共鸣关系的问题，后来就渐渐地把话题转移到了家庭生活和夫妻关系上。说到夫妻关系时，他总是习惯性地，先久久地盯着乙伊的眼睛看，盯得乙伊目光躲闪来躲闪去，眼睛像两只在大风里扇动着翅膀没处着落的蝴蝶。然后，直到乙伊的眼睛挣扎着垂落下了翅膀，或者低眉顺眼地看着桌面上的某一个地方不逃跑了，他才漫不经心地摇着头感慨起来："你们年轻的夫妻多好哇，生活得风生水起，有滋有味，有彩有色，真正羡慕死我们这些如日过午的中年人了。你是不知道哇小伊，床上有个性冷淡的老婆，简直折磨死人了。特别是我这样的男人，又不像那些不规矩的男人，喜欢到外头去寻花问柳。我是一个特别洁身自好，特别有责任心的人，外边的小姐呀什么的就是春风扑面，乱花迷眼，我也一概不去招惹。但是心里的煎熬，却只有个人知道。每次和她上床，我都是费尽心思，先是放一些光盘，然后再慢慢地去挑逗她，撩拨她，这样她才愿意和我做。有时候等她同意了，我的激情也耗尽了。你说这样的夫妻生活，是不是折磨死人？"

乙伊摇着头，装作不明白的样子，一脸茫然。团长就满面红光地接着说："我就说嘛，你们年轻人都如干柴烈火一般，哪里能知道什么是性冷淡，哪里能知道我们这个年纪的人,是多么羡慕你们这些年轻人的身体。"

团长一边说着,一边还时不时地用舌头舔一下唇角,好像一只老猫在贪婪地盯着鱼缸里游来游去的一尾鱼。盯得乙伊胃里直泛泡沫,但又不能对他说什么。

回家吃完晚饭时,乙伊一边收拾着桌子,一边就把团长的话当作笑话,转述给了何大鹏。当然,在转述时,乙伊没忘了把团长的眼神和他舔唇角那些恶心人的动作,不着痕迹地做了裁剪和删除。

虽然乙伊一直在轻描淡写,但她一说完,何大鹏还是马上用警告的语气对她说:"他下次再这么说,你就马上走开。他那些耍流氓的话,分明是在投石问路,是在试探和勾引你。"

"他只是在说他老婆,又没对我动手动脚,算什么勾引。反正他说他的,我一直装作听不见,在看窗外的树和天空。"乙伊说。

"你懂什么,一个男人想勾引女人的时候,总是要最先痛说自己的革命家史,勾起你的同情心,然后再对你下手。这是男人们最常用的一个颠扑不破的手段。"何大鹏说。

乙伊看着何大鹏,挑着弯弯的眉毛笑着说:"好像你也常在外面使用这些手段似的,不然的话,你怎么会摸得门儿清?"

"没人和你开玩笑。"何大鹏更加严肃起来,"实在不行,就把你的什么骨干身份放下,和团里其他人一样,每周去点个卯,开个例会,每月去领回几个面包钱拉倒。以你的功底,在外边随便办个班,收入就是在团里的好几倍。重要的是,还能避开那个老流氓。就凭他满嘴里胡说八道,就是不对你动手动脚,也肯定是个意淫狂。"

"我不能因为别人说他的老婆性冷淡,就随便把自己干了多少年的工作丢了吧。这是哪儿跟哪儿呀?你不能因为他流氓,就拿他的流氓来惩罚我。"乙伊说。

何大鹏见乙伊根本不拿他的劝告当回事,就翻着手里的报纸说:"那你以后回来,别再重复这些破烂事了,小心影响了我们的生活。"

看着何大鹏的表情,乙伊忽然有了点儿乐不可支的样子。她走到厨房里去洗碗时,还故意哼起了一首曲子。别看何大鹏人年纪轻轻的,比她乙伊只大了两岁,吃饭穿衣也比同龄人新潮,但有一点,就是思想一旦呆板起来,简直比老街老巷里铺的那些青石板还要硬上三分。

　　说起来，乙伊起初最看中何大鹏的，恰恰就是何大鹏这几分类似于她父亲的古板。乙伊从部队上回来进了歌舞团，经团长介绍认识了何大鹏。和何大鹏交往半年后，乙伊就发现何大鹏的行为准则、做事风格，竟然都像极了她的父亲。乙伊怕母亲不同意，就挑了个父亲兴致特别好的空档，卖着关子说何大鹏什么都好，就是有一点不好。她母亲听了，首先就慌了，慌慌张张地问乙伊何大鹏什么地方不好，说："何大鹏人长得没得挑，个子虽然不算高大，但长得结结实实，工作单位又好。家庭背景更是没的说，父母都是干部，重要的是品行上不坏。不说咱们军休所院子里的人了，就是整个世上所有的人，哪儿有一个十全十美的，谁都有个把的缺点。俗语说得好，泥人还有个泥脾性呢，只要别像你爸一样古板就行。和这样的人过起日子来，你才知道真正是没有半点儿的趣味。"

　　乙伊偷偷地看了爸爸一眼，说："我要说的就是这个。我觉得何大鹏比我哥哥还要像爸爸，他简直就是我爸的亲生儿子，古板起来，从神情到语调，简直和我爸一模一样。"

　　她父亲正在一边摆弄着收藏的几方砚台，说："古板几分有什么不好？凡是有责任心的好男人，都会有三分的古板劲儿。自古以来，朝朝代代，哪个英雄人物的骨头里，不是透着几分古板。董存瑞要不是有几分古板劲儿，他能手托炸药包，去炸了敌人的碉堡？"

　　乙伊的母亲自言一辈子受够了男人的古板。在她看来，世界上什么好说好笑的事情，到乙伊父亲那里一律都不会激起半丝涟漪来，于是接口说道："你眼见过几个英雄是古板的？倒是你自己，一辈子古板得像节枣木。我守着你这样过一辈子也就算了，说什么也不能再让我女儿，依着我的样子过了。"

　　乙伊和母亲都没想到，她父亲忽然出人意料地呵呵大笑起来，说："这就对了，不是一家人不进一家门，就凭着这小子的几分古板劲儿，我也同意这小子做我家的女婿了。人古板了，肚子里必然就会少几根花花肠子。现在这个社会，就像个一眼看不见底的大染缸，人在里头扑腾得越厉害，身上脸上沾得染料就越多，就越发会看不清自己是谁了。所以，爸爸不怕他古板，怕的倒是他会油腔滑调。一个油腔滑调的人，能有几分正经？通常是眼瞅着人在你身边呢，他的心思却不知道神游到什么地方去了。你妈一辈子都是个身在福中不知福的人,光看见别人脸上涂的油彩了,却看不见油彩后面遮住的那些紫青蓝靛。"

乙伊的父亲一发表这样的讲话,乙伊的母亲就不说话了。乙伊知道她母亲不再说话的原因。虽然父亲在家里专制惯了,家里人都像他曾经的士兵一样服从他,但还有另外一条,就是她的父亲,从没在家里对老婆和孩子们高声说过一句话,从没和她母亲之外的任何女人有过丝毫瓜葛。乙伊的母亲带着孩子在家属区的空闲地上玩,听多了那些家属对男人的控诉,只有她的母亲,在听着那些女人一遍遍的控诉时,常常是一脸的平静。那种平静的神色,是令所有在场的女人都羡慕和嫉妒的平静。那是虽然家庭生活平淡但没有任何具有破坏性的电闪雷鸣的平静;是在晴朗而温暖的春天的早晨,在没有任何外在威胁的晨风里,一朵花在枝条上静静开放的平静。除了她,她的丈夫从来没对另外的女人正眼看过一眼,这是令乙伊的母亲在所有女人面前一直用平静骄傲着的底气。

在很长一段时间里,乙伊虽然也有些不喜欢父亲的古板和呆滞,但她似乎更不喜欢母亲的两副面孔。特别是去了部队的文工团,见识了来自五湖四海、形形色色的男人之后,她的一些观点竟渐渐地趋同于父亲了。她觉得男人有时候是需要古板一些的,这样看起来虽然不甚可爱,但是,却能充分地显示出一个男人将军般的威严。乙伊翻过一本书,里头有孔子的一句话:"君子不重则不威。"乙伊想,这个"重"里,是不是就包含了几分他父亲那样的呆板?

三

看完桃花,到附近的农家饭馆里吃了顿农家饭。回城的路上,乙伊就让车彦青开着车去了父亲的墓地。

墓地里静悄悄的,偶尔经过的一些扫墓人,也是一脸的肃穆和凝重,悄无声息得如同一阵绕过松柏树梢的细风。乙伊先是从包里掏出母亲早上塞给她的一块手巾,擦干净了墓碑上的尘土,然后就默默地站在那里,看着墓碑上父亲的名字。一直到看够了,乙伊才蹲下来,在父亲的墓前给他烧纸。已经西斜的太阳,和纸钱燃烧起来的火焰,在墓碑的一个角上折射出了一束红色耀眼的光芒。乙伊看着父亲的墓碑，觉得它跟父亲活着时一样，是凝滞和呆板的，而墓碑角上那束闪烁的光芒，却是耀眼而温暖的。

早上刚起了床，母亲就打来电话，问乙伊有没有时间，说："马上就是清明节了，我到不了城外那么远的地方，你哥哥在上海，你妹妹又去了澳大利亚，就你还在我们身边了。你和大鹏有空的话，就让大鹏开着车，到你爸的墓地上去看看，和他说句话。一年了，他那里不知道过得怎么样。别看他生前少言寡语的，喜欢清净，现在也慢慢地变了。"

现在，乙伊觉得母亲一说到父亲，就变得神神道道起来，好像父亲在世时他们有多么恩爱似的。有时候天不亮，母亲就会打过电话来，告诉乙伊她夜里做的一个梦：你父亲带着咱们去剧院里看戏呢，我听不清楚的那些唱腔，你爸爸都挨句地给我翻译。还问我耳朵怎么一下子就不好使了，要带我去医院里瞧瞧。你听听，你爸爸那么不爱看戏的一个人，现在也喜欢上看戏了，嘴里还不时地学着哼上几句，有腔有调的，韵味十足。

放下电话，乙伊草草地给何大鹏和孩子煮了鸡蛋，热了牛奶，就去了母亲那里。一见乙伊的面，母亲说的还是她的梦：你爸吵吵着要买把二胡呢，说天天摆弄那些砚台摆弄得累了，要拉拉二胡活动活动胳膊。

乙伊看着母亲，心里突然悲伤起来。父亲去世刚刚一年，母亲的头发就全部变白了，眼睛里也浮上了一层污浊的气体。自从父亲突然去世，母亲就一直沉浸在自责中，说如果她对他照顾得好一些，不老是抱怨他，他也许就不会因为心脏病突然发作，走得那么早了。而他活着时，她一直都是在不停地抱怨他的呆板，一直在用两副不同的面孔，来对付家里和外面的生活。

或许，母亲说父亲呆板的含意，只有母亲和父亲两个人才能够明白。乙伊突然意识到，呆板的意义可以包括说出口来的呆板，当然也可以包括说不出口来的呆板。比如她和何大鹏今天的局面，就是后者。她和何大鹏，谁都不愿意把她的性冷淡，像那个无耻的团长一样，堂皇地摆到桌面上来，像撕烂棉花团一样细细地撕开，精神亢奋地展示给周围的人看。在外人面前，他们也是一副幸福的脸孔，似乎日子过得花团锦簇，雍容华贵，美满得像灌满了浆液的麦子，日夜不停地朝着他们的黄金时代跃进。

这些日子，乙伊一直都在想，要不要带着母亲到父亲的坟墓前看看。自从安葬了父亲，一年了，母亲再也没到过父亲的墓地看过他。母亲虽然不说，但乙伊知道，母亲肯定是想到父亲的墓前看一看的。有一次，乙伊帮着母亲收拾屋子，收拾到父亲常摆弄砚台的书桌时，竟意外地在抽屉里发现了几首古体诗。乙伊有些好奇，拿起来一看，竟然全是母亲写了悼念父亲的。有在父亲百日祭后写的，有在中秋节写的，还有一首居然是在情人节里写的。她没想到，做了一辈子小学教师的母亲，暗暗地抱怨了父亲一辈子的母亲，却在父亲去世后，悄悄地为他写了那么些令人肝肠寸断的诗句。

迟疑了半天，乙伊最后还是把要说的话咽了回去。她不想让母亲看见，开车去父亲墓地的人是车彦青，而不是何大鹏。父亲去世后，一向对何大鹏比较漠然的母亲，突然改变了对何大鹏的态度。何大鹏每次去，她都热情得几近于讨好和献媚了。有时候，她还会痴痴坐在一边，悄悄地盯着何大鹏看，常常看得何大鹏如芒在背。母亲的热情，把何大鹏弄得不知所措，每次回到家，一进门，何大鹏就会和乙伊说："你妈是不是神经有问题了？"

读了母亲写给父亲的那些诗后，乙伊终于明白，母亲那么看何大鹏，原来竟是想从何大鹏的身上，搜寻到一些父亲往日的影子。因为何大鹏身上，有着一种和父亲相同的古板，而这种古板，曾经是母亲深恶痛绝了一辈子的东西。

车彦青帮着乙伊烧完了纸，把一沓纸巾塞进乙伊的手里，又在她的肩上拍了拍，宽慰道："别伤心了。你在这里哭我看见了，我还能安慰安慰你，你要是把安息的老人惹得伤心了，谁安慰他去。你今天来看他，本来是让他高兴的事情。"

乙伊用纸巾擦了擦脸上的泪，抽了下鼻子，轻轻地说："一个老兵，哪里会那么脆弱，看见女儿哭，他也跟着伤心。我爸活着的时候，我从来没看见他流过泪。"

"男人的泪都是在黑夜里流的，就像地下暗河，哪能轻易让你们女人看见。你看我，白天脸上晴得像太阳，夜里天上那些星星，就基本上都是我的眼泪变的了。"车彦青一边说着，一边看着乙伊脸上的表情。乙伊果然浅浅地笑了。

乙伊最打动人的，就是她这种似有似无，常常被车彦青形容成雕塑美的浅笑。那是一种在舞台上千锤百炼后令人迷醉的笑。

车彦青看着乙伊迷人的微笑，指着盛开在坟墓间的一片橙红色花朵，带着万般欣赏的口吻说:"你看这些花朵,要多打动人就多打动人,你知道它们叫什么吗?"

见乙伊直摇头,车彦青就有些显摆地说:"我猜你就不会知道。这就是鹤顶红。在台湾一些地方,人们都习惯叫它清明花。假如你脸上的笑也要用颜色来形容的话,我觉得,就应该是这种不折不扣的鹤顶红。"

说完了,看乙伊在那里愣愣地看着鹤顶红的花不说话,车彦青便又逗着她说:"你还记得十年前有个叫胡万林的人吗?当年他在终南山开了一家医院,就是用砒霜和芒硝,治疗各种肿瘤癌症等疑难杂症的。"

"一个江湖骗子,你怎么会突然想到他?"乙伊说。

"我是从鹤顶红上,突然想起了他给人治病的那些大胆的手法。鹤顶红其实就是俗话说的砒霜。有些疑难杂症,也许真的需要这些猛药才能去医治。复杂的,比如现在社会上发生的各种不可思议的事情,国有资产不断被侵吞,公权私用,贪污受贿,各种腐败现象,等等;简单的,比如一个人爱上了一个不能爱的人。"车彦青说。

乙伊重新看着那些被车彦青叫作鹤顶红的花。一朵一朵六片花瓣围起来的鲜艳花朵和黄色的花蕊,在墓碑间寂静地盛开着,像一簇一簇凝固的火焰,静静地燃烧着。从这些燃烧的花瓣上抬起眼睛,乙伊看着车彦青脸上滔滔不绝的笑,心里像是被一把冰凉的刀尖突然划了一下。她慢慢地褪去了脸上被车彦青形容成鹤顶红的浅笑,声音有些缥缈地说:"我们走吧。"

跟世界上发生的所有偶然事件一样,乙伊成为色彩师,也是一个偶然。

老团长的孙子得了白血病,一家人为了筹备钱给孩子换骨髓,把房子都卖掉了。谁知道祸不单行,孩子找到了相匹配的骨髓,做完了移植手术,一家人还没喘匀一口气,老团长又被查出患了胃癌晚期,当即住了院。

那天,乙伊去看老团长的时候,他正因为一碗滋补汤的事,在和老伴怄气。乙伊一去,他的老伴拉住乙伊的手,就抽抽搭搭地哭了,说:"乙伊你来劝劝你们团长,因为五十块钱的东西,他就和我怄了一早上的气。"

乙伊朝碗里看了看,原来就是一点儿甲鱼汤。

还没等乙伊开口相劝,老团长就气喘吁吁地说道:"我长到六十几岁的人了,一辈子没喝过甲鱼汤,现在她倒舍得花钱弄了这玩意来。先别说我喝得下去喝不下去，单就是她浪费的这些钱，就够孙子小半天的药钱了。孩子现在还在排异期里，还在用药培着，短了一分钱的药，就可能有十分的危险在等着他。他才十岁，我都是六十几岁的人了，乙伊你给她算算，这两头，到底哪头轻，哪头重？"

他的老伴嗫嚅着说："人家说动了这样的手术，喝点儿甲鱼汤恢复得快，我就去买了个最小的，个头还没有个拳头大。我买都买了，你就喝上一口吧。"

乙伊也附和着说："老团长，您就喝一口吧。阿姨的钱也花出去了，做也做来了。现在就等于是我乙伊孝顺您的，您赏给我一个脸。"

老团长闭着眼睛说："不是我生气不喝，是我实在喝不下去。孩子这一病，家里的房子卖了都没够，后头还欠了一大堆债。团里那个情况你也清楚，现在工资都才领百分之三十，哪里还指望他们报我剩余的医药费。现在，一分钱掰成一百份花，都花得人胆战心惊。你想想，我哪里还咽得下这么贵重的东西。"

乙伊看着老团长，再也没有说话。她坐了几分钟，就拉着他老伴的手，默默地走出病房，把包里的两千块钱掏出来，硬塞到了她的手里。

从医院里出来，乙伊直接就去了团里，找到了团长。团长正坐在窗子前抽烟，听乙伊说完老团长的事，他把烟头一扔，说："你算是来巧了。我联系了一家大型国有企业，准备和他们搞一次联谊，给团里职工讨个饭钱。你进来之前，我正要给你打电话。如果这次的赞助能成功地拉了来，团里肯定首先就去解决老团长的医疗费。"

"团长找我，那就一定是有什么事情需要我去效劳了？"乙伊说。

"也可以这么理解。"团长紧紧地盯乙伊说，"当然，要效劳的事情非常简单，就是动动嘴巴，跟我一块吃饭去。"

"谁请客？"乙伊问道，"我们都三个月没拿到喝粥的钱了，团里还有钱请客？"

团长看着乙伊，一脸暧昧地笑着说："我和你谈论家庭生活的时候，你乙伊单纯得像一张白纸，什么都不懂。现在怎么一下子变得复杂起来了？"

乙伊端出一副自我嘲笑的架势说："跟有些人色盲一样，你得允许别人有点儿生活的盲区。你和我讨论我盲区里的事情，当然就等于对牛弹琴了。"

团长用指头在半空中画着弧线，指点着乙伊，哼哼地笑着说："谁不知道你们小文艺兵出身的,没有一个不是八面玲珑。你乙伊就是有胆量,竟然在这里给我说什么生活盲区。"

乙伊看着团长渐渐兴奋起来的眼睛,害怕和他说下去,又会纠缠出那些令他亢奋的龌龊事来,就把话题转移到了吃饭上,说:"你们领导吃饭,怎么大慈大悲地想起我们这些虾兵蟹将来了?"

"你看你乙伊的嘴巴,今天怎么突然就刁蛮起来了。这是不是又是我的一个新发现?"团长的眼睛放着晶莹的光,声音里浸着口水说,"现在,我越发肯定,有你乙伊去陪着吃饭,事情肯定就会变得简单起来。那些赞助费,一定会是手到擒来。"

乙伊想着老团长闭着的眼睛里渗出来的那些泪水,想着柜子上放凉的半碗甲鱼汤,想着他老伴那双灰色无助的眼睛。那个在舞台上扮相漂亮地唱了一辈子花旦,一年前出门还喜欢暗暗地扑点儿薄粉,擦点儿口红的老太太,现在,却已经被巨额的医疗费挤压得形容枯槁,如同一片在泥水里长久泡过的烂树叶子,浑身上下都在冒着冷飕飕的绝望。想到这些,乙伊就用有些决绝的口气说:"只要能拉来赞助,给老团长解决了医疗费,我今天就舍命陪金钱去。"

"是舍命陪君子。"团长纠正道。

在酒桌上,钢铁集团的邱总听说乙伊是跳舞的,立马就来了兴趣。他兴味盎然地看着乙伊优美挺拔的脖子,语气有点儿调侃地说:"我和各种美女喝过酒,还就是没和你们歌舞团跳舞的美女喝过。今天有乙伊小姐这样出色的美女相伴,看这局势,是一定要一醉方休了。"

团长刚开口让乙伊给邱总敬酒,就被邱总一挥手打断了。他往前倾了倾身子,眼睛看着乙伊,笑着说:"为了咱们首次合作愉快,我们今天就喝个新花样。规则呢,就是乙伊小姐如果亲一口我的脸,我就喝下一杯白酒去。只要让我喝醉了,除了你们这次演出的所有费用外,我还要把给你们的五十万赞助费再翻上一番。"

团长听了,眼睛灼灼地盯着乙伊,眼神里的烟火熏烤得乙伊像是坐在了烧烤炉子跟前。见乙伊始终笑着不做回应,团长眼睛都急得焦了,生怕邱总会在乙伊的一闪念之间,把刚才的承诺收了回去。

趁着邱总起身去洗手间的空,团长探头俯在了乙伊的耳朵边,低声劝道:

"乙伊呀，歌舞团一团人的饭碗今天就端在你手里了，这里面可是还有老团长的医药费。你想想，难道他能喝下十杯酒？就算能喝十杯，不就亲十下吗。你就当作亲你的儿子了，亲吧。"

乙伊本来是要严词拒绝的，但是团长说到老团长的医疗费，她就变得犹豫起来。

邱总从洗手间回来，坐回到桌子前时，乙伊看见团长已经气定神闲起来。他看着邱总，故作幽默地说："邱总，乙伊这里已经备好战了，现在咱们就按您刚才说的，乙伊亲您一口，您就干上一杯？"

邱总身子仰在椅子靠背上，手里端着烟斗，眼睛盯着乙伊，意味深长地笑着说："乙伊小姐如果赏光，咱们当然就按原定计划开始行动。"

原来趁着去洗手间的空儿，邱总已经悄悄地安排服务员暗中将白酒换掉了。所以，一场酒喝下来，乙伊亲了邱总二十次，那个邱总也没喝醉，倒是乙伊，接下来被邱总和团长联着手，灌了个一塌糊涂。

乙伊迷迷糊糊地被手机铃声叫醒的时候，发现自己是睡在宾馆的房间里。而那个邱总，正像一头褪光了毛的死猪一样，赤裸裸地趴在她的身边，一只手还在肆无忌惮地握着她的乳房。

乙伊一下子就清醒了。她第一个反应，就是甩死蛇一样，甩掉了邱总抓在她乳房上的手，然后跳下床套上衣服，去包里翻手机。

手机上已经有一串未接电话了，乙伊打开一看，全是何大鹏的。再看手机上的时间，已经晚上七点了。

乙伊木然地走到窗子前，撩开窗帘，看着窗子下面的街道。夜晚七点钟的街道，已经被薄薄的暮色包围了起来。闪闪烁烁的灯火，在秋天横扫一切的大风里迟迟疑疑地亮着，灯火暧昧的颜色，被大风扭曲着，似乎已经变得肮脏不堪。乙伊的脑袋里爬满了蠕动的蚂蚁之类的小东西，她依稀记着，是邱总喝多了，团长让她去开个房间，说是给客人休息一下。现在，怎么是她和这个邱总，赤裸裸地睡在了这里呢？

乙伊转回身，抓起桌子上的电水壶，照着邱总的脑袋就浇了下去。她明明看见里面是有一壶水的，但举着水壶倒了半天，竟然没从里面倒出一滴水来。想想连一只水壶都在欺骗自己，乙伊顺手就把空空的水壶砸在了那个邱总的身上。

从酒店里出来，乙伊在大风里走着，她一边看着自己在灯光的作用下不停地交叉变换的影子，一边寻找着回家后搪塞何大鹏的理由。何大鹏不再给她打电话了，就意味着他已经很生气了。

走到一家叫沙宣的美发店门口时，乙伊终于找到了一个没接电话的理由。这个理由是团里拉大提琴的小虾说的。小虾说："女人只有在忙着跟另外的男人上床偷情和做头发的时候，才顾不得去接丈夫的电话。"小虾说这话的时候，团里正在开例会。当时小虾坐在底下，对着身边的人嘀嘀咕咕地一说完，有好几个人都笑喷了。有人说小虾的提琴拉得像前列腺病人的尿，听的人只有龇牙咧嘴的份儿，但一说到这些男女私情之类的艳事上，小虾的本领就大了，就像男人在梦里抱着朝思暮想的女人决了堤，大有畅快淋漓一泻千里之势。乙伊记得自己当时还说小虾，怎么能说出这么有损女同胞形象的话来。小虾说："这说明你们女人的那些小伎俩，在我们男人的世界里，根本就不屑一顾，不堪一击。"接着就有人问小虾："是不是你老婆经常做这两件事，所以你就经验十足了？"小虾回击说："不是我老婆，是你老婆和我在床上的时候，经常这么做。"乙伊看见那个人朝着小虾直挥拳头，而小虾则摇着头笑着，一脸得意。

乙伊想，尽管自己是喝多了酒，是在完全丧失了意识的状态下，被一个无耻男人弄上床的，但事实确实是她和别的男人上了床。那么剩下来的理由，就只能是做头发了。

乙伊推开美发店的门，对站在门口给她开门的一个小伙子说："给我做做头发。"

小伙子看着乙伊一头漂亮的栗色头发，微笑着问："请问小姐，您是要保养呢还是——"

"你他妈的才是小姐呢！上色！"没等小伙子说完，乙伊就瞪圆了眼，开口骂道。

小伙子讪讪地看了眼乙伊，不敢怠慢，转身跑去拿来板样，打开了托在乙伊眼前，让乙伊挑色。乙伊扫也没扫眼前的板样，她看着小伙子阳光一样满头耀眼的金发，声音空洞地说："要红色。"

小伙子手里依然托着板样，看着乙伊，小心地问道："请问您要的是什么红？我们这里的颜色都分得非常细致，红色有酒红，有褐红，有——"

乙伊听得不耐烦了，她觉得自己眼下必须节约每一秒钟。提早一秒钟赶回家里，赶回何大鹏的身边，她就能利用那一秒钟的时间，去为自己赦免一些东西。至于赦免什么，她现在还来不及想清楚。她只是想马上做好头发，马上回家去见她现在最怕见到的何大鹏，看何大鹏呆板着脸，一言不发地怒视着她。

乙伊的脑子里闪现着何大鹏愤怒的脸色，声音尖利地说："我要的是红色，你听不懂吗？要最红最艳的红色，能燃烧的红色，你现在明白了吗？"

"明白了明白了，我先去给您存上包好吗？"小伙子机械地点着头说。

乙伊想，自己来这里就是存包的，就是为了来找这个没接何大鹏电话的理由和证据的。她顺从地把包给了小伙子，看着他把自己的包锁进了柜子里，然后拿回一把系着橡皮筋的钥匙来递给她。乙伊接过钥匙，好像握住了她给何大鹏的答案：电话是在包里的，而包是锁在柜子里的，虽然钥匙是在她手上，但她正在做头发，怎么能去接电话呢。乙伊几乎是小心翼翼地，把钥匙上的橡皮筋套在了手腕上。套完之后，她又仔细地摸了几下钥匙，来回弹了几下橡皮筋，直到她手腕上的皮肤被橡皮筋弹疼了，她才停止了弹动。

做头发的时候，乙伊也是一直闭着眼睛的，她不想看见镜子里的自己。她想镜子里的这个女人，是为了欺骗自己的丈夫，是为了掩盖自己的丑恶行径，才装模作样地坐在这里的。这是一个肮脏的女人为自己的谎言，在制造一个无耻的铺垫和背景。

乙伊是在一个女人的惊叹声里睁开眼睛的。她先是在镜子里看见了自己头顶上一片燃烧的火焰，然后就看见了身后站立着的一个比她年轻的女人。

女人在镜子里看着她，表情夸张地说："这是我在这座城市里看见的，最美最惊艳的一头头发。配上你优美挺拔的脖子，我把你形容成一只优美的丹顶鹤，你不会介意吧？"

乙伊看着镜子里的女人，冷淡而嘲弄地说："丹顶鹤的顶，有我的这么红吗？"

"成熟的丹顶鹤，顶上的色彩都是异常鲜艳的。"女人没理会乙伊的冷淡，她继续欣赏着乙伊满头的红发，自顾自地说。

对女人的恭维，乙伊没再回应。她在想：世界上有我现在这么肮脏的丹顶鹤吗？

乙伊的态度好像丝毫没影响女人的心情。临走前，女人掏出一张名片递给乙伊，说："您对自己的穿衣装扮有什么疑问的时候，欢迎给我打电话，我很愿意做您的色彩顾问。当然，如果您对色彩有兴趣，也可以去参加我们的色彩培训，像我们公司里一些色彩师一样，成为一名出色的色彩顾问。"

　　乙伊扫了一眼名片上霓裳色彩公司和叶燕的名字，又静默着扫了一眼镜子里的自己，她没看见什么优雅的丹顶鹤，她看见的仍然是一团燃烧的火焰。乙伊想，如果真是这样就好了，那这些燃烧的火焰，一定会把何大鹏一下午的愤怒燃烧到顶点，也能把先前的自己烧成万劫不复的灰烬。

四

　　每个周末，都是乙伊最繁忙的时候。那些能够到色彩公司来消费的白领们，只有周末才有时间，乙伊她们就要在周末，给那些忙里偷闲的白领们做形象咨询和彩妆配置。从服装、发色、眼镜、首饰、鞋、包、袜子等等的颜色，到居室周围的色彩环境，一直到围巾、领带、领结、皮带、手表的款式、质地。从挑选粉底、眼线、睫毛、腮红、口红、唇线，到讲解用色规律、色彩搭配，再到陪同购物和衣橱整理。这样一天折腾下来，乙伊觉得自己就只剩下一个光鲜的外壳了，犹如一只被小螃蟹吃空了的海螺。

　　公司里既有客户到店里咨询的服务，也提供离店咨询的服务，当然服务的项目和范围是一样的，都包括个人色彩定位、个人款式风格、个人妆面指导、和个人配饰指导。给客户做完测试后，再对他们进行一次个人所属色彩类型的用色特征和搭配练习。完成了全套咨询后，再陪同客户选购一次服装和配饰，然后是上门给客户整理一次衣橱。

　　由于从小跳舞，乙伊的气质一直优雅得不同于身边其他的女人。在色彩公司里，情况当然还是如此。用叶燕的话说，乙伊一站在那里，立即就能让人明白一个词语：鹤立鸡群。

　　在乙伊离开了歌舞团，决定来霓裳公司学习色彩后，叶燕对她说，你这样的人如果不来干点儿和色彩沾边的活，简直就是亵渎了色彩，会令世界上所有的色彩都黯然失色。

　　叶燕的话听起来好像特别夸张。但神奇的是，乙伊参加完色彩培训，到公司里上班的第一天,几乎所有来店里做色彩咨询的人,都不约而同地奔到了乙伊面前。

到公司里来做色彩咨询的,一半是女士,剩下的一半当然就是男士。但是,无论是在店里咨询,还是离店咨询,乙伊都只为女士服务,拒绝为任何一位男士服务。

开始,叶燕看见乙伊一直固执地拒绝为男士服务,内心充满了惊讶,就像当初在美发店里看见乙伊一头惊艳的红头发时那样,于是就在边上悄悄地观察她。她想不明白,乙伊到底是真不明白和女人比起来,男人更是一座开掘不尽的矿藏,还是故意在吊那些有钱男人的胃口,玩欲擒故纵的把戏。后来看乙伊似乎并不是在玩猫逗老鼠的游戏,有意地吊那些男人的胃口,就更加惊讶,她觉得乙伊的行为简直可以用不可思议去形容。

惊讶之余,叶燕便借着和乙伊一起外出的机会,选用了一种她惯常使用的夸张的语调,对乙伊说:"乙伊,你这样做不好。你知道你拒绝为男士服务的后果吗?在任何一个领域,男士后面的团队都是惊人的,消费水准永远都是大于女人的。"

乙伊听了,淡然地笑了笑,说:"我喜欢让女人看起来更漂亮,而不是男人。"

"你这样做真的不好。有几位男士被你拒绝之后都来找我,还是希望最终能到你那儿去咨询,希望你能同意给他们做色彩测定,陪着他们购购物,给他们整理一下衣橱。人就是这样的动物,充满了猎奇,你越是拒绝他们,他们就愈加认定你的品位与众不同。你不是在吊那些男士的胃口吧?"叶燕坚持说。

乙伊还是淡淡地笑着说:"我觉得女人更需要漂亮。"

叶燕神情暧昧地笑了笑,说:"我们是在做色彩,但是我们不能只迷恋色彩本身。色彩是为生活服务的,而生活又是很具体的。你明白我的意思了吗?"

"我不是这样做的吗?"乙伊说。

叶燕看着乙伊脸上固执的笑,半探询半开玩笑地说:"生活中是包括女人和男人两种类型的。你只为女人服务,不给男士服务,可是会让人产生联想。比如当初你敢做一头那么惊艳的红头发,就说明你是一个特别具有挑战性格的人。你现在也是一名出色的色彩师了,应该知道红色给人的心理效应会是什么。它除了让人联想到太阳、火焰、血液,除了使人感到兴奋、炎热、活泼、热情,有种挑战的意味外,它还会让人联想到战争和伤痛。"

乙伊看着叶燕眼睛上闪烁的眼影,坚决地否定说:"心理效应当然也会有和个体之间出现偏差的时候。"

"也许吧。但是,我在你这里好像还发现了另外一个问题,"叶燕诡秘地看着乙伊的眼睛,说,"我发现你从来不给你的咨询对象使用鲜红的颜色。"

"非常简单。在这么丰富的色彩面前,一个成年的女人,无论她具有什么样的身体条件和外在气质,除了在婚礼上,其他任何时候,一旦和那么鲜艳的红色搭配在一起,都会令人觉得卑俗、无知和愚蠢。"乙伊说。

叶燕神色愈加暧昧地笑着,问:"真的是这样吗?"

"至少在我这里,是这样的。"乙伊从容地说。

叶燕转身走时,看着叶燕的背影,乙伊忽然感觉自己脸上自始至终挂着的笑,就像一道凝固的不透明的水帘子,一直在替她遮挡着内心的空洞和恐惧。如果不是被这道不透明的水帘子遮蔽着,她甚至不知道,自己究竟敢不敢去迎视叶燕眼睛背后闪烁和隐藏着的那些东西。从那个焗染红色头发的夜晚开始,她真的已经恐惧单独和男人在一起,恐惧看见鲜艳的红色了,包括每次单独和何大鹏在一起,还有每次来例假,这些都令她浑身冰冷。在给前来咨询的人搭配色彩时,即使是配饰和彩妆配置方面,她也从来不选用那种鲜艳的红。她一看见那些红色,就觉得自己身体里的血液莫名地迅速凝结,停滞。

下午,乙伊陪一个客户挑选完衣服,和她一起吃了饭,又上门给她整理了衣橱。回到家,她见何大鹏和孩子在奶奶家吃饭还没回来,就软软地蜷缩进了沙发里,呆呆地靠在靠背垫上,想着怎么应付这个恐怖的周末的夜晚。从结婚那天开始,周末就是何大鹏约定的和她做爱的日子,而现在,这每个周末,都成了乙伊最恐惧和害怕的时光。

这两年,为了躲避这些恐惧的日子,乙伊可谓想尽了一切办法。比如一个星期不清洗身体;比如家里买来了大量的高锰酸钾,放得卫生间里到处都是,声称自己病了;比如故意垫上卫生巾,装作来例假了;甚至她还把短裤和袜子放在一起洗,幻想着自己染了妇科的病症。另外,乙伊偶然从报纸上看见吃芹菜能够迅速降低人的性欲后，她就立即把家里弄成了芹菜的制作基地。喝的蔬菜汁一律换成了芹菜汁，凉拌的菜是芹菜，热炒的菜还是芹菜，买包子一定是芹菜馅的，做的粥里也加入了大量的芹菜末。她想象着，这样何大鹏的雄性荷尔蒙就会急剧下降，就会放过她，不再每个周末都强迫着和她做爱了。

后来的事实是，乙伊的这些做法都失败了。无论她采取什么行动，何大鹏的性欲都始终很正常，何大鹏还是会在周末的晚上对她进行侵犯。即使她真的来了例假，真的染上了妇科病，这一个周末她还是同样逃避不掉。每次，何大鹏都会捏着安全套，眼神古怪地看着她，笑眯眯地说："这个东西连艾滋病都能抵挡住，还挡不住你的一个念珠球菌？"

乙伊突然决定离开歌舞团后，何大鹏先是欣喜了一阵子，心想乙伊终于听了他的劝告，不再天天去听那个流氓团长说什么性冷淡的事了。但是，慢慢地，何大鹏又发现他欣喜得好像有点儿过早了。原因是，他每次和乙伊上床的时候，乙伊都不像以前那样热烈地迎合他了，不但不迎合，身体还变得像节木头像条死鱼一样的生硬、僵直，一副任宰任割、任由摆布的架势。开始的两次，何大鹏还开一些半荤半素的玩笑，逗引乙伊，但渐渐地就开不起来了。他感觉乙伊紧紧闭着的眼睛和脸上努力隐藏着的那种淡漠、拒绝，已经毫无疑问地说明对他何大鹏没有半点儿兴趣。细看的话，何止是毫无兴趣，简直就是充满了深深地厌恶。

这种感觉令何大鹏恼怒不已。恼怒之余，他又不由得狐疑起来，想自己的老婆如果不是突然有了外遇，就是听他们团长那些流氓话听多了，心理无形中受了刺激和暗示，对床上的事产生了抗拒，也变得性冷淡了。

离开歌舞团两个月后的一天，乙伊买菜回来，意外地在小区对面的路口被团长拦住了。团长一脸的笑，看着乙伊说："我打电话发现你换了手机，来等了你几次也没等到，这次总算等到你了。"说着，他从包里拿出一个信封递给她。乙伊虽然不能断定团长是不是知道酒店里发生的事，但她还是不想看见这个在一定意义上出卖了自己的人，更不想知道他递过来的信封里装了什么烂东西。乙伊就冷着脸，看着路上被车和行人践踏得一片肮脏的积雪，既不说话，也不去看团长手里的信封。

见乙伊一直不说话，团长说："钢铁集团给团里的赞助费早到位了，这里面是单独给你的酬劳,是邱总专门关照过的。"说完了,他看着乙伊的脸色,继续觍着脸涎笑着说:"小伊呀,那次我也喝多了,稀里糊涂的,最后都不知道什么时候走的了。不过,能拿到这些赞助费,你的奉献可是功不可没。邱总虽然是个天天在脂粉堆里泡着的人,但对你乙伊,还是赞不绝口,说你简直是女人里少有的极品。"

乙伊此刻才恍然明白,那天所有的事情,原来都是这个臭流氓和那个姓邱的算计好的。乙伊便恶着眼睛扫了眼团长,然后恶狠狠地说:"请你马上滚,好吗?"

看着乙伊暴怒的神色,团长把信封放进了乙伊的车筐里,仍然笑着说:"这次最感谢你的,肯定就是老团长了。你最近没有去看看他?你放心,他的医疗费我已经让人给他送去了。"

回到家里,乙伊对着那个信封恶心了自己一天。晚上,她就又木头一样僵硬地躺在了床上,任凭何大鹏怎么上前拉她去洗澡,她也不起来。何大鹏拉了几次,终于失去了耐心,憋了几个月的怒火嘭的一声就喷了出来。他转身去找来一把剪刀,三下两下就剪碎了乙伊的内裤,然后野蛮地抱起乙伊,把她抱进卫生间扔进了浴缸里,拧开水龙头拼命地对着她冲洗起来。乙伊害怕惊醒了孩子,就一声不吭地任凭何大鹏折腾着,样子像屠宰场里一头待宰的猪。乙伊在电视上看见过,屠宰厂里宰猪之前,都是这样把它们挂在那里,反复地冲洗,然后电击,最后再用一把尖利的刀子,结束它们的生命。乙伊闭着眼睛,等待着那把能结束她生命的尖刀子,猛地扎进她的心脏里。

何大鹏一边狠狠地冲洗着乙伊,一边气急败坏地低声咆哮着:"你现在心满意足了吧!你再给我讲那个臭流氓和他老婆的性冷淡呀!你不是当过兵吗?你不是免疫力强吗?你百毒不侵,现在哪里来的性冷淡?你现在像喂牛一样给我吃芹菜,是不是希望我也阳痿?"

何大鹏把手里的莲蓬头直直地砸下来,乙伊的鼻子当即就被砸出了血。何大鹏愣在那里,看着鲜艳的血从乙伊的鼻子里流出来,一滴一滴地滴进了浴缸的水里,慢慢地和水溶在了一起,在乙伊的胸前默默地扩散着。何大鹏不害怕乙伊的尖叫,但他害怕乙伊的沉默。他被一房间的沉默包围着,觉得自己的心脏就要窒息了,于是,他抬起手来,挥拳就打在了自己的鼻子上,把自己的鼻子也打得鲜血淋漓。

乙伊依然一动不动，她睁开眼睛，麻木地看着胸前渐次变红的水。她又看见了自己头上那头燃烧的红头发，她们疯狂地飘飞着，冲撞着，每一根头发都挥舞着尖利的刀锋。尽管那些火焰一样的红发只在她头上燃烧了半夜，第二天一早就被何大鹏逼着，重新恢复了栗色，但它们翻飞的火焰，却一直在她心里燃烧着，就像一面呼呼啦啦的战旗，充满了厮杀和呐喊。

乙伊呆呆地坐在浴缸里，看着自己头上飞扬起来的红头发。就在她觉得那些红色火焰即将燃烧尽，马上就要熄灭的时候，何大鹏突然跨进浴缸里，伸出胳膊紧紧地抱住了她。

五

乙伊很少去何大鹏的公司，说很少去也不确切，确切的说法应该是基本上不去。特别是离开歌舞团之后，她连何大鹏办公楼的楼门都没进去过。她简直想象不出来，在这座城市里，乃至这个世界上，到底会有多少人，知道她那天在酒店里发生的事情。这种事，用纸是一定包不住的，它也不是粉笔字，所以无法用时间这把擦子一把从黑板上抹去。乙伊能保证何大鹏至今不知道那件事，但她不能保证他公司里别的人尚且都不知道。所以，何大鹏一让她去参加他们公司的活动，乙伊就会想到那些可能知道她丑闻的人看见她后，会出现的千奇百怪的神情，于是她坚决抵制和何大鹏公司里的人见面。她不想被人重新钉在一张耻辱牌上，然后不停地被复制成一个一个丑陋的展板。她要尽力地让自己的身影在熟悉她的人面前消失。

乙伊知道，何大鹏虽然一直充满了狐疑和猜测，但是，他做梦也不会想到，会有那样丑恶的事情发生在自己老婆身上。现在，何大鹏只把眼睛盯在了车彦青的身上，把车彦青当成了最真实的敌人。他以为是车彦青偷走了他们的感情，所以他的老婆才在家里的床上变得越来越冷淡，像一条冰冻的鱼，浑身上下冒着丝丝的冷气。

五一到来之前，何大鹏的网通公司又搞了一场小型的晚会，以庆祝五一国际劳动节。按照往年的惯例，几个领导都要带家属参加。何大鹏是一把手，乙伊理所当然不能缺了席。下午，何大鹏给乙伊打来电话，口气强硬地说："去年的活动你没来参加，搞得大家很不愉快。这次还是老规矩，晚上看演出时，还是所有的领导都带家属。所以，你今天晚上必须得到场。"

"我们也有活动。"乙伊断然拒绝道。

何大鹏好像突然被乙伊的话刺痛了，他斩钉截铁地说："今天你来也得来，不来也得来。上次去南部山区里看桃花，你已经让我闹了个大笑话，现在是不是还想继续拆台？"

沉默了一会儿，乙伊踌躇着说："我尽量吧。"

何大鹏听着乙伊的声音，突然酸溜溜地说："你尽量吧？你以为你是谁？是市委书记还是省委书记？请你都请不动？要不是为了证明给那些漂亮的女孩子们看，让她们知道，公司的领导们都是对家庭有责任心的男人，借机掐死她们时刻准备着给有些领导投怀送抱的念头，我干吗叫你们来，难道你们都是香气扑鼻的鲜花？"

乙伊声调平缓地说："你们根本就用不着证明什么。证明了，该发生的还是会发生。"

何大鹏没好气地说："你能不能不这样阴阳怪气？你怎么就变成这个样子了乙伊？你记没记着，你怀孕那一年，我还是个小中层，你想来参加单位里的新年晚会，我说人家中层都不带家属，再说你都快生了，这里乱哄哄的空气又不好，没让你来。结果你就在大街上奔走了半夜，弄得我替孩子提心吊胆了一个月，怕你的行为伤害了孩子。现在我是一把手了，随时随地都欢迎和恭候你来了，你倒一次也不来了，请都请不来，你到底什么意思？"

"没什么意思。"乙伊说，"我就是不想和那些陌生的人打交道。"

"笑话。你现在哪天不是在和陌生人打交道？"何大鹏嘲讽地说。

"我打交道的，都是女人。"乙伊说。

何大鹏在电话里哈哈大笑起来，笑得都要岔气的样子，说："是吗？那么，那个搞摄影的，那个给你拍了一堆人面桃花的人，如果没有相纸隔着，那个把你逗得嘴岔子都能笑得扯上天去的人，也是个女人？"

乙伊冷冷地说："何大鹏你真是无聊。"

"是，我无聊。"何大鹏恶狠狠地说，"我的老婆先是听一个男人讲他的性冷淡遭遇，听够了，刺激够了，不玩了，逃跑了。现在又天天和另一个男人泡在一块，天天在那个男人的车里坐着，和他眉来眼去，卿卿我我。我不无聊，我还能是什么？"

"何大鹏,一切都不是你想象的那样。"乙伊说。

"那是哪样?你倒给我说说!你天天跟在叶燕那种女人后头瞎掺和,能沾染出个什么好名声来!你知道她是什么样的人吗?一个夜总会里混出来的女人,一个被人包养的二奶!"

"夜总会里出来的人怎么了?二奶也是个人的生活选择。"

"好好好。"何大鹏讥讽地说,"我们不讨论这些,那就说说你的职业。你以为你们的职业多高尚?说白了,在有些人眼里,你们和那些健康师、营养师之类的有什么区别。那些所谓的健康师,到我这里来推销什么VIP服务,提供的是什么服务你知道吗?对,她们是为客户查体,量血压,面上讲的也是成套的有关气候、营养和生理心理保健的问题。然后呢,然后你知道吗?然后就是女按摩师上门服务,陪同出差。说到底它是什么?不就是一种变相的色情服务吗?还堂而皇之地叫什么健康顾问。你们呢,你们搞完了色彩测定和搭配,陪同客户购完了物,不是同样提供上门服务,还美其名曰给客人整理衣橱。那些能有钱请你们去服务的人,还没白痴到连衣橱都不会整理吧。你们骗谁?"

要不是突然有人敲门进来,何大鹏差点儿就把电话摔在了地上。

不到一个月的时间里,她先是断然拒绝了跟他们公司的人去南部山区看桃花,现在又拒绝来公司里参加活动,让自己两次都在属下面前失了言,这不是滑天下之大稽吗?何大鹏想着乙伊,始终想不明白这个女人是不是疯了。他发现这个女人从做了一头红头发的那个晚上开始,就彻底地失去了理智,失去了一个女人原来具有的所有温存和性感。她就犹如一枝在春天里盛开的鲜花,原本在你眼前无比鲜艳地灿烂和生动着,但却在你眨眼的瞬间,就凋谢了。凋谢速度之快,简直让你怀疑,你先前看见的那些美好景象是不是一种病态的幻觉,就犹如人在发烧时,看见的一些幻影。

何大鹏是看了歌舞团的一场演出后,看上的乙伊。他觉得乙伊跳起舞来就像一朵优雅的花朵,从绽放到盛开,她的每一个动作,都在寂静中充满了生命的活力和感染力,让人幻想着她能一直盛开下去,芳香四溢,永不凋落。何大鹏的母亲在文化局工作,是副局长,主管着歌舞团,和歌舞团的老团长是理所当然的熟人。何大鹏就让母亲去找了老团长,问那个跳舞的女孩子有没有男朋友。老团长说:"您说的是乙伊吧?大鹏这孩子是有眼光。乙伊不仅人长得漂亮，业务上是尖子，而且做派也好，不张不扬，文文雅雅，水一样透明清澈。团里上上下下老老少少，没有一个不喜欢这丫头的。"

可现在，这个被老团长形容成水一样透明清澈的女人，怎么就从哗哗流淌的欢快水流，在他面前突然变成了冷冰冰的一坨冰，弄得家里日月无光了呢？

有时候，何大鹏半夜里醒来，就会开了床头上的灯，调弱了，然后坐在那里端详着熟睡中的乙伊。看着看着，他就想找来一把锤子，去把那坨冰敲开看一看，看看她究竟是怎么由流动的水，变成了坚固的冰的。

何大鹏记得他们刚结婚的时候，他兴奋得睡不着觉，也是常常在半夜里开了灯，细细地观看熟睡中的乙伊。看久了，他就会俯下头去，亲她的脸，一直到把她亲醒。乙伊半梦半醒地问何大鹏为什么半夜里不睡觉。何大鹏说："看你呀。"

乙伊半睁着毛茸茸的眼睛，朦朦胧胧地说："我有什么好看的。"

何大鹏说："你自己看不见，你睡着的时候，就像我在一本杂志上看见的，一幅外国人画的睡莲。我想那个画家肯定就是我现在这个样子，娶了一个貌美如花的老婆，兴奋得睡不着觉了，就在半夜里坐起来，亮了灯，看着心爱的老婆睡觉。看着看着忽然来了灵感，就画出了那幅举世闻名的画来。"

"那你就继续坐着，坐成一名画家，也画出一幅什么莲来等着举世闻名吧。我可要睡觉了。"乙伊翻过身去，把背对着灯光和何大鹏。何大鹏却一把把乙伊翻了过来，锲而不舍地看着她说："你别翻身呀老婆，我不欣赏着你等待灵感，怎么能画出举世闻名的画来呢。"

乙伊就乖乖地在温柔的灯光底下闭了眼睛睡，让何大鹏尽情地欣赏着她，等待着他希望的什么灵感到来。常常是何大鹏还没等灵感到来，就重新急不可耐地抱住了她。

而这样美好的日子，现在却像被女儿童话书里的巫婆突然施了魔法一样，百花枯萎，百草衰败，百叶落尽，百虫不生了。

尤其是到了周末的晚上，那个曾经让他期待的、美好和温馨的日子，如今已经被乙伊无数次死蛇一样的性冷淡给缠了个万劫不复。每次，当乙伊像根烂木头那样任他摆布时，何大鹏心里的怒火就会像火山爆发一样，疯狂地喷涌出来。他发现，乙伊的模样越是像上刑场，他就越想没完没了地折腾她，直到把她掏空了，看她还有什么性冷淡。

散了场，几个副总争着要当司机，送何大鹏回家，但都被他一一地回绝了，问他们是不是认为他喝多了？何大鹏这么一说，就没人坚持了，一众人便簇拥着他上了车。

春末的夜色里，就连路边的灯光也发情似的，有了几分热情和张扬。那些树木更是在灯光里变幻了各种色彩，鬼魅一样，朝你招摇着，神秘地笑着，既像要告诉你一个什么秘密，又像是要偷窥走你的什么秘密，然后报告给上帝。

"笑什么啊，你们？"何大鹏把车停在一棵树底下，从车窗子里伸了头，看了看空旷的马路，突然对着那些鬼魅一样的树木大声喊道。喊出一嗓子，他才觉得郁积在心里一晚上的愤懑减轻了一些，仿佛挖出了一河道的烂泥。

在灯光里眨着眼睛的树木们，没有回答何大鹏的质问，但是他却在扭头的瞬间，看见了车彦青那辆白色的现代车。何大鹏跟踪过乙伊几次，很快就记住了车彦青的车；跟着车彦青的车，他又顺藤摸瓜地知道了车彦青的家住在什么地方，知道了车彦青的家住在什么地方，自然而然地也就知道了车彦青家里的电话。有那么一段日子，何大鹏甚至利用工作之便，多次监听车彦青家里的电话。从车彦青家的电话里，他了解到车彦青现在还是钻石王老五一个，但却没监听到他和乙伊绵绵不断的滥情话。何大鹏想，车彦青这条公狗还是很聪明的，他从乙伊那里知道了自己的工作，也许就能猜到自己，会利用职务之便去监听他的电话。所以，车彦青在电话里和乙伊说的所有话，都是一本正经的，即使偶尔说上一句诨话，也是完全可以摆到桌面上，去当笑话说的。何大鹏当然不会傻到相信他们是清白的，只可惜乙伊的手机改用了联通的CDMA（码分多址），他无法偷偷地并线，所以监控不了他们手机的通话内容和短信，因此也就无法掌握他们偷情的确切证据。

那辆白色的车，是朝着车彦青家的方向驶去的。就像故意挑衅似的，那辆白色的车子像只骄傲的公狗，在何大鹏的对面慢慢地蹭了过去，里面欢快的音乐则像月光一样，从车里悄悄地流淌出来，铺满了一整条街道。那些音乐声里面，似乎还夹杂了乙伊身上飘动的香水味、车彦青殷勤的说话声和乙伊放浪形骸的笑声。

何大鹏突然就被车彦青傲慢的车速激怒了。乙伊反复地拒绝配合他参加公司的活动，在床上面对他时就像一根烂木头一条死鱼一样僵硬和木然，而她所做的一切，都是为了跟这条公狗纠缠在一起时放浪形骸。这样想着，何大鹏发疯一样地发动了车子，猛踩油门，也顾不得头顶上有没有监控设备和这里能不能拐弯了，一把方向盘就把车子掉了头，追着那辆白色的车向前跑去。他要抓住他们，让乙伊那个疯女人看看，他何大鹏，已经放纵她有多久了。她就是真的变成冰坨子、烂木头，也早该在他的包容里融化了，重新萌芽了，迷途知返了。他不是离开她乙伊地球就不转了的男人，不管她信或者不信，只要他愿意，光是他们公司里，想和他上床的女孩子就能排成长队。他现在之所以不想那样做，是觉得不到万不得已，不到乙伊把外头的男人领到他的床上，在他的家里做爱，他就不忍心去捣毁女儿眼里完美的巢穴。

何大鹏尾随在车彦青白色的车后头，一路向东，在光怪陆离的夜色里，一直尾随着到了车彦青居住的小区。车彦青他们的小区，车辆进进出出都是要出入证的。何大鹏的车没有出入证，就只能眼睁睁地看着车彦青的车子带着那个疯女人乙伊，逃遁进了他的老巢里。

何大鹏把车子的档位退下来，慢慢地停在了路边。他想乙伊夜里一定还会回家的，车彦青的车子一定还会从他的老巢里溜出来，送乙伊回去的。何大鹏前几次来就已经看过了，车彦青住的这个小区，只有这一个大门是可以出入车辆的。何大鹏想：我把网架在这儿，就一定会抓到我想抓的那条鱼。

六

霓裳色彩公司和报社时尚版联合，要在广场上举办一次免费的色彩咨询活动。乙伊一到活动现场，在放着首席色彩师和时尚版色彩顾问桌签的桌子前一坐，就被一层一层爱美的女人团团地围在了中央。乙伊优雅地微笑着，看着包围着她的人群，内心忽然又有了一种被推上舞台的感觉。似乎，所有的音乐和灯光，都从遥远的背景里凸现了出来，为她美妙的舞姿做着尽善尽美的铺垫和烘托。她就在不停变幻的音乐和灯光里，鲜花一般地重新盛开了，每一个花瓣上，都缭绕着浓郁的芳香。而所有围绕着她的眼睛，都随着她优美的舞蹈，随着她馥郁的花香，飘动着，陶醉着。

和所有在舞台上风光无限的人一样，乙伊也是非常迷恋舞台的。但她却在舞蹈生涯的黄金时间里，怀了孕，生了孩子。剖宫产生了女儿后，为了保持体形的完美，乳房的圆润坚挺，休完产假后能尽快地重返舞台，乙伊只同意把初乳用吸奶器吸出来，喂给女儿，增强她的免疫力，却坚决不让女儿亲自吸吮乳头。乙伊的爸爸知道她不给孩子喂奶这件事后，在家里暴跳如雷，骂乙伊自私，说她连只小猫小狗都不如。"狗养的狗还疼，猫养的猫还知道疼呢，为了跳个舞，就连奶水都不给孩子吃了？"他让乙伊的妈妈立即赶到医院里去，传达他的意思：为了孩子的健康，必须给孩子喂奶！

全家人都劝乙伊，只有何大鹏在一旁不说话。他只是不声不响地做了公鸡汤、猪蹄汤和鲫鱼汤，然后一勺一勺地哄着乙伊喝下去，把乙伊的奶水催得如泉水喷涌。从医院里回家后，乙伊被奶水涨得受不了，何大鹏便跑到医院里找医生，在医生的建议下，买来芒硝，装在两个纱布袋子里，敷在乙伊的乳房上回奶。但是乙伊的乳头还是像坏了的水龙头一样，奶水哗哗地流个不停，用吸奶器怎么吸也吸不干净。何大鹏看着乙伊难受的样子，就在一旁怂恿说："你让孩子喝一次试试，就一次肯定不会影响你的体形，耽误不了你重新上台。这样，孩子体验了亲自喝你的奶水是什么滋味，长大了也就不会抱怨你不给她喂奶水了。你呢，也体会一次做了母亲给孩子喝奶水是种什么滋味。当然最关键的，就是先解决一下你的乳房涨疼问题。医生说了，乳腺是最容易出问题的，一旦淤积上了奶液，乳腺出了问题，由此失去了乳房，你可真就跳不了舞了。"

乙伊已经被奶水涨得失去理智了，加上害怕乳腺出问题，就犹犹豫豫地抱起了孩子，看着何大鹏说："说好了，就喝这一次？"

"就喝这一次。"何大鹏说。

但是，孩子的小嘴巴刚含住乙伊的乳头，只吸了一口奶，乙伊就激动得不能自已了。她的眼神一下子迷离起来，看着何大鹏说："大鹏，孩子喝奶水的滋味怎么会这么美妙呢？你简直想象不出来，会有多么美妙。"

何大鹏趁机说："既然这么美妙，你就继续给孩子喂奶算了，别考虑以后上不上台跳舞的事了。我希望你优美的舞姿，从现在起，只属于我和孩子。"

女儿出生后，夜里一直都是何大鹏起来给孩子喂奶粉。乙伊看着丈夫满脸幸福又疲惫的表情，看着女儿宝石般亮亮的小眼睛和贪婪着吸奶的小嘴巴，忽然就毫不犹豫地点了点头，甜甜蜜蜜地说："好好，现在就答应你们爷儿俩，以后我再也不上台表演了，我优美的舞姿，从此就只属于女儿和她的爸爸了。"

歇完产假后，乙伊就按着何大鹏的意思，去找到老团长，将她把舞台彻底让给别人的想法说了出来。

老团长看着乙伊，万分惋惜地说："一个优秀舞蹈演员的艺术生命，本来就比其他表演形式的短暂，你怎么会这么快就决定离开舞台？虽然做妈妈了，你看你的外形一点儿也没有改变，经过一段时间的恢复和训练，你的表演也许会更加炉火纯青，这么做你不后悔？"

想着女儿亮晶晶的眼睛和睡梦里都会荡漾着的微笑，乙伊对着老团长郑重地摇了摇头。

现在呢，就连当初最替她惋惜的老团长，也不能够再替她惋惜任何东西了。乙伊最后一次去医院里看老团长的时候，他已经虚弱得说不清话了。但是，一看见乙伊，他眼里的泪就下来了。他的老伴摸着乙伊的手说："乙伊呀，团里领导给我们送来医疗费了，说这些钱都是你去给老团长弄来的。还说为了弄到这笔赞助费，你和团长陪着人家企业的领导喝酒，把自己都喝醉了。为了我们这点儿医疗费的事，真是难为你了。"乙伊摇了摇头，什么也没说，她只是趁着给老团长掖被子的空儿，把团长给她的那个装钱的信封，原封不动地放在了老团长的枕头底下。

整个上午，乙伊都在不停地回答各种有关色彩的问题。前边被咨询完选用什么色彩的配饰，才能使人看上去更加优雅而不落俗套；后边又要回答另一个女人，关于哪些色彩是属于中性色彩的疑问。乙伊就只好一遍一遍地，把黑色、褐色、米色、藏青色和天然的草黄色等等这些中性色彩，一一地讲解给她们，并告诉她们包的颜色最好选用黑色、褐色、藏青色和天色的草黄色，而鞋子最好是黑色、褐色和米色。刚刚讲完了浅米色服装的最佳色彩组合是褐色、黑色、红色和绿色，浅紫色的最佳搭配色是深紫色、褐色和藏青色。接下来又要讲褐色服装最好配白色、米色、黑色、橙红色、橙黄色和深绿色，深红色则要去搭配黑色、天蓝色和米色。

给前面走的人讲了以淡色和深色为主的色彩及它们适合的搭配色，还没喘匀一口气，又要给刚到的人讲鲜艳的色彩怎么搭配，比如绿松色的色彩搭配要选用白色、米色、棕黄色和藏青色，柠檬黄的组合色应该选择黑色、白色、藏青色、深绿色、淡粉色和橙色，而橙色则需要同白色、柠檬色、黑色和深绿色搭配在一起，才能有最好的视觉效果。

给一位肤色浅的人讲过了彩妆的对比和搭配，又要给肤色黄的人讲怎么用好粉底和腮红，才能保证妆面颜色的漂亮。给肤色黄的人还没讲完呢，又有肤色浅的人开始咨询怎么搭配彩妆，才能靓丽而不妖冶，乙伊就再重复一遍方才讲过的东西。这样不停地重复和循环着讲了一上午，忙得连喝口水的空隙都没找出来。

广场上游人如织。乙伊回答完最后一个人的咨询，叶燕手里就拿着一瓶水，踱到了乙伊跟前，把水递给乙伊后，笑着问道："众星捧月的感觉怎么样，是不是又体验到了你在舞台上翩翩起舞时的那种风光？"

乙伊笑着摇了摇头，慢慢地喝了口水，看着叶燕支在桌子上的指甲上新勾画的白色花朵说："我现在的感觉，就是我的声带可能要断了。"

叶燕抬起手看了看指甲，放到嘴边吹了吹，眯眯地笑着说："那一会儿吃完了饭，咱们再接着宰车彦青一次，让他请咱们喝壶好茶，好好地去润润嗓子怎么样？你不会介意吧？"

叶燕最喜欢说的，恐怕就是"不会介意吧"这句话了。乙伊记得第一次在美发店里见到她，她赞美自己的一头红头发时，就在说这句话。乙伊模糊地笑了笑，眼睛越过叶燕，看着她身后绿茵茵的草地，慢悠悠地说："你这问题是不是有点儿奇怪，挨宰的人又不是我，你怎么会来问我介不介意。"

叶燕依然眯眯地笑着，故意倾斜了一下身子，把头低下去，撒娇一样地低声说："好姐姐，我被人当二奶养着都不避你，你现在也别摆出这种呆板的架势敷衍我好不好？宰你的情人，当然得先征得你的同意。如果是宰我的情人，我自然不会跑过来，问你介不介意了。"

乙伊轻轻地拍打了一下叶燕的手背，声音忽然有些僵直地说："叶燕，这样的玩笑能不能就开这一次？"

说着，乙伊扭下头，看了眼正在忙着清理桌子的车彦青。五月的阳光用充足的光芒照耀着广场，照耀着新剪的平展如丝绒的青草地，照耀着游玩的大人孩子，照耀着洁白的鸽子，也照耀着背着相机搬动桌子的车彦青，并赐给了他一头亮闪闪的汗水。

"不会吧？"叶燕神情夸张地盯着乙伊，说，"都什么年代了，你们还遮遮掩掩的。这有什么好遮掩的？你们两个人在一起的时候，石头都能看得出来，你们说说笑笑时有多么亲密和甜蜜。亲密和甜蜜这两个词听起来好像有股子特别的酸味道，跟时代格格不入似的，但我觉得这俩词现在用在你们俩身上，简直就是这两个词的辉煌再现。看着你，我有时候就会想和我在一起的那些男人。我不知道男人和女人在一起，他们到底是在迷恋女人的肉体呢，还是在迷恋女人的精神。"

乙伊说："我们在一起说话时，给人的感觉是比较愉快和放松，但这怎么会和情人两个字挂上钩呢？在你眼里，是不是看谁都像情人？"

叶燕诡异地笑了笑，突然淡淡地说："和你开玩笑呢，看你紧张的。其实，有个情人未必不好，做情人也不是一定要上了床才算情人。你不觉得柏拉图式的爱，也是很美好的吗？"

车彦青满头大汗地扎了过来，先是看了乙伊一眼，又快速地盯住了叶燕，手指轻轻地敲着桌子，嘻嘻哈哈地问："叶燕，你又和哪个情人上床了，怎么把柏拉图也扯进去了？你就不怕你那个邱总知道了，吃那个柏拉图的醋，打断他两根肋骨？"

听见"邱总"两个字，乙伊的心忽地一坠，立即就狂乱地跳了起来。她不知道车彦青说的这个邱总，和改变了她生活线路的那个流氓邱总，是不是一个人。叶燕虽然一直毫不避讳地说她是被一个有钱的老男人养着的，但她从来也没说过，那个男人是干什么的，更没说过那个男人姓什么。

叶燕笑着说："情人和情人上床的太多了，不是情人上了床的也非常多，是情人还没上床的呢，当然还是很多。想知道我和谁上了床，一会儿请我和乙伊喝茶去。"

车彦青把车钥匙扔给乙伊，然后搬起了乙伊面前的桌子说："你们先到停车场里去，坐进车里凉快一会儿，然后再去考虑喝茶以及跟情人上床的问题。"

叶燕说："当然好哇。我们现在从你这里享受的，是不是已经接近情人的待遇了？"

"你对情人的温馨指数也要求得太低了。"车彦青放下手里的桌子，侧回身子，一本正经地说，"看来我除了开办摄影培训班外，还需要开办一期情人培训班，培训培训你们的情商。你看你们，仅仅对色彩研究得透彻，这哪里行，生活虽然离不开那些五光十色的色彩去装饰和掩盖，但生活可不仅仅是你们搭配色彩这样简单和明了。"

广场上空荡荡的风卷过乙伊的头发，然后又落在了一边的草地上，和那些身份高贵的绿草沾染在了一起。乙伊在风里站着，看着叶燕指甲上勾画的那些细小的花瓣，蓦然又想起了在父亲墓地里认识的，那些被车彦青叫作鹤顶红的花。那天在父亲的墓地旁，听车彦青说自己的笑像鹤顶红后，回到家里，乙伊就上网查阅了一些有关鹤顶红的资料，发现鹤顶红原来不仅仅叫砒霜，它还有一个洋名字是三氧化二砷，还有一个村姑一样的名字叫红矾。但无论是鹤顶红，是砒霜，是红矾，还是三氧化二砷，这些纷繁的名字指向着的，都是同一种可以置人于死地的剧毒。看完了资料，乙伊就走到镜子前，反复地端详着自己，端详着脸上的笑，想从自己的笑里，翻找出车彦青表述的，那种令人迷醉的鹤顶红的踪影。但是找了一个小时，她也没从自己的笑容里，找出一丝鹤顶红般浓烈的，带着死亡般迷人的艳丽来。

现在，看着车彦青在阳光下嬉笑的样子，听着车彦青一套更新的生活色彩理论，看着叶燕一脸轻松地说着和情人上床的事情，想着一夜没有回家的何大鹏，想着自己纷乱如麻的生活，乙伊突然觉得这个世界上纷杂的生活倒有点儿像鹤顶红。它诱人的，看似鲜艳温暖的颜色后面演绎着的，恰恰是由荒诞、无耻与混乱搅拌在一起的剧毒。在这个物欲横流的时代，人人都在忙着开公司，做生意，你炒股票，他非法买卖土地，你搞房地产，他卖官鬻爵，好像人人都风光无限，但心灵的煎熬呢，也许，那些躲在袖筒深处不为人知的心灵上的惩罚，早已经远远地超出了形式意义上的制度对人的惩罚。

乙伊的脸上挂上了一层让人琢磨不透的微笑。她看着一直在注视着她的叶燕，恶作剧般地问道："叶燕，你知道鹤顶红是一种什么颜色的红吗？"

七

中午的阳光直直地压下来，压缩机一样，仿佛要将所有的物体都压扁了，打成包，然后从这个世界上运输出去。从父亲去世开始，只要徒步走在中午的阳光底下，这种强烈的压抑就会从乙伊的心里源源不断地喷涌出来。现在，这种感觉又袭上了乙伊的心头，它像一个无形的包装箱，从四面八方挤压过来，把乙伊包裹在了里面。每到这样的时刻，乙伊都想把胸口撕开一道口子来，好塞进去一丝能够喘息的冷气。

看着乙伊突然变得煞白的脸色，叶燕一把扶住了她，惊慌地问："伊姐，你是不是中暑了？脸色怎么这么苍白。"

乙伊轻轻地摆了摆手，说："没事，找棵树靠一靠，一会儿就好了。"

刚走到一棵树下，乙伊的手机就响了。叶燕笑着说："一定又是车彦青，刚才忘了告诉咱们，该从哪个口去停车场，现在又在亡羊补牢了。"

乙伊看着手机说："不是车彦青，是何大鹏。"

尽管何大鹏的声音在努力地压抑着，乙伊还是听出了他的怒火冲天。何大鹏说："你一上午都在干什么，干什么事情需要一直关着手机？"

"我们在广场上搞活动，咨询的人特别多，我就把手机关了。"乙伊说。

"你妈被车撞了，你还要不要妈了？"没等乙伊问完她妈被撞成了什么样子，现在人在哪里，何大鹏的电话就已经挂了。

叶燕看着乙伊白得吓人的脸色，试探着问道："是不是有什么事？你没事吧？"

"我妈被车撞了。"乙伊机械地说着，把车彦青的钥匙塞给叶燕，然后抬脚就跑了起来，一边跑，一边打何大鹏的电话。

拨了两次，何大鹏才接听了，声音也有了些缓和，说："我们在医院里检查完了，正在往家里走呢，你直接回家吧。"

听何大鹏说已经检查完了，正在往家里走，乙伊被攥紧的心才略略地松了松，忙问："不用住院观察几天？"

"不用。我开着车呢，不方便多说话。"何大鹏说。

父亲的猝然去世，让乙伊突然就对死亡有了一种莫名其妙的恐慌。她倒不是害怕自己会突然死去，而是害怕母亲也会和父亲一样，在某一天突然离开她，就再也回不来了。那样，假如她在某一个周末想从家里逃出来时，就真的没有地方可以去了。

出租车开到母亲楼下，乙伊匆匆地下了车。楼下没有何大鹏的车，按了按门铃，家里也没有人应答，知道他们还没到，她就在楼下找个地方坐下来，焦急地等着，心想：母亲当了一辈子小学教师，一辈子走路做事都像小学生一样小心翼翼，现在走路怎么会变得这么不小心，还被车撞了呢。即使没有什么大碍，六十几岁的人了，这样猛然地被吓上一下子，也会好几天里回不过神来。

自从父亲去世后，乙伊觉得母亲好像变得比先前迟钝多了。有好多次，乙伊到母亲这里来，都听母亲说她把稀饭煮干了锅，闻见煳味了，才想起来炉子上还煮着稀饭呢，说完了还问乙伊，这是不是老年痴呆症的前兆。乙伊说："你煮稀饭的时候，都在想什么呢？"母亲说："我想了一会儿你爸，就一眨眼的空，锅怎么就煳了呢。不知道是锅变薄了，还是现在的煤气比原先好了。煤气比你爸在的时候，一个字贵了五块钱，价钱贵了，我想煤气肯定就比原先好使，冒出来的火苗子也更旺了。"乙伊有些哭笑不得，说："是物价涨了，不是煤气好了。汽车喝的汽油一升已经涨了两块多钱，里面还加了酒精，何大鹏说加了酒精的汽油一点儿也没有纯汽油经烧，但它就是不停地在涨钱。"

等了一会儿，乙伊心里着急，就想再打何大鹏的手机问问，他们走到哪里了。还没从包里拿出手机，何大鹏的车就从楼头上拐了过来。乙伊往前迎了几步，站在一边，等着何大鹏的车停稳了，帮母亲打开车门，扶着她下了车。

搀扶着母亲往楼上走时，乙伊说："您怎么那么不小心呢，这要是撞出个好歹来，可怎么办？"又回头问跟在后头的何大鹏，是不是医生说的，不用住院观察。

母亲说："没有事，车就是贴着我的后背蹭过去了，没扎实地撞上，是让镜子碰了一下后背，不严重。当时是因为受了惊，才坐到了地上，倒是把那个开车的小伙子吓得不轻。"

"如果扎扎实实地撞上，那就什么都晚了，我上哪里找妈去。"乙伊说。

进了屋，乙伊扶着母亲坐下，然后去打开冰箱看了看，见里面没有可以炖汤的东西，就要何大鹏去超市里买只新鲜的乌鸡回来，炖个汤给母亲压压惊。

何大鹏换鞋时，乙伊的母亲突然说："大鹏，你回来的时候，记着买束花回来。"

乙伊从厨房里探出头来，笑着说："妈，您什么时候也舍得花钱去买鲜花了？记得有一年您过生日，我给您买了束花，您说还不如省下钱来买几斤水果吃。我爸说您虽然从事了一辈子教育，但实际上，头脑比一块土坷垃还固执，连鲜花都拒绝。"

母亲一下一下地捶着腿说："人的思想都是会变的。你爸走了后，我一个人坐在这里，很多事情就慢慢地想明白了，觉得你爸那些话，也有你爸的道理。"

何大鹏刚出门，母亲就把乙伊从厨房里叫了出来，一脸严肃地说："小伊，你和大鹏两个人到底怎么了？大鹏说你昨晚上一夜没回家，你去了哪里？"

乙伊差点儿笑出来，说："大鹏说我一夜没回家？"

"是呀，早上大鹏就打来电话，问你在不在这里，然后说你一夜都没回家。我打电话找你，起先一直占着线，后来就关机了。我问他你们是不是闹别扭了，他说没有，就是昨天晚上让你去参加他们公司的活动，你没去。"

"您是不是耳朵听错了？"乙伊说，"是他一夜没回家，不是我一夜没回家。"

"他一夜不回家，你也得找他呀，你怎么就不闻不问？"母亲说。

"我打他的手机，他一直关着，我猜他肯定是喝多了，又找地方喝茶唱歌去了，就没去管他。我们公司里今天搞活动，我一早就出门了，一上午也没顾上给他打电话。"乙伊说。

"喝茶唱歌还能喝上一夜，唱上一夜？我都被你们弄糊涂了。"母亲说，"他说你一夜没回家，你说他一夜没回家。你们无论是谁没回家，都不正常。你爸在的时候，我就觉得你们不对劲了，你们到底是什么地方出了问题？"

"没有哇，我们能有什么问题？我们一直过得很好哇。"乙伊说。

"你能瞒得了别人，还能瞒得了你妈？"母亲看着乙伊，样子就像回到了学校，两眼紧紧地盯着站在她面前撒谎的"小学生"，说，"你从小不会撒谎，现在也学会说假话了。那天去给你爸扫墓，你也不是和大鹏去的，你是觉得，你爸不会开口说话了对吧？"

"我和一个朋友有事，正好路过那里。"乙伊说。

"那事算过去了，就不说了。我今天急着去找你，就是想给你说，两口子过日子，别把事情弄得像你妈似的。我一辈子觉得你爸呆板、无趣，不能像别的男人那样，在家里在外面都能谈笑风生，直到你爸不在的这一年里，我才忽然觉出来，原来，自己一辈子也离不开你爸这个呆板的人了。现在，我每天早早地躺下睡觉，就是为了能在梦里见到你爸，和他说一些过去没给他说的话。"母亲说。

乙伊诧异地看着母亲，说："您说您就是为了去找我说这件事，才被车撞着的？"

"我是怕你和大鹏万一走到离婚那一步，再后悔就晚了。我看得出来，你们在外人面前那一脸的和睦，都是装出来给人看的。妈在人前人后装了一辈子，现在才明白，就是和块石头待在一块，你用尽心思地和它过，日子久了，它也会生出别的东西不能取代的趣处来。还有，居家过日子，难免就会遇上线结疙瘩的时候，遇上了，你不用心去解开，那线要么就始终穿不过针眼去，要么就挡在衣服上拉不动，等着你去剪断它。"

乙伊低垂了眼睛说："我们真的过得很好，您不用这么操心。"

"很好就好。"母亲说，"大鹏和你爸一样，都是一心把家当家的人。眼下这个社会，就是个花红柳绿的日子，什么颜色的花都能开出来。你在社会上这些年，接触的人形形色色、五花八门，就该知道像他们这样的人，现在说多也多，说少也少了。"

乙伊故意撒娇地揽着母亲的肩膀说："我都知道。"

"知道就好。"母亲嗔怪地说。

一会儿，何大鹏回来了，他左手提了满满一袋子食物，右手抱了一大束康乃馨。乙伊接过了花，到处找花瓶插。母亲说："你先别忙着插花，我饿了，大鹏跑了一上午肯定也饿了，你快点儿给我们做饭吃去。"

吃完饭，乙伊要何大鹏去奶奶家接孩子，她留在这里陪着母亲。母亲说："我好好的，哪里用得着你陪了。你和大鹏都回家去，把大鹏买的那束花也带上。"

乙伊笑着说："那不是您让大鹏买的吗，怎么又让我们带上？"

"我让大鹏买，就是准备让你们带回家的。"母亲说，"让我一折腾，我知道你们今天准会把结婚十年的纪念日给忘了。"

"要不是您提醒，是差点儿忘了。这束就是给您的，感谢您生了乙伊这么个好女儿。我们的那束香水百合，我放在车里了，没有拿上来。"何大鹏说。

乙伊看了何大鹏一眼，眼里有些热。她不知道何大鹏是不是真的买了一束香水百合放在车里，也不知道，假如那束花存在，那它能不能像母亲所希望的那样，使他们枯萎的生活，重新再盛开一次。

（原载《江南》2010年第3期）

如果蝉活到第八天

一

75℃以上的水是有一种香味的。这是不久之前,我坐在壁炉那儿,意外发现的一件事情。

我住的这幢带有壁炉的老洋房,是普利街上保留下来为数不多的一幢,它的年龄,算起来应该和这座城市开埠的历史,差不多一样长了,外墙上是一层一层重重叠叠的爬山虎。在万物萧条的冬季,爬山虎的叶子落光了,藤蔓就变成了一条一条凝固的雨线,在半空中缓慢地落着。许虹和那个天天在石榴树下晒太阳的老太太都说过,这幢老洋房,最初是一个又高又壮的德国银行家建造的。为此,我一直都在猜想,那个德国银行家,他会不会就是经二路上那家老德华银行的董事长。我憎恨德国纳粹屠杀犹太人的无耻行为,也憎恨那些战争中的告密者,但我不讨厌善良的德国民众,尤其喜欢那位伟大的作家歌德。我就是从看了歌德的《少年维特的烦恼》,才开始向往爱情的。那时候,我唯一的希望,就是自己是那个少年维特,哪怕到最后,自己会对着自己的脑袋举起一把枪。事实上,我渴望自己能有一把枪的想法,到现在都没有改变,长的短的都行。

现在应该是上午九点钟了吧。每天九点钟,那个老太太都会准时地被推到石榴树边上,晒太阳补钙。她的头发银白,总是在太阳光下闪着刺目的光。石榴树上已经开了三五朵石榴花,稀稀疏疏地点缀在满树的绿叶之间,很像一簇一簇燃烧的火苗,躲在一个角落里悄悄地焚烧着什么。至于它焚烧的是什么，我现在已经没有兴趣去想象了。

说实话，我现在很害怕看见那个老太太满头的银发，它们亮得真像一面镜子。我一直没猜出来，她是怎么活到现在头发都变白的年纪的。另外，她现在每天都坚持出去晒太阳补钙，这就表明，她还希望更健康长久地活下去。

老车九点钟来。他昨天走的时候是这么说的。他说："明天上午，我九点钟再过来。"

当然，他也可能过不来。没有人能够保证，他的某段时间不会突然被什么意外打乱，尤其像他这样一名摄影记者，随时都有可能被一个他认为比我更重要的镜头叫走。

我刚刚又在塔莉睡觉的地方躺了一会儿，爬起来，走到打开的窗子跟前来。然后，我回过头去看了一眼，看见我刚才躺过的地方还是空荡荡的，什么也没有填补上。塔莉的床已经被他们毁掉了。他们毁它的时候，我默默地在一边看着，没有去把它抢回来。尽管我一直不愿意承认，但心里清楚，到目前为止，这应该是我做的一件，令自己至死也不能原谅自己的蠢事。

"知道什么是蠢东西吗？你就是！"

我一直都在这么咒骂着自己。尤其是我站在那里，盯住那些从香港寄来的信时。女儿的钢笔字真是漂亮啊。现在，像她这个年龄的孩子，已经很少有人能写这么一手漂亮的钢笔字了。那些信是从香港中文大学寄来的，但是我一封也没有拆开。在半年前，我还不是个怯懦的人，至少，我个人是这么认为的。

房间里已经没有一面镜子了。就连窗子上的玻璃，也被老车刷上了一层白色的漆。刷漆那天，他站在窗子前，左手里提着小漆桶，右手里拿着刷子，看着我说："哥们，你仔细瞅瞅，这些白漆刷在透明的玻璃上，是不是像我说的，一点儿也不影响光照？"

"我又不是一棵离开光线就会枯死的植物。"我说。

那会儿，我正在房间里四处搜寻着塔莉留下来的气味，突发奇想地拆开了吸尘器的吸头，假装维修，在上面来回嗅着，讨厌被人打扰。

塔莉留下来的气味已经越来越淡了。我之所以没反对老车把窗子玻璃刷上层白漆，就是希望它们能给玻璃增加一丝厚度，尽可能地防止那些气味的快速流失。它们在空气里一天比一天地稀薄，我的呼吸就会一天比一天更加急促起来。这一点，肯定是毫无疑问的。但是，我知道，老车他们几个人，其实没有一个人真正地关心过我的内心。他们一直都在和我开玩笑，说要带着我去找个女人消遣消遣。"那些身怀独门绝技的漂亮女人，绝对是治疗男人各种疑难杂症的灵丹妙药。"老车手里举着刷子，看着我嘿嘿地笑着说。

看见镜子和玻璃，我就会把舌头吐出来，没完没了地观看舌头的长度和颜色。因此，他们都认为我患了强迫症或是抑郁症。虽然有点儿可笑，但是他们既然都愿意那么认为，就让他们那么认为好了。反正，我一点儿也不想对他们解释什么。

老车每次来都想撬开我的牙齿，让我吐出点儿什么来。给玻璃刷完油漆，他就举着他的单反炮筒子，像真正患有强迫症似的反复摆弄着，对镜头里那个我说："老顾，我是不是很久没给你拍过照片了？哎，睁大点儿眼睛，精神点儿好不好？你一定猜不到吧，我现在最得意的，就是看见我给某个人拍的照片，最后挂在了他的遗体告别厅里。"

到目前为止，我还没有想过自杀这个问题，所以，他说的话和拍的照片，对目前的我来说肯定都毫无用处。以后也许有用，但那是以后的事情，我现在还不想去考虑。我垂着眼睛，迅速瞄了下塔莉睡觉的地方，心里想的是怎么让他和老贾快点儿离开这里。我快控制不住自己了，我想立刻躺下来，躺在留有过塔莉体温的地方。

"我说，你要不要来杯酒提提神？"老车把他的炮筒子落下来，放在胸前，颇有点儿无可奈何地看着我说。

夜色降临了吗？我现在唯一的念头就是睡觉，到塔莉以前睡觉的地方，睡觉。

"外面好像天黑了。"我压抑着焦虑暗示他们，意思很明确，他们该离开了。

"你是不是睡多了？外面正刮着内蒙古的沙尘暴，现在还是上午。"老贾看着我呵呵地笑了起来，笑得空气一颤一颤的，笑完了，他又转脸对老车说，"我说得一点儿不错吧，你玻璃上那些漆就是刷厚了，你看房间里的光线现在多暗，跟个地狱似的，就差那位驾驭着四匹黑马战车的冥神哈德斯了。"

"在中国是阎王爷掌管着地狱。"我说。

老贾是我报社里另一个同事，准确地说是我们专题部的部主任。平时，我不太喜欢他。这倒不是因为他来专题部后抢占了我的位子,而是由于他脑子里缺乏公共卫生意识,在办公室里,谁的水杯他都要伸手摸一摸。他这个人喜欢离开他的桌子和椅子,站到你的桌子边上来和你谈工作。一边说话,他的手就会不由自主地伸过去,抓过你的茶杯在上面摸来摸去。因为摸茶杯的事,部里那两个女人都在背后骂他意淫狂,说他是不是离婚后老自己摸自己那玩意,摸惯了。

后来她们一定是意识到了什么,渐渐地不那么骂他了。她们意识到的是,我也是一个离了婚的老男人,并且,和老贾不同,我离婚,还是由我妻子许虹率先提出来的。

想到许虹,我就不愿意继续往下想什么了。我垂着头,拿出今朝有酒今朝醉的意思来,对老车和老贾说:"那就弄点儿酒喝吧,一醉方休。"

二

普利街上的这幢老洋房,是许虹的父亲从她祖父——一个开"黄金汁"公司的老人家手里继承来的。老车问了我五次,我才告诉他什么是"黄金汁"。他听过后笑得相机都差点儿摔在了地上,上气不接下气地说着"佩服佩服"。

"民国前的人真是文雅又有学问。"他抱着相机跑出去,把镜头对准了老洋房,说要好好地给这幢用"黄金汁"浇铸起来的老洋房拍几张照片,替它保存下来。

"买老洋房的钱虽然是许虹的祖父经营'黄金汁'赚来的,但以前,老洋房里绝对没有半点儿'黄金汁'的臭味。"我说。

"现在有了吗?"老车的嘴巴在镜头下面咧着,"不会一百年了才冒出来吧。"

普利街原来叫作柴家巷,一百多年以前,它只是这座城市的一个柴市,有点儿类似北京的菜市口或者珠市口,一条名副其实的市井小街。是后来开埠,有人在西城的外墙上凿了个通向商埠的城门,取名普利门,柴家巷也就跟着改头换面,被人叫成了普利街。为了弄清楚"普利"的意思,我曾经反复地做过一些考证,最后得出的结论是,它最有可能是取自英文"Please"的音译,译成中文就是"请"的意思,或者牵强附会地解释为"欢迎"。

"是它太老了，就像人一样。人老了，身上就会冒出一股子一股子的怪味道。"

那个坐在石榴树下晒太阳的老太太替我回答道。她轮椅上的轮子在太阳下炫目地亮着，引诱着我前去。我努力地用意念的链条锁住了自己的双脚，坚决没让它们迈出去。

老太太是许虹的姨妈，她的儿女们也都去了香港。她不愿意跟着他们去那里住伸手就能摸着天的高楼，所以就被许虹安排着，住在了这里。我对这个白头发的老太太没有丝毫感情，是因为我一直都在怀疑，她住在这里，无非是为了替许虹监控我的生活。许虹答应我继续住在这里的条件之一，就是不准往这幢老洋房里带任何一个女人。"带一次回来，你就必须离开这里，而且，再也别想见到你最想见的人。"她威胁说。

她说的那个我最想见到的人，就是我的女儿。

没有办法，我只能答应她。谁让我既爱自己的女儿，又没有属于自己的房子呢。当年结婚的时候，我从没设想过中年以后的婚姻会出现意外的走向，所以，就始终没给自己留出一条后路来，没有像老贾他们那些善于未雨绸缪的家伙一样，先准备好一处走投无路后的安身之地。

女儿在香港中文大学读书。她喜欢定期给我写信。她知道我酸腐地喜欢手写的书信。她和我爱她一样爱我。这也是我唯一不愿意离开这座老洋房，想来为自己证明点儿什么的原因。

躺在塔莉以前睡觉的地方，我模仿着塔莉看人看物的眼神，看着老车在拍那根巴洛克风格的花岗岩廊柱。廊柱的颜色灰突突的，上面雕着些生动的花朵。

"我想去游会儿泳了。"我对老车说，"你什么时候才能拍完？"

"你怎么忘了，你现在不能游泳。"老车趴在那里，脑袋和镜头仰起来，对着廊柱上的花朵嘀咕着，"应该想法子往柱子上打点儿光才行。"

"我想去游泳了。"我重复道。

"说十遍也没有用，你暂时不适合游泳。"

在塔莉走丢之前，一年四季，每天下午，我都要去游泳的。有时候是从单位直接去，有时候是从老洋房出发，然后一直往东到护城河，再沿着护城河北上，到达大明湖公园的西墙外。那里的水都是从趵突泉和五龙潭里直接流过来的,还没有进入大明湖,河里的水清澈无比。重要的是,那里虽然有三条道路交叉经过,但靠近河边的一条小路由于路面狭窄,灯光暗淡,傍晚后便很少有车辆和行人打那儿经过了,极其安静,是一处泉水游的绝佳之地。从老洋房出发的时候,我偶尔也会带着塔莉前去。不过,一般情况下,塔莉都不会下水,而是在河边上看着我一个人游。只有喝了点儿酒特别兴奋时,我在水里大声地喊着"塔莉!塔莉下来!",塔莉才会跳下水,和我一起游上几圈。

老车已经从地板上爬起来,改成了蹲的姿势。他蹲在那里看着我说:"你别躺在那儿了行不行?再这样下去,恐怕我都要被你逼成抑郁症了。你过来看看我拍的这些照片,看看被你折腾着,我现在都拍成什么水准了。"

"你无论拍成什么样,都没有给塔莉拍过一张。"我说。

"能不能先不说你的塔莉?让我安静地找找角度。"老车还在寻找着掩藏在廊柱上的历史背景和花絮。

不说塔莉,我又能说什么呢?这会儿,除了塔莉,我什么都不想说。

天空不知道为什么会那么亮。进门之前,我又仰起头,朝天空看了一眼。老车执意要带我来的,是一个很有点儿神秘氛围的寂静之处,大有"结庐在人境,而无车马喧"的意味。并且,比他之前给我形容的神秘,好像还要增加上几分的样子。当然,也完全可以这样解释:每个人对事物的理解和敏感程度,是不一样的。

我给老车说过很多次,我没有病。难道一个人留恋夜色也是一种病吗?

老车说:"没病就算去见识一下有什么不好,别忘了你的身份是记者。"我是听了他后面这句话,才同意跟他出门的。

老车奉命退出去之后,我才看清楚,在我面前坐着的,是一位鹤发童颜的老中医,他背后的墙壁上,一整面墙上,都是镶着铜质小拉环的暗红色药柜,暗暗地透着古色古香的药香。我对药柜本身什么颜色不感兴趣,我感兴趣的是药柜上那些铜质的小拉环,以及衔住它们的虎头符,它们在弥漫着药香的暗红色药柜上,分割着各种草药的身份。在虎头符和拉环的上方,是躲藏在药柜里的各种草药露在外面的名字——五味子、天南星、桑白皮、生地黄,像题壁堂戏院里早年挂出的戏牌,"咿呀呀——",一出戏里所有的光鲜和热闹，就都藏匿在戏牌后面了。

老先生不动声色地观察了我一会儿，仔细地像在察看着包浆，赌一块石头怀里藏没藏美玉，直到看得我都转动脑袋满房间里找透气的亮光了，他才在昏暗的光线里摸过了我左手的手腕，开始了闻和问切。

房间里没有一扇窗子，唯一的一扇老式木门，也在老车走出去后紧紧地闭上了。光线黯淡得比我家里的能见度还低。我想老先生背后的药柜里要是有药的话，常年待在这种阴雨天一样的房间里，一定会发霉的。

在老先生为我号完脉，移开手指的瞬间，我趁机又往四周看去，才发现这间屋子里原是有窗子的，只是，所有的窗子都被厚厚的窗帘遮盖住了。另外，除了窗子，还有一条通道，是通往其他地方的，我猜测它是通往另一间类似这样的房间，还是厨房或者卫生间。

我在想另外那些房间里的光线，是不是也和这里一样，因为昏暗，所以能够透着份让人想入非非的神秘。我记得在塔莉走丢以前，我是不喜欢这种气味暧昧的昏暗的装潢，总掩藏着某种不能见人的阴谋诡计似的。这是不是可以说明，我本质上是个害怕被阴谋诡计算计的人，只是这一点，我以前没有意识到？许虹就是这么说我的。那当然是在她离开老洋房之前，她轻蔑地瞅了我一眼，声音同样轻蔑地说："害怕我算计你是吧？你是不是觉得我这些年一直在算计你？你一个上下精光的破记者，我算计你？笑话！"

我猜测她本来是想说我"吊蛋精光"的，只是后来出于她的修养或者某种我不能知道的原因，又临时改成了"上下精光"。

号过脉后，我被老先生不动声色地带到了另外一个房间里。

我们是沿着我刚才发现的那条通道走的。我略略兴奋了一下：它果然通向另一个相同的房间，只是不是厕所，也不是厨房。跟前面那个房间里稍微不同的，是这个房间里面除了四面都是药柜外，中间已经拥拥挤挤地坐了好几个人。

我数了一下，加上我，正好是一个星宿的周期，七个。

我是最后一个。

老车介绍这位老先生的时候，曾经给我说过，说老先生每天只接待七位客人。他说的是客人，没有说病人，我知道他这样说完全是怕我忌讳。

房间中央是一个蜂窝煤炉子，炉子上面坐着个黑色的大药罐子。药罐子里熬着药，药的香味正随着丝丝缕缕的热气，在房间里飘荡弥漫着。现在我才幡然明白，我在另一个房间里嗅到的药香，原来不是从老先生背后的药柜里钻出来的，而是从这里通过那条通道，飘过去的。我还一直担心药柜里那些药会发霉呢，看来我的担心总是多余的。

老先生熬的药不是让我们喝的。他让众人一一伸出双手去，然后按着他发出的指令，闭上眼睛，一只一只，一层一层，缓慢地，把手捂在了温热的药罐子上。我是最后一个，手只能放在最后一层，隔着别人的手温，感受着从药罐子里散发出来的温热气息。在我的上面，是老先生的一双手，异常温暖。

这是老先生独创的一种全息中药疗法，老车说过。这个疗法的场面，让我暗自笑了起来，它让我想起了电影《阿凡达》里那些画面：人与天地万物之间，都是可以通过心灵来传导和接通的。

我又想到了塔莉。

如果能找到塔莉的一根毛发，把它放进我的手里攥紧了，是不是我就能知道塔莉现在在哪里了。现在，有没有人举着石头，正在往塔莉的身上扔着？

想到这里，我就迫不及待地想把手从层层叠叠的手上抽出来，赶紧跑出去寻找塔莉。老先生一定是感觉到了。他在我的手上用力地向下按了一下，提醒我不要心生杂念：这是一项集体活动，其中一个环节断了，就将意味着所有的信息链都断了，整个过程就要宣告失败。

为了不去想塔莉，我让自己努力试着去想点儿别的。想什么好呢？最后还是想到了报社那两个喜欢骂老贾的女人。她们都很年轻，一个三十岁，一个三十二岁。一个没有结过婚，一个领了结婚证后还没举办婚礼，就离了。谁知道现在的女人都怎么了，三十几岁了，一点儿也不着急结婚。除了老贾，这两个女人见了谁都喊"亲爱的"。有一天，这两个"亲爱的"女人，不知道怎么就鬼迷心窍地钻进了潘多拉的盒子里，在里面筹划着打了一个赌，说要看看谁能最先把我这个整天一本正经、不苟言笑的老男人搞到手。结局像一杯水那样清澈，一眼见底，还没等她们耍着鬼点子、狂轰滥炸着把我搞到手，这条消息就被我老婆许虹挖掘去了。她嘲笑着我是个道貌岸然的伪君子，然后顺水推舟地，跟那个勾搭已久的英国籍瑞士男人走了。许虹是一家进口药店的药品代理商，那个英国籍的瑞士男人是他们这个亚太地区的老板。有那么一段日子，我差点儿疯了，把对许虹的愤怒一一转移到了办公室里两个"亲爱的"身上,每天想的都是去买一架高倍数的红外线照相机,秘密藏在办公室的某个角落里,拍出这两个"亲爱的"藏在衣裙后面的裸体来,然后贴满楼层和散布到整个网络,让她们体会体会,上帝的巴掌是怎么抽肿她们那张臭烘烘的小脸的。

后来想想,觉得她们行为的初衷并没有多大恶意,只是,她们的玩笑,恰巧被一直寻找机会的许虹,天时地利地用了一下而已。所以,我也就慢慢地原谅了她们。她们却一直都不肯原谅自己,说在我没开始新生活之前,她们绝不会去找其他男人结婚。而且,她们愿意随时做我的情人,随时和我上床,即便在办公室的椅子和桌子上做爱也无所谓。这次的问题当然是出在我这里,是我一点儿也不想和她们做什么,我甚至从来都没有想像过她们的身体。从老贾的玩笑里,知道了那个瑞士男人的存在之后,我就对所有女人的身体都没有兴趣了。

老先生的手从我手上移开了。他是听着从某个位置传来的一声响亮的钟声,移开的。真感谢那声从什么地方传来的钟声。

根据老车之前的介绍,老先生的手移开后,全息中药疗法的过程就基本上结束了。果然,老先生伸出右手的拇指和食指,依次捏住我们每个人已经僵掉的腮晃了两下,说效果不错,明天还是这个点过来。

往外走的时候,老先生接诊那间屋子的门和窗子都打开了,屋子里明亮得刺目,他椅子后面药柜上的虎头符、铜环,连同贴在药柜上的各种草药名字,一概都看不见了。一位穿着雪青色吊带衫的年轻女人在门口的竹椅子上坐着,肩头上披着弯弯曲曲的金色长发,她小巧玲珑的脚边,放着老车描述过的那个漂亮的青花瓷罐子。老车说过,老先生给人看病从来都不收费用,但是客人在接受完他的治疗,往外走时,往往都会过意不去,想表示点儿心意,他们就会主动往摆放在门口的一只青花瓷罐子里,放点儿钱。

"当然,放一张两张不少,十张八张也不多,都是随客人自己的意。"老车说,"老先生是我多年的忘年交,你出来的时候,放一张意思意思就行了。"

往青花瓷罐子里放钱的时候,我蹲下来弹了一下罐子,心不在焉地问了一句:"是元青花吗?"那个年轻女人没有回答我。

站在门口的老车也没有回答我。他往门外看了一眼,笑着对我说:"我说得不错吧,就是得健康地活着。健康才能意味着一切。明白吗?一切!"

我没有再说话。因为现在，"一切"这个词，对我已经没有任何刺激性和联想意味了——塔莉已经走失了。而在那幢阴气重重的老洋房里，这几年，一直是塔莉和我在一起，陪着我。

三

我走到壁炉前坐下来。现在，觉得心里冷的时候，我都会不由自主地坐到壁炉边上来，好像壁炉里一直燃着火似的。这是一种德式圆形壁炉，足足两米半高，外形很像一个大桶。它的表面是钢板，内壁是砖结构，顶端留有调节通风的调节口，下端设有多处卸灰口，送炭口和烟道的设计更是巧妙，既能保障通风顺畅，又能最大限度地存留热量。我好奇的是它使用了一百年的时间，居然会不堵不烂。所以，住进这座老洋房不久，我就利用我的记者身份，对它和这座城市里保留下来的所有老洋房做了一番调查研究。在调查中我发现，除了火车站附近"胶济铁路高级职员公寓"那几套老洋房里有这样的壁炉外，就是在青岛八大关那些蜚声海内外的德式老洋房里，也没有这种德式壁炉。

我靠在壁炉上，看着在那根廊柱上不停地眨动眼睛的闪光灯，想了一圈，天知道我最后怎么会想起了盲道。这些年只要步行，我就一定会选择走盲道，而且，一定会闭着眼睛走上一段，当然这样做的最终奖赏，是我两次掉进了没有井盖的下水道里，三次撞上了水泥杆子，十几次碰到了别人的车头或者车屁股上。事实上，我不但喜欢闭着眼睛走盲道，还认真地学会了盲文。在我的潜意识里，总觉得有一天我会变成一个盲人，而这是最令我恐惧的一件事情。一个人可以聋哑，可以瘫痪，可以痴呆，甚至可以死亡，但是，所有这些，我认为都没有眼睛瞎了可怕。一个人的眼睛看不见，就代表着这个世界完全是黑暗的，连起码的白天黑夜你都不能辨认出来。我是一个记者，我不希望自己变成一个盲人，看不见这个世界的黑白。想着盲道，我又顺着盲道回到了塔莉身上，塔莉也喜欢和我一起走盲道。我每次去游泳，只要塔莉在，塔莉就会在我前面走着。和塔莉一起走盲道时，我从来没有掉进过下水道或者撞上水泥杆子和车辆。因为在那些障碍出现之前，塔莉早已经在那里停下来，小声提醒着我注意前方即将面临的危险了。

塔莉是一个最好的姑娘，温柔，体贴，善良。

到超市里给塔莉购买女人使用的卫生巾时，我从来都没有感到过羞赧。而且，我还用自己的智慧，亲手给塔莉设计制作了几条全世界最漂亮的卫生带。每次看见塔莉带着我缝制的卫生带，在房间里大摇大摆地穿过，或者乖乖靠在我身边时，我都会特别激动。那个时候，我如果喝了酒，就会把塔莉招呼到身边来，抚摸着塔莉温暖的背，温柔地说："乖，漂亮的姑娘，这个世界上只有你的身体是最温暖的，眼睛是最迷人的，心地是最纯洁的。"

后来给塔莉带来麻烦的，也正是那些漂亮的卫生带。

周末时，我喜欢在黄昏即将消失前的短暂时光里，在老洋房前的那块草地上和塔莉一起做会儿运动。我们运动的项目很简单，就是扔扔球、跳跳椅子之类的，都是一些我记忆里小时候最爱玩的游戏。

那个白头发的老太太是很少在这个时候出来的。我和塔莉在兴奋地抢着球，谁也没注意到那个老太太是什么时候，拄着手杖从房子里走出来，当了我们的观众。她弯下腰，把滚到她脚下的球捡起来，拿在手里，另一只手里的手杖点着扑到她跟前去抢球的塔莉说："狗就是狗。整天让一条狗带着这么个扎眼的卫生带跑来跑去，真是难为死人了。"

我们的球在老太太手里。我们正玩得兴奋着呢。塔莉扑过去后围着老太太转了两圈，看见老太太并没有把球还给我们的意思，突然就立着身子站了起来，大概是想从老太太的手里把球夺回来。

"塔——"我还没来得及完全叫出塔莉的名字，悲剧就发生了。

是的，塔莉是一条纯种的德国猎犬，浑身的斑点，有着漂亮的蓝色眼睛。她的身形高大，两条后腿站立起来后的身高，几乎和我差不多。老太太从来没有看见过站立起来的塔莉。她看见塔莉突然站起来，脸对脸地和她站着，她嘴里惊叫了一声，肥胖的身体一屁股跌落在地上，居然就把一条腿摔坏了。

老太太的腿摔坏了，我和塔莉的灾难就来了。

第一个从香港回来的是老太太的儿子。他回来后要求我做的第一件事情，就是立即处理掉塔莉，让塔莉永远从这座老洋房里消失。我说，老太太的住院费和护理费，包括营养费跟其他你们要求的一切费用，我都愿意来承担，但是谁也别想冒出来丁点儿动塔莉的念头。

接着从香港回来的是老太太的女儿和许虹。她们的要求和老太太儿子的要求完全一致，就是让塔莉立即消失，并且扬言，我不采取行动的话，他们就会替我消灭塔莉。许虹说着，还和她的亲戚们一起动手，把塔莉睡觉的沙发拖出去，扔到路边垃圾箱旁边，用打火机点着烧了。

"要想让塔莉消失，除非让我先消失。"

"如果你愿意，随便你什么时候消失。"

许虹的声音里满带着鄙夷。这些年里，她已经习惯了这样对我说话，所以，即使我们已经离婚了，她还是在使用同样的语气。

但是，我还不想从这里消失。我不想离开这里，是我还没有完全做好从这里消失的准备。想想，从我进入这座城市开始，这座城市留给我的所有美好和温暖的记忆，几乎都是存储在这座房子里的。来这座城市不久，我就和在这座城市里出生长大的一个温柔女孩子相爱了。然后，我们在这座房子里有了第一次拥抱、接吻、做爱，直到结婚后她受孕，为我诞下一个健康可爱的女儿。我们的体温和爱情、怨恨和脚臭、甜蜜的温存和陌生的争吵，都是在这里。我漂亮乖巧的女儿出生后，她的哭声，笑声，大小便的气味，挤眉弄眼的小动作，爬行的姿势，歪歪扭扭着走路和跳舞的身影，睡觉时带有的香甜奶味的呼吸，喝饱奶后的一个饱嗝和一个响亮的臭屁，成长时脱落下来的任何一点儿皮肤屑，骨头节生长时的轻微疼痛，第一颗牙齿的长出、脱落和重新长出，给我们的第一个微笑，叫出来的第一声"爸爸"和"妈妈"，也都在这里。

总之，从我的青春时期到我中年这段人生最丰满的时光，和我的生命焊接在一起的所有东西，总结起来说一切吧，都死死地镶嵌在了这座老洋房的一条条砖缝里，并伺机衍生着，绿苔似的爬满了我的生活。晴天时它们似乎完全不存在，但是，一旦连绵的阴雨季节来到，它们就汹涌着冒出来，撒落在角角落落里，让你没有一点儿办法可以弯着腰把它们捡起来，或者复制出来，也没有办法把它们随便打成一个大包裹，随时拎起来，抬脚就离开。

当然，就是在这个时候，许虹带着鄙夷的神情和语气说我随便怎么做时，我还是没有发现我的怯懦。我一直不是个怯懦的人哪。我们报业集团里曾经十年没有评过职称，十年没有发过一分钱的福利，集团里男男女女老老少少，没有一个不在背后头跳着脚咒骂我们老总是王八蛋的，但同样也没有一个人对他的做法提出正面的异议，或是前去交涉的。是我一次一次地和他斗争，斗了十年的时间，才终于把那个王八蛋从我们的脖子上拉了下去。不过，也正是因为这些，我才变成了一个可有可无的小记者，一天比一天地被我的妻子蔑视着。

在我跟许虹一方的家人因为塔莉相持不下时，老车和老贾带着一个新朋友来了。他们是来打麻将的，老车手里还提着给塔莉买的一袋子零食。他喜欢叫塔莉干女儿，还给塔莉起了个"塔利斑"的绰号。我一直极力反对他的这个叫法，说塔莉怎么能跟阿富汗那些游击组织扯在一起呢。我不想对任何反政府的武装组织发表个人意见，但也不想让塔莉和国外的什么武装组织有一丝一缕的联系，即便是字音上的谐音也不可以。我是个比较纯粹的人，不喜欢那些黑色白色的幽默。可老车对我的抗议一直都持充耳不闻的态度，赢了牌就会大呼小叫，"塔利斑！塔利斑！"地喊叫着塔莉，把塔莉抱在怀里。

弄明白是塔莉身上那条惹眼的卫生带惹出来的祸后，老车有点儿幸灾乐祸地看着我说："一直建议你去给她打针，你就是不去，说要保护塔莉作为一个动物最基本的生理健康权，非要给她弄条卫生带。现在好了，终于祸起萧墙了。"

后来，老车看着我和靠在我旁边的塔莉，想出了一个让塔莉暂时出去避避难的法子。

"先出去躲上段日子，等老太太的儿女们都走了，风头过去了，再把塔莉接回来不就完了。"然后，他指指新带来的朋友说，"塔莉的运气真是不错，正好，这位老兄手里就有个饭馆，有的是排骨和牛肉喂饱你的塔莉。"

我抱着塔莉的脑袋在那里考虑了半天，实在想不出更妥帖的办法了，只好同意老车和那个开饭馆的伙计把塔莉带走。塔莉往外走之前，我把一条最漂亮的绳子套在了她的脖子上。在我去取绳子时，塔莉一直默默地跟随在我旁边，一动不动地等着我将绳索给她慢慢地套上。她知道自己惹祸了。在这之前，只要看见我去打开橱子准备取绳子，塔莉就会仰头看着我，低低地呜咽着，撒着娇，请求我不要用绳子套住她。给塔莉往脖子上套绳子时，我的手颤抖了好久都没套上，老觉得那根绳子是在往我自己的脖子上套。

后来我才知道，塔莉到饭馆后的那天，对饭馆老板端上去的排骨看都没看一眼。后来，饭馆老板又给塔莉换了她最爱吃的牛肉，她同样看都没看。

那天塔莉没吃也没喝，更是一夜没有趴下睡觉，她站在饭馆阁楼的杂物间里，对着外面的夜空呜咽着叫了一夜，叫得那个开饭馆的伙计一夜没能睡觉，半夜里就想把塔莉扔到街上去。

塔莉那天夜里最终没有被扔到大街上去，是因为老车对饭馆老板发了脾气。老车半夜两点半接到饭馆老板的电话，说要么请老车马上去把塔莉带走，要么就是他马上把塔莉扔到街上去。饭馆老板说："它要是一直这么没完没了地叫着，我估计我们一家人都活不到天亮了。"

"就是你们全家人都要抹脖子呜呼了，你也得先留住半只眼睛，把塔莉给我看管好了，等我天亮后去把它接走。"老车发着火说，"你要是敢把塔莉扔到街上去，我就敢让你的菜里吃出死老鼠和老鼠药来，让你的饭馆从此关门歇业。"

老车有个哥们是管卫生防疫的，他的辖区恰好就是我们所在的这块地盘。这些，那个饭馆老板当然是心知肚明。

从老贾那里知道了老车对塔莉的态度后，我在心里感动了半天。在我的印象里，老车一直是个温和的人，从没有对任何人放过狠话。因为塔莉，他这次也急了。

老车正和一个大学老师在谈情说爱，这些我们都了如指掌。那个大学女老师喜欢到他的家里去和他温存，这些我们也知道。老车是一个对所有的女性都会无限尊敬的男人，这些我们同样清楚。

那个大学女老师我们都认识，她到报社里来找老车时，偶尔也会和我们凑在一块儿，到高第街56号那样的地方吃顿闲饭。她喜欢那家店里南方风味的榴梿酥，但是不喜欢水晶虾饺。她是位历史学教授，不过，在饭桌上，她和我们谈论最多的却是张爱玲的小说。她也喜欢狗，但是跟吃海鲜过敏一样，她对狗毛也过敏。所以，老车就不能把塔莉带回他的家里去了。塔莉不能到他的家里去，也不能回到老洋房里来，最后，老车就把塔莉交给了办公室里那两个"亲爱的"。老车对她们说："你们两个不是一直都渴望着和老顾上床吗？现在和老顾上床的通行证我给你们带来了。在老顾愿意和你们上床之前，你们最好先帮着他把塔莉照顾好了。"

两个"亲爱的"围着塔莉争斗了半天，最终，是那个年龄大两岁的"亲爱的"，率先争取到了塔莉的抚养权，带走了塔莉。她的最有力的理由，是她拥有一套独自的婚房，房子里有一个阔大的阳台，而且房子是她一个人住着。"这样的空间更有利于塔莉的健康。"她说。当然更重要的，她说她的房子离我的老洋房比较近，塔莉能尽快地适应新环境里的气场。

大两岁的这个"亲爱的"，和谁交往都要先讲气场。她见到人的第一件事情，就是先问人家的出生日期，然后用两秒钟的时间，去对应这个日期在西方星象学里所处的星座，由此来决定和这个人的交往深度。遇上不吃这一套的人，往往是还没等她与那些星座完全分解开，人家早已经先对她有了几分成见，觉得她这个人也太过于自我保护了，自我得都有点儿过分自私了。遇上这样的人，她就会自嘲地努努嘴儿，说没有办法呀，这个时代就是这么奇怪，尽管人人都是自私的，但还是有一些人容不得别人比他更自私。

在来我们部之前，这个"亲爱的"先是在一家小报做夜班校对，然后到了我们报社的广告部，后来又到了我们专题部。我一直不喜欢这个"亲爱的"，说不清楚为什么，就是喜欢不起来。说起来她也还算漂亮，身材也很苗条。可能是她的头脑太灵活了，而我一直不怎么喜欢头脑太灵活的女人。举一个小小的例子好了。比如在酒桌上，恰巧你是一个她需要靠近的人，你不经意间说出了最近胃有点儿怕凉，那么，用不了一会儿，你面前的那杯绿茶，就会被人不动声色地换成了暖胃的红茶。老贾到我们部里来的第一天，就是这么被她打动的。那天晚上老贾宴请大家，说他这些天熬夜烟抽多了，嗓子有点儿干涩，不舒服。说着，老贾还干咳了一声。老贾的咳嗽声还没有结束，这个"亲爱的"就已经离开座位走出了房间。五分钟后，老贾面前就有了一杯花香四溢的菊花茶。那段时间，老贾到超市里去买块排骨，她都会紧随左右。她从来不喊老贾"亲爱的"，但是另一个"亲爱的"悄悄地告诉大家，在老贾来的第一周里，她就已经和老贾到床上亲密去了。我们集团里的老总，就是十年不给大家评职称的那个老家伙，是老贾的表姐夫。这是老贾到我们部里之前，老车用玩笑的口吻散布出来的一条小道消息。

塔莉是在被这个"亲爱的"带回家的第二天，走失的。

关于塔莉走失前的很多事情，都是在塔莉走失后，我才陆陆续续知道的。那几天里，我被我的前妻许虹看押着，天天在医院里，为那个摔坏了骨头的老太太端屎倒尿。

四

水怎么会有香味呢？我一直在想这个问题。我给自己倒了一杯热水，坐在地板上，垂头看着杯子上方摇曳的水汽，贪婪地嗅着水的香味。

塔莉走失之后，我仍然按时给塔莉喝水的玻璃容器换水，水的香味就是在我第七天给塔莉冷却水时，无意中嗅到的。开始嗅到这些香味时，我有点儿不相信，甚至吓了一跳，怀疑是我的鼻子出了问题，还是水本来就有香味，只是这些年被我忽略了？

我马上又给自己的杯子里倒了一杯，然后去抽屉里翻出一根温度计来，那是我女儿在中学里上实验课时留下来的，我一直给她保存在那里，是希望多给她保留一点儿少女时代的印迹。我甚至曾经给她提过一个建议，建议她将来开办一个中学时代的学习用具博物馆，就是类似克罗地亚的"心碎博物馆"为失恋的人安放旧爱信物那样，为他们的花季少年保留一个能够随时走回去流连一番的小花园，即便他们多少年后回到那个花园里，看见的是曾经扎破他们脚心的蒺藜，可我敢保证，那些疼痛也会变成一种别样的温暖。

我把温度计插进杯子的热水里，看着上面那条红线，快速地窜到了75℃的刻度，然后戛然停止了。由此，我知道了75℃的水是会散发香味的。

温度计上的温度停止攀升了，但是我对女儿的想念才刚刚开始。这两年，剩下我一个人在房间里无所事事地转来转去，或者看着某个角落发呆时，我唯一不愿停下来的，就是想念女儿塔莉。没错，我的女儿也叫塔莉。在我妻子和我离婚之前，塔莉早就到英国读中学去了。那时候，我不知道女儿去英国读书的背后会有什么阴谋，我的女儿当然更不知道，我只是希望，她不要被国内那些繁重的书本挤压着，变成一个身心扭曲的"变形金刚"。

只见楼台隐隐，暗送天香扑面。

"这里没有蓬莱别院仙。"我对老车说。

老车一定是对着那根廊柱拍出满意的照片了。现在，每次拍出满意的片子，他就会胡乱哼上几句《长生殿》里的戏词，有时候是京剧的皮黄，有时候又哼成了山东梆子，男腔女腔的一通混唱。

我最早听他唱的是《西厢记》，在题壁堂大戏院残破的戏台子上。那时候他刚来我们部里没多久，策划着要和我做几期"老城记忆"，提高提高我们专题部的文化品位。我们两个人第一站就选择了大明湖南岸的题壁堂大戏院。题壁堂大戏院在20世纪三十年代之前，还是济南最有名的一个地方，梁启超在里面发表过演讲，梅兰芳也在此登台表演过几出拿手好戏。我们两个人站在戏院破烂不堪的戏台子上，对着它旁边朱漆斑驳的两根柱子和楼上的护栏看了一圈，他冷不丁地就冒出了一句：

不图你甚白璧黄金，只要你满头花，拖地锦。

我从来不喜欢听戏剧，那时候不知道他唱的是《西厢记》里的唱词。

老车还在对着那根廊柱举着相机，笑着说："给我也来一杯水好不好？"

我俯在杯子的上空嗅着，装作没听见他的话，心里想着题壁堂彩绘已经剥落的房顶和"题壁堂"这个名字的由来。据说题壁堂最初是一个道观，后来不知道怎么就被改成了戏院。那次我和老车前去，一位一直住在题壁堂隔壁的老人，弄明白我们的记者身份和意图后，兴奋地告诉我们，"题壁堂"的名字是成仙后的吕洞宾亲自回来题的。

当然没有人能去验证，一个传说中的神仙所做的事情。

我嗅着水的香味，回忆着后来带着女儿前去题壁堂的情景。我带她前去的意图，是想让她多知道一点儿老济南的文化历史。但她小心翼翼地走进去后，仰着头往房顶四周看了一圈，然后就跑到了戏台子边上，有些恐惧地仰头看着我说："爸爸，这个破房子不会突然倒下来，把我们埋在里面吧？如果我们被埋在里面，我妈妈怎么办？"

想着女儿那个令人心疼的眼神，我从水杯上抬起眼睛来，看着老洋房的墙壁对老车说："这个破房子会不会突然倒下来，把我埋在里面？"

"至少现在还不会吧。"老车显然不明白我在表达什么。他在结实的廊柱上拍了两下后，坐下来，把相机放在膝盖上，扭头对着我说："你一直趴在杯子上面闻什么呢，是不是谁在你杯子里洗了脚？"

我想问问他知道水有香味吗，话到嘴边又咽了回去。

"我明天不到老中医那里去了。"我说。

"效果不是很好吗?"老车把放在腿上的相机移到了地板上,把后背靠在墙壁上说,"一切都需要慢慢地等待。"

我看了眼窗子玻璃上的白漆说:"是我不想去了。你一定也闻到了,那些药味太难闻了。"

"你知道现在有多少人在排着队,想尽快地闻到那些药味吗?老贾说了,你现在得听我们的安排。"

墙壁上一盏照明的小灯被老车打开了,它温暖的光此刻正打在廊柱上。对着灯光的位置,和灯光平行着的,是一朵浮雕的花朵,它在廊柱上幽静地盛开着,披了灯光的盛装。

"老贾是个屁!"我说,"你没闻到他身上的臭味越来越重了?"

"是不是沾满了黄金汁,变成了一根晶莹剔透的拔丝山药?"老车恶心地笑了起来,"你以前可是从来没有说过他臭。看来,哪天我得先给他拍张照片,留着以后给他挂在告别大厅里用了。我可不想在他要臭死人时,再去给他拍照。"

我还在看着廊柱上那朵浮雕的花朵。在明亮的灯光照不到的地方,是一片小小的暗影。暗影是冰冷的。我嗅着从暗影里俯冲过来的冷气,攀附着它们,寻找着那个德国男人的手温。我相信,他一定无数次站在这根廊柱面前,仰视着那朵冷艳的花朵,无数次地用目光和手指亲切地抚摸过它。这是他爱的一部分,也是他表达爱的一部分。他一定无比地爱他的家人。不然的话,在遥远的异国他乡,他怎么还会这样花尽心思,请工匠在一根石头廊柱上,雕出那么漂亮的能散发出香味的花朵呢。

我听着他的脚步,沿着石质悬臂的楼梯一阶一阶地从阁楼上走下来,脚步极其幸福和安详。在这里我还想说明一下,这种石质悬臂的楼梯,是很少有人见到过的,它是由众多大小相同的石板组成的,每一块石板都是一端镶嵌在墙壁内部,另一端悬空,石板与石板之间利用石材的特性,把它们拼接成一个整体,又巧妙地利用建筑力学的原理,分解了石板的受力。楼梯休息处的平台,同样是三块石板对接起来的,承重的楼梯横梁也是用两块石头对接着的。老车每次来走在这些悬置的楼梯上,都会担心它的安全性。我说不用担心,它不是已经安然无恙地存在在这里一百年了吗。

那个德国男人的左手里端着一个硕大的烟斗，在楼梯的休息处停了下来，站在那里，看着在客厅里做游戏的孩子和妻子。他的妻子是一个医生，但此刻她是一名法官，正在优雅地举着拳头，判定着一个贪婪的国王所犯的罪行。国王为掠夺百姓的一头牛，便说那头牛是皇宫里的，因为皇宫里所有的牛都是有一条尾巴的。他们是在表演一部自创的滑稽剧。

他端着烟斗走过去，蹲到妻子和孩子身边，把大声笑着的孩子和妻子都拦在了胸前，愉快地看着他们。然后，他们开始了另外一个游戏。在这个游戏里，他扮演的是一个仁慈的国王，在给他的小公主们讲着"豌豆公主"的故事。

有一会儿，我似乎嗅到了从那个硕大烟斗里飘过来的辛辣烟味，还有从孩子口腔里飘过来的香甜的唾液味。

我没有想把自己和那个德国银行家重叠的意思，但是，我也不能否认，现在，我常常会在这些遐想里，把他的妻子和孩子，与我的妻子和孩子重叠起来。

我最喜欢的，就是和女儿面对着面说话时，从她小小的口腔里散发出来的香味儿。我想那个德国男人也一定和我一样热爱着孩子，喜欢孩子们口腔里的香甜气味——带着月季花朵淡淡的芬芳。

在这一点上，我想我们两个男人一定是重叠的。

"给客人来杯水呀。"老车又说，"你能不能暂时放弃观察你那个杯子，给我来杯水。"

我站起来去找杯子，但找了一圈，却把塔莉喝水的玻璃容器拿在手里走到了老车面前。

老车的表情很是哭笑不得，他说："是我要喝水，老顾。"

我看了老车一会儿，把玻璃容器放在廊柱的一侧，塔莉喜欢在这里喝水。我说："都是因为沙尘天气，房间里太干燥了。"

老车接过我递给他的水，说："过来看看廊柱上这朵花，柔和的光线打在上面，像不像一个睡美人？我真想知道，这盏灯是那个德国银行家开始就安装在这里的，还是黄金汁公司的老板后来装上去的。不过有一点我敢保证，它肯定不是你安装上去的。"

"我宁愿相信，是那个德国银行家在一开始就安装了。"我说。

"回答得很好。"老车说,"算一下,那个银行家离开这里已经几十年了吧?时间真是最好的打磨机。"

但是,老车没有意识到,他忽略了一个至关重要的问题,或者细节,那就是,那个德国银行家离开这里的时候,他是和他的妻子、孩子们一起离开的。

现在,这里只剩下我一个人了。我的妻子用她独特的方式,把我关押在了这栋老洋房里。

有时候我想,这里现在也许该叫作牢房才对——我一个人的牢房。虽然没有人宣判我的罪行和刑期,但是,我自己知道,是哪些东西决定了,这里对我来说就是真正意义上的牢房。

那个德国银行家,他是带着全部的爱离开这里的。而我选择了留下来,就是想在这座渐渐被掏空的房子里,守护着那点儿可以继续活下去的东西。

院子里的草地上,所有的草叶都是安静的,它们在等待着夕阳,等待着不远处那个黑夜的来临。上帝多么仁慈呀,它们的等待总是会如期而至。

我看着外面的草地,看着草叶间相互游荡的细碎阴影,手里已经摸起了跟塔莉一起运动时常玩的那个球,对老车说:"别拍了,再拍,你的快门和闪光灯就会把那根廊柱葬送了。我们到草地上运动一会儿去。"

五

普利街是因为普利门才得名的。普利街的西端就是普利门。沿普利门向西,就是曾经最著名的二大马路,也就是现在的经二路。直到今天,这里的老居民还是习惯叫它二大马路,而不是经二路。在20世纪二三十年代,二大马路一直是这座城市的中心,许多野心家和冒险家都把这里当作了乐园。许虹第一次带着我去拜见她的父亲时,她父亲就给我说过这些。他说,那个时候,外地人没到过普利街和二大马路,就不算到过济南。他的意思是,它们在那时候的名头,一点儿也不逊色于今天的上海南京路、沈阳中街和北京西单等等热闹之地。

遗憾的是,普利门在几十年前就被拆掉了,现在剩下的只是一个可以让人展开无限想象的地理名称。"门"外顺河街高架桥旁边有一片小小的草地,那里是另一个我和塔莉经常去的运动场地。

老贾来电话的时候，我们刚走到普利门外的草地上，我把手里的球抛进了草地和阳光里。

"老贾。"老车手里晃着手机，"不知道又有什么烂事。"

我正在扑向球，没有时间回应他。老车不知道，他每次陪着我玩球的时候，我都在悄悄地扮演着塔莉，因为我想在抱住球的一瞬间看见塔莉兴奋的表情。塔莉每次冲出去抱住球后，都会对着我愉快地甩动几下尾巴。

"他说要带个人过来。"老车一只脚踩住了球，对我说。

"随便他。"我看着老车脚下的球，"把球给我。"

在离婚之前，我的手指从来没有碰过麻将，我认为它们是属于无聊的老年人和生意人的。我还算中年，又不是生意人，没有必要在麻将桌上挥霍生命。但是我离婚后没两天，老贾就把一张麻将桌强行搬进了我的客厅里，他说："许虹不准你往这里带女人，可没说不准你玩麻将。"

我不知道我们离婚协议里的条文，老贾是怎么知道的。这事我连老车都没告诉过。当然，也不排除这种可能，就是我前妻许虹亲自告诉了老贾。

老贾到我们部里之前，和许虹就是麻将桌上的老牌友了。老贾的姐姐在一家医院药剂科里专门负责国外药品的购进，许虹给他姐姐的临床费，都是通过老贾手里的一个账户走的。所以，在我和老贾开始合作之前，许虹和他已经是好几年的合作伙伴了。

我一直怀疑，那两个"亲爱的"筹划着要比赛把我搞到手的事情，根本就是我前妻和老贾联手，两个人秘密炮制出来的一个阴谋。我的怀疑是有道理的，那时候老贾来我们部里还没有半年，他和那个大两岁的"亲爱的"搞得天翻地覆，感情正处在白炽化的阶段。女人和男人不同，一个女人和一个男人正在如胶似漆地燃烧着，她怎么会有闲下来的心思，突然想起来打我的主意呢。

有一次，我在值夜班时喝多了酒，借着酒劲儿问过那个小"亲爱的"，她的回答真实地验证了我的猜测。那会儿她对自己不轨行为所导致的后果可能还心怀着愧疚，便红着眼圈，老老实实地回答我说："我当时真不该跟在后面瞎起哄，真的没想到会是这样的后果。"就是在那次，她第一次提出了要和我上床。她带着满脸的羞涩看了我一眼，然后低下头小声地说："你什么时候需要我，我都会招之即来。如果你愿意，我真的愿意和你结婚。你可能不相信，我真的是一直都在偷偷地爱着你。正是因为爱你，才会以假乱真地跟在后面起哄的。"

老贾离婚时，我们都知道他离婚的目的，就是要和那个大"亲爱的"结婚。但是，最终，却是我破坏了他们对完美婚姻的构想。在老贾离婚后第三个月，大"亲爱的"也和她登记后还没举行结婚仪式的丈夫离了婚。然而，在她离婚后的第二周，一个不幸的消息毫无征兆地就降临了。我是说，那个消息只是对他们两个人不幸而已。刨除了他们两个人，我相信报社里上上下下男男女女所有的人，在得知这个消息后，都会在暗处悄悄地鼓着掌，举着杯子庆贺——我们集团老总终于在我不屈不挠的斗争下被请下了神坛。

老贾和大两岁的"亲爱的"之间的爱情，就是在这样新旧人事突变、交替的背景里，在我们这些人庆祝着旧有制度终于被神圣之手打烂的欢呼声里，默默地销声匿迹的，似乎，他们的爱情游戏只是我们大家曾经共同经历的一个梦境。后来就一直是目前的状态了，老贾走到两个"亲爱的"面前，一如既往地摸着她们的水杯说话，她们就在老贾的背后一次一次地骂他变态，尤其是大"亲爱的"，她每次骂老贾的表情，都好像她这个人从来也没和他有过肌肤之亲。

我从来没有仇恨过老贾和其他任何人，包括许虹和那个瑞士男人。

说起来，许虹能和那个瑞士男人相遇，还是因为我。那时候，我还是专题部的主任，许虹是一家街道诊所的医师。这年初夏，一家奶业集团和我们专题部合作搞了一次活动，从北京请了两位少儿节目主持人来，让他们和天天在电视机面前崇拜着他们的小观众们搞了一次见面会。这次活动的最大诱惑力，是所有购票参加见面会活动的小朋友们，不但有机会赢得和他们心目中的偶像一起合影留念的机会，还有机会抽中大奖——由一名家长陪同着，参加由此奶业集团提供全程费用的"香港迪士尼乐园五日游"。我作为此次活动合作方的第一负责人，暗中为妻子和女儿赢得了一次去香港游玩的机会。许虹就是在这次带着女儿前去香港游玩的过程中，在维多利亚港等着欣赏夜景时，遇到的那个英国籍瑞士男人。

据老贾后来传播，那个瑞士男人在香港第一次看见许虹时，先是站在那里愣了一会儿，然后，他突然就跑到了她面前，说他在一个梦里梦到过她。他对她说，他之所以一直都在香港待着，就是为了寻找她。他说他已经寻找她五年了，几乎每个黄昏都要到维多利亚港来一趟，因为在他的梦里，他就是在黄昏时分，在维多利亚港迷人的夜景绽放之前，邂逅她的。

找了她五年？而且是每个黄昏都要到维多利亚港去找她？这听上去纯粹就是一堆胡说八道的屁话，是任何一个智力正常的人都会产生怀疑的话，但是，许虹这个女人就是听了。

后来我一直在想，许虹不是一个愚蠢的女人，她怎么就会听信那堆臭味十足的谎言呢。她是不是像我整天在想象那个建造了这座老洋房的德国银行家一样，也整天在想象着，那个德国银行家在这栋老房子里的生活？或者，她是不是干脆就把那个英国籍的瑞士男人，想象成了那个德国银行家？

我们离婚之后不久，许虹曾经带着那个瑞士男人回来过一次。那个高大的外国男人站在楼下的草地上，朝老洋房里观望时，我承认，连站在窗子后面的我都恍惚了一下，觉得真是那个德国银行家回来了。因为我曾经无数次地想象过一百年前的某些场景：那位银行家先生从外面回来，一走进家门，他的步子就轻轻地放慢下来。然后，他在院子里的草地上停留下来，微笑着，朝他的这座房子凝望。他在草地上停留，完全是为了听一听从门窗里面传出来的，妻子和孩子们在一起亲切交谈的声音，或者她们幸福的笑声。在这座房子里，有他给她们的全部的温暖和爱，同样，也有她们给他的全部温暖和爱。

那次，在恍惚过后，我站在窗子边，看着已经走到房子里来的许虹说："这座房子的真正主人回来了。"

许虹莫名其妙地看了我一眼，出乎我意料地笑了笑："还不错吧？"

我知道她不是在问我的生活状况，而是指我对草地上那个瑞士男人的第一印象。

"什么不错？"我抽身离开窗子，坐到了楼梯上，假装没弄明白她的意思。

这时候那个外国男人进来了，他在许虹的介绍下，礼貌地冲我点点头，算是和我打过了招呼。之后，他就径直走到了壁炉边，满脸惊喜地伸手摸着壁炉表面的钢板，笑着对许虹说："看到这个漂亮的壁炉，我感觉好像在这里取过暖。"

"顾立诚曾经调查过，这种壁炉在德国本土可能也很稀少了。"许虹说。

顾立诚是我的名字。许虹刚才介绍我时就是这么说的，她没有说"这是我的前夫顾立诚"，而是说"这位就是顾立诚"。由此，我判断她在这个外国男人面前，早已经把我的名字念叨得有皮无毛了，以至于她向他介绍我这个前夫的时候，把前面应该带有的冠词都下意识地省略掉了。

许虹这样说时，我看见那个英国籍瑞士男人又礼貌地对着我点点头，似乎是想表达他对我做过壁炉调查一事的敬意和赞赏。

我也对他点点头，说："许虹有没有给你说，这栋老房子是她爷爷用开'黄金汁'公司赚来的钱，从一个德国银行家手里买下的。"

"黄金汁？"瑞士男人用流利的汉语感兴趣地问，"是黄金公司吗？"

"不是黄金公司，是黄金汁公司。"

这个瑞士男人的汉语说得很是娴熟，但是，他还是不能完全理解汉语的微妙。

"都是黄金，它们之间有什么区别？"

"也许没有区别。"我想了想，回答道。

他笑起来，说："许虹说你是一名很资深的记者，你真的非常幽默。"

但是许虹从来没有觉得我幽默过。

许虹这时从廊柱的一侧绕了出来，从那朵雕花上落下眼睛扫了我一眼，又似笑非笑地笑了笑，然后叫着那个瑞士男人往楼上去。她在楼上一直保留着自己的一个房间。我从楼梯上站起来，给他们让道。他们走过我身边时，我感觉壁炉那儿闪了一下火光，仿佛谁在那里划了根火柴，正准备着点燃壁炉里的木块。

六

在塔莉经常跳跃的那张长椅子上坐下来，我摸着椅子靠背上被风雨侵蚀得有些发白的木纹，在心里说："你们也很久没有见到塔莉了。"

我这样对着椅子说话的时候，塔莉从椅子背上跃过去的身影，那条漂亮的弧线，又从我面前滑了一下。

"突然想起一件事来，"老车走过来挨着我，在塔莉刚刚滑过去的位置上坐下来，把一支点燃的烟塞到了我手里，"能不能再细说一下那个做风筝的老人，就是喜欢弄老虎造型的那个，我去年就给你说过了，什么时候过去给他拍组照片。"

我对着烟头上黯淡的火点吹了一下，说："他住的那个地方拆迁了，不知道搬到哪里去了。"

"想去找的话，总能找到吧。"

我看了老车一眼，说："为什么就找不到塔莉呢。"

"你先专心和我说说那个做风筝的老人。"老车说，"今年是虎年，说实话，我一直想从他手里弄个风筝挂在墙上。"

"叶公好的是龙。"我说。

"所以，现在车公只能好虎了。"

老车又点上支烟，吸了一口，透过吐出来的一团黄色烟雾看着我。在那团黄色的烟雾里，我忽然看见我的眼睛浮在上面，和塔莉的眼睛一样，在闪着蓝色的光。

"快看看我的眼睛怎么了？"我对着那两只转瞬即逝的蓝色眼睛，脱口而出。

"你的眼睛怎么了？"老车开玩笑似的左右打量着我说，"眼球上布满了红丝线，看来是要交桃花运了。"

"没有变成蓝色吗？"

"蓝色？那得先让我仔细想想，世界上什么动物的眼睛是蓝色的，是恐龙还是萤火虫。对了，在美国有一种白色鳄鱼，眼睛好像是蓝色的。"

我知道，老车是有意在和我打马虎眼，他怎么会不记得塔莉的眼睛是蓝色呢。他曾经专门弄来了华特·迪士尼在1961年以大麦町犬为主角拍的《101忠狗》，就是为了给我看，塔莉的祖先在二战之后是怎么风靡全球的。而且，他每次来看塔莉，不是给塔莉带来一堆狗罐头，就是带几根用猪皮烘干压缩后制成的猪腿骨形状的骨头棒子，亲热地抱着塔莉的脑袋，和她对视上半天。除了我和女儿，在塔莉认识的所有人里边，只有他，能让塔莉在旁边安静地待上几个钟头。

想着塔莉啃骨头时的模样，我迅速地站起来，回头朝家门口走去。老车从后面追着我说："你是不是准备回到家门口去，列队候着老贾呀？老贾这个家伙，什么时候在你那里升了级，提高成外国元首的待遇了。"

我继续往前走着，头也没回地说："我要买几包烟去，家里没烟了。"

"我包里给你准备着呢。"老车说。

"还需要去买些火柴,火柴也没了。"

从塔莉咬打火机玩咬爆了,把她的嘴角弄伤之后,我就再也不用打火机点烟了。而且,在我的要求下,他们每个出入老洋房的人,进来之前都会跟去机场乘飞机似的,习惯了先检查裤兜里有没有打火机,如果有,那么进大门之前,他们一定会自觉地把它们先处理掉。

"火柴也有哇。"老车走到我一边,把裤兜里的火柴盒掏出来,塞进我手里。

我在院门外站下来,手里继续转动着火柴盒,眼睛看着门口的老街。在一百年之前,这座城市刚刚开埠时,这条老街是老城唯一一条通往商埠的主干道。刚住进这栋老洋房时,在弄清楚这条街的历史背景后,我曾经几次在我们的报纸上撰文,兴奋地介绍过这条曾经繁华无比的老街,热切地希望这条具有传奇色彩的历史街区,能够被政府保护好,使其成为这座城市历史文化的见证者。这是一座历史和位置都不同于他处的城市,它不同于北京、上海,甚至不同于近在咫尺的青岛。那些城市全都是被洋人用各种手段强行占有过的,只有它,是中国近代史上第一个自主开埠,主动向全世界打开门户的城市。至于我眼前的这条普利街,我曾经在文章里把它比喻成一条脐带,一条连接着中西文化和文明的脐带。遗憾的是,现在,我每天走在这条连接过东西方文化历史的脐带上,对它的历史和未来却早已经漠不关心了。

我现在唯一想要保留住的,就是我在这座老洋房里曾经拥有过的一切,还有普利街上即将消失的夜色。

这一带普遍被市民称作普利街片区。现在,这片列入了市政府旧城改造计划的旧城,已经开始拆迁了。老贾消息灵通,说这里已经被香港的长江实业公司看中,准备将这片区域打造成这座城市里新的CBD(中央商务区),借这里百年前开埠的脉气,建一座三百多米高的普利大厦。老贾还说,它周围的规划全是休闲的绿草地。

街上有两座老房子,已经被建筑大学整体搬迁到他们的校园里去了,其中最著名的就是日伪时期的"凤凰公馆"——日本人的特务机关。从得知"凤凰公馆"将被整体搬走那天开始,我就在为我住的这栋老洋房奔波了。我的目的很简单也很明确,就是希望建筑大学也能把我住的这座老房子搬走,把它完整地保留下来。当然,我拼命想保留下这栋老洋房的初衷,已经和当年呼吁有关部门保留住1904年建造的济南老火车站，完全不一样了。我现在只想自私地保留住曾经属于我——一个叫顾立诚的男人，他生命里再也无法重现的一丝温暖记忆。

　　院子的墙壁都是石头砌的，这些石头上，留有很多我和塔莉靠在这里看风景时的画面。看着街上的风景，我给塔莉讲过玻璃店里那些玻璃，是怎么从一块石头，变成现在这么透明的。我还给它讲过这条普利街的历史，讲过我们背后这座德国老洋房的来历。当然我也给它讲过，树上鸣叫着的那些蝉——它们之所以在拼命地鸣叫，就是因为它们的一生只有短暂的七天，只够飞过一百棵树。

　　我把身体靠在墙上，挨着墙壁上塔莉挨过的地方。我的身体一靠上去，耳朵里就听到了塔莉的一声哀鸣。我慌忙转过身子去往背后头看，可背后的墙上仍然什么也没有。

　　女儿把塔莉带回来之前，这栋老洋房里从来没有出现过狗的身影。我的前妻许虹小时候被狗咬伤过，所以一直讨厌狗，她说她的父亲说过，真正的旺地儿都不养狗。她的祖父和那个德国的银行家，从来都没有在这座老洋房里养过狗。

　　我也不太喜欢养狗，主要是觉得麻烦，吃喝拉撒不算，还要整天惦记着给它洗澡，喷香水，清理口腔，剪指甲，给它看病，带它遛弯，比养孩子还费力气。我看着女儿手里那个巴掌大的小东西，说："你老爸以后自己吃饭都成问题了，哪里还有精力伺候它。"

　　"如果它是我，您还会这么冷酷无情，拒绝抚养吗？"女儿说。

　　"它要是你，再有一百倍的困难老爸也不会拒绝。"

　　"这不就结了嘛。"女儿笑着在我的后背上拍了两下，"我已经给它取好名字了，和我一样，也叫塔莉。现在，您该接收塔莉小姐了吧。"

　　"我的塔莉小姐还是会一直在香港。"我说。

　　"您现在怎么这么缺乏想象力呢。"女儿笑着说，"您把它想成是我，这样反复地想着，不停地想，就会觉得此塔莉就是彼塔莉了。"

　　女儿的话突然让我的心里充满了羞耻和罪恶感。我第一次意识到自己不是一个好父亲，甚至不配做一个父亲，因为我不仅没有给她一个温馨快乐的家，甚至连一个完整的家都没有给她，而一个人在外面孤独着生活了几年的女儿，她居然还会这样来安慰我，为了慰藉我这个失败落魄的父亲，她宁愿让一只小狗来充当自己，让它代替她来陪伴我。

这就是塔莉长大了发情时，我为什么坚持不去宠物医院里给她打针的原因。我不允许塔莉在我的手里，受到一点一滴的伤害——塔莉是我的女儿。

但是，在那个老太太摔坏了身体后，我却该死地同意了把塔莉送到别人的家里去寄养，而且，还眼睁睁地看着他们，抬走并烧坏了塔莉最喜欢在上面睡觉的那只沙发。

在塔莉走丢的第二周，我就收到了女儿从香港的来信，就是从这封信开始，我再也不敢打开女儿的来信了。因为这之前，女儿每次来了信，我都是要在夜晚的灯光下面，拥抱着塔莉，和她一起来读信的。我的女儿喜欢夜晚斑斓的灯光。她小时候最高兴的一件事情，就是我带着她站在八一立交桥上，去看那些河水一样流淌的灯光。

从女儿手里接过巴掌大的塔莉之后，我就开始按着小时候喂养女儿的步骤，亦步亦趋地来养塔莉了。奶粉、蛋黄、鸡肝、蔬菜、牛肉，所有的食品都是按比例来调配的。长大了的塔莉也喜欢夜晚的灯光，所以，只要有时间，我就会带着塔莉，到女儿小时候最喜欢去的地方——八一立交桥上去，站在那里看桥下河水一样流淌的灯光。

七

一直到现在，每个晚上，我在睡前都会重复地想象着，塔莉在走丢之前，一定回过老洋房：她从雕花铁艺大门的某个空隙里钻进来——以前她就经常这样做，我们游泳或者散步回来，不等我找出钥匙来开门，她早就已经从某条缝隙间钻了过去，风驰电掣地跑到草地上去，站在那里，回头看着我开门。我想象着她一路奔跑回来后，焦急地从门缝里进了门，然后又小心翼翼地走过院子里的草地，踌躇着到了紧紧锁着的房门前。房门锁着，但窗子是开着的。她在房门口和窗子下来回徘徊着，徘徊着，等我。徘徊到最后，她就选择了跳窗子进到屋里等我——跳窗子也是我以前教过她的，因为我担心自己不在家的时候，她会遇到什么意外。为了防止某个不期而遇的意外伤害了她，我便一年四季都为她开着一个小小的窗口。她回来时外面肯定还有一地的阳光，我们玩的球也还在草地上，这两样都是她最喜欢的。但是，她没有到布满阳光的草地上去玩球。她在房间里继续来回地徘徊着，在门里边等待着我回来后的脚步和开门的声音。一直挨到了半夜，她才在黑暗的房间里，朝靠近壁炉的那只沙发走去。那只沙发是她休息的地方，从第一天走进这栋老洋房里，她就给自己选择了那只沙发，之后，随着她一天一天地长大，体重一天天增重，沙发也跟着她的体重慢慢地凹陷下去。以前，我早上起来走过去叫醒她时，就经常会站在那里，看着她深陷在沙发里的身体说："塔莉，看着你，老爸总算知道什么叫作'安乐窝'了。"

但是，在这个寂静的夜晚里，沿着壁炉走过去的塔莉没有找到她的安乐窝。那里已经空荡荡的，只剩下了流动的空气和尘埃，别的什么也没有了。她不知道，在她被人带走的当天，她的安乐窝就已经消失了，不存在了，被一个叫许虹的女人和她的亲戚抬到路边的垃圾箱旁边，烧掉了。而她的亲人，唯一的亲人，我，一个名字叫顾立诚的男人，一个时刻都想为无权力者的权利而战的记者，那会儿所有的表现就是一直低头沉默着，麻木着，丝毫也没有闪过去阻止他们疯狂行径的念头。那个夜里，塔莉趴在原来放置沙发的位置，趴在冰冷的地面上，等我等到了天亮。接下去，她又独自守在老洋房里，等了我一天又一天。但是，两天过去了，三天过去了，我仍然没有回来，她仍然没有听到她熟悉的脚步声和抖动钥匙开锁的声音。塔莉一定以为我走丢了，失踪了，突然消失了，她焦急起来，于是，她重新从窗子里跳了出去，跑到院子里，然后疯狂地从大门的某条缝隙里钻出去，到大街上找我去了。

在我决定不再外出寻找塔莉之前，我已经寻找塔莉三个月了。我和我想象中去寻找我的塔莉一样，在这座城市里每一个我认为塔莉可能藏身的角落，寻找着她。在寻找塔莉的三个月里，我每天从老洋房里走出去，沿普利街拐到另外一条街上，心里都是一片悲伤和茫然。有一天下午，当我沿着黄昏柔和的光线走到我和塔莉常去游泳的护城河边时，我在河边坐下来，看着黑色的河水和对岸一蓬一蓬的白色蔷薇，看着它们，忽然就听见了一阵呜咽声——是塔莉的声音。我被塔莉的呜咽声惊醒，慌乱地爬起来，转身去喊塔莉时，才蓦然发现，那些呜咽声，它们居然是从我的喉咙里发出来的。后来我摸着自己的喉咙，一头就栽进了水里。

我知道塔莉也一定到这里来找过我，她在我习惯跳下水去的那个地方来回徘徊着，寻找着躲在水里游泳的我，等待着我突然从水面上飘起来，对着它喊道："塔莉，下来。我在这里。下来呀塔莉。"

塔莉在我习惯跳下水的地方跳了下去。她在水里来回游着，游了几个来回之后，忽然从水里跳起来，对着岸边喊道："顾立诚，下来。我在这里。下来呀顾立诚。"

离开河边后，塔莉一定还去报社门口等过我。那时候天已经彻底黑了，街两边的各种灯全都亮了，路上来回的车灯也都亮了。塔莉喜欢夜晚色彩斑斓的灯光，但是，站在大楼下面等我的塔莉，并没有去看马路上那些灿烂温暖的灯火。她一直在仰着头，看着高耸入云的大楼，寻找着我在里面的那扇窗子。以前，我来不及把塔莉送回家就往报社里赶时，经常会让塔莉待在车里，在报社的楼下等着我。我从来没有把塔莉带到大楼里去，所以，塔莉从来也不知道哪扇窗子里有我。塔莉在通夜透明的夜里等着我，一直等到所有窗子里的灯都熄灭了，散着墨臭的报纸已经从印刷厂里分散到了大大小小的报摊上，我还是没有出现。我没有出现，她就只能默默地离开那里，继续去寻找我了。

接下来她去了哪里呢？也许又回过老洋房里。在老洋房里依然等不到我之后，她就顺着街口一直往东去，到了关帝庙门外。那里也是我们经常要去的地方。每次到关帝庙去的时候，塔莉都会听话地趴在门外，目不转睛地看着站在泉边的我。我到关帝庙里去不是为了拜关公，而是为了欣赏它院子里那两眼蜜脂泉。两眼泉正对着庙门口。我喜欢"蜜脂"这个泉名。和许虹刚结婚那几年，几乎每个夏天的傍晚，我们都会迎着即将降临的夜色，带着女儿到这里来，看着蜜脂泉里的水和在水里游的鱼乘凉。

那时候，我们简单地生活，两个人就像这两眼紧紧依偎在一起的水质甘甜、清冽的蜜脂泉一样。和我们一样热爱蜜脂泉的，还有一位头发花白的老人，他每天黄昏都会准时过来，手里提一个油漆盒子改制的小水桶，到蜜脂泉里去提水，然后用海绵自制的一支笔，在小水桶里蘸了水，在门外人行道的花砖上反复写一些古诗。从诗经到宋词，我必须承认很多诗句都是我没有读过的。他的字真是漂亮，无论哪一种字体，都堪称一流。隶书篆书自然不用说了，虽然是写在地砖上，也一定是透着古色古香；行书行云流水；正楷端庄典雅得像王室贵族；而狂草，则奔放如凤舞龙翔。我好奇的是，他每次落笔写那些诗句之前，一定要先写下两个字：我爱。而且，不管后面写的是什么字体，"我爱"这两个字他一定会用正楷书写。有一次许虹看着他从蜜脂泉里提了水，就跟在他后面，盯着他写完"我爱"后，问他为什么每次都要先写这两个字。他抬起头来看了许虹一会儿，好像沉思着该怎么回答她的问题，但沉思了一会儿后，却又低下头继续写他的字去了，弄得许虹站在那里尴尬了好一阵子，咕哝着跑回我身边，说这个老头是不是脑筋不清爽。

　　塔莉一定还去过植物园，我想。这几年里，几乎每个周末，我都喜欢带着她到植物园里那座跳伞塔下面去玩一会儿。那是一块在城市里面已经不多见的、特别开阔的空地，我们可以在那里疯狂地奔跑，也可以安静地看着许多人在那里走来走去。有时候，我们还会去凑凑热闹，瞧瞧在那儿举办的某一场相亲大会。我们在布幅上贴的一张张花花绿绿的、单身男女的宣传单下面经过，偶尔停下来，读读那些求偶者提出来的千奇百怪的择偶条件和标准。女人们的择偶标准已经越来越简单了，有的重点是希望找一个懂得体贴女人，尊重女人的男人，至于其他条件，比如身高、职业和收入等等，都可以忽略不计；有的只简单要求对方有房子和一个公务员身份；再简单一点儿的，仅要求男人有一定的经济基础，心地善良和对家庭有责任心就行了；最最简单的一个，是要求男人会做家务。我们一路走过去（当然是跳过所有男人们的），往往看完了所有女人的择偶标准，却看不到一个女人提出类似这样的要求，即要求她将来的结婚对象首先要具有"正义感"或者是"有理想"。这时候，我就会弯下腰去，拍拍塔莉的脑袋，嬉笑着小声对她说："这么一路对照下来，老爸是不是真需要对自己的前半生做一次全面检讨，认真地去洗心革面了？"

　　在经过相亲大会时，我也曾经被一位替女儿相亲的大妈相中过，她先是看了会儿塔莉，然后就满脸喜悦地看着我说："你这条狗真是漂亮，我女儿要是看见了，她肯定也喜欢。"赞美完塔莉之后，大妈就问我是不是也是过来相亲的。我笑了笑，还没回答出来，她又问我是从事什么行业的。

　　我说："我是个记者。"

　　"记者呀。"大妈带着点失望的眼神说，"前几年，记者还是个让人尊敬的职业。"说完，她就转身到旁边去了。

　　我第一次到许虹家里去见她父亲的时候，她父亲也说过记者是个好职业。

"记者是个受人尊敬的好职业呀,手里的笔就是刀和枪。"许虹的父亲说,"可惜我们家里从来也没出过一个和文字打交道的人。"那时候,从许虹父亲的目光里,我还看见了一个记者的骄傲。

但是,这些让人尊敬的光环,是怎么一点点被时光剥蚀掉的呢?

没和许虹离婚之前,我姐姐十一假期里从上海来看我,看着我乱成一团麻的日子,她就说过:"你怎么生活得跟狗一样了。"我姐姐在上海读的是交通大学,毕业后就留在了那里。上海人买了车上牌照要去拍卖,而拍一个牌照是要花几万块钱的,为了节省给车上牌照的钱,她就想借着来看我的机会买辆车,以我的名义在这里上了车牌后,回上海去开。

她来的前一周,我的部主任身份刚被集团老总捋树叶子似的捋掉了。为了这件事情,许虹天天和我闹得鸡飞狗跳,骂我是全世界最没有脑子的倔驴,被人卖了汤锅还在汤锅里死命乱踢乱咬。听到我姐姐那么说后,许虹便撂下了手里正要拨打的电话,沉着脸色冲我姐姐说:"你说他活得像狗一样,都是抬举他了。"许虹说完这句话后,我姐姐就没有再说话,而是一直在默默地看着楼梯。

我也看着楼梯,看着许虹怒气冲冲地上楼的背影,对我姐姐说:"我就是不想苟延残喘地活着。"

我姐姐继续在那里沉默了一会儿,走过来,在沙发后面站立着,手在我肩膀上轻轻地搭了一下,说:"你仔细看看周围,有几个人是带着诗意的光辉在活着。我要买辆车,不是还想着来你这里上牌照,就为了节省下几万块拍牌照的钱。"

我姐姐和许虹一样,她根本不明白,我要的绝不是带有诗意光辉的生活。我想的,仅仅是想让我和我那些始终紧紧闭着嘴的同事们在慢慢老去之后,在我们迟暮的晚年时光里,口袋里能多有几个去买馒头和面包的银角,叮当地跳动着。

我从来没有对任何人流露过我这种心迹,包括老车。我只是形影单只地,一个人努力着。当然,我不能隐瞒,在和我们集团前老总斗争的几年里,我常常会怀有一种莫名其妙的快感。对,不是崇高感,是一种被刀子切割着的快感。而且,这种快感是任何一件事情都不能比拟的,包括以前和许虹在床上折腾时,体内被煮沸的精液喷薄而出的一刹那。

现在，我越来越模糊的一个问题是：到底是一条叫塔莉的狗走丢了，还是一个叫顾立诚的男人走丢了；到底是我一直在寻找一条叫塔莉的狗，还是一条叫塔莉的狗一直在寻找我。

我把老车推开一点儿，蹲下来，张开胳膊拥着墙壁，跟拥抱塔莉一样，把脸贴在了一块石头上，我好像听见了塔莉的哀鸣。回过头去找塔莉时，忽然想起来，以前，当我们站在这里看着街上的光景，明亮的太阳光落过来，照射在我和塔莉身上后，那些太阳光一定会把我和塔莉的影子印在墙壁上。对着我脸的那块石头上，就常常会印着塔莉头部的影子。她的目光跟随着街上的行人或者车辆摆动一下，印在墙壁上的影子就会跟着晃动一下。

老车也蹲了下来。这是我从他传递过来的呼吸声和烟味的浓度里嗅出来的。他蹲下来之后，在我的后背上按摩了两下，说："好了好了，我们该回去了。"

我没有动弹，僵着身子期待着他在我的背上再多摩挲几下。以前，我也喜欢这样摩挲着塔莉的后背。我站在那里，等看腻了街上灰突突的行人和树木、凌乱的楼房和车辆、杂乱的小吃摊和肮脏的路面，还有那些门口总是散着玻璃碎渣的玻璃店时，就会弯下身子去，在塔莉的后背上摩挲几下，说："好了好了，我们该回去了。"

"好了好了，我们该回去了，老贾他们已经来了。"这次，老车的手没有再落到我的背上，而是伸过来抓住了我左边的胳膊，一把将我拉了起来。

和老贾一起来的，还有那个大两岁的"亲爱的"。她站在老贾旁边风姿绰约地笑着说："主任说你的老洋房里不准女人进入，死活不让我来，但我还是坚持来了。因为有一件东西，我觉得还是应该亲自交给你。"

我感觉自己的心脏突然窒息起来，目光慌张地盯着大"亲爱的"，呼吸也缓慢地像是停止了。

大"亲爱的"从她白色挎包里拿出来的，正是塔莉离开老洋房那天，我亲手给她套到脖子上的那根绳子，绳子上的花纹是我照着塔莉身上的花纹，一笔一笔绘制上去的。

"我给塔莉洗过澡之后，就带着它回到了客厅里。它一直很温顺地趴在地毯上，让我给它吹着风。我给它吹风的时候，楼下超市送面包的到了，我开了门，又转身去取钱，回过头来就发现塔莉已经不在了。"大"亲爱的"对我解释着，满脸都是歉疚和不安。

"塔莉从你那里跑出来后,就回到老洋房里来了。"为了不让自己颤抖,我紧紧地攥着手,样子像是要把绳子上那些花纹复制到我的皮肤上去。

"这么说,塔莉没有丢,是老车他们一直在和我开玩笑?"大"亲爱的"眼神疑惑着,来回看着我和老车。

我把手里的绳子仔细地挂在了脖子上,又仔细地来回摸了摸,然后用一只手拉住它说:"他们是在和你开玩笑,你看,塔莉一直都在。"

(原载《时代文学》2013年第9期)

撒拉弗的翅膀

一

盛夏，旷野里的草木都会疯长得厉害。有一种喜欢蹿长秧子的草，甚至能在这种炎热多雨的季节里，恣意生长着，把躯体向它们喜欢的任一方向，蔓延出一两米的长度。司马站在两个警察身后，傻头傻脑地盯着前方想了半天，也没能想起它们的名字。他房屋后面这个小花园里，花木却不是那么茂盛，非但不热闹，看上去，还给人几分冷清的萧条感。

他们旁边是一丛杂乱的月季花，稀稀疏疏几个花头，花瓣上挂满了晶莹的水珠。在另外两个警察挥动铁锹之前，司马一直盯着这些月季花，强迫自己反复地想：花瓣上的水珠是露水呢，还是夜里下了场雨，他没有觉察到？就像在此之前，他从来没有留意到，小花园里居然还有这么一丛月季花，悄悄地生长在这里。他低头瞅了眼脚下，地面异常干燥，丝毫没有夜晚里落过雨水的痕迹。

"挖到了？"两个警察一齐惊呼着，又一起扭头睃眼司马，用眼神逼问着他，现在还有什么可辩驳的。

"我没有杀人。"司马往前探着脑袋瞅瞅，口气仍然保持着先前的生硬，"我再重申一遍，你们就算挖出了什么人，也不代表这个人就是我杀的。"

"我们会有证据让你改口。"

左边那个警察幸灾乐祸地瞪了眼司马，然后侧过身去扬了扬手，招呼着等候在旁边的一名女法医,让她过去验尸。然后,两个警察就谈论起了女法医的丈夫——一位刑侦痕迹专家,他仅凭案发现场两个伪装后的拖鞋印,就破了一桩轰动全国的杀人要案。

"从死者头部的创伤来看,死者是被人用钝器击打多次后毙命。内脏已经出现腐烂,死亡时间大约三天零十二小时……"女人勘验完那具从泥土里挖出来的尸体,扯下胶皮手套,掏出个小瓶子浑身上下喷洒一遍,才一脸冷漠地走过来,向叫她过去验尸的那个警察汇报。

司马看着仰面躺在地上的死者,更准确点儿说,是一堆正在腐烂的、发出臭味的物体,思索着三天前自己都在干什么。在女法医朝死者走过去之前,他就已经从形体上辨认出了那个人——他们挖出来的——的确是他的房东老万。即便他被人杀死,埋进了泥土里,又被人从泥土里挖出来,浑身散发着腐烂后的臭气躺在那里,司马还是一眼认出了他。为了催他交房租,这个身材高大、头发稀疏的家伙,每月都要来敲几次门,要不就是将一张张催交房费的纸条子,乱蓬蓬的络腮胡子那样,贴满他的房门。司马一直都在怀疑,这个人是不是患有某类强迫症,如果不是这样,一个精神稍微正常点儿的男人,怎么可能会在房客交上房租的第二天,就开始了新一轮的催交,一张一张地,往他门上贴五花八门的条子,提醒他别忘了预备下个月的房费。"真想杀了他。"有段日子,司马每天从外面回来,站在门前看着门板上的纸条,心里就会抑制不住地,冒出这个恶毒的念头来。

"看来,是有人替我把他杀了。"司马小声嘟哝着,从那个厌恶的死人身上移开眼睛。

"再问你一遍,老老实实地回答,人是不是你杀的?"左手那个警察朝司马跟前走两步,眼睛逼视着,目光像两道闪电那样尖锐地刺向他。

"你就是再问一千遍,一万遍,千千万万遍,老子也没杀人。"司马回答完警察,忽然有些惶惑起来,疑惑着自己是在梦中,还是真的有人把那个十恶不赦的房东给干掉了。如果是后者,那杀掉他的那个人,会不会是李大木?

"能不能说一下,胳膊上的伤是哪里来的?"

"什么伤?"司马低头扫了眼胳膊上的创口,朝伤口位置指了指,"你说这里?骑在鲸鱼背上摔的。"他很想告诉他们,在跑完新闻的业余时间里,他有足够多的一块时间，用来跟踪他喜欢的某些女人，尾随她们到她们的住处，千方百计地购买，或是伺机偷窃她们的各种丝袜。丝袜弄到手后，他会仔细地把它们装在烟盒、口香糖盒，或者形形色色的小玻璃瓶子里，还会在各个装着丝袜的外包装盒上，用英语字母打头，做上各种各样的标记，标注出袜子主人的名字、袜子的来源、获得地址和时间，以及是否清洗过。现在，他已经收集了上千双丝袜，而且，他还在每个放满袜子的箱子里，一一放上了防潮防虫的干燥剂。然后，他在剩下的另一块时间里，就是去海底世界里训练白鲸。他骑在一头白鲸的背上，张开翅膀，和它一起反复地跃出水面，如同骑在一道道闪电上自由地飞翔。

"骑鲸鱼……摔的？"那个警察眼里堆满嘲笑，盯着司马胳膊上正在发炎的伤口看了一会儿，冷笑道，"怎么没去包扎？"

"我就喜欢看着它发炎，看着它流脓。"司马轻蔑地说，"哪条宪法规定，人受了伤就一定要去把伤口包扎起来？我心里现在有一百条伤口，都臭水沟一样在发着炎流血流脓呢，你来给我包扎一下？"

"这种态度对你没有任何好处。"那个警察又朝司马跟前迈一步，笑嘻嘻地抬脚踢了下旁边的月季花丛，弄得花瓣上的水珠四溅。有一滴，甚至像天使撒拉弗那样飞起来，将遮盖他双脚的两只翅膀落在了司马的脸上。

"狗屁！"司马故意慢吞吞地，把那滴沁凉的水珠从脸上抹到手指上，然后看着警察脸上那丝还没褪干净的坏笑，游移不定地在心里安慰着自己："别害怕，这是在做梦。一定是在梦里！"这么对自己说的时候，他又仔细回想了一遍，断定自己真的没有杀人，尽管他心里一直都想把这个人杀了。

一直想把这个死人杀死的，可不止他自己。司马带着嘲弄，咧开嘴角冲那个警察笑了一下。昨天出门踢球时，李大木走出他隔壁那间屋子，看着门上密密麻麻的纸条，又癫痫病发作一样地大叫了起来。"真想把这个家伙给杀了！"李大木咒骂着，怒气冲冲地往下撕扯着那些纸条，撕得手舞足蹈，仿佛突然间被什么人下了蛊。李大木是他报社里的同事，负责他们那张小报的体育版。到目前为止，李大木有两个梦想：第一个梦想是摆脱掉老家县城里同床异梦的老婆，在这座城市里有个真正属意于他，他也完全属意的女人；第二个梦想，是有朝一日能够亲临世界杯现场，在现场写出跟世界足球有关的一切报道，而不是像现在，一天到晚地拾人牙慧，而且还要千方百计地变换着花样,把那些牙慧调配得有滋有味。

  和李大木不同,司马只有一个梦想,那就是在这座城市里拥有一间完全、彻底属于一个叫司马的男人的房子。有了这间房子,他就再也不用看房东老万那张肿胀的脸,再也不用因为想起那张脸就莫名其妙地心慌和烦乱,然后一次次地在心里演练着各种杀死他的方式了。这些年,每年里总有那么两次,他老家里的亲戚或者村里人,会因为各种原因,乘了汽车换火车,千里迢迢地奔了来,找到他。他们有的是为了看病,前来托他到医院里帮忙找医生;有的是打官司上访,闹到乡里县里,和那里的干部们起了冲突,细胳膊拧不过大腿,最后认定自己吃了冤枉,一肚子委屈地跑来,要他回老家去写篇揭发文章,给冤枉他们的那些大小官员曝个光,把他们赶下台,从此不能再为虎作伥,欺压百姓;更多地,则是让他给他们找条打工的门路,养家糊口,供孩子念书。老家里人都知道他在大城市里当记者,却不明白记者和记者也有着天壤之别。像他这种行业报里的小记者,尽管头上戴着顶记者的大帽壳子,实际上狗屁都不是,既不能铁肩担道义,更不能为他们请命。但老家的亲戚和村里人不管这些,他们只认准了他是个记者。是记者,就和中央电视台人民日报的记者一样有权力有威力,只要开口讲句话,不论哪个行当里的大小官员,都会为了头上那顶沉甸甸的乌纱帽,把他们的话放在心坎上来回掂量几番。他是个顾颜面的人,不愿意父母在老家人面前丢了份子,所以,每次都会选择打肿脸充胖子,凡是老家里人来了,找上门,办什么事情姑且先不说,吃喝住宿这一套,他俱要一一地招待他们。招待的结果,自然是花光了他口袋里积存的房租。于是,为躲避上门催交房租的老万,他只好采取早出晚归的迂回战术。但老万可不是那么好应付的人物,他躲到第二天,晚上再回来,十有八九,老万已经把他的房门撬开,把他的铺盖家什统统扔到了门口的地上。"想给老子耍无赖?别废话,交不起房租就麻利滚蛋!"老万拿出了撒手锏。这个家伙很清楚,在他的房子四周,像他们这类小报记者,是再也找不到比他的房屋更低矮破败、租金更低廉的藏身之处了。

二

  清晨的第一缕阳光,还没有打到窗子玻璃上。司马睁开眼时,下意识地摸了把手腕。手腕上没有冰冷的手铐。他不放心,又心慌意乱地转动眼珠去瞅天花板,依次是镶有郁金香鎏金把手的衣橱和房门。据杜倾城讲,那些郁金香都出自同一位意大利设计师之手。最后,他的目光盯住睡在身边的杜倾城,对着她那张自诩为美女蛇脸的面庞定定地看了几秒钟,确定自己千真万确是在卧室的床上,不是在那个花园里,也不是在监狱里,这才长长地呼出一口气,闭上眼睛,让全身的肌肉跟着胸腔里那股惊魂未定的气息,慢慢地松弛下去。

平息几分钟后,司马起了床。他轻手轻脚地走到起居室,打开窗子,回身到电视柜上摸起一支烟,然后重新走到窗边,点燃了烟,站在那里慢慢地吸。他们居住在六楼。从差不多二十米的高度俯瞰下去,目光触及的全是层层叠叠、形状不一的树冠和叶子。有些树,比如香椿和无花果,它们每一个枝杈顶端的叶子,都像花瓣那样有序地排列着,宛若一朵盛开的迷人的花朵。在这些叶子也能绽成花朵的树的边缘,靠近路边的位置,是几棵在盛夏里也没能长出叶子的芙蓉树,它们的躯干并排站立着,失去生命的枝杈被太阳和风雨洗刷得透出一层惨白,可依然在半空中相互交错,相互慰藉着。杜倾城给他念叨过两次,说那几棵树是被对面楼上的住户偷偷用开水浇灌树根,一点一点烫死的。"他们嫌树上往外分泌一种黏稠的东西,落在车上洗都难洗。"不等司马开口,杜倾城已经把那些芙蓉树被暗害的因由一并讲了出来,"现在的人心可真是恶毒,难以提防,连棵不会走路不会说话的树都难以容下。"最后对他讲这几棵树的死因那次,杜倾城一边弯腰给儿子洗着袜子,一边抬起头,从镜子里盯着站在她身后刮胡子的司马。司马早就看见她那种只对树木才有的悲悯眼神了,但他没有吭声,没去回应她。杜倾城是在山区里长大的,对树木似乎有种天生的依赖感,无论走到什么地方,一双眼睛首先要去睃寻的,都是那些树木。甚至在和司马结婚之前的那两年,她同司马说得最多的,也是他们老家山上那些杂七杂八的树,好像那些松树、槐树、楸树、楝树、榆树、椿树之类的树木,因为生长在她老家的山上,就变得多么与众不同。

盯着那些死去的芙蓉树,司马又琢磨起了老万,和梦里那个生长着月季的花园。这会儿,花园里那些带着透明水珠的月季花,仿佛还在他心里来回晃动着,怒放的花瓣上散发出来的、一缕一缕味道醇厚浓郁的香味,也堆积在他鼻翼间，蚕丝般萦绕着。他试着在那些缠绕堆砌的花香里用力呼吸了一下，又呼吸了一下。除了空气和他手里香烟燃烧飘出来的烟草味，他什么花香也没嗅到。真是奇怪。他想，除了结婚那年，和杜倾城到北京去参观故宫，在皇帝老子们的御花园里转过一圈，他从来没有住过带花园的房子，甚至连真正带花园的房子都没见识过，哪里冒出来的花园。还有那个房东老万，司马想着他光秃秃的头顶和肥厚的肉下巴，想起自从搬离那个杂乱无章的院子，他甚至一次也没在心里闪过那张令人生厌的脸孔。

　　燃烧的烟头被晨风吹着，速度极快地烧到了手指。司马抖下手腕，朝外探出半个脑袋，把烟蒂按在外侧窗台上，漫不经心地揉搓着，想着自己当初最讨厌老万的，莫过于他不停地往他们的门上贴那些纸条子。那一张一张纸条子，不是要他们"戒烟"，就是劝说他们"千万莫去找小姐"，好像他们天天都在嫖娼吸毒似的。老万自己说过，他退休前是一家针织厂的宣传科长，钢笔字写得很有两下子，所以，他写在纸条上的那些字，便今天是洒脱的宋体，明天是漂亮的美术体，后天又换成了行云流水般的行草。老万变换着各种字体提醒他们，说他们抽一包烟，就等于咔嗒咔嗒地被打火机调戏着，烧掉了一天的房租钱；若是去找一回小姐，一月的房租就裹着个避孕套大衣，通过马桶跑进暗无天日的下水道，踮着脚尖，转着旋涡溜走了。那些卖弄各种字体的纸条，都是从报纸四周裁下来的空白边条，而报纸，则是老万到他这里收取房租时，顺手从他屋子里搜罗走的。老万第一次往他门上贴纸条那天，正巧李大木提着足球跑过来，约着他一块外出踢球。站在门口看完纸条上的内容后，李大木坏笑了半天，说他真应该把这张条子撕下来，"给著名记者司马同志留个档，等你将来有了女朋友，也好拿着这张条子去讹几顿酒吃"。司马记得自己当时嘿嘿笑着探出半颗脑袋去，让李大木先回去瞅瞅他住的那间屋子，门上是不是也贴着这么张一模一样的条子。李大木半信半疑地折了回去，果然，在他的门上，也贴着一张无论字体还是内容，乃至款式都完全相同的纸条。

　　"你这是准备杀死蟑螂，还是呛死屎壳郎？"杜倾城从卧室里出来，干咳两声，立在起居室中央盯着司马，让他赶紧把窗户全部推开。

　　"你应该说，是不是美国人跑来投了颗原子弹。"

　　司马推开窗户，一边折身往厕所里走，一边嘲弄杜倾城的夸张。

"我倒情愿是颗原子弹。"杜倾城对着司马的后背冷笑道，"问题的关键是，没有。"

"找人给你造一颗？"在关闭卫生间的门之前，司马扭回头问。

"最好造两颗。但前提是，有人得有那种本领。"

"你有就行了。"司马打开卫生间的门，从里面伸出脑袋，"学跳舞学书法学京剧那些劲头儿，对了，还有学看风水，你随便拿出一样来，没有什么事情干不成。"

"你什么意思司马？你出来说清楚！"

杜倾城奔到卫生间门口，一把推开了虚掩的门，两眼瞪着正在挤牙膏的司马。

"没什么意思，我能有什么意思？"司马看了她一眼，觉得她满头新烫的短发，就要张开大嘴吐出芯子了，"我身边没人喜欢风水，也没人喜欢京剧。"

"你无耻！"杜倾城说。

"好，我无耻。"司马慢条斯理地拧着牙膏盖，"我不无耻，还能做什么？"

"做什么？做王八蛋！"杜倾城看着司马把牙刷放进嘴里，摆出了和她休战的架势，她就狠狠地剜了司马一眼，嘭地摔上门，把司马关在了卫生间里。

司马握着牙刷胡乱刷了两下，突然连刷牙的心情也没有了，索性直起身子，和镜子里满嘴含着泡沫的那个人对视着。镜子里的人一脸憔悴惶然，目光僵直，很有几分香港电影里被道士驱赶的僵尸的味道。司马和那个僵尸对峙了一会儿，然后慢慢地举起牙刷，在镜子里那个人的嘴巴上来回刷起来，直到把那个僵尸的脸从镜子里完全抹掉。

房间里已经缭绕起了丝竹之声。一个咿咿呀呀的女人，踩着丝竹挪移起来，接着满屋子里便荡满了水袖。有一瞬间，司马觉得有只水袖穿透玻璃，将冷冷的红色的蛇芯子伸过来，在他脖子上缠绕舔舐一圈，又飞快地缩回去，咝咝响着，退回到了那团乱如麻的丝竹声中。

这是杜倾城在"练功"了。从去年春天开始，杜倾城又热爱上了京剧，每天起床后第一件事，就是撅着屁股去影碟机里塞光盘，然后跟随里面走出来的某个女人，一笑一颦，一招一式地练着身段和唱腔。

杜倾城刚开始学京剧时，司马不知道他们单位里新换了局长，以为是她那位喜欢摆弄笔墨的局长,又有了新癖好。那天,杜倾城反反复复地练着阿庆嫂那段"来的都是客,全凭嘴一张……",练了一个早晨,司马从卧室里移到书房,又从书房跑到阳台,忍耐到最后,胃酸都要吐出来了,便忍无可忍地走进起居室,伸手把那张光盘退了出来。在接下来和杜倾城的争吵里,司马才从杜倾城的骂声里,东一句西一句地弄明白,原来是杜倾城在的税务局换了局长,新上任的局长不但酷爱京剧,并且是逢宴必唱。杜倾城一直在局办公室,空间距离上和局长挨得最近,但在新局长上任后的前三天里,她刚弄清楚他的癖好,还没来得及行动,就在当天晚上专为新局长设的晚宴上失了先机。那天,稽查处里一个自认为还有点儿身段,有三分姿色的老女人,已经悄无声息地怀揣了几个京剧唱段,在席间一唱一和地与局长唱将起来,而且逗弄得局长一边伴闭着眼睛摇头晃脑地哼唱,一边还要时不时地停下唱腔和动作,睁开伴闭的双眼当起导师,或是调教那个女人声腔的起伏,或是纠正着某个字眼在京戏里发什么音。两个人陶醉在那些唱段里,来来往往,春光无限,完全忘记了周围还有一圈围着他们的观众。杜倾城在旁边赔着笑脸"欣赏"着,强颜欢笑,不停地击掌叫好,心里头却急得狼烟四起,咒骂自己变成了一头僵硬的死猪,心想慢了这一拍,也许,办公室主任的椅子,就会在那些崎岖又旖旎的唱腔里,跌宕起伏着易主了。于是,晚宴散席后,杜倾城火急火燎地回到家,鞋都没换,就到网上下载了些名家唱段,果决地放弃了为前任局长练了三年的书法和围棋,一心一意地学上了京剧。

　　司马给杜倾城算了算,除去她目前正在"热爱"着的京剧,从他们认识到现在,十几年的时间里,杜倾城已经为了她一任一任的上司们,学习了跳西班牙舞和印度舞,学习了如何画凡·高的《麦穗》和《向日葵》,背诵了三千首中国古代诗词,学到了围棋三段,学会了日本茶道,学会了喝酱香型的茅台白酒,学会了泰式保健按摩,学会了一些蹩脚的法语和德语,学会了摄影,并跑到土耳其为喜欢研究水藻的局长拍回一堆关于水藻的图片。另外,她还学了风水学和临摹王羲之的书法,因为她的上任局长不仅痴迷王羲之的《兰亭集序》,还喜欢研究周易和看风水。为此,杜倾城不惜每个周末跑回二百公里外的老家,跟村里一个被猪咬成独眼的老风水师,学习了半年如何看风水。

三

李大木抱着球，大声嚷嚷着问司马"还去不去踢球"时，司马刚被塞进警车里。他被几名目光冷峻的持械警察押着，走出花园，穿过院子，最后到了大门口。刚走出大门两步，他就被两名警察架离地面，像塞团烂棉花那样，塞进了一辆早就等候在门外的警车里。因为是盛夏，也可能因为警车在院子门口等候的时间过长，而院门外那棵可以遮挡太阳的高大梧桐树，恰巧在前一天，被什么人抱着盘电锯砍走了。总之，失去了梧桐树的庇护，暴露在太阳下的这辆警车，车厢里面热得跟蒸笼一样，估计三分钟就能蒸熟一笼香菇肉包子。院子里居住的男女老少，上百口子人，都挤在门口一侧，满脸惊诧地看着他，神情好像全和他一样，不相信他杀了人。为了表明自己没有杀人，是清白无辜的，被冤枉的，司马被警察押着从花园里一路走来，一直到大门口，他都没有低头。尽管左边那个警察用力掐住了他的脖颈，像按一头不愿喝水的牛去喝水那样，使劲往下压着，想迫使他低头认罪，按得他腰都弯了，他也没有把头低下去，让一张脸对着地面。

"真没瞧出来，平常斯斯文文一个小青年，怎么会杀人呢？"

"听说是个记者？"

"不是记者，说是在海洋馆里骑白鲸的。"

"记者就不能是杀人犯了，希特勒还嫖娼呢。"

"希特勒是什么人？"

"也是个杀人犯。"

人群里议论纷纷，仿佛有人在他们中间放了窝马蜂。司马听出最前边说话那个老太太，是他们这个院子里的治安组长，她每天的工作，就是胳膊上带着用黄漆印了"治安"两个字的红袖箍，拎个马扎，坐在院子门口的梧桐树下面，不动声色地观察着来往经过院子门口的人，尤其是进出他们这个院子的人。司马依稀记起来，他和李大木两个人刚住进来那天，老万就给他们说过，这个老太太退休前，是他们纺织厂里的安全质量监督员，她最擅长的，就是能从一个人脸上，窥探出他有没有做坏事的企图。

"不知道那个老太太，这会儿在我脸上看出了什么。"司马带着嘲弄的表情，朝车外的人群里扫了一眼。院子里那些人的目光长短不一，良莠不齐，但全在紧紧地盯着他。司马尽量平和地迎着众人投射来的目光，一边光明正大地和他们对视着，一边想，他在这个院子里居住快两年了，到现在才第一次发现，这个箩筐大的院子里，居然暗暗地藏纳了这么多人。这么想着，司马又朝那些看似陌生，但好像又非常熟悉的面孔上扫了一遍，他看见，他们的面孔被强烈的太阳光照射着，每个人脸上都像是敷了层透明的塑料薄膜。阳光在那些绷紧的塑料薄膜上流动着，仿佛是在一层反光的冰面上，小心翼翼地行走着。

司马刚从那些敷着塑料薄膜的面孔上收回目光，朝院子里看去，就看见了抱着球从院子里走出来的李大木。

"还去不去踢球？"李大木走到院子门口，把抱在手里的球往地面上一放，然后像在球场上那样，让球在他两只脚之间来回盘旋转动着，一边抬头看着坐在车里的司马，他不明白司马为什么坐在了一辆警车里。

"哎，说你呢！你小子是不是被老总睡了，怎么突然跑上法制口了？"李大木把脚下的球重新抱起来，走到警车跟前，又扭头看了眼几乎围牢警车的人群，嘿嘿笑着问司马，"发生什么事了？"

"老万死了。"司马看着李大木手里的球，有气无力地回答。

"老万？不会是租给咱们房子的……老万吧？"李大木看着司马，一脸惊喜，"知不知道怎么死的？"

"被人杀死的。"

"太好了！太好了！"李大木肆无忌惮地笑起来，一只手用力拍打着警车，"老天真是开眼，是谁这么好心，替我们把他干掉了。哎，你小子这回一定要卖点儿力气，借机把它弄成个大稿特稿，狠狠地批判批判这些'城市'的既得利益者，看这些手里积存着几套剩余房产的该死房东，谁还敢再利用房子欺压我们这些赤贫的外来者。奶奶的熊腿驴腿骆驼腿，看他们还怎么一边剥削我们，一边往我们租来的房门上贴条子，羞辱我们这些贫穷的无房产阶级。"

"警察刚把他从花园里挖出来，都快腐烂了。不过，还能辨认出来。"司马觉得自己没有办法回答是谁杀死了老万，只好采取一种答非所问的折中方式，来回答李大木。

"快腐烂了？"李大木说，"开什么玩笑！他昨天下午还往我们门上贴条子呢，我还看见了。"

"你能确定？"一个警察盯着李大木问。

"这有什么不能确定的，新鲜的糨糊，劝我们不要去嫖娼的弟子规还在门板上粘着呢！"李大木突然瞥见了司马手上的铐子，笑着把一只手伸向司马问，"戴铐子的感觉怎么样？快取下来，给我戴上试试。这两年顶着记者的破帽子，什么样的烟酒美食都品尝过了，就是从来没有机会体验一下，戴手铐蹲班房是个什么滋味。"

"开什么玩笑！"坐在司马旁边一个警察，态度严厉地挡住了李大木伸过去的手，"请你马上离开，不要妨碍我们执行公务。"

"我是司马报社里的同事。"李大木拿出了一贯的那种嬉皮笑脸，"你们一定不知道，他写的那些破稿子，最后都得我帮他润色。另外，他还喜欢到我朋友的海底世界去骑白鲸。河北岸刚开业的海底世界，去过没有？热带雨林，海底世界，你们要是去过白鲸馆，说不上还看见过他骑白鲸的表演。"

"他现在是杀人犯。"

"杀人犯？"李大木朝里探探脑袋，看了看司马，又看看他旁边的警察，然后呵呵地笑着说，"警察同志，我现在能不能自我举报一下，说我和司马是同案犯？"

四

在一群植物中间转了两圈后，司马扔下牙刷，最后选择在马桶上坐了下来。马桶的水箱上也被杜倾城依山就势地放了盆吊兰。回老家学了看风水后，他们家里的卫生间，就被杜倾城开发成了养花基地。司马坐在马桶上朝后一仰脖子，几片细长的吊兰叶子就跟章鱼爪子似的，冷森森地贴上了他的脖颈。司马没加防备，被植物叶面散发的凉气弄得心头一颤，但却没有把脖子收起来，而是继续待在那儿，自我安抚道，就当是被一个花枝招展的姑娘用细嫩小手撩拨吧。

在卫生间里养花，是杜倾城第一次回到老家去学风水，学回来的玄机之一。从老家里回来，进了门，放下包，她就一声不吭地，把起居室里的花草一盆一盆地搬进了卫生间。司马在一旁问她干什么，她理也不理，直到全部搬完，才命令司马："往后坚决不能在起居室里养花了。""来回跑几百公里，风水先生就教了你这些玩意？"司马瞅着起居室里突然空出来的角落，花盆长年摆在地板上留下的一圈圈水渍印，很像是一个人头顶上一块块丑陋的秃斑。"起居室里摆了花，是不是容易招桃花？"司马看着杜倾城的背影，嘲笑着又加一句。"给你招一身天花。"杜倾城手里拿块抹布，来回擦着那些水渍，水蛇一样的腰来回扭动着。杜倾城对自己的身体最得意的一个部位，就是那节水蛇腰。这些年，他们单位里每新换一任局长，她就会裸着身体在司马面前陶醉一番，说："生在城里的女人怎么了，你见过几个城里女人有这么曼妙的腰身。"开始，司马还会嘲弄她两句，诸如"这么好的身材，要是有人想睡的话，一块钱能睡几回"之类，后来干脆就视而不见，等着她自己欣赏得无趣了，再百无聊赖地穿上睡衣，结束她的表演。

"你在里头有完没完？"杜倾城咿咿呀呀地拖着唱腔走到卫生间门口，用力敲了两下门。

"我正在花园里赏花呢。"司马靠在水箱上，半天没做出回应。洗手池的台子上，是一盆白色牡丹月季，一朵正在凋谢的花头上，刚刚飘下一片枯黄的花瓣。

"神经病！"杜倾城甩着水袖说，"这辈子也没指望跟着你，住进什么带花园的房子里。"

"你说要是在花园里杀一个人，把他埋进花丛下头，会不会被人发现？"

"那你得先买回来一幢带花园的房子。"

"你记没记得，我给你说过，我以前住过一间带花园的房子。"

"你肯定住过。"杜倾城在一个女人咿咿呀呀的唱腔里，嘲笑道，"我记得你和我结婚之前，是个王爷，整个珍珠泉大院，都是你家的花园。"

"我没和你开玩笑。"

"没人和你开玩笑！我是在很认真地回答你。王爷，你看看那株月季花，开得多鲜艳哪，花瓣上的露水珠是不是还在晃动着？"

"我刚才给你说过吗？"

"说过什么？"

"花瓣上那些露水珠哇。"司马努力回想着梦里的情景。那些露珠被太阳照着，一颗一颗都在闪着耀眼的光芒，既像钻石，又像他在老家时看到的，半夜里缀在低垂天幕上的星斗。后来，被警察押着往外走的时候，大概是被他们不小心碰着了，他听见它们雨点似的，一颗接着一颗，啪啪地落到了泥土里。

"那你看没看见，有一朵花正在飘落，有两片花瓣还落在了你的帽子上？"

"我戴帽子了吗？我想一下……没有。"这点他记得很清楚，他根本没戴帽子，"但站在我旁边那两个人，两个警察，他们都戴着帽子。"

"你没梦游吧？有病！"杜倾城的声音里，已经拧进了一根带刺的细钢丝。

"梦游？"肯定不是梦游。他看过很多讲解梦游的纪录片，梦游的人什么都记不住。"我好像给你说过老家一个邻居吧，她就老是梦游，半夜里起来烧火煮了饭，早上起床后看见锅里做好的饭，就满村子里跑着嚷嚷，说她家里有了神仙。"

"你是不是也准备回山里去，变成个神仙？"

"真希望能回到山里去。"

"回去找野兽还是做野兽？"

"到一个有水的地方去，最好是有一条生着鱼虾的小溪。一箪食，一瓢饮……"司马信马由缰地遐想着。

"仔细想一想，你真是适合到那样的地方去生活，最好是非洲和美洲。"

"你也这么想？"

"不是我想，凡是认识你的人，一定都会这么想。最好到玻利维亚去，找到安第斯山，那里的古柯叶一定能给你某种意想不到的力量。"

"你真这么想？"

"这有什么可怀疑的。你自己不是常说，你是这座城市里一个多余的人吗。"

"是不是就像一头野猪，不小心走错了地方？"

"野猪还是国家二级保护动物呢。"

"这么说，我还比不上一头野猪？"

"也不尽然。在一种条件下，也许可以比一比。"

"哪种条件？"

"无辜地被人杀死的时候。"

"你相信……我会杀人吗?"

"不好说,如果有人从玻利维亚给你带来了失传的阿纳里豆。"

"这样分析下来,我也有杀人的可能?"

"这要看环境。在某个特定环境里,每个人都有可能杀人。"

"你是说每个人?"

"我是说,首先要具备某个特定条件。"

"什么特定条件?"

"就是你必须要杀死他那个条件。"

"必须杀死他?"

"必须杀死他。"

"没有别的选择?"

"没有别的选择。"

"这么说,也许,我真的把他杀了?"司马从马桶上跃起来,仿佛海底世界里骑在鲸鱼背上那个人,在水面上闪电般地飞翔了过去。他拉开卫生间的门,冲出来,绕过正摆着身段搔首弄姿的杜倾城,压低呼吸,重新站在了起居室的窗子前。洗手间里的氧气,都被那些花花草草们吸干净了,他现在需要呼吸点儿新鲜有氧的空气。那些咿咿呀呀的唱腔比刚才放大了三十二倍,它们甩着或长或短的水袖,先是鲸鱼般轻盈地一跃,跃过了他,然后,又抖着水袖绕开他,云朵那般轻盈地飘出敞开的窗子,飘出山岫,扑向了一碧如洗的天空,以及山上枝叶婆娑的树木。

五

看守所里的墙壁是灰色的,门也是又冷又硬的灰色。警察关上门走后,司马就坐在灰色的水泥地上,盯着冰冷的墙壁,等待着李大木给他找的律师。李大木被一名警察踹下警车后,他先是在地上翻滚了两圈,然后,捡起球,就势坐在了那里,他朝那名警察啐了口唾沫,嘴里骂着"王八蛋",说:"不就个破手铐吗,老子什么时候真想戴着它体验一下,找到你们大领导,一只手腕就能戴上十副。"骂完了,他就坐在那里嘭嘭地拍球。拍了一会儿,突然爬起来,把球抱在怀里,朝前探着脑袋,远远地对司马说:"你小子不会是偷偷摸摸地当了什么群众演员,帮他们在这里拍戏呢吧?"说着,他蹭到一个肩膀上扛着摄像机的人面前,笑嘻嘻地问那个人:"你们是不是在拍电影或是电视剧?"司马从警车仍然开着的门里看见,那个扛摄像机的人白了李大木一眼,什么话也没回答他,扭头就走开了。李大木尾随在摄像机后面走了两步,接着便怏怏地站住了。站住后,他又扭头朝警车里面张望起来,好像是在寻找着司马。在司马和他的目光交锋后,他用力地拍了拍手里的球,大声对司马喊道:"司马,要不是在拍电影,要是他们真认为你杀了老万,那你就在里面安心地等着,我现在就去给你找律师,为你鸣冤。"

司马没想到,第一个到看守所里来看望他的,不是李大木给他找的律师,也不是李大木本人,而是他才认识不久的一个女孩子——杜倾城。杜倾城是李大木一周前带进报社的一名实习生。根据李大木的介绍,司马隐约记得,她好像是学什么美术考古专业的。李大木在介绍她的时候,还特意告诉大家,"杜倾城"是这个女孩子为进报社当记者,专门为自己换的新名字。"到报社来的前一天,当然就是昨天,她刚把自己的名字,由杜春玲改成了杜倾城。理由很简单,因为她疯狂地喜欢苏东坡,喜欢'老夫聊发少年狂,左牵黄,右擎苍,锦帽貂裘,千骑卷平冈'后面的'为报倾城随太守'那句词。她认为这句词里面的'倾城',绝不是老师们在课堂上讲的,全城的百姓都随着太守倾城而出,而是有个名字叫'倾城'的妙龄女子,紧紧跟随在太守左右,让太守大人忘乎所以,忘了自己的年龄,以为自己还是个青春少年。"

在杜倾城到来之前,司马刚被两名警察押着,带到了另一间有桌子和椅子的屋子里。因为是杀人重犯,他手上和脚上都戴着沉重的铐子。而且,由于手铐和脚镣连在一起,中间那条连接的铁链子又极短,所以,身材高大的司马只好一直弯弓着身子,用力朝前探着脑袋,两只手紧紧地抓着没有了腰带的裤腰,防止裤子脱落下去。

房间靠门口的位置,摆着张桌面肮脏、颜色暗红的破木头桌子。司马被一名警察押过来,坐在了桌子里面的一把椅子上,面朝门口。杜倾城则坐在桌子的外侧,靠近门口的一把椅子上,脸对着他。房间和他被关押的那间灰色屋子一样,也是灰色的墙壁,也没有窗户。因此,在杜倾城跟随一名警察走进房间时,由于门外光线过于明亮,司马一时间并没有看清楚走进房间的人是谁。他只是看见,有个纤细的身体先是遮挡得门口黑了一块,然后,她就后背上背着一束耀眼的亮光,像洪家楼教堂穹顶上描绘的来自天堂的天使一样,张着两只在明亮光线里透明得几乎不存在的肉翅膀,从一片让人无法直视的光芒里钻出来,慢慢地落到了他面前。他一只手提着裤子,另一只手揉了片刻眼睛,再然后,他就看见天使杜倾城收拢了羽毛华丽丰满的翅膀,小心柔和地把它们收藏到腋下,隔着那张陈旧的木头桌子,一脸微笑地坐在了他的对面。

"怎么是你?"陪杜倾城进来的那名警察转身走到门外后,司马盯住杜倾城的两腋看着,寻找着她藏起来的那两只翅膀。

"怎么不能是我?"杜倾城来回打量着司马。

"这么说,你就是李大木给我请来的律师?没想到你还学过法律。"

"你不是还会骑白鲸吗?"杜倾城茫然地眨着眼睛笑起来,"什么律师,你明明知道,我一直在你们那里做实习记者。"

"那一定是李大木告诉你,我被关在这里的?"

"不用他告诉,现在,全世界的人都知道你杀了房东。"

"你是怎么进来的?"司马垂下头,局促不安地瞅着手腕上的铐子,它们冰冷的光芒剑一般刺向他的瞳孔,"我刚被押进来,按监狱的规定,他们是不会让人进来采访的。"

"我相信你不会杀人。"杜倾城说,"我有个亲戚在这里当牢头,我什么时候想进来,都会一路绿灯,畅通无阻,没有哪一间牢门上的锁打不开。"

"我对他们说了,我没有杀人,可他们根本就不听我解释。"司马侧下脑袋,往桌面上贴了贴,抱着两只手挠了挠右边的耳朵。那里,好像有几只吃了兴奋剂的虱子,在来回地奔跑着庆祝什么。他手上和脚上的镣铐,随着他手指挠动耳朵的节奏,稀里哗啦地响了起来。

"看你戴着手铐脚镣的样子,真是酷毙了!要是再往脸上和身上涂点儿鲜红颜料,比如番茄酱之类的东西,弄成鲜血淋漓的造型,我敢保证,你就是电影里一位不屈不挠的职业革命家了。"杜倾城摇着头笑起来,边笑边说,"不行,一会儿我得去找我姨夫,让他把我也这样装扮上,然后和你关在一间屋子里。让我们一起,体验体验职业革命者的牢狱生活。这可比你去骑白鲸有意思多了。"

司马看着杜倾城嘴角上得意扬扬的笑纹，猜想她和李大木肯定是被同一个魔鬼附了体，或是被同一个巫婆下了蛊。不然的话，他们怎么都会渴望着，和他一样戴上手铐，到暗无天日的牢房里来过瘾呢。

"我这个创意简直能算上天才了！"杜倾城为自己奇妙的想象鼓舞着，继续洋洋得意地笑着，"这样好不好司马？我们两个人，一个扮演未来的叛徒，一个扮演由特务假扮的视死如归的革命家。我来扮演特务假装的那个革命家。你一定想不到，小时候看那些有特务的电影，我是多羡慕里面的女特务，多么想当一个女特务。她们烫着漂亮的卷发，涂着迷人的口红和红指甲，喝着红色的洋酒，穿着高级的裙子和旗袍，还有狐皮的大衣，手上戴满了宝石戒指，浑身上下珠光宝气，我甚至都能在幕布下面，闻到她们身上散发出来的香水味，它们有的是栀子花的味道，有的是丁香花的味道，还有的是蜡梅花。真香啊！有很多次，我都被香得直想打喷嚏。总之，她们从头到脚那些美轮美奂的打扮，她们高傲高贵的眼神，简直迷死人了。"

"你和李大木都有毛病吧？"司马朝杜倾城骂道，"你们那里的人，是不是喝了一条河里的水，把食脑虫僵尸粉喝了进去，脑子被它们蚀出黑洞了。"

"这么说，李大木也是这么想的？"杜倾城回头朝门外的光亮之处张望了一眼，"嘘"了一声。"也是。"她放低声音，满脸兴奋地说，"这种游戏两个人玩肯定不够刺激，干脆，我去把李大木也一块弄进来。"

"滚你妈的！"虽然有些疑惑，司马还是大声骂道，"老子没有杀人！我现在一心只想出去，离开这个墙缝里到处往外钻魔鬼的地狱！"

"你着什么急嘛。"杜倾城满面春风地笑着，"多难得的一次机会！我们借着这里的牢房，排演一出微型的舞台剧。当然，要是你们愿意做木偶和皮影，咱们也可以当作是在表演木偶戏或是皮影戏。反正在大多数时候里，我们不是木偶就是皮影，不怕再多扮演一次。"

"你行行好，饶了我吧。"司马被杜倾城愚蠢的想法弄得哭笑不得。他两手抱着拳头，咚咚地在桌子上砸了几下，手铐和铁链子，那堆冰冷的铁器，也稀里哗啦地相互撞击着，在桌子边上吵闹成了一团。

"对了，排练的时候，就用这些手铐脚镣制作背景音乐和伴奏乐。我相信，一定还没有人拿这些刑具当过乐器。天哪，我突然发现，原来我还是个戏剧和音乐天才！"杜倾城的眼睛蚂蟥样紧盯着司马，"你说，世界上是不是还没有人想到，用牢房里的刑具来演奏音乐？"

"简直是神经病！"

司马愤怒着站了起来，离开椅子，提着裤子，弓着腰，拖着手铐脚镣，叮叮当当地朝阳光耀眼的门口走去。不过，他刚走到门口，就被站在门外的李大木拦住了。李大木鸟一样伸展着两只胳膊，上下挥舞着，往房间里驱赶着司马，一边赶一边说："我在外边都听到了，杜倾城的这个创意真是太棒了。你走出来之前，我已经和这里的监狱长谈好条件了，只要我们能排演好这出戏，他们就相信你没有杀人，就会放你出去，还给你自由。这样，你就可以去干你最喜欢的事了，继续收集女人的丝袜或是去骑你的白鲸。"

"我没有杀人。"司马躲闪着李大木挥舞的胳膊。

"这可不是你说了算的。"李大木变得像只老狐狸，一张狐脸上挂满了狡猾的笑容，"没有杀人，他们为什么把你抓来，还给你戴上了重刑犯的手铐脚镣？"

"你可以给我做证。这些天，为了市长出国考察蓝色太空城市那篇稿子，我们是不是吃住都在报社里？"

"跟没有人相信你的话一样，也没有人会相信我的话。你现在唯一能做的，就是配合杜倾城演好戏。"李大木踮起脚尖，从司马的肩膀上往房间里瞅一眼，低声说，"你知道这里的监狱长是谁吗？他是杜倾城的情人！"

"杜倾城的情人？你说她和她的姨夫……是情人？"

"什么狗屁姨夫。他们就是在床上认识的，所有的男人都可以是她的姨夫姑父大叔大爷干爹二舅。这么说吧，杜倾城她就是个坏女人。"

"那你为什么，还要听任她摆布？"

"你怎么就不明白，现在这个世道，还有谁比这样的女人更有本领。我给你说过吧？我们老家县里提拔县长以下的干部，都要先经过一个这样的女人，要让她来决定，是提拔张三李四还是王二麻子。"见司马神情有些犹豫，李大木鼓动着肥大的鼻翼和两片丰厚的嘴唇，继续游说着，"你不是一直说自己没杀人吗？你有没有杀人，咱们两个说了都不算。就是长有六只翅膀的撒拉弗，甩掉两只捂着脸的翅膀，恐怕也没有用。现在说了算的，只有杜倾城。"

"我不相信！"

"兄弟，信不信由你。但我可以向你保证，你要是不配合杜倾城，和她一起排演完这出木偶戏还是皮影戏来着？舞台剧？不管什么戏吧，你若是不答应她，你的下半辈子，就只有这些手铐脚镣会听你说话了。"

"去他妈的生——随便你怎么说吧。"

司马无力地嘟哝着，对着强烈的阳光吸了口暖洋洋的空气。空气里有顶着露水的小麦的味道、在太阳下暴晒的稻子的味道、山野里蘑菇的味道，还有一些成熟浆果的味道，他甚至在那些浆果的味道里，看见了一嘟噜一嘟噜闪着紫光的野葡萄和一粒一粒的天目茄。天目茄白色细小的种子，没头没脑地挤在豆粒般大小的紫色果子里，就要爆开了。李大木一直挥舞的胳膊，此刻已经垂下来，耷拉到了两条粗壮的大腿边，领口胡乱敞开着，嘴角往下拉着，满脸胡子拉碴。司马猜想他这些天是不是真病了。这个狗日的，最近两个星期，每次出去踢球，他都踢得有气无力，像是被人抽走了筋骨，身体里只剩下一堆来回晃动着的烂肉，还在那里一起一伏地做着呼吸状。

"李大木说得一点儿不错。"杜倾城走过来，手指狐狸尾巴那样来回扫着，拨弄着司马身上从手腕连接到脚腕的那根粗大的铁链子。铁链了上的环扣激情汹涌地碰撞着，金属和金属相互击打的声音悠长悦耳，在长长的走廊里起伏回荡。"你们听听，多么美妙优美的乐声，是不是堪比天籁？我敢说，这和你骑着白鲸，闪电般跃出水面那一瞬，简直有着异曲同工之妙。"

说完，杜倾城笑了笑，往前凑一步，嘻嘻哈哈着往司马脸上嘘了口气，然后，就自顾自地，转身又进了他们刚才走出来的那间屋子。

"进去吧，"李大木瞅着杜倾城的背影，伸手推了把司马，用朗诵家的腔调抑扬顿挫地说，"等我们什么时候排练完这出戏——是皮影戏没错吧？老万的死就和你没了任何干系。那时候，你就完全、彻底地自由了。自由了！司马公民，你这伟大人类中的一员。"

六

司马的老家在湖南。五岁之前,他一直住在深山里头。离开那里很多年后，他才知道，翻过他家所在的那座山，再爬上一座山，对面就是江西的黄洋界。他的父亲，曾是他们居住的那座大山里，唯一的一个军人，而且还高升到了副营长的职位。他的母亲，一个目不识丁的山里女人，带着两个孩子，到她丈夫所在的部队探过一回亲，在见过城里和部队营房里那些衣着鲜艳、面色红润的女人后，她忽然就对自己完全丧失了信心，开始怀疑她的丈夫一定在外面有女人。

司马五岁那年，他父亲从部队回到老家探亲。在二十多天的假期里，他先是用他那双灵活的、能够打枪和发电报的大手，帮忙收完地里的苞谷，然后又想趁着雨季还没到来，把家里的房子修缮一下，免得他走后房顶漏雨。那天，他父亲跑了七八里地，到生产队里借回一把铡刀，铡好披屋顶的草，润上水，又独自爬到屋顶上，把烂掉的旧草褪下来，重新给破损的地方换上披草，一直干到天黑透了，院子里点上了火把，天上的星星都被照亮了，才把两间屋子破损的地方全部修缮好。也许是太累了，也许是因为已经收起了苞谷，修好了房子，他离开后的一年里都没了后顾之忧，反正，在那一天夜里，他父亲睡得特别沉，以至于他母亲举着那把借来的铡刀，对着熟睡的父亲砍下去时，他父亲竟然没有一丝反抗。他的母亲杀死了他的父亲。但是，被公安局带走后不久，他的母亲就被无罪释放回来了，原因是他母亲早就患上了严重的精神分裂症。但是，他母亲回来后，他爷爷却死活没再让那个疯女人走进司马家的大门。再后来，他们的爷爷抚养了他的哥哥，他则被爷爷托一个亲戚，送给了住在洞庭湖边上的一户人家。最终，也正是由于他被送了人，他才有机会走出那些绵延的深山，走进了外面辽阔的世界。

和杜倾城结婚时，他带上杜倾城回过一次老家。他们先去了洞庭湖边上收养他的那户人家里，然后去山里看望他的哥哥，给父亲上坟。那次，从老家那个他没有丝毫印象的小县城下车后，他们一路问询着，换了拖拉机再换摩托车，最后又步行走了七八个钟头，辗转走了一天半，杜倾城的双脚都磨出了水泡，两个人才走进他记忆中，那个坐落在半山腰上的破破烂烂的家。他哥哥一家还住在里面。那以后，杜倾城誓死也没再跟他回去第二次。这些年里，他也仅仅在儿子小学毕业时，带着儿子，又回去过一次。

杜倾城是李大木的同乡。李大木介绍杜倾城和司马认识时，杜倾城刚通过李大木的介绍，到他们报社里做了一天实习记者。那天晚上李大木张罗着请客，欢迎杜倾城加入他们的团队。三个人从报社里出来，先是七拐八拐地，走过几条只能容下两个人并肩前行的老巷子，然后穿过据说早年间曾经热闹繁华无比，但他们到来后看见路面、房屋墙头和门脸都已经破败不堪的芙蓉街，在一条叫卫巷的狭窄胡同里找家小饭馆坐下，点了四个菜，要了十瓶啤酒，一人举着一个瓶子喝。杜倾城丝毫不示弱，李大木让她喝多少，她就仰起脖子喝下去多少，连着喝了三瓶，司马也没在她脸上看出任何醉意。那几天，李大木刚回了趟老家，因为离婚又没离成，满脑门子里都是官司，十瓶酒还没喝完，他就吆喝着，让老板又上了二十瓶，嚷嚷着要一醉方休。三个人喝到凌晨，站起来往外走时，司马才发现杜倾城醉了，走出饭馆没两步，她就靠着墙根坐下去，两手抱在胸前，说什么也不肯再往前走了。李大木走上前去搀扶她，结果没把她搀起来，他自己也坐在她身边不走了，像块被另外一块磁石紧紧吸住的磁石，并且抱着脑袋大哭起来。后来，司马完全忘记了三个人是怎么回去的，第二天中午，他一觉醒来，睁开眼睛，看见杜倾城和李大木两个人和他挤在一起，三个人共同睡在了他那张一米多宽的铁床上。杜倾城单薄的身子紧紧地贴在墙壁上，看上去像只被钉在墙壁上的小壁虎。一年后，当司马把"壁虎"这个比喻告诉杜倾城时，杜倾城正一直在圆滑地和他们周旋着，既没有选择做李大木的女朋友，也没有选择做司马的女朋友。杜倾城不愿意做李大木女朋友的原因，是李大木还没有离婚，不是所有的蘑菇他都能吃；不做司马女朋友的原因，则是襄王有梦，神女无心。当然，那时候，杜倾城的一万零一千零一百零最后一个愿望，就是在遇不到"太守大人"的情况下，尽可能地，在刨除其他所有可以舍弃的条件之外，首选一个家里有住房的老城里人做男友，年龄婚史都不是问题。"看看老万在你们门上贴的那些条子！"杜倾城毫不留情地嘲弄着司马和李大木，"屋里暗得连床单的颜色都分辨不清！一个男人在这样的房子里出入，蚂蚁臭虫般活着，还有什么资格去找女伴，和她们上床，跟她们谈婚论嫁。"

"真是滑稽！"司马回想着梦里那个杜倾城，觉得背后一阵飕飕的冷风，干脆就把后背往窗台旁边的墙壁上靠了靠，继续瞅着她那两只神情迷离的蛇眼。杜倾城正在拼命进入角色——扭着水蛇腰，翘着兰花指，惺忪着一双眼睛，学着那个叫玉环的贵妃醉着酒，在那张瘦小的蛇脸上，酝酿着万种风情。"怎么会有这么奇怪的场景！"司马暂时放下老万，一心一意地想着梦里那个令人不寒而栗的杜倾城。

在这座城市里，司马从来没有把他母亲因为怀疑他父亲有外遇从而杀死了他那件事情，告诉过任何人，自然也没有告诉过杜倾城。他不想让别人知道，更不想让杜倾城知道,他有一个精神病母亲,他是一个用铡刀砍下丈夫脑袋的杀人犯的儿子。带着儿子回老家时,他无意间从老家那两间破屋的一个墙洞里,掏出个油纸包,打开,里面居然是两张照片。一张是父亲身着军装的二寸头像,一张是他们哥俩和父母亲合照的全家福。他父亲抱着枪站在他们身后,他的母亲怀里抱着他,他哥哥站在父亲前面,身子紧紧地依偎着他们的母亲。他不知道这两张照片是母亲塞在那里的,还是爷爷或者哥哥放的。他没有问哥哥,只是不声不响地,把那两张意外得到的照片,揣进了裤兜里。在他的记忆里,他父亲——那个曾经在部队上教过他和哥哥怎么发电报的男人,一直就像夜里看见的一个影子,总是模糊不清,他曾经在无数个夜晚里闭着眼睛去拼凑他的模样,却一次也没有清晰完整地拼出过。后来,他用父亲教给他们的发电报的方式,在睡梦里给父亲发过无数次电报,仍然不能得到父亲全部的面部信息,他能看清楚的,似乎只有一双灵活有力的大手。直到看见那两张照片,看着照片上父亲的浓眉大眼、肥厚的鼻子和阔大的嘴,他才弄清楚,他哥哥的外形,原来和父亲长得一模一样,他们眼角的那种神韵,就像是从一个模具里复制出来的,而他的五官,则和那个杀人犯母亲长得完全一样。在看到照片的瞬间,他终于弄明白,爷爷当初为什么死活都要把他送给别人了。

杜倾城做完一天的功课,上班走后,司马回到卧室,又打开了杜倾城那侧的床头柜,把家里的房产证和户口本一一翻出来,打开,摊在面前,然后慢悠悠地点上一支烟。房产证上的名字是杜倾城,户口本上户主的名字同样是杜倾城,只是后面曾用名一栏里,多了"杜春玲"三个字。当初,为了把杜春玲这个名字在户口本上改成杜倾城,那时候的杜春玲,前后请了不下十次客,足足花去了大半年的时间和工资。司马盯着户口本上自己和杜倾城的关系,心里黯然一笑,从武汉钢铁学校毕业后,他到这座城市闯荡快二十年了,二十年的光阴,他所得到的,就是一个女人的丈夫和一个少年的父亲这两个头衔。司马从户口本上移开眼睛,转动着脑袋,打量起房间和房间里摆设的物体。地板是杜倾城选的,是她喜欢的暗红色;房顶灯是杜倾城挑的,一盏霸气十足的水晶枝型吊灯,每个水晶吊坠都流光溢彩,是她最想要的那种富丽堂皇;床是杜倾城选的,是她装腔作势着喜欢的白色,床头鎏金的花纹,据说是出自一位意大利设计师之手;衣橱更是她喜欢的,同样也是那位意大利设计师的杰作,把手的形状是一支鎏金的郁金香；墙壁的颜色还是她喜欢的，淡淡的米色里，闪烁着星星点点的金色，与衣橱的鎏金把手和床头的花纹交相辉映；床上的东西更不用说，床单、被套、枕头、靠垫，全部都是杜倾城按着她的审美喜好购置回来的。就连他床头柜里那些橡胶套子，味道也是杜倾城按着她喜欢的味道，从单位里带回家的。当然还包括他所有的衣物，甚至内裤和袜子，她也是依照她的趣味，给他买回家的，他只负责套在身上就够了。"套中人"——这些年，几乎每天早上，在往身上套衣服的时候，他都会想到"套中人"三个字。只是他一直没想起来，那是不是一部外国小说的名字。

　　司马坐在地板上，缓缓地吐着烟雾，目光则在来回巡视着，希望找到一件他亲手购买回来的物品。一圈。又一圈。又一圈。又一圈。找到第五圈的时候，司马突然想哈哈地大笑几声，笑到眼角溢出泪水，再让自己停下来。在这个暗自哈哈大笑的过程里，司马看见自己就像一只没钻出地面的蝉蛹，在他生活居住的整个洞穴里，除了他赤裸的身体，再也没有一样东西，是属于他自己的了。哈哈哈，一点儿也没有错，什么也没有。蝉蛹的洞穴属于大地，他的洞穴就一定属于杜倾城。这是因为，他一直渴望在这座城市里拥有的那种房子，他们现在居住着的这个一百六十平方米的四室两厅，是杜倾城单位集体采购的，首付资金的百分之八十，都是杜倾城的存款和公积金。每个月的银行月供，也是从杜倾城的工资里扣除的。他那点儿微薄的工资，能交到杜倾城手里的，用杜倾城的话说，除去他的吃喝拉撒，剩下那点儿连给儿子买瓶眼药水都不够。"除了臭清高，你还有什么本领？"在床上，他心情不好，不愿意配合杜倾城完成交媾任务时，杜倾城就会跟放屁虫似的，拿这句话来臭他。这些年，他的欲望越来越少，跟条将要枯竭的河流一样，半年都想不起来夫妻在床上那档子破事，每次都要杜倾城花尽心思勾引着他，他才会像应付一件无关紧要的公事那样，蜻蜓点水，水过地皮湿，草草了事。

　　"连配种的牲口都不如。"每次潦草地完事后，杜倾城都会这么辱骂他一句。杜倾城越骂，他越懒得应付她。于是，在接下去更长的时间里，不管杜倾城怎么扭着水蛇腰，在床前骚情十足地卖弄风姿，变着水仙花牡丹花金盏菊玫瑰花香水草甜罗勒风铃草夜息香麦秆菊洋苏草蝴蝶兰……一百般花样勾引他，甚至胁迫他和她一起钻到网络里看些下三烂的色情视频，他也仍然按兵不动，从头发丝到脚指甲，都无动于衷，死气沉沉。到了这种关口，杜倾城就恶狠狠地挑衅着，说他再不让她称心，明天一早，她就和他们局长上床去。"建议你最好是找个厅长或者市长，他们都比你们局长巴掌大。"他闭着眼睛，平静地教唆着她，心里恶毒地骂着她，骂完了杜倾城，又骂自己"王八蛋"。一个人，还能有谁比他自己更了解自己。他这么和杜倾城拧着，企图拿无性的生活虐待她，折磨她，何尝又不是在惩罚和折磨自己。他清楚自己这样做的原因，无非是他明明白白地看透了自己是个什么破烂玩意，杂碎东西。他没有锦帽貂裘，没有千骑卷过平岗，也不能亲射虎，他什么也给不了儿子和杜倾城。他给不了杜倾城一直都在期望的，"太守"能给她的那种锦帽貂裘的幸福，也给不了她千骑卷过平岗的生活状态。仅仅是每个月那点儿令他羞涩的工资，他都需要把它们分成五份，给洞庭湖边的养父母一份，给深山里长年生病的哥哥一份，再给患有精神病的母亲一份，余下的两份才能交给杜倾城。交给杜倾城的两份，她把一份折算成了他的生活费，另一份，则算成了他的住房租金。本来，他想留下半份给自己做个储备，给母亲哥哥和养父母救急时用一用，但杜倾城寸土不让，打死也不同意。"这座房子，里面只有你不到百分之二十的首付资金，其余全是我支付的，包括这些年的月贷，也是从我工资里扣的。你每个月当然要交房租。"杜倾城板着钢板水泥一样冷硬的面孔，说得理直气壮。他想想也是，全交就全交了吧，好歹每月还能有几块可怜的稿酬，够他吸烟和外面的应酬。说实在的，他的应酬现在也极其有限，最多是和李大木凑在一块儿喝顿闲酒，或者喝杯茶。这两年，他把自己的圈子缩得越来越小，就像一个在春风吹来后不断融化的雪球，他相信在不久之后的一天，雪球完全融化掉，最后的雪水全部浸入到泥土中时，李大木也会从他的圈子里彻底消失。他清楚，那只是个迟早的问题。

地板上横七竖八地，已经挤了一堆燃烧完的烟蒂。司马盯着它们看了几分钟，两手抱住后脖颈子，使劲儿摇晃了两下脑袋。摇晃完脑袋，他从地板上爬起来，像往常那样，把房产证和户口本放回它们原来的位置，然后收拾干净烟蒂，又到卫生间里找块抹布，撅着屁股在地板上蹭了蹭。擦完地板，他握着抹布走到窗子跟前，嘭嘭几下，把关闭着的纱窗全部推开，让楼房外面的风从大敞四开的窗口里挤进来，挥着看不见的小鞭子，驱赶走房间内的烟雾。就像不允许他穿着拖鞋进卧室，不允许他在家里的马桶前站着撒尿一样，杜倾城坚决不允许他在卧室里抽烟。甚至他们的儿子，也被杜倾城训练着，从小就坐在马桶上撒尿。杜倾城给他制定的这三条戒律，这些年里，在杜倾城面前，司马从来没有打破过一次，原因是他不想和杜倾城发生任何形式的争吵和冲突。不过，只要杜倾城和儿子走出了家门，他就一定会穿着拖鞋进出卧室，一定会站在马桶前撒尿，一定会到卧室里抽烟，而且，十次有八次，他还会抱着烟灰缸，选择靠在床头上抽。不管真真假假，当着杜倾城的面，他可以遵守和服从这些戒律，他自己什么样都无所谓了。但在杜倾城痴心妄想着，像对他一样，拿着这些戒律去塑造儿子时，他就坚决不干了。在儿子上小学之前，司马态度坚决地，把儿子坐在马桶上撒尿的习惯，给他纠正了过来，并且告诉他，一个男人，必须得站着撒尿。然后，他又告诉杜倾城，他自己可以在这个家里不站着撒尿，可他的儿子，必须学会站着撒尿。不仅在外面要站着撒，在家里同样也要站着撒。那是他们结婚后，他第一次发那么大的脾气，桌子上的一个碗被他举起来摔到地板上，跳起来的瓷片把木头门都咬出了两个印子。摔完了碗，他自己都被自己的"壮举"吓了一跳，觉得他发脾气这个情形，简直可以用怒发冲冠来形容了。那是他们漫长的十几年婚姻生活里，他做的唯一的一次抗争，也就只有那一回，他胜利了，杜倾城在他面前完全败下阵来，举手撅屁股地缴了械。当然，杜倾城的缴械和他的胜利，只限于对儿子。他为儿子争得了站着撒尿的权力，他自己在杜倾城那里，在她的三条戒律面前，依然没有得到任何的赦免。"这也是胜利，家里总算有个站着撒尿的男人了。"取得胜利那天，他对儿子说。儿子还小，不理解站着撒尿和坐在马桶上撒尿有什么区别，不明白两个大人为什么会因为他撒尿的问题，争得天翻地覆，说小狗和电视里的动物都是站着撒尿，人为什么一定要学动物？他看着儿子闪烁的目光，告诉儿子，人也是动物的一种。尽管那个小东西的眼睛告诉他的老子，他不相信人也是动物，但司马知道，总有一天，他会把这件事情弄得比他老子更加清楚。

也就是在给儿子争取到站着撒尿权那天，杜倾城因为失败逃出家门后，司马第一次找出了家里的房产证和户口本，摆在脚下，对着它们观望了一个下午。儿子肚子饿了，跑进卧室里叫他做饭，看见了摆在地板上的户口本，好奇地拿起来看了看，问司马什么是户主。司马看眼儿子，告诉他户主就是家长。儿子不解，说他不也是家长吗。他摸着儿子的脑袋笑了笑，说派出所里只允许在户口本上写一个家长的名字。

扔下手里的抹布,司马一边洗手,一边想着儿子的模样。儿子没有任何地方长得像他,也没有任何地方像杜倾城,而是和他从老家墙缝里带回来的那张照片里的父亲,长得一模一样。额头、眉毛、眼睛、鼻子、嘴巴、耳朵,没有一个地方不像。有时候,司马坐在一边端详着儿子,看着看着,突然就会觉得,父亲这是在用另一种方式,来到了他的身边,来偿还他曾经缺失的那份爱了。稍微不同的是,父亲将他们两个的父子关系,巧妙地掉转了过来,现在他是儿子。可无论他们谁是父亲,谁是儿子,他们总归还是父子,父子之间那种用血液传承的爱,还在他们的身体里奔流。他现在能做到的,就是不遗余力地去爱儿子,不给他一星一点的伤害,就像他小时候,他父亲从部队回到家里,不遗余力地爱着他们兄弟俩那样。

七

夕阳照在南门广场旁边一小块儿空地上,也照在了司马身上。司马坐在李大木和杜倾城两个人中间,百无聊赖地望着沐浴在夕阳里的广场和广场上拥挤的人群。广场刚修建起来不久,一望无边,像北京的天安门广场一样宽阔、神圣,令许多人流连忘返。那些喜欢新鲜事物的男女老少,安闲地在广场上四处溜达巡视着,或者鸽子样来回踱着步,在各个角落里留着他们新奇的脚印和目光。司马猜想,一时半会儿,这些人还不会稀罕够这个任凭他们自由呼吸和放屁的大起居室。他们不会在自己家的起居室里随意放屁,但在这个广场上,他们一定会像呼吸那样随便地,就把屁放出来。在他右边,李大木的双脚一直在来回盘弄着那只足球,滚动的足球和李大木的帆布鞋以及他的两条长腿上,都流动着一层半透明质地的红色,仿佛有条笼罩着薄雾的河流,正在那里悄无声息地流淌着,而其中一段,被李大木的双脚和那只足球搅动着,漾起了一层一层的微波。司马把视线从广场上收回来,用胳膊肘轻轻地碰了下李大木,表示他有话要对李大木说。

"说吧。"李大木眼睛盯着球说,"听说杜倾城给了你一堆她穿过的破丝袜,让你收藏。你是不是也看上她了?"

"能不能少放臭屁!"司马说,"我是想给你们说,我昨天晚上做了个奇怪的梦,在梦里,居然把老万给干掉了。"

"好哇。"李大木伸手把球勾起来,举起食指旋转着,"你小子若是真把老万杀了,就没人再往我们门上贴条子,天天催命鬼一样催房租了。"

"在梦里,你可是比现在仗义。"

"怎么个仗义法,"李大木探头看眼杜倾城,"把杜倾城让给你了?"

"能不能不放狗屁!"

"杜倾城现在有权力重新选择,我说得没错吧杜倾城?"

李大木探着脑袋,流氓十足地看了眼杜倾城。因为老家县城里的老婆死活不同意离婚,李大木就一直不能和杜倾城结婚。为此,李大木和杜倾城一下午都在吵架、怄气,害得司马陪了他们一下午。杜倾城的眼睛已经哭肿了,用手指一弹,桃汁就会奔涌出来。从杜倾城的控诉里,司马慢慢地弄明白了,不到一年时间,杜倾城到医院里去做了三次流产手术,医生警告她说,如果再流一次,她这辈子都别想生孩子了。

"选择就选择。"杜倾城把一团沾满眼泪和鼻涕的卫生纸抛向李大木,然后果断地挽住了司马的胳膊,"这是你说的李大木,谁离开谁都不会死。"

"你们能不能冷静点儿!"司马瞅眼李大木,把杜倾城的手从自己胳膊上扒拉下去,重新放回她的膝盖上。杜倾城虽然不漂亮,长得蛇头蛇脸,但绝对是个聪明女人。司马一直搞不懂,这么个聪明女人,怎么会和李大木这种烂裤裆的家伙纠缠在一起。

"那就说说,你是怎么杀死老万的。"李大木用两只脚夹住球,独自抽起烟来,飘起来的烟雾弄得他连续皱了几下鼻子。

"在梦里,谁知道是怎么杀的。"司马心有余悸地吐了一口气,接着又咧开嘴笑了两声,"似乎是在一个花园里,他被警察从一株什么花木下面挖了出来。然后,他们就说是我杀的。"

"在花园里?"李大木嘿嘿地笑起来,"你是不是把他埋在了一株牡丹花下面,准备让他'做鬼也风流'?"

"先不说他。"司马拍了拍李大木的肩膀,"你知道在梦里,你干了件什么英雄事迹吗?"

"做了你的帮凶?"李大木嘲弄地撇下嘴角。

"也可以这么说。我被警察押上车后,你突然跑过去,对警察说你是我的同案犯。"

"同案犯?"

"你在梦里就是这么说的。"夕阳像涂油漆那样,挥着刷子,把整个南门广场涂上了一层暧昧的红色。司马凝视着那层红色,想象着老万身上流出的血如果铺满广场,会是一种什么情景。

"警察把我也抓起来了?"

"那倒没有。"司马摇摇头,继续望着一地的红色,"你要求他们给你也戴上手铐,说你从来没戴过铐子,要过一下戴手铐的瘾。"

"结果呢?"

"结果警察瞪了你两眼,一脚就把你踹了出去。"

"然后你就被警察带走了?"

"然后……然后我就醒了。"司马瞄了眼杜倾城,想着在后面的梦里,李大木骂她时的古怪表情,以及她来回击打着他的手铐脚镣时满脸洋溢着的那些迷醉。

"一点儿也不奇怪。"李大木使劲儿吸了两口烟,把燃烧的烟头戳在足球上,在上面烫出了一个黑色圆点,"哪天我想杀人了,肯定第一个就先杀了他。"

"问题是,我从来没有想过杀人这种事。"

"有些事,根本就用不着想。"李大木垂着脑袋,冷冷地说。

司马站起来,抬头往远处瞭望着。趁着他方才低头的瞬间,夕阳已经滑到几栋重叠交错在一起的高楼后面去了。在那里,它四周溢出来的红色光线,正在恰如其分地,把那几栋楼房和它们四周的树木与街道框起来,形成了一幅亦真亦幻的水墨画。杜倾城红肿着眼睛,两手拥抱着腿,下颌抵在膝盖上,女囚一样,面无表情地盯着马路上一个角落。司马低头看了她一眼,又看了她一眼,仍然猜不明白,她现在这种不动声色的状态,是在等待着某辆疾驰而过的车飞过来呢,还是在等待着某一个全世界都在她面前毁灭的时刻。反正,他看见的就是,她那张面无表情的脸上,已经没有了一丝准备活下去的生气。"歌唱吧,鸟儿。"他突然觉得,现在应该有人站在她面前,对她说一句类似这样的话,鼓励鼓励她。稍后,他又想起来,"歌唱吧,鸟儿"这句话,应该是外国某个诗人写的一行诗。

"如果让你从现在开始考虑,你会杀人吗?"

司马刚从杜倾城脸上收回目光，杜倾城的声音就钻进了他的耳朵，似乎那些声音是网在他的目光里，被他一起拉回去的。

"我从来没想过这个问题。"司马居高临下地扫了眼李大木，李大木还在幸福安详地用烟头烫着足球，已经在上面烫出三个黑点，勾勒出一个牢固的等边三角形。司马盯着那个三角形，觉得里面正在冒出一股脚臭味。在报社办公室里，李大木脱了鞋，把脚丫子伸到办公桌上睡午觉时，整个办公室里就会洋溢着这种带有马苋菜酸味的脚臭气。

"我是说，让你现在开始去想，你有胆量杀人吗？"杜倾城又追问一句。

"杀死一个人，应该和杀死豆荚里一条虫子是两个概念。"司马想着杜倾城刚进报社那天的羞涩表情，继续盯着李大木手里的足球，在他的脚臭味里回答道，"给你说句实话杜倾城，连住在豆荚和玉米里的虫子，我都害怕。"他隐约记得，后面这句话，似乎是在梦里，杜倾城到监狱里去探望他，要他和李大木陪她排练一出什么话剧时，她让他说的一句台词。

"你已经杀死了老万。"李大木还在瞅着手里的烟头。

"我再郑重声明一下，不是我杀死了老万，是在梦里，那些警察说我杀死了老万。"

"他们为什么那么说？"

"好像是老万被人杀死后，他贴在我们门上的那些条子，被警察们看见了。"

"什么条子，和杀人有关吗？"杜倾城好奇地问。

"你整天到我们那里去找李大木，居然没看见他门上那些五花八门的条子？"司马故意哈哈地笑了两声，想着梦里那个用手铐脚镣当乐器的杜倾城，恍惚看了眼李大木手里的烟头，"这你得问李大木，他把每张条子上的内容都抄录了下来，计划出版一本《一个房东的罪恶语录》，插图我都已经帮他画好了。"

"我不想知道别的。就想弄明白一点，你会去杀人吗？"杜倾城已经仰起了头，两只眼睛像在牢房里一样坚定，冰块似的盯着司马。司马想起来，在梦里，她拼命地敲击着铐他的那些手铐脚镣时，就是这种眼神。

"我再重申一遍，"司马避开杜倾城寒冷的眼睛，抬手拍打着李大木的肩膀，"哎，我再重申一次，我前头给你们讲的，全部是发生在梦里的事情，是做了个奇怪的梦。比如现在，说不上，还是在另一个梦里。"

"管它什么玩意，总之，你已经把老万那个家伙杀了。"李大木把足球放到面前，腿一屈一伸，那只足球就乘着傍晚黯淡的微风，旋转着，飞向了广场。

司马疑惑着，自己是不是真的杀死了老万。他依稀记得，杀死老万这个梦，他好像重复做过好几次了，以至于现在，他几乎弄不清楚，那到底是不是一个梦了。

广场上的灯一颗一颗地亮了，就像黑夜里的星星那样，遥遥地放射着光芒。暮色正沿着四周朦胧的灯光，夜露般朝广场中间汇聚。广场上的人被灯光和暮色涂抹得眉眼模糊，面孔不清，几乎分辨不出男女，可以断定的是，数量却越来越多了，广场的角角落落都被他们的肉体挤满了。司马看了眼李大木踢球的那只脚，又让眼睛追着那只朝暮色和灯光飞去的足球看了几秒，然后，他便撇下李大木和杜倾城，像个忠于职守的守门员，或者一条忠心耿耿的狗那样，追着那只张开翅膀飞翔的足球，朝暮色四合的广场飞奔而去。

八

上午十一点钟，按照李大木约定的时间，司马准时走进了黑虎泉旁边一家私房菜馆。这是他和李大木两个人私密聚会喝酒的地方，杜倾城至今不知道。菜馆设在一处私人住宅里，一座小巧玲珑的四合院。院落虽小，布置上却是风雅有致，假山瘦石，修竹在侧，"小桥通若耶之溪，曲径接天台之路"。李大木说，这里曾是韩复榘为他最宠爱的姨太太修建的一处别院。他这位姨太太系江浙一带人氏，祖上曾是江南织造局的一位督办，除了喜欢写诗弹琵琶收藏古籍字画，自诩没有什么特别的喜好。她让韩复榘为她做的唯一一件事情，就是在珍珠泉之外的王府池子、黑虎泉和趵突泉几处名泉边上，各为她修建或是购置一座宅院。原因是她喜欢在夜深人静时分，一个人坐在浩瀚灿烂的星空下面，听这些泉水的流淌和涌动。第一次跟李大木来到这家私房菜馆，听李大木绘声绘色地讲述这座宅院的来历时，司马暗想，幸亏杜倾城没在他们旁边，她若是听见了这样的故事，不知道又会在多少个夜里和他争吵，然后为她徒有"倾城"这个名字，却没有"太守"相随，而黯然神伤到天亮。他们家住在顶楼，楼顶上有个十多平方米大的露台，她若是想学着韩复榘那位姨太太，夜深人静时在星空下面坐上几刻钟，指定是没有问题。问题在于，她能够坐在灿烂的星空下面，抬头仰望星空，可她的耳朵里，却不能出现泉水潺潺的流淌声和咕咕的涌动声，而后面泉水的流淌和涌动，才是最伤害她心灵的地方。

菜馆里总共设有四个房间，最大的房间里也只能容纳六个人。空间促狭，有限，接待量小，这些有时候是不足之处，但有些时候，又会产生出某种意想不到的效果，促成一桩物以稀为贵的美事。这家私房菜馆里的情况，显然是属于后者。大多数想来这里用餐的客人，都只有耐心地排队，等待，再等待这一个选择。有时候需要提前两个星期约定，有时候则需要提前三个星期，他们才有可能预定到一席之位。李大木和司马两个人，在这里却可以例外。他们两个人什么时候来这里，都会有个席位摆好了等着他们。这个席位是菜馆老板的私人会客厅。司马和李大木到了这里，大多都是在这个私人会客厅里落座。老板在后厨上打点完了，若是时间还早，偶尔也会加入他们中间来，坐上一会儿，抱着琵琶给他们弹上曲《忆江南》或者一段《琵琶行》，再陪他们喝上两杯米酒。在她低头拨弄琵琶的时候，司马才会盯着这个风华正茂的女人看上两眼。这个鲸鱼一样线条流畅的女人，比杜倾城要耐看上十倍，姿色在上品里还要计入上品，是不施粉黛自生香的那种。

司马初次到这里来，仅仅看了这个摇曳生姿的女人一眼，就明白李大木为什么死活选择这里做他喝闲酒的场地了。这个女人和李大木死去的那个情人，眉眼间简直就是孪生的双胞胎姐妹。李大木至今没有和老婆离婚，但一直是单身住着。起初是他住在县城里的老婆死活不同意离婚，后来，就变成他死活不离了。不离婚，他也不回妻子和儿子的那个家，十几年里，他的脚没有再踏进老家县城里那个家门一步。甚至他父亲去世，他也是直接去了县城里的殡仪馆，然后，从墓地里就直接离开了。他不再回老家去，是因为那个一心想嫁给他的女人，因为他，吞下安眠药后拧开煤气罐自杀了。

李大木带着那位后来为他殉情的姑娘来见司马时，司马和杜倾城正在热火朝天地准备着结婚。杜倾城在报社里干了一年记者后，看见拉广告比当记者赚钱，就改行去拉广告，并为此和李大木大吵一架。原因是李大木劝说她不要进广告部时，说她去拉广告无疑是自甘堕落，如同一个正经女人卖身进了青楼。司马站在一边看着他们争吵,始终没弄明白,杜倾城去广告部拉广告,李大木为什么会那么激动。杜倾城根本不会写新闻稿子,司马认为她在新闻部里混,就是混一辈子,混到死,也不会自己在一个新闻事件中挖掘到真正的新闻点,因为她在报社里跑了一年社会新闻,所有的稿子,无一不是他和李大木两个人,在背后轮番帮助她加工出来的。到了广告部,杜倾城每天的工作,就是抱个名片夹子坐在电话机前,给名片上的各种人物打电话,东拉西扯着和他们谈广告业务。

一年后的一天,杜倾城主动邀请李大木和司马去喝酒,并且把自己喝得烂醉,趴在桌子上哭着,泪眼逼视着李大木和司马,大声问他们谁有胆量,趁她现在醉着,把她弄回去,弄到他们的破床上去。司马以为她喝醉了,撒酒疯说胡话,就把她背回他那间破屋子里,把她扔到了自己那张破床上,然后在地上铺个床单,和醉得东倒西歪的李大木挤在门口睡了一宿。第二天上午,杜倾城起床时,司马和李大木都还在呼呼大睡。杜倾城走到他们身边,蹲下来,先是扯着司马的耳朵把他弄醒,又扯着李大木的耳朵把李大木喊醒,她俯视着他们惺忪的睡眼,告诉他们,从那个上午开始,司马就是她的男朋友了。不到两个月,杜倾城就租赁好了结婚的房子,定好了和司马结婚的日子。在杜倾城拉着司马,挨个家具商场里跑着,选购家具的那天下午,李大木把一个拉小提琴的姑娘带到了他们面前。李大木一直在叫那个姑娘小琴,所以,在很长一段日子里,司马都以为小琴是那个姑娘的名字,他便和杜倾城一起,也跟着李大木叫那个姑娘小琴,叫了差不多一年,直到那个姑娘死后,司马也没弄清楚,那个姑娘叫什么名字。自从那个姑娘去世,李大木就开始变得语无伦次起来,他一会儿叫那个姑娘小琴,一会儿叫她小提琴,一会儿叫她撒拉弗,一会儿又叫她颜倾城,刚叫完悬铃木,又叫她小桃红。司马听得脑袋发蒙,也没搞清楚她到底叫什么,后来他就一直叫她小提琴。小提琴是在李大木和她交往一年后自杀的。她以超乎所有人想象的力量爱着李大木,没白没黑地嚷嚷着要和李大木结婚。李大木呢,他的父亲母亲岳父岳母大姨子小舅子们集体抱着团,用四条老命加上无数把钢刀子逼迫着他,声援着他老婆,死活不让她和他离婚。离不了婚,李大木自然就拿不出结婚的态度。小提琴烈火一样的爱情换到的,就只能是李大木一场接一场的烂醉。

那年初冬的一个下午,天上飘着雪花,李大木和司马两个人喝完了酒,司马架着醉醺醺的李大木，把他送回了住处。院子门口停着辆救护车，李大木从司马手里挣脱出去，歪歪斜斜地冲到救护车跟前，朝着救护车的后车轮胡乱踢着，说老子才喝了两瓶酒，哪里就用得着叫你这狗日的救护车。院子里星星散散地站满了人，但人群中间，又自觉地留出了一条两米多宽的通道，所有人都在通道两侧将身子倾斜了二十五度，旁逸斜出，努力朝通道上探着脑袋，兴奋地张望着。给人的感觉是，仿佛这个院子里正在搞一场迎接或是欢送某位大人物的隆重仪式，请来的群众演员们，正在尽情地表演着，进行着夹道欢迎或是欢送的彩排。唯一的不足之处，是他们手里没有一面彩色旗子在来回晃动，也没有握着束鲜花在摇摆。司马和李大木两个人很懂得入乡随俗，不自觉地就加入了彩排的队伍。他们站在通道尽头，等着看也许马上就会到来的高潮。不到两秒钟，高潮就登场了。他们看见两个身着白大褂的医生，抬着副担架，神色匆匆地从李大木的屋子里走了出来。几乎是在同一时刻，司马看见，房东老万像童话书里描写的一只跳蚤那样，从李大木门口的位置弹跳起来，然后顺着通道，两下子就蹦到了他们面前。他看也没看司马，一把扯住了李大木的胳膊，高声嚷嚷着，说："你怎么睡女人我不管，可你不能在我屋子里闹出人命！这样，我这屋子往后还怎么出租住人！"担架也已经走到司马和李大木面前。他们茫然地看着仰面躺在担架上的小提琴，看见她右边的胳膊垂在担架外面，像手里握着弓子拉琴时那样，弧线优美地晃动着，又舒缓又优雅；两只眼睛则陶醉在那场迷人的音乐里，紧紧地闭着；曾经鲜红的嘴唇，由于血液停止流动，被悄悄地涂上了一层淡青色。李大木完全瓷在了那里。司马紧紧地抱住李大木的胳膊，看见煤气味就像打开瓶盖的臭豆腐那样，前呼后拥着，从李大木那间大敞四开的屋门汹涌出来，凶猛地朝外逃窜着，尾随在担架后面，随着小提琴手演奏出的优美动人的旋律，钻进了他的眼睛和鼻子。

小提琴死后，李大木一直租着老万那间破房子，他信仰了小提琴信仰的基督教，把他收藏到的世界上各种版本的《圣经》，都放在了那间房子里。十几年的时间里，任凭老万变成了一只老奸巨猾的白毛狐狸，千方百计地提高房租想撵走李大木，但结果都是，李大木耍着无赖，以上帝和一千种自杀的方式抵抗着，无论如何也不朝外搬里面的一根草屑。

司马走进菜馆老板的会客厅时，李大木早就到了，他探着脑袋坐在茶几旁边，正入神地盯着面前的一张白纸。司马走到他对面，坐下，才看清白纸上画着图，样子像是一座房屋的平面结构图。司马伸手在图纸上敲两下，嘿嘿地笑着说："这是弄到地皮，准备盖别墅了？"

"这是给老万弄的。"李大木继续盯着图纸，"我还没给你说吧？老万他们那个院子，马上要改造了。"

"老万？"司马看着李大木，老万被警察从泥土里挖出来，散发着腐朽臭味的肥胖身子，一下子就跳到了他眼前，"他还活着？"

"当然活着。他不活着，我这些年的房租都扔进粪坑里了。"李大木从图纸上抬起眼睛，盯图纸那样，盯着司马。

"他说没说，改造的时候，会不会在房屋后面弄个花园？"

司马想着梦里那个花园，花园里的月季花，以及月季花瓣上晃动的露珠，感到手腕处一阵生凉，仿佛梦里那副冰冷的手铐，又悄无声息地戴上了他的手腕。

"你的想象力太丰富了！"李大木调侃着说，"那么寸土寸金的地方弄个花园？这种奇思妙想，恐怕只有你司马大人才能想到。"

"是老万来找你弄的图纸？"司马打量着图纸上的构图，用手指戳着其中一个房间，里面好像规划了一个游泳池，又好像……司马看见一个长有六只翅膀的撒拉弗，闪电般从图纸上跃了出去。"这个房间有点儿意思，是准备在里面弄个泳池，还是准备再从外面套上个外套，城郭似的，四周做成夹壁，弄成个房中房？"

"你怎么会看不出来呢？"李大木不满地嘟哝道，"这是我一直租的那间屋子，你忘了，就在你隔壁。"

"你弄这张图纸的意思，是想把这间屋子原封不动地留在原处，然后把它包在新房子里面？"

"要不怎么能说'知我者，司马也'。"

"老万答应了？"

司马回想着老万贴在他们门上那些纸条，和小提琴躺在担架上那张青紫的脸。

"他马上就来。"李大木诡异地笑了笑，"他来后你就知道了。"

司马正要说李大木肯定是痴心妄想。还没开口，房门就被一个老头子推开了，一束明晃晃的金色阳光，蓦然铺到了司马脚底下。他顺着明亮的光线抬起头，看着门口，听见李大木喊着"老万"，招呼着那个人快进来。

坐在司马面前的"老万"满头白发，原来那张肥胖的大脸和肥胖的身体，都消失不见了，他现在完全变成了一个干瘪老头子。司马瞅了两眼李大木，没有马上和面前这个"老万"打招呼。那束明亮的阳光随着房门关闭，又消失了。司马坐在被阳光照亮了一刹那，转瞬又变得黯淡无光的暗红色条纹沙发上，默默地打量着"老万"。他心里先是闪过了花园里那些晃动着露水的月季花瓣，接着是老万那具被警察从泥土里挖出来的高大肥胖的尸体。他忽然记起来，被警察挖出来的老万，身体上沾满了新鲜的泥土，夏天早晨的阳光打在上面，泥土散发出了一种类似茅草根般微甜的气息。再后来，就是他被警察带进监狱里，杜倾城莫名其妙地跑进去找到了他，疯狂地敲打着他的手铐脚镣，一定要他配合她，排演一出舞台剧还是皮影戏……司马翻来覆去地想着那些似梦非梦的画面，吞咽几下口水，又看了两眼李大木，壮壮胆子，然后，他才小心翼翼地，对着满头白发身体干瘦的"老万"问道："老万，你真是老万？"

九

回家的路上，司马一路沿护城河走着。走到琵琶泉边，见月色明亮，河水清澈见底，他就在河边坐了下来。在杜倾城电脑的图片中，那些土耳其水藻淹没在水面下，左一下右一下地摇曳着，仿佛那个叫倾城的女子，醉成贵妇后，依偎在太守怀里，甩出去的水袖。

"咱们开始排练吧。"司马叮叮当当地翻着裤兜，掏出李大木给他弄到的那张精神分裂诊断书，在上面找着杜倾城给他准备的台词。

河里的水藻一会儿变成白鲸，一会儿又变成了长有六只翅膀的撒拉弗。司马看见自己摇摇晃晃着往前奔跑几步，骑到一头白鲸背上，张开身体中间两只优美的翅膀，闪电般轻盈地飞跃了起来。

(原载《上海文学》2017年第11期)

阿根廷牛排

一

讲个故事。一天，国王命令全国的人民去做奶酪，以庆祝王后的生日。很快，就有一名大臣前来禀报说，亲爱的陛下，牛奶不够，人们根本没有办法做出那么多的奶酪来庆祝王后的生日。国王有些着急，但一时又想不出好的办法。这时候，坐在一边的王后想出了好主意。王后说，这还不简单吗，您让大臣去告诉您的人民，从现在开始，把河里的水叫作牛奶，把牛奶叫作水，这样，牛奶的问题不就解决了吗？国王觉得这个主意非常好，就吩咐大臣去传达旨意。很快，大臣又回来了。他说，报告国王陛下，现在牛奶有了，但是水又不够了。

这段日子，边明古一直在心里给自己讲这个故事。有时候是走着路，猛然抬头看见了校园里的一些学生，或者迎面看见了楼前小花坛里那几棵正在开花的树。学生各个院里的都有，不独是历史学院的。几棵树却是清一色木樨科的紫丁香，是偌大的校园里独有的几棵，不规则地组成了一个小小的丁香园，静静地开出一片淡紫色云彩一样的花朵。在周围一片近似疯狂的绿色里，那些淡紫色的细碎花朵看上去有点儿孤傲和离群索居，眼神里却又遮挡不住一层若隐若现的忧伤，仿佛是一帧被人在背后精心设计过的画片。因此有很多次，边明古走过它们身旁时，心情都会莫名其妙地升腾起一缕不明不白的压抑来，像是突然走进了江南的梅雨天气里。有时候则是在梦里，他像给女儿讲故事一样，一本正经地对梦里的那个自己说，讲个故事……

在女儿读小学三年级之前,边明古经常给女儿讲这个故事。女儿拥有的那些世界著名的童话书大概占满了一个小书柜,但他不知道自己为什么偏偏喜欢这个故事。在大多数时候里,边明古觉得这个故事其实并不是讲给女儿听的,而是他讲给自己听的。

看见那三个拥挤在一起的学生时,边明古已经走到了那些开着紫色花瓣的丁香树下。三个学生站在文史楼的楼洞前,仰着头在夜空里看星星似的,朝贴在那里的一张白纸上看着。

一年四季,边明古每次走到这些丁香树下,都习惯停下来,嗅一嗅它们叶子的味道、花瓣的味道,或者它们枝干的味道。尤其是在它们开花的日子里,每次看花前,边明古都要看看它们在夜里又落下了多少花瓣。边明古观花的习惯和别人不同,别人看花都是先着眼那些动人的花朵,而他看花时,则是先要去看一看花树下有没有新凋落的花瓣。为这个缘故,周乐没少拿他取笑。周乐说,从心理学的角度上讲,边明古无疑是一个彻头彻尾的悲观主义者。

周乐每次这样说边明古,边明古都会不屑地微微一笑,说悲观是人类最真实最普遍的心理状态。为什么世界上最撼动人心的故事都是悲剧,就因为悲剧迎合了人类不能把握世界,不能把握自己命运的悲观心理。

但是今天,边明古的眼睛还没来得及去看丁香花瓣又凋落了多少,心里还没来得及给自己讲那个故事,目光就越过丁香花纷繁热闹的枝条,投在了三个学生身上。

历史学院发布的各种各样的消息,比如一些所谓名人专家的讲座,一些形形色色的通知,都是张贴在楼洞口右边的玻璃宣传栏里的。边明古想这几个学生现在看着的,要么还是昨天的那张小字报,要么就是昨天夜里又被人刷新过的另一张小字报了。

昨天,边明古九点钟到学校里来的时候,一张小字报早已经黑白分明地张贴在那里,吸引无数的学生驻足观望过了。其实小字报上只有一行打印的辱骂教授的黑体字。

晚上吃饭时,边明古在饭桌上把小字报的事情当作佐料说给周乐听。周乐刚喝下了一口西红柿鸡蛋汤,她捏着汤匙银色的长柄嗤笑了一声说:"本来嘛，你们历史学院的教授没几个好人。太阳底下看着好像一身的锦绣学问，一身的玉器古董，放的屁里都弥漫着一股腐朽的学究味道。可一旦关起门黑了灯呢，就浑身的每个毛孔比臭虫还臭了。"

边明古发现，从他当了历史学院的副院长之后，周乐就开始用这样一种刻薄的，近似剖析人类灵魂的口吻来说话了。

"有时候是熊找到了蜂蜜，有时候是蜂蜜找到了熊。"

这句话是边明古偶然在一部动画片里听见的。边明古说完了，就低下头去假装一心一意地吃饭，不再理会周乐由于一时没弄明白他的意思，而表现出来的那种闪烁的眼神。

心里想着那个贴小字报的家伙，边明古一天都在不停地暗自笑着。贴一句无关痛痒的屁话出来，跟往下水道里啐一口痰有什么区别？连曾经以研究印度恒河猴春天交配比秋天交配更有利于种群繁衍而闻名国内外的校长，现在都不做学问了，一年四季在学校对面的五星级酒店里包着房吃喝包着房睡，明星一样地上下逢迎。他手下的教授们，又岂有不上行下效的道理？有本事你就指名道姓地去骂校长！现在泛泛地在一张白纸上对着"教授"两个字叫骂，算什么野菜本事。边明古忽然想到了遥远的西班牙，想到了塞万提斯笔下那个喜欢在中世纪里骑着一匹瘦马，把自己想象成游侠骑士的堂·吉诃德。那个骑士认为，游侠骑士如果没有情人，就像树木没有叶子和果实，也像躯体没有灵魂。

那么这个贴小字报乱骂的人呢，他是不是也觉得自己就是堂·吉诃德，认为在学院目前一片混乱的状态下，他不疯疯癫癫地跳出来骂一骂教授，也会像树木没有叶子和果实，也会像躯体没有了灵魂？

事情丝毫没有超出边明古的想象，昨天的小字报果然已经在夜里被人刷新过了，但字体和内容仍然还是昨天的翻版，它们穿戴着统一的一袭粗黑的衣帽，仿佛是站成一排的纳粹，只是手里好像缺少了武器。真正刷新的部分是每个字的脚底下都新添了一条粗粗的红线，这使它们看上去像是站在耀眼的红地毯上跳着舞，有点儿滑稽，还有点儿像一个不会玩的孩子玩的一个不怎么可笑的恶作剧。边明古想，那个贴小字报的家伙肯定是被蛀虫吃光了脑子，整个创意里竟然没有半点儿戏剧成分。

边明古盯着那一行特工一样面孔冷酷、眼神游离的黑体字，想假如这张小字报是自己贴上去的，自己今天又会把它刷新成什么内容呢？会不会同样没有创意，没有一丝的戏剧性，恰恰是和这个人的思维在某个断面上重叠着呢？如果两个个体的人之间，共同拥有着一种像镜子反射一样的心理状态和行为，那会不会也是一件很有趣的事情？

想着白纸上那一排黑字，刚拐上了楼梯，边明古就被站在楼上的蔡勤叫住了。蔡勤说："看见楼洞口的大字报了吧？历史学院最近真是怪事迭出，李教授已经去世两年了，上一周竟然还有人给他送来了一张结婚的请柬，邀请他去参加婚礼。今天呢，楼下又有人贴出了大字报，鬼鬼祟祟地骂着教授们。"

边明古立住脚，仰视了一下居高临下看着他的蔡勤，边往上走边笑着说："你是在说门口那张 A4 纸吗？叫大字报好像有点儿抬举它了。"

"反正就是那么个意思。"蔡勤把半个身子悬在了栏杆外，脖子上的半条丝巾就在半空中垂着，像抛向边明古的一节彩虹。她的脸上同样彩虹般地微笑着，对拾级而上的边明古说："别管是机枪还是大炮，也无论它的出现多么荒诞，反正拿到战场上来就是杀人的武器。"

蔡勤这个人在历史学院里最声名显赫的，就是七分的清高里，夹杂着三分的古怪。她给学生讲洋务运动讲上海租界，讲着讲着，十次有七次会拉洋片似的，把旧上海的张爱玲拉出来，在学生们和她之间来回地播放着。蔡勤丝毫也不掩饰她喜欢旧上海，喜欢旧上海的张爱玲，只差把上海那些宽窄深浅的弄堂里荡漾着的、旧时上海的氤氲气息，一一打包来填满她生活的空间了。她的学生背后头挖苦她，说她是最应该到"百家讲坛"那样的地方去，讲张爱玲在旧上海生活的时候，文胸上到底是绣着几朵寂寥的茉莉花的。

边明古在最后一级台阶上停住了步子，半真半假地开着玩笑说："这也许就是古人说的大道至简。有人把薄书读厚了，就会有人把厚书读薄了。天方夜谭里也说，能说会道的人，有救了。"

"好像是这样，"蔡勤笑眯眯地看着边明古说，"现在的人好像个个都能说会道了，尤其是我们这个院里的人。"

蔡勤是历史学院四个副院长之一。院长杜兵被风传出要提副校长后，她就明里暗里和边明古是竞争对手了，所以，边明古不想在这个紧要关头多说一些蠢话。他平时喜欢给学生们讲，一个人蠢话说多了，总会有为那些蠢话买单的时候。只是那个买单的日子有时候比风来得早一些，有时候又比雨来得晚一点儿罢了。另外，米兰·昆德拉不是说"生活在别处"吗，边明古想他和蔡勤现在的所有对话，意义可能都是"在别处"的。一个聪明的女人能知道在什么人面前做什么装扮，那么一个理智的男人，是不是也应该学会遵循孔老夫子说的那句"止中"的话，随时掌握好尺度，将不该继续的话题戛然而止？边明古便盯住了蔡勤系着的丝巾，继续笑着说："你今天系的这条丝巾好漂亮啊，比外面一院子的春天都要靓上三分了。"

"我好像有几个世纪没听见人赞美了。"蔡勤笑了笑说，"你今天兴致这么高，是不是有好事？课题项目要批下来了？"

"还恭候着佳音呢。"边明古说，"等他们什么时候审查过了研究完了再批下来，沧海早该变成桑田了，我的海上丝绸之路研究恐怕要变成陆地考古了。"

"你这么一比喻，倒让我想起了我妈经常唠叨的几句话。"蔡勤说，"我妈每次去超市，一看见里面琳琅满目的商品，就会唠叨六七十年代的那些商店。说那时候你要是在冬天里相中了一件棉衣，因为去晚了赶上人家卖完了，而你心里又喜欢那件东西，想跟他们预订一件。那么你就耐着性子等着吧，棉衣来的时候，多半已经是夏天了。现在，这种计划经济时期里的流通体制，在一些要害部门里仍然还是阴魂没散。"

"没有办法，"边明古说，"中国的事情从古至今就是这样。"

边明古的办公室在靠近楼梯的这一头，蔡勤的办公室则是在通道的尽头。走到办公室门前，边明古一边晃着手里的钥匙开着门，一边侧着身体做好了和蔡勤道别的准备。没想到蔡勤却站在了他的身后说："怎么，不准备邀请我去你们办公室里欣赏一圈？我可是听说你办公室里养的那棵竹节海棠，现在大得都能把整面窗子遮住了，成了一幅绿色环保而又高雅无比的鲜花窗帘。"

"我们当然巴不得领导天天在我们的屋里坐镇，亲临现场指导工作。"边明古在推开门的同时，绅士而夸张地做了一个请进的手势，笑着说。

蔡勤贴近窗子上那棵蓬勃而张扬的海棠，目光像采花粉的蜜蜂一样上下环绕着，直到眼睛里里外外扑满了花粉，她才收起扇动的翅膀，转过身子来，看着边明古说:"其实我进来是想跟你说,我不会参加院长竞聘的。"

虽然管教学,但除了教学安排,蔡勤平时很少和人打交道。除了会议室,谁的办公室她都极少进去。所以,在蔡勤提出要到边明古的办公室里看一看那株海棠的时候,边明古就隐约地感觉到了一点儿什么。蔡勤那么不入俗的一个女人,又怎么会单单为了看一株什么海棠,专门到他的办公室里来一趟呢?但是,边明古的脑子里飞速地旋转了半天,把认为应该想到的事情从内涵想到了好几圈以外的外延,也没有料想到,蔡勤要说的会是这么一句话。

看着蔡勤,边明古一时愣在了那里。

二

"竞争院长的事,是不是再让我哥找找他那个同学?"周乐坐在沙发上,眼睛看着电视说,"你提副院长的时候,他还是给说了话的。人家现在已经是省政府办公厅的主任了。"

边明古推上阳台的窗子,把楼下飘上来的那些树叶子的气息一一关在了玻璃的外面。虽然现在是树叶子的味道最浓郁的季节,但是边明古已经很多日子没有心思去分辨它们了。

晚饭后站到阳台上去看楼下的那些杂树,是边明古四季不变的一个习惯。边明古喜欢那些自由自在地在阳光和风雨里生长的树木。它们的枝条可以随便地张扬着,横生着,想靠近身边的另一棵树或者想让自己离天空更近一些,只要它们的心里愿意就好了。而每一片叶子呢,无论是白天还是夜晚,是晴朗的日子还是阴霾的时刻,都在随心所欲地呼吸着。假如它们不想看见太阳了,它们一定就会安静地沉默下来,等待着月亮或者星星出来,或者一片云彩,或者一阵雨水来临。

熟悉边明古的人都知道,他能分辨出很多树叶子的味道。即使在夜晚的微风里,边明古也能分辨出各种树叶子的味道。他从小就喜欢树叶子的香味。杨树叶子的味道、柳树叶子的味道、椿树叶子的味道、梧桐树叶子的味道、桃树叶子的味道、槐树叶子的味道,另外还有很多的树木。它们的叶子呼出的气息虽然千差万别,各有侧重,或浓郁或清淡,但是,只要是边明古认识的,他从它们的身边走过去,就能知道在细风里和他打招呼的是一棵长着什么叶子的树。

有时候，在阳台上呼吸着楼下树叶子的味道，边明古偶尔也会想到自己的大学时代，想到那时候的周乐。在他读大三的那年夏天，就是这些树叶子，像那些在七夕里为牛郎和织女搭起了鹊桥的鸟儿一样，为他和周乐架起了一座爱情的桥梁。那次，边明古和几个同学结伴去泰山游玩。在泰山上，同学带去的两个外校女生发现边明古居然有分辨树叶子味道的本领时，她们就像发现了蚂蚁会酿蜜似的惊叫起来。惊叫完了，一个叫周乐的女孩子眨着眼睛仔细地看了会儿边明古，突然上前捏住了边明古的鼻子，腻腻地笑着说："让我来看看你的鼻子，看看你的前生是一只蝴蝶还是一只蜜蜂？要不，又怎么能分辨出这么多树叶子的气味来呢？"

"蝴蝶和蜜蜂都是靠花粉活着的，我哪里能有那么大的造化。"边明古揉着被周乐捏过的鼻子说，"我的前生一定是一个可怜的伐木小工人，天天在密不透风的树林子里钻来钻去地伐木，所以记忆里就只有各种树的味道了。"

边明古就是在那次被周乐捏过鼻子之后，开始去追求周乐的。那时候的周乐多么可爱呀，就像松树林里一只欢快的小松鼠，不是在树枝上快乐地跳跃着，就是在树洞里开心地吃着松果，眼睛里没有半点儿世俗的灰尘。

"过些日子再说吧。"

伸出胳膊打着一个哈欠，边明古忽然又想到了蔡勤。整个白天里，边明古都在反复想着蔡勤在他办公室里说的那句话，以至于上午在讲台上讲课时，脑子里几次都断了电，站在那里怎么也想不起来前一句话说的是什么了。他始终想不明白，蔡勤为什么突然到他的办公室里说出那么一句话。她的这句话是只对他一个人说的呢，还是早已经对别人也说过了。

"人家说有权不用过期作废。我们现在是有光不借，也会过期作废。等过些日子别人跑出眉目来了，你再拼了老命行动也晚了。现在，你怎么突然变得没有一点儿远见卓识了？"周乐说。

"这和提副院长根本不是一个概念，"边明古继续打着哈欠说，"有些事情不是你的脑子想象的那么简单了。"

早上看报纸时，上面说一个老太太为了等着看一个要跳楼的年轻人从楼上跳下来，因为仰着头看得时间太久了，最后竟然差一点儿就晕倒在了大街上。边明古想,鲁迅年轻时的那个年代流行看人杀头,现在的人没有机会站在菜市口看人杀头了,却改成站在大街上看人跳楼了。在这样一个流行看人跳楼的年代里,还有谁的光是可以真正借来,能为自己照亮前程的呢?

"提副院长的时候你就是这么说的。最后呢,要不是我哥及时地给找到了关系,你头上的乌纱帽还不是早就戴到别人头上去了。你们学院里这些人,要是归属划类起来可能都算是狗屁知识分子,但你仔细瞅瞅,背地里他们哪一个不是长着三头六臂,腰里别着核武器。现在还没真正开始风吹草动呢,大字报就一张一张地糊上了。"

"所以说,我们能找到办公厅主任,就有人能把关系通到省长那里。"边明古说,"今天又有一件奇怪的事,蔡勤突然说她不参与院长的竞聘了。"

"蔡勤不参与了?"周乐怀疑地看着边明古说,"除非她疯了,不然的话,她能放弃这样的机会?你不是说当初为了提副院长,她天天提着菜刀去找校长吗?"

"我想了一天,也没弄明白她真实的意思。"边明古说。

"这是什么?这就是谋略。"周乐说,"'富贵险中求','以退为进','先发制人,后发制于人'。这些都是你们那些历史先人用经验总结出来的赤裸裸的真理。昨天刚有人贴了大字报骂你们教授,今天就有人宣称自己不参与院长的竞聘了。看来你们院里的好戏已经敲锣打鼓地开场了。你想想,是不是水搅得浑了,才会有一些不经呛的小鱼先被浑水呛死,浮到水面上去?"

边明古看着周乐,嘴上说着她这些年的小报记者真是没有白干,心里却还在想着蔡勤:她为什么要把不参与院长竞争的意思告诉自己呢?

三

从医院里出来,边明古反复地想着癌和晚期几个字,不知道是应该马上回家,还是先去找个什么地方坐着,让自己安静一会儿。他头脑空空地站在路边望着川流不息的车辆和行人,忽然看见马路对面有几个人,正围着路边的杨树在往树冠上喷水。边明古只看了一眼,就决定到马路的对面去,看看他们为什么要往那些高大的树冠上喷水。他穿过马路走到了那几个人跟前,说:"你们浇树不浇树根,怎么往树冠上喷水呢?"

一个矮胖的人看了他一眼,说:"什么浇水?我们这是在喷药杀虫。树上招了美国白蛾,你没看见树上的叶子都被它们吃成了网状?"

边明古仰头看了看树,发现很多的树叶子是成了网状,一张一张的小网张在那里,似乎是想在天空中捞到一些游动的鱼。

看了一会儿,边明古走到那个往树上喷药的工人身边,说:"我能不能替你喷一棵树?"

那个工人从仰望的树上扭回眼睛来看了一眼边明古,没说话,接着又仰头往树上喷药去了。好像边明古不是在和他说话,而是在和他往上喷着药的杨树或者上面的美国白蛾说话。

"我能不能替你喷一棵树?"边明古又重复了一遍。

"不行。"那个工人拖着干燥的声音说,"你看着很简单,但这是技术活,不是谁想干就能干好的。这一棵树上的白蛾灭不干净,其他的树就还得跟着遭殃。"

被喷药的工人拒绝后,边明古又站在树下仰望了一会儿上面网状的叶子。他没有嗅到那些叶子身上散发出来的苦涩味道。它们的味道,早已经被那些叫作美国白蛾的小东西侵吞进了身体里,转化成了另外的一种什么东西。边明古不想去分辨树的叶子被美国白蛾转化后的东西是什么味道。现在,那些网状的树叶上披裹了一层掺杂着杀虫剂的薄薄水雾,使它们看上去就更像是一张张刚从水里拉上来的网了。

那些鱼呢?边明古下意识地想。

前年去荷兰做访问学者的时候,边明古就是经常用一张自制的小网,到河里去网鱼的。荷兰地处莱茵河、马斯河和斯凯尔特河的三角洲上,境内遍布河流。但是,荷兰人却是很少吃那些淡水鱼,就像他们不喜欢吃猪头肉那样。边明古到了荷兰不久,就发现那里的人们很少吃这两样东西。边明古没去询问大学里那些教授和学生。他觉得自己没必要去弄清楚他们不喜欢吃某种东西的原因,犹如没必要去弄清楚荷兰为什么是世界上最大的奶酪生产国,没必要去弄清楚他们的小城豪达为什么是世界上最古老的奶酪交易中心,而且直到今日,当地人仍在沿袭着席地摆放和击掌议价的方式在进行交易。边明古认为,这些完全可以归属到他们的习俗里去,和我们过年时燃放鞭炮,端午节时吃粽子是一回事。

边明古觉得在荷兰的一年时间，他最大的收获不是什么海上丝绸之路的研究，而是荷兰人不喜欢吃的猪头肉和河里的那些淡水鱼。当然他吃这两样东西，完全是为了节省口袋里的银子。河里的鱼是不用花钱买的，他只需要花点儿时间就够了。超市里的猪头呢，和其他食品比起来，简直就是白捡的一样。

边明古尝试着炖了一次猪头之后，就发现炖猪头的方法其实是异常简单的。他到超市里买回猪头来，然后一步一步地回忆着小时候过年时看见的，父亲煮猪头的步骤：先把砍好的猪头洗净了，放到锅里，添足水；待水烧开了之后呢，拿勺子撇去上面的一层浮沫，就可以往里加炖肉的料包了。料包里有花椒、大料、小茴香、丁香、白胡椒，还有木香、陈皮、白芷、姜片、白果、甘草和肉桂。在边明古出国之前，周乐询问了不下十个出过国的人，之后就在边明古的行李里塞了差不多二十包这种炖肉的料包。有了料包里这些东西，再往锅里加入盐、酱油和糖，剩下来就是拿着一本书坐在那里，静等着炉子上的大火小火轮番上阵，把一个荷兰的猪头慢慢地煮熟，最后煮成中国风味的猪头肉了。

相对于炖猪头，做鱼的难度就大了些。猪头是有盐也可以吃白肉的，但是鱼不行。鱼做不好，就会腥得人捏住了鼻子都不想闻那种味道的。边明古刚开始尝试着做鱼时，脑子里老是想着周乐捂着口罩给他做鱼的样子。

周乐最不喜欢吃的东西就是鱼。

离开了往树上喷药的一伙人，边明古又在街边徘徊了一阵子，还是不知道往哪里去好。他突然发觉，人最恐慌的事情不是无法选择道路和方向，而是在骤然间丧失了方位感。

没有方位感了，你还怎么迈动脚步去辨别方向呢？

边明古心里茫然着，不知道该往哪里迈步，索性就到路边的一小块苗圃边上坐了下来，看两个手里拿着修剪刀的女人，在咔嚓咔嚓地剪着低矮的灌木丛上疯长出来的枝条。边明古看着纷纷落下去的枝条，心想，对于那些在苗圃里不该高出来的枝杈，两个女人手里的剪刀是不是就如同上帝？她们的手指握着剪刀轻轻地一晃动，旺盛的一节生命就在阳光里轻而易举地被断送了。

上帝是什么呢？边明古想。有一次他在夏扬跟前发了这样一声感慨，夏扬随即就笑着说："上帝就是时刻注视着我们相爱和做爱的那双眼睛。"

刚想完夏扬的这句话，夏扬的电话竟然就来了。边明古从心里叹息了一声，想上帝真是万能的。他心里这么想着，嘴里对着手机说出的同样也是："万能的上帝！"

"你怎么了？"夏扬的声音里带着一丝笑说，"你的声音怎么怪怪的，说话不方便吗？"

"我在路边上坐着呢。"边明古说，"你说。"

"我去买了一堆配料，想按着你说的方法做一次荷兰风味的番茄酱。但是东西买回来了，又不知道先从哪里下手做了。——你们院里的蔡勤要退出院长的竞聘了你知道吗？"

"你是为了番茄酱打电话呢，还是为了蔡勤的那句屁话？"

"大傻瓜。"夏扬说，"你那天不是忽然想吃荷兰风味的番茄酱了吗？你坐在路边干什么呢，是不是在看美女？但是，现在的美女好像都被你们男人装进高级轿车里去了。所以，大街上已经没有步行着的美女了。"

边明古的眼睛继续盯着两个女人手里一张一合的修剪刀和剪刀下纷纷落下的枝杈，声音依然低落着说："我是不知道该往哪里去，所以就坐到路边上来了。"

"你在哪条街上？"夏扬说，"到底怎么了，发生了什么事情？"

"什么事情也没发生。"边明古说，"我从医院里出来，突然发现自己没有方位感了。"

"你到医院里干什么去了？身边有人生病了吗？"

"没有。"边明古停顿了一下，说，"我的意思是说我走过了一家医院的门口，然后就没有方位感了。"

"你告诉我刚才是经过了哪家医院，你在那儿别动，我马上开车去接你。"夏扬说。

"和你开玩笑呢。"边明古忽然笑着说，"一只蚂蚁怎么就会在窝门口迷失了方向。再说了，我至少还是一只教授级的蚂蚁。现在再给你说一遍番茄酱的做法吧。"

不等夏扬说话，边明古就背诵一样地说道："你先准备好两片姜，四瓣蒜，一个辣椒，四个洋葱，两勺香菜籽，两勺茴香籽，四片丁香片，一撮胡椒，一撮盐，一把萝乐菜。这些东西都弄好了，把它们搅拌在一起，然后加入一千二百克切碎的西红柿，二百克红糖。再然后就是把它们通通地装入榨汁机里，搅拌成糊状。搅拌完了，再用滤网滤一遍。滤完了，把它们装进玻璃瓶子里密封起来。这样，一份美味的番茄酱就做好了。"

夏扬是法学院出了名的美女教授，而且和边明古在同一个宿舍区里住着，但边明古却是从荷兰回来后，才和夏扬单独有了交往的。从荷兰回来的第二周，一群朋友给边明古接风，说边明古刚从国外回来，胃口肯定也会像时差一样，还没彻底倒过来，那就干脆到巴西烤肉店里去吃烤肉去。边明古吃着巴西烤肉，说到了荷兰人做烤薯片牛排的做法，没想到夏扬竟然飞快地从包里拿出了笔和一个小本子，在那里一本正经地记开了烤薯片牛排的每一个步骤，说是回去后要试着做一做，以后出去野餐的时候好做给大家吃。

周乐举着杯子和夏扬碰了一下，说："咱们都知道夏扬最喜欢吃外国人的洋玩意了，我现在倒不如趁机做个顺水人情，高价把边明古出租给夏扬几天。这样，我足不出户就赚到了大把的真金白银；夏扬那里呢，不用到这些打着洋招牌的假洋鬼子店里来，就能吃到正宗的洋餐了。"最后，周乐使劲儿地和夏扬碰了碰杯子，然后在桌子上环顾了一圈众人，说："从今以后，谁需要边明古去服务，我都会无偿地把他提供给你们。"

边明古和夏扬的交往，就是从夏扬学做烤薯片牛排开始的。夏扬一遍一遍地在电话里问边明古，为什么一定要用牛的腰眼肉；牛肉烤到几分熟的时候，再加入胡椒和盐；薯片要煮几分熟；柠檬汁和焦糖放多少合适；什么时候放橄榄油；鼠尾草在中国到底是一种什么香料；荷兰人一般习惯在牛排上放几片迷迭香的叶子。

慢慢地，两个人的话题从烤牛排蔓延到了荷兰的每一条河流，又从那些河流蔓延到了陆地上盛开的郁金香。然后又从郁金香芬芳的气息蔓延到了那里最古老的奶酪交易市场。三个月之后，等他们的思想双双漫游遍了荷兰的每一寸土地和每一条河流，边明古发现自己对荷兰的理解已经远远地超出了他的想象。而他和夏扬，也已经年轻人热恋一样的难解难分了。

"就这么简单吗？"夏扬说，"我记得你以前说的时候好像特别麻烦。——现在有没有想我？"

"一直就是这么简单。"边明古说,"正想着呢,你的电话就来了。"

"所以,你就说万能的上帝了?但我到现在还没弄明白,什么是萝乐菜呢?我问了许多的人,除了你,好像没有一个人知道什么是萝乐菜。"

"那你可以换成迷迭香。"边明古说,"再不行就换成百里桂试一试。"

边明古一边说着,一边想着夏扬能做出什么味道的番茄酱呢?

四

这样一个春天的夜晚,空气中原本是弥漫着淡淡的花香和无数人温暖的笑语的。但坐在街边的边明古,什么也没注意到。在街上的灯一盏接一盏地传递着光芒,用魔法师的手段把白天杂乱的街道粉饰得色彩迷离、仪态万方的时候,边明古才又慢慢地把诊断书装进了包里,从路边灯光交错的光影里站了起来,心情凝滞地招手叫了辆出租车。

下午接完夏扬的电话,边明古随手就把手机关掉了。他突然想安静下来,心无旁骛地看一看自己置身其中的这个嘈杂纷乱的世界,看看照亮这个世界的阳光,是怎么一毫米一毫米地从东移动到西的,或者说人类每天是怎么一毫米一毫米的,从太阳的身边蹭过去的。这个世界用阳光、空气、水分和各样的食物养育了他,但他好像从来还没有仔细地去注视过它。想一想,这是多么不公平!

但是,除了死亡,这个世界上还有什么东西是公平的呢?即便是死亡,现在好像也不是绝对的公平了。比如那些手里有权势、腰里有钱的人:他们的心脏出了问题,他们可以花大价钱去安装起搏器,做支架,还可以去换心脏;他们的肝坏了,他们可以去换肝;他们的肾坏了,他们可以去换肾;他们的骨髓坏了,他们可以去换骨髓。反正医学越是发达,他们越能够享受到高科技给他们带来的福音。假如他们自己和亲人们不小心犯下了滔天的罪行,他们也可以用手里的各种权力,像熄灭一盏煤油灯的火苗一样,轻而易举地,只需要伸出一根小指头,或者吹出去细细的一口气,就是人们惯常形容的那样,不费吹灰之力,那点儿可怜的火苗眨眼之间就会消失在黑暗里了。

边明古首先把眼睛投向了马路对面一座几十层高的大楼。边明古至今不知道这座大楼的真正用途是什么,说是一家银行,但上面又设有高级酒店和配套的各种设施。想来想去，边明古觉得就是国家银监总会，大概也用不了这么大面积的一座大楼来办公。

大楼上面那些明晃晃的玻璃，在阳光里晃得边明古有些睁不开眼睛。他突然记起来，就是在这座楼的楼顶上，去年曾经有一个女孩子像小鸟一样张开翅膀，轻盈地从上面飞了下来。那个女孩子从高空中往下坠落的过程，是被一个行人用手机拍下来的，新闻登在了第二天的一家报纸上。据说没有人认得那个女孩子，更没有人知道她为什么忽然想让自己长出一双翅膀来，还从高楼上飞下来练习了一次飞翔。

边明古就是在看见了报纸上的那条新闻之后，开始讨厌这些高楼大厦的。《圣经》上好像说上帝就是因为讨厌人类在巴别城盖那座通天的塔，才把人类的语言变乱，让他们彼此语言不通，并想以此削弱人类的智慧和力量的。可是，人类呢，人类好像从来也没把上帝的这次警告当作一回事，从来也没有放弃过到天上去干点儿什么的梦想。假如你从古希腊神话看到中国的飞天，就会明白，几乎是有人类繁衍的地方，就有人类的梦想在遥远的天际上徘徊着，寻找着进入天堂的缝隙。

现在，边明古一直在思考着一个非常有意思但也无比荒唐的现象，那就是为什么越来越多的人把暴力的刀剑挥向了自己。边明古看着大楼想：那个女孩子为什么要从楼上跳下来呢？她是得了忧郁症吗？又为什么会有那么多的人得忧郁症呢？边明古从一本有关医学的书上看见过，一个忧郁症患者，在他病得不能控制自己的情绪和行为时，他唯一能寻找到的光明道路，就是上帝用五色的花瓣给他铺垫和指引的那条色彩斑斓的、通往天堂的路。假如那个女孩子是因为忧郁症跳的楼，那么她为什么会忧郁呢？是因为丢失了装着爱情的挎包，还是突然找不到回家的路了呢？若是因为前者，那她就是一个傻孩子了。现在，谁还像梁山伯和祝英台，像哈姆雷特跟朱丽叶一样，把爱情看得比生命更重要呢！假如是后者，那又是为什么呢？原因一定是她身体的某个部位病了，并且病得非常严重，疼痛已经完全占领和统治了她的思想、理智跟所有的记忆。

那些明晃晃的玻璃很快就刺得边明古眼睛疼了。他没办法再看下去，就只好从它庞大的身体上缩回目光来，平行着朝大街的另一端看去。他看见那伙往树上喷药的人，正在追逐着树上的美国白蛾往另一条街道上拐去。而旁边那两个给灌木丛修剪枝杈的女人也消失了,还有她们手里咔嚓咔嚓的声音,也像飞走的鸟群一样消失了。边明古猜不出她们是回家了,还是握着剪刀到另外一处需要她们修剪的苗圃了。

路边上,一群城管正在追赶着一个卖樱桃的人,他们把他一筐子的樱桃都踢翻在了地上。那些流落到地上的红色的樱桃,惊愕地瞪着小小的圆圆的眼睛,像一滴一滴四处张望着的眼泪,但又始终不知道在它们身上发生了什么事情。路中间,一个背着孩子的妇女,正在趁着红灯的空隙,穿梭在车辆中间敲着车窗乞讨。边明古看着他们,想着那个跳楼的女孩子,想着学院里那个贴小字报的人,忽然觉得所有的生命链条都被污染了。从生存空间到生存质量,这个庞杂的生活体系已经悄悄地形成了一个一个太阳黑子一样的道德的真空。

边明古不愿意继续去看他们,就重新仰起头来,看着树上那些网状的叶子,开始寻找那群喷药的人说的美国白蛾。他猜测着这些美国虫子的模样,想象着它们吞噬完绿色的树叶子,从蠕动的虫子变成能够飞翔的白蛾后,那浑身一袭的洁白。它们扇动着白色的翅膀,模样是不是一如善良的天使?假如是那样,在自然界里,它们是应该被叫作冷面美人,还是应该被叫作红颜杀手?既然美国白蛾能全世界地蔓延,美国军队能随心所欲地轰炸伊拉克,为什么美国的航天技术却还在封锁着,不能像微软的软件程序一样,让全世界的人民都能资源共享呢?美国的"凤凰"都飞到火星上去了,而俄罗斯、欧盟各成员国、印度和日本,还有中国,所有的这些国家,却还在耗费着惊人的人力物力,在做着一项又一项重复的开发与研究。边明古想,如果真像夏扬说的,上帝是存在的,那么,他现在一定会站在高高的云端上,俯视着人类在暗自发笑。

直到把脖子仰酸了,边明古也没看见那些美国白蛾的身影。边明古想:也许,它们都是在树叶间穿着隐形衣衫的;也许,它们都有着像蝙蝠一样的习性,只喜欢在黑夜里出来寻找它们想要的东西;再或者,它们也像文史楼前不停地贴小字报的那个家伙,鬼鬼祟祟的,只让自己在黑夜里听见自己的呼吸。

因为那些小字报,院里已经开过两次会了。在昨天下午的会上,有人甚至提议说:"再不行,干脆就在那里安装上一盏大功率的射灯,把那里日夜照得灯火通明，然后再装上一个摄像头二十四小时拍摄。一个不够的话，就学着交通部门在路上拍摄违章车辆的办法，一排安装上十二个。不信那个家伙被摄像头照着，还不原形毕露。"

见怪不怪，其怪自败。这是古人都明白的简单道理。边明古想，一张小字报，用得着这么兴师动众地浪费时间召集众人开会吗？那个无聊透顶的家伙什么时候贴累了，觉得没人看他表演了，一个人玩得没电了，他肯定就不会再浪费纸张和精力了。

但是，边明古没把这样的想法说出来。因为坐在他身边的蔡勤一直没有开口，坐在他对面的乔文亮说了一句后，也不再开口。蔡勤不开口，不仅边明古，可能整个学院里的人都已经习惯了。蔡勤从来都是这样，不到万不得已，她总是旁若无人地端坐在那里，仿佛是在用立体的画面给众人诠释着什么叫作冷艳四射。所以每次开会，边明古的眼睛只要落在蔡勤的身上，心里就会条件反射地开始想象那个旧上海的张爱玲，想象张爱玲假如是旧上海的一名大学教授，她讲课和开会时又会是一副什么样子呢？想必那个时候的张爱玲，即便是满心的苍凉，在阳光下也还是千掩万遮的，是埋藏着的。从张爱玲，边明古又莫名其妙地想到了咖啡馆，在其他任何国家，从价格到方式，咖啡馆都是平民化的。但是到了中国，它就冷着一张脸，不是普通人的去处了。

当然，蔡勤不说话，还让边明古想到了另外一个原因，那就是蔡勤在他的办公室里说过的，她不会参与院长的竞聘了。如果这句话是真的，那么仅凭着这一条，假如杜兵不是点着名要蔡勤发言，她就有充分的理由不用说话。

乔文亮说的那句话是："在贴小字报这件事情上，我们每个人都摆脱不了嫌疑。"

学院里的人背地里都叫乔文亮"老赫"。这个显赫的称呼是乔文亮的导师亲自叫出来的。乔文亮研究生毕业留校后，一直鞍前马后地围着他当系主任的导师转，后来他做了副院长，渐渐地就连逢年过节都很少再登导师家的门了。他的导师原本是为这么个有出息的弟子而自豪的，曾经到处鼓吹乔文亮。但乔文亮后来的做法，让他的导师自觉尊严被乔文亮践踏到了九层泥巴底下，于是逢人就说，斯大林在台上的时候，赫鲁晓夫恨不得叫斯大林亲爹。

可斯大林死后呢，他不仅全盘否定了斯大林，甚至还要把斯大林的遗体拉到红场去鞭尸。我那个最有出息的弟子，现在就是这么个"老赫"。

院长杜兵看了一眼乔文亮，又看了看众人，笑着说："乔院长你也别一竿子把满船的人都打进了河里。君子有所为有所不为。所以，贴这个小字报的人本身，就不是一个君子。如果让一个不是君子的人贴的一张小字报搅乱了心情，我们就真的是被人钓住了。话说回来，小字报不是没有点着我们历史学院的名骂吗。他就是指名道姓地写，大家也完全不用紧张。"

乔文亮是第一副院长，以前所有的大会小会，他都是要滔滔不绝地讲得人耳朵眼里冒黑烟的。现在这件事情，本来也是由他一手去抓的。但现在杜兵这么一说，乔文亮也就顺手把手里的刺猬扔给了杜兵。他先是摸出手机来不停地发着信息，然后就泥菩萨似的坐在那里，除了端起杯子喝水，就是端起杯子喝水了。

窗外那些高大梧桐树的绿叶子在玻璃上来回地摇荡着，仿佛是一群夜总会的小姐在夜晚来临之前对镜贴着花黄。边明古看完了在玻璃上来回蹭着的树叶子，又扫了一眼会议室的人，觉得这个时刻危险真是无处不在。不仅是乔文亮，恐怕历史学院所有的人现在都希望别人是一个十足的小丑，在台上的表演漏洞百出，好让那些错误的言行成为他们今后再也不能登台的一个把柄。

边明古一推开家门，周乐就喜笑颜开地迎了上来，先是问边明古的手机为什么一个下午都关着，然后就让边明古猜猜她今天弄到了一件什么宝贝。

"你起码要往一百年前猜，才能摸得到边。"周乐看着一脸茫然的边明古说。

"你能弄来什么稀世珍宝？"边明古心不在焉地说，"是慈禧太后的凤冠霞帔，还是袁世凯登基称帝时，他的手下专门印刷给他一个人看的报纸？"

"你说的已经有一点儿靠谱了，"周乐继续笑逐颜开地说，"再往下猜猜。这东西还真是跟那个紫禁城有着千丝万缕的联系。别说是送给办公厅主任，我保证这个东西就是送到省长家里去，也能入眼。"

"我想先洗个澡。"边明古没精打采地说。

"你好像清高得不是时候。"周乐不满地说，"你弄清楚了，我这是在给你跑龙套。你高头大马的荣耀了，光耀的是你们家的祖宗和门庭，不是我们家。"

"我就是想先洗个澡。"边明古说。

"你怎么一点儿好奇心也没有？"周乐说，"你就不能晚洗一分钟，先看看我千方百计才弄到手的好东西？"

"好，"边明古看着周乐的脸色，不愿扫了她的兴，便敷衍着说，"那就先看看你弄来的宝物，鉴定鉴定它到底是件什么稀世珍宝。"

周乐喜滋滋地跑到卧室里去，一会儿，就抱孩子一样小心翼翼地抱出了一个盒子。她先是把它小心翼翼地放在边明古跟前的几子上，又小心翼翼地打开，然后才看着边明古，像说书人开场子时要敲上一阵锣似的说："当啷啷！看好啦。"

耀入边明古眼睛里的，是一块方方正正的墨块一样的东西。它的底下和四周被黄色的绸缎托着，在灯光下闪烁着一层朦胧而神秘的光泽。那些光泽跟随着灯光荡漾着，仿佛是在努力穿透着时间和空间，再现着什么是从无到有，以及中间那个有的过程。边明古仔细地看了又看，说："真的假的？从哪里弄来这么个东西？"

"当然是真的，只有宫廷里才能拥有和使用的、货真价实的金砖。你再用手摸摸，感觉是不是特别的绵柔和油润，就像是在抚摸孩子光滑细腻的皮肤？"周乐看着边明古的眼神，有些得意地说。

边明古看过一些有关故宫建筑的资料，知道金砖的制造过程。故宫里的金砖都是在苏州用特有的泥土烧制的。据说在制作砖坯之前，从地里挖上来的土要在露天里放上一年，一直要放到完全没有土性了，才可以制成砖坯。而烧出这样的一窑砖来，是要用十万斤上好的稻壳，烧上两个月的。而贴在上面的金箔，从金块到金箔，需要锤打两万次，才能把金子变得薄如蝉翼，软如绸缎，厚度只是一根头发的五百分之一。砖上用专门贴金箔的特制胶贴上金箔后，最后一道工序是要用柔软的棉花去抹平的。

边明古从砖上抬起眼睛来，说："真正的金砖上面是有过一层金箔的。"

"又认真得迂腐了吧？"周乐嘲笑道，"虽然名为金砖，但也不是所有的金砖上面都是要有金箔的。叫它们金砖，只是说明它们高贵的身份，表明它们是属于皇宫里的，是属于至高无上的权力者的，而非普通人家可用的东西而已。"

"现在什么假的东西没有人造，而且造的都比那些真的东西本身还像真的。"边明古说。

"但我弄来的这块绝对是属于大清朝皇宫里的东西。这是我从余娜那里弄来的。她到一个朋友家里玩，突然发现他们家里有这么两块东西。余娜当时就喜欢得发疯，开口向那个朋友索要。那个朋友死活不给，说那是他父亲'文革'时从一座皇帝陵里冒着生命危险才搞到手的。后来他有事，想用余娜电视台记者的身份找省里的一个领导帮忙，余娜趁机又提出用一块砖做交换，他才不得不忍痛割爱，给了余娜这一块。余娜说，要不是为了你的锦绣前程，她才不舍得把从皇宫里叼来的肉喂给我们呢。"

"余娜现在是不是改行编电视剧去了？"边明古说。

"信不信由你。"周乐仔细地抚摸着黑色的金砖说，"余娜可是我最好的姐妹。"

"就算是真的。你想想，这么个从陵墓里弄出来的东西摆在领导家里，他们晚上不害怕？还能睡着觉？"

"这上面又没刻着陵墓专用，他们怎么知道是从陵墓里弄来的还是从金銮殿里弄来的。"周乐说，"你不了解那些当官的人的心理，一说到皇宫，他们首先想到的一定就是金銮殿和各个妃子的这宫那宫。"

他们无论想到了什么宫，但最终想到的一定是各个宫里的子宫。这么想完了，边明古突然发现自己的心理原来也这么阴暗，阴暗得想让他发出一声怪笑来。

五

文史楼前的那张小字报在停止了一周的刷新之后，今天又再次被刷新了一遍，像是它的主人带着它在这几天里出门周游了一圈世界，现在终于又带着它毫发无损地回来了。几个字还是原班人马，就连表情也还是那么冷酷和目空一切。

边明古看着小字报，想这个家伙真是够固执的。他是不是也跟自己一样，已经被上帝宣布患了癌症，并且是晚期的，所以，他就完全失去了目标，不知道自己往下的日子要做什么了？不然，他怎么会翻来覆去地纠缠着这么一句话没完没了呢。

刚进了办公室，电脑还没打开，蔡勤就敲门进来了。

边明古不知道蔡勤今天进来又会说出什么出人意料的话来，就依然不动声色地等着。他猜不出来蔡勤为什么突然对他感兴趣了。

"又看见楼下的大字报了吧？"蔡勤靠近窗子前，看着那株晒着阳光的海棠，似乎漫不经心地说，"短兵相接的日子已经一步一步地逼近这座楼了。"

"卡亚布人在庄稼地里也会种上花，他们喜欢劳动的时候也能和蜜蜂在一起。就是他们的村子，也是按照蜂巢的形状设计的。"边明古说，"蜜蜂的语言是舞蹈。它们是以摇摆的舞姿，来告诉其他的蜜蜂，花朵在太阳的什么位置，离它们的距离还有多远的。"

"真有诗意，那你是不是做好准备了？"蔡勤眼神古怪地看了看边明古，仍然笑着说，"我们都是搞历史的，历史上所有的朝代更朝换代时，明枪和暗箭都会杀得血流成河。"

"你是带队的，现在你都想退出来了，我哪里还有力量去厮杀。"边明古强打着精神说。

"你不一样。"蔡勤说，"一所综合性的大学，历史学院一定是建校的根本，是大学的灵魂所在，由此才衍生出了文学、法学、管理或者工商这些学科。一所大学如果历史学院不堪了，还何以言大？从古至今，人都是要分三六九等的。所以，在我们学院里，有人可能不会想着去当校长，但你不能保证他不想成为专业里的一条泥鳅。而你不仅在我们院里，就是在全校，也是最年轻的副院长，学术成绩在整个院里更是没有人可比。现在，你若不奋力去争取，就太亏了。"

边明古想起曾经从网上看见的，上海交大高等教育研究院搞的那份"世界大学学术排名500强"，里面中国的大学还没有一所是进入200强的。连国内最好的大学的论文"原创指数"都令人汗颜，他这个不入流的大学教授的学术成绩又算哪根青草。

想到这里，边明古先自我解嘲似的笑了笑，然后说："但我还是那天的意思，建议你不要放弃。你在各方面都是最有优势的。"

"战争是不强调生命整体感的。"蔡勤说，"这个世界是属于谁的，你比我明白。大家都知道我是举着菜刀去争的副院长。其实在我举着菜刀去争这个副院长之前，早就已经看透了一切。只是当时心有不平，想试试自己到底能不能把这张抓在男人手里的渔网划开一道口子。"

蔡勤举着菜刀去争副院长的故事全校的师生几乎都知道，但知道这个故事背后还套着故事的，好像就不是太多了。那年夏天，教育部在青岛召开一个学科建设会议，由各个大学历史学院组织人参加。他们院里就由前院长田春禾亲自带队，带着蔡勤和一个副教授一个讲师前去参加。在去开会的火车上，田春禾坐在蔡勤的对面山南海北地说了半天闲话后，忽然拿出手机给蔡勤发了一条信息，说回来之后他可能就要被任命为副校长了。蔡勤看完信息笑了笑，说以后他们都要跟着领导沾大光了。

接到田春禾通知的那天，蔡勤原本是不想跟着他出门的。在这之前，蔡勤已经多次拒绝跟着田春禾外出参加各种会议了。蔡勤在电话里听明白田春禾的意思后，手里握着听筒沉默了一会儿，心想，自己凭什么因为厌恶他就不去参加这么重要的会议。这个会议又不是他们家开的酒会和舞会。田春禾当院长的这几年里，一直在不停地暗示蔡勤，说她和一般的女人太不一样了。但是也有一点，就是太恃才傲物。其实凭着她的才华和能力，做一个副院长都是委屈了她的。

会议结束的晚上，田春禾假装喝多了酒，打电话给蔡勤，说他动不了了，让蔡勤到他的房间里去给他倒杯水喝。蔡勤当然知道他是什么目的。接完田春禾的电话，蔡勤就把电话打到了隔壁年轻讲师的房间里，说院长喝多了酒，刚才打电话说要喝水。但她有些头疼，已经睡下了，看看他能不能代劳一趟，去给院长弄点水喝。那个讲师去敲门时，等在房间里的田春禾以为真是蔡勤去了，他便赤裸着身子站在门后，兴高采烈地把门拉开了一条通道。等到看清走进门的是那个男讲师而不是蔡勤时，据说田春禾的脸都变了颜色。

边明古想着蔡勤和前任院长田春禾之间发生的那个李代桃僵的故事，说："武则天登基之前，中国历史上也是没有女皇帝的。"

"到底没有多大的意思，有些东西的内核是打不破的。"蔡勤说，"我们看看历史，一个国家的历史，有时候也是不会按着设定的那个轨迹去走的。"

"你是不是怕位置越来越高，会给那个车大记者造成精神压力？"边明古开玩笑地说，"我听周乐说，车大记者现在天天都忙着去家居店里看床，你们是不是快请大家喝喜酒了？"边明古说的车大记者叫车彦青，是周乐报社里的同事。蔡勤和那个车彦青在一起后，周乐便经常把蔡勤和那个车彦青的一些趣闻当作故事说给边明古听。

"八字还没划下一撇呢。"蔡勤叹息了一声说，"再说，现在已经没有人在乎婚姻的外壳了。尤其是我们这些曾经被婚姻刺过一刀子的人，想想，什么感情，实在是毫无意思。一个人如果在日常的生活中过分渲染和追求感情，那他在任何一个地方都会受到伤害。"

"上帝所行的奇迹，都是在众人普遍认为不可能中发生的。"边明古继续开着玩笑说。

其实边明古早就听周乐说过，那个车记者现在天天和一个年轻的女色彩师泡在一起，讨论那些乱七八糟的什么色彩问题。周乐当时还说，和那个色彩师一比，蔡勤虽然是知识分子，但战败的可能性估计会大于战胜的可能性。你们男人，谁会在乎女人读了多少锦绣文章，肚子里有多少狗屁知识？

蔡勤看了一会儿边明古，突然说："你在生活中是不是特别信仰上帝？"

"是吗？"边明古说，"怎么突然会给你这么一个感觉。"

边明古警觉地看了眼蔡勤，像那天她突然说出了要退出院长竞聘的话一样，他弄不清楚她现在的话里到底又想暗示什么。夏扬是信仰上帝的，并且夏扬的信仰，学校里很多老师和学生都是知道的。边明古想，他和夏扬的关系，除了天知道，地知道，太阳知道，星星知道，空气知道，他们做爱的房间和床知道，一些道路和树木知道，他们的手机和办公室里的电话知道，偶尔的一个黑夜和一缕灯光知道。刨除了它们，剩下来就是他和夏扬自己明白，他们之间是一种什么关系了。

"有些感觉本身就是很奇怪的。"蔡勤笑了一下，说，"就因为如此，世界上才有那么多科学也解释不明白的东西。比如到底有没有 UFO，有没有外星人存在。还比如一个飞行员的讲述，他说他在云层中飞行时曾经看见过排列整齐，大概囊括了飞机有史以来各个年代各个国家制造的各种型号的飞机，它们机型展示一样在他的前方有序地飞过。那到底是他在高空飞行中产生的一种幻觉，还是天空中的某一处磁场，把所有曾经飞过那个区域的飞机都录像一样拷贝了下来，然后又在相对应的磁场和云层中，海市蜃楼一样地折射了出来。这些好像都是目前的科学所不能解释透彻的。"

"这个世界上不能解释的东西是太多了。"

边明古想着夏扬，暗暗地叹息了一声，心里忽然涌上了一阵无法言说的悲凉。他想，假如夏扬知道他现在已经得了癌症，并且已经是晚期，她还会像以前那样爱着他吗？即使他眼下还死不了，但化疗后头发也会掉得头上一根都没有了，并且因为药物反应，还可能天天都会令人作厌地呕吐。那样，夏扬还会拥抱着他，声音黏黏的叫他"小皮鼓"吗？那么周乐呢？已经过去一周了，边明古还是没敢把医生诊断的结果告诉周乐。他不敢设想周乐知道了他的病情后，会在那一瞬间被吓成一副什么模样。现在，周乐满脑子里琢磨的，就是把那块从皇家陵墓里挖出来的黑色金砖送到办公厅主任的家里后，到底能不能给丈夫谋得这个历史学院院长的位置。

昨天晚上，周乐看见边明古一直趴在那里整理稿子，过去就把电脑给关了。她看着边明古，一脸嘲笑地说："以前真没看出来，你居然还这么有定力。都到什么时候了，你竟然还有闲心鼓捣这些东西。"

边明古往椅子上靠了靠，看了一眼周乐，又把目光转到了台灯上。台灯橘色的光芒，似乎是在努力抵挡着从四周侵袭而来的黑夜，它先是给包围着它的黑夜画上了一圈温暖的光晕，然后又给黑夜切割出了一个透明的窗子。边明古看着橘色的灯光想，这应该是一个多么美好的夜晚。但是，上帝又是多么喜欢开玩笑，他跟在你的身后，在某个拐弯的地方突然拍了一下你的肩膀，就把你准备展开的翅膀拍掉了。边明古继续看着灯光切割出来的那个透明的窗子，沉默了一会儿，好像从那里吸入了一些氧气足够的空气。他记得有人说过，空气中氧气的含量保持在百分之二十一时，人才能自由地呼吸，它一旦降低到百分之十二，人就会觉得心脏憋闷，而氧气在空气中的含有量降低到百分之十时，人的大脑里就会产生幻觉了。这些天，边明古觉得自己呼吸的空气的氧气含量一定是在百分之十二和百分之十之间徘徊着的，因为他感觉现在的自己不是处于一种幻觉之中，就是处于憋闷之中。他看着周乐，深深地呼吸了一下，然后才说："周乐，你别折腾了好不好？"

"你这些天到底怎么了，怎么突然变得像一个被针刺过的气球？"周乐用奇怪的眼神看着边明古说，"假如你现在弄这些东西还能给你垫上一块砖，让你往院长的位子靠近一步，我肯定不吃不喝不睡也来帮着你弄。"

"除了操心院长这件事，你还能不能说些另外的事情？让我感动一下，沸腾一下，热泪盈眶一下。"边明古说，"五百年后，很多现在看来重要的东西，都会消失的。"

"现在别人有条件的在拼着命上，没有条件的也在拼着命到处创造条件上。你的态度是什么呢？好像这件事情突然就跟你没有关系了。"周乐说。

"是和我没有关系了。"边明古声音空洞地说，"我正准备找个合适的机会告诉你，我已经决定退出来了。"

"你如果不是想学着蔡勤以退为进，以不变来应万变，那你就是有病。"周乐气恼地说，"我那块金砖都已经送出去了，人家也答应到周末一起吃饭了，你竟然说你准备退出来。你是不是真被蔡勤放的那个狐狸屁迷惑住了？如果是，你就真是病入膏肓了。你知道不知道，蔡勤是有两手准备的，听说她正在活动着调到师范大学去。"

"别人怎么做是别人的事。"边明古说，"我想退出来，和别人没有丝毫的关系。"

"没有关系你为什么要这么做？"周乐怀疑地说，"你能不能告诉我一个理由？"

"你现在先去睡觉，过两天我会告诉你。"边明古说。

周乐气咻咻地转身要走，却忽然看见打印机下面躺着一张打印出来的东西。她下意识地拿起来看了看，只见是一张跟宣传栏一样的小字报。

周乐看着边明古，万分惊讶地说："边明古，你怎么也在打印？你脑子里到底在想什么？你是不是真的有病？"

"这句话没有错啊！"边明古淡淡地说。

"现在，我可不可以怀疑你们文史楼下面的小字报，就是你贴的？"周乐嘲笑地说。

"有时候，我也怀疑那就是我贴上去的。"边明古看着周乐，认真地说，"我真希望那就是我贴上去的。"

六

蔡勤走后，边明古就开始收拾办公室。这几天里，边明古每天到办公室来做的第一件事情，就是仔细地清理一遍办公室。从地面到桌子，从盛杂物的筐子到窗台上那株海棠花的叶片。所有的物体，都被他擦拭得放着光芒。每次收拾完了，边明古就退到门旁，扫视着整间屋子。他发现自己从来也没有像现在这样，喜欢和爱惜着这里的一切。有几次，边明古看着窗台上的那株海棠花，试图在空气里嗅出它枝叶和花朵的味道。但是，他嗅了许久，什么也没有嗅到。

边明古走到窗子跟前，摸着一片海棠的叶子，自言自语地说："我的鼻子已经被癌细胞占满了，都快不能呼吸了，当然就不能嗅出你们的味道了。"那天医生就是这么说的。

"用不了多久，你的呼吸可能主要就靠口腔了。"医生还说。

"扩散到什么程度了？"边明古说，"咱们是多年的朋友了，希望你能告诉我实情，我好有个准备和安排。"

"整个大脑和头部神经。"医生的眼神看着边明古好像游离了一下，然后才回答。

"整个大脑和头部神经？"边明古继续看着医生的眼睛，重复了一遍。

"是，整个大脑和头部神经。"医生点点头。

"还能有多少时间？"边明古看不见自己的表情，但他听见自己的声音空空的，像是风在一个枯树洞里来回地撞着，找不到逃出去的出口。

"现在马上住院化疗，控制住了，十年二十年甚至更长的时间都不会有问题。这主要看你的精神状态。我手头上最成功的病例和你的情况一模一样，他用中医加化疗的方法，已经控制住十几年了。"

"如果控制不住呢？"

"不会有这种情况。鼻窦癌在目前所有的癌症中还是比较好控制的。"

"我是说，假如控制不住呢？"边明古说。

"你首先要相信我这个医生。"他的医生朋友说，"明天就来住院，然后保持积极的心态，按我说的去做，我保证你没有假如。"

想着一周前和医生的对话，边明古慢慢地在椅子上坐了下来。春末的阳光穿过外面的风和沙尘，然后穿过玻璃，穿过海棠叶子酷似心形的周边，以及半透明的花梗和有些蜡质的花瓣，把疏浅的影子铺在了桌面上，似乎是随心所欲地就铺成了一组一组新颖的图案。边明古把一只手掌摊在了桌子上，把几片光斑和几片花影接在了手里，呆呆地看着，悲哀地想：人生的好多东西，何尝不跟这些落在手里的光斑和花影一样。而这些光斑和花影,是谁能够握得住的呢?

胡思乱想完了,边明古看着手里正在逐渐淡下去的光斑和花影,听着窗子外的风声,猜测着一定是沙尘暴来了。昨天晚上的天气预报里说,沙尘暴今天上午就会抵达这座城市的。边明古往窗子外看了一眼,看见玻璃外面的天空已经一片混沌,太阳早已经被那些从大西北跋涉而来的沙尘一层一层地包裹了起来。

边明古看着不断被风带到窗子上的沙尘,突然想起了去年春天北京遭遇了百年不遇的一场强沙尘暴后,网上随沙而起的一些关于北京应该如何防范沙尘暴的帖子。其中最有创意的,是一个上海的网民贴上去的。那个网民说北京预防沙尘暴最快捷也最有效的方法,就是在北京上空搭建一个巨型的蛋壳,把整个北京城都罩起来。然后在棚顶画上蓝天、白云,再制造出太阳、星星和月亮。再然后,就是用大功率的空调来调节四季的温度。这样,外国人来北京参加奥运会的时候,他们抬头看见了天空中的蓝天和白云,就不会因为北京灰蒙蒙的天空而担忧空气质量,进出都想捂着个大口罩了。

那次,围绕着网上那个想把北京用蛋壳大棚罩起来的异想天开的帖子,和袭击北京的沙尘暴,省电视台还以"沙尘何以成暴"为话题,做了一档和沙尘有关的对话节目。边明古作为被邀请的教授嘉宾,和来自环保、社科、报社的几位嘉宾坐在那里,被主持人牵引着,洋洋洒洒地谈了一个多小时。当时不知道是谁开了头,他们谈着谈着,竟然把话题从蒙古的沙漠一直扯到了塔克拉玛干沙漠,扯到了丝绸之路。然后又从丝绸之路,谈到了具有千年烧陶技术、花纹细腻、做工精细的喀什陶器,继而延伸出了中国、印度、希腊、伊斯兰这四大世界文化体系。最后,报社里那个伙计尤其好玩,他甚至把瑞典人斯文·赫定都扯上了,说他1895年春天第一次前往叶尔羌河,进入塔克拉玛干那个被称为死亡沙漠的地方时,最后是靠着用骆驼尿解渴才走出来的。而他第二次进入和田后,又沿和田河辗转进入了喀什。在那里,他挖出了大量被沙子掩埋的佛像、壁画和木版画。这些东西连同一些形形色色的古代手稿,让赫定看见了不同民族的商人走过喀什的脚步,甚至看到了他们的生活和爱情。

当时,他们几个人的话题越说越离谱,让坐在那里的边明古心里一直在发笑。边明古心想，喀什是丝绸之路的十字路口，也是历史的十字路口。但是，它和北京的沙尘暴距离得是不是又太远了一些？

现在，边明古看着外面的沙尘暴，想着那次似乎跑远的话题，忽然觉得自己那次的发笑才是真正可笑的。想一想，生活中到底有什么东西不是貌似切近主题，实际上却离题十万八千里呢！比如他这个教授，一年里有多少日子是在安心地做着学问，一心一意地给学生们传道授业解惑呢？这一周里，边明古每次坐在电脑前整理自己到大学里任教后写的那些七零八碎的文章，就满脑子的愧疚。仿佛那些足够出三本集子的文章，都是铁一样堆积的罪证。从讲师到教授，再到副院长，他在这所大学里做了十几年的老师了。但是，除了这些狗屁杂碎文章，除了去做各种嘉宾，开各种名堂的会，脸不红心不跳地拿了红包后说一些连篇的废话，他还做过哪些既有益于学生又令人称道的事情呢？像他这样一个虚顶着教授头衔的教授，有什么理由不被文史楼前的小字报骂！

七

边明古和夏扬的约定是两周约会一次，一周通一次电话，一天发一条信息。但是这一周里，边明古接到了夏扬的两次电话。第一次，夏扬说她做出荷兰风味的番茄酱了，而且味道特别好，就等着边明古检验它的口味是不是纯正了。夏扬说："我终于从一位老中医那里弄清楚什么是萝乐菜了，其实它就是罗勒。那个老中医说它的叶子是卵圆形的，略带着一点儿紫色。它的花是白色的，有的也带着一点儿紫色。它的茎和叶子都带着香气，它既可以做香料，也可以做药。这些，都和你描述的荷兰的萝乐菜一模一样。"夏扬一边说着，一边孩子一样兴奋地笑着。边明古从她的笑声里，似乎都能闻到荷兰番茄酱香甜的味道了。

夏扬就是这样，从来都是这么张扬，好像一缕阳光也能制造出漫天的云霞来。这一点，是边明古特别喜欢她的地方。这也是她和周乐不一样的地方。周乐是那种即使在床上来了高潮，她也会拼命地压抑着，不会发出一丝声响来的人。边明古记得自己提了副院长的那天，正好是他和周乐结婚十周年的日子。他心情愉快地去超市里买了一瓶香槟，又买了蜡烛，想学着西方人庆祝的方式，在烛光里喷一次香槟，制造一点儿浪漫的气息和氛围。晚上，边明古点了蜡烛，摇动着香槟瓶子刚喷出了一半，就被周乐从手中夺去拿到了厨房里。周乐说："地板都被你的香槟泡坏了，一个副院长就让你这么疯狂地喷香槟，如果是院长，你还不得再带个老婆回来给我看呀。"后来边明古把这件事情说给夏扬听，夏扬笑完了，说："你现在回家可以给周乐说，你的第二个老婆已经准备好了，现在剩下来的事情就是等着当院长了。"

夏扬的第二个电话是刚才打来的。那会儿，边明古正在看着外面的沙尘，天南地北地胡思乱想着。夏扬说："我怎么会突然梦见你不爱我了呢？我现在就想看见你，好像一分钟也不能等下去了。"

夏扬的声音好像夹满了沙子的沙尘天气，在细细地摩擦着边明古的心，边明古的心里就重重地跳了一下。他说："外面的风沙太大了，你现在不要胡思乱想。我上午还有一堂课呢，最快也要等我上完课。"

在边明古的计划里，去医院住院之前，他是要认真地给学生们上一堂课，认真地和夏扬做一次告别的。边明古想了很久，觉得医生的那些话是不能全部相信的。现在，除了上帝，已经没有人能够保证，他的生命是可以继续存活在世上十年甚至更长时间的。这就是边明古迟迟不去住院的第一个原因。他害怕自己的脚一旦迈进医院的病房，就再也不会从那里走出来了。他想在住院之前，把这一生里该画句号的事情都画上一个句号，并且，要尽可能地把那个句号画得圆一些，至少不能画得像春天水塘里那些黑色小蝌蚪似的，拖着一条细小的尾巴，怎么看怎么是一个缺憾。

只是，现在，边明古还没有想好和夏扬告别的方式。他觉得自己的一生里只有两次意外，一次是去了荷兰，一次就是爱上了夏扬。如果不从道德的范畴来界定，边明古觉得这短短的一年多时间里，夏扬带给他的那种心理的愉悦，是周乐在十五年的时间里也没能带给他的。边明古知道这样说对周乐是不公平的，在某一方面好像也更体现了他的无耻和缺乏责任感。但是，这个世界上的东西，尤其是感情，真的不是拿着一把尺子就能量出分寸来的。系在一条绳上看似生死相守的两只蚂蚱，不一定就是心心相印的。

"可我现在就想见到你。"夏扬说，"我的心里慌乱得都快不能呼吸了，你把课改在明天好吗？"

夏扬的情绪从来没有这样激烈过，也从来没有因为约会让边明古改过课。

她在边明古的身边无论怎么张扬,也和花朵盛开的过程是一样的。

边明古想,这难道就是古诗里描写的"心有灵犀一点通"吗?自己病了,要和她做也许是最后的告别了,她那里突然就有了不祥的预感,让她事先恐惧起来。

"你这个坏孩子,"边明古低声地说,"学生们可能都在教室里等着了。"

"那你就给他们班长发个信息,说你临时有事情。他们以前又不是没改过课。"夏扬说。

"真是拿你没有办法。"边明古说,"你现在先去等着我,我马上过来。"

边明古和夏扬的约会大多都选在中午。这个时间是他们第一次约会时,夏扬选的。夏扬的一个朋友陪着新婚的丈夫到美国读博士后去了,走前把房子交给了夏扬。她便把边明古带到了朋友的空房子里。

那次从床上下来后,夏扬看着在床上弹跳的阳光,说:"中午真好,阳光照耀着我们,就像照耀着两棵疯狂生长的植物。"

"我们是两棵玉米呢,还是两棵大豆?"边明古说。

"我们是两棵石榴树,"夏扬说,"我喜欢疯狂的石榴树。"

"我也喜欢。"边明古说,"埃利蒂斯获得诺贝尔文学奖时,在他的受奖演说里说,不论他是否有权,都请大家允许他以光明和清澈之名发言,因为这两种状态规范了他生活的空间与所能的成就。"

"我说的不是埃利蒂斯的诗。"夏扬说,"我说的是我们两个。"

"我说的就是我们两个。"边明古说,"你真的是一棵疯狂的石榴树,出其不意,把清澈和光明的亮光都照到了我新编的篮子上。"

"是我们,两棵疯狂的石榴树照耀着天空。"夏扬说,"我从来没觉得外面的天空这么明亮过,它就像被我们的爱情冲洗过了。恐怕太阳神阿波罗也没见过这么耀眼的光彩。以后,我们就在中午的阳光里到这里来好不好?"

边明古看着夏扬长长的、欧洲人一样漂亮的睫毛,伸手在她依然带着红晕的脸颊上拍了拍,说:"我的马鬃已经抓在你的手里了。"

就是在那一刻里,边明古突然体会到了"出轨"这个词语的刺激和活力,感觉出了它在汉语意境里的奇妙趣味。这个和"外遇"相比更加动态的比喻,它真的是既充满了危险的色彩,又充满了无限的诱惑。想想,一列按部就班地行驶了多少年的火车，突然驶出了原来的轨道，看见了满目崭新的风景，它的心里会是多么兴奋！而要命的是，每列火车在出轨之前，都是意识不到各种麻烦和危险的，它只会看见一条新的轨道展现在面前所带来的种种美好的想象和诱惑，惊叹自己完全驶向了另外一条方向截然不同的道路。它沿着这条新的轨道一路行驶下去，眼睛里看见的花朵、树木，甚至一粒沙子都是新鲜的、独特的。总之，看见的都是不同于以往任何一处的美丽风景。

当然更加刺激和富有悬念的是，唯独这列出轨的火车自己才知道自己是去了哪里，在沿途的路上都看见了什么样的、别致又新鲜的景物。边明古想，也许，这才是对一列出轨的火车最充满诱惑力的地方。它击中的正是人类喜欢猎奇和冒险的要害。

那天，两个人收拾好了准备往外走的时候，边明古看着夏扬仍然激情荡漾的眼睛，想着她说的那句疯狂的石榴树，突然又抱住夏扬，把她抱回到了那张阔大的床上。

站在门外，边明古就闻见了一股香茅的味道。夏扬已经用香茅精油喷洒过房间了。香茅的味道是边明古最喜欢的，尤其是香茅这个名字，好像总是能给他一种亲切和温暖的感觉，让他想到乡下那些连成片的茅草。小时候，那些茅草的根一直是边明古的糖罐子，而那些茅草白色的花，在冬天里就是他给一双脚取暖的袜子。有一次边明古把这些经历讲给夏扬听，夏扬说："你知道吗？我小时候也是最爱吃茅草根的。我还曾经把茅草根晒干了，捣成了粉末，想自己把它们造成供销社里卖的那种结晶糖块。但是造了一个秋天，最终也没有造出来。"

那次好像是谈论完了荷兰的郁金香，他们又接着谈论起了茅草的，而且就是在他们谈论着茅草时，边明古开始爱上了夏扬的。他听见一把细细的茅草做成的钥匙，春天一样打开了他心里的一把锁，打开了他被掩藏在灰尘后面的儿时的城堡。那种青草一样质朴的情感，就在他的城堡里蔓延开来。

边明古还没来得及脱鞋，就被扑上来的夏扬抱住了。夏扬紧紧地抱着他说："你再晚来一分钟，我可能就要死掉了。"

边明古抚摸着夏扬的头发，笑着说："有我在，怎么会让你死呢。"

"可是，我梦见你突然不爱我了。"夏扬说，"你在梦里那么绝情，说走转身就走了。"

"是吗，"边明古的心里突然悲凄起来，他说，"扬扬，如果哪一天我真的死了，不能再爱你了。你再想我了，怎么办呢？"

"有我在，怎么会让你死呢。"夏扬说，"你不许我死，我也不许你死。我还要等到八十岁的时候嫁给你呢。我给你找了个偏方，他们说对治疗颈椎引起的头晕头痛，效果特别好。"

"谢谢你！等你八十岁的时候，我们就结婚。"边明古在心里哀叹了一声，慌忙又笑了笑，说，"八十岁再结一次婚，这个梦想多么美好哇。"

"如果不是为了你当院长，我肯定早就逼着你离婚了，哪里还能等到八十岁。"夏扬说，"你今天没上网吧？网上有人说你们院里的杜兵为了提副校长，带着两个女研究生到北京去打通关系，还说他当年的博士论文也是剽窃的，在核心期刊上发的那些论文都是花钱买的。后面的帖子都跟了几百条了。这要是在美国的大学，单凭带着女研究生去搞性贿赂这一条，别说是他将来的副校长，就是现在的院长和手里的饭碗，也都一样危险了。"

"我今天才发现，在这个世界上，最圣洁的人也是要学会忏悔的。有人喜欢狗咬狗，就让他们在那里撕咬吧。我们现在不说他们。"边明古说。

"有人在贴小字报，还有人吵着嚷着要退出去，现在又有人到网上撒网捕鱼了。看着你们院里就是一场热闹的真人秀。"夏扬说，"假如你真想争院长这个位子的话，别人越是这样闹腾，对你也许就越有利。"

边明古想到自己的身体，便不想再继续这个话题。他郑重地问夏扬："你经常去吃阿根廷牛排，注意到一头牛能出几客牛排了吗？"

"六客呀。"夏扬说，"他们的墙壁上都贴着呢。"

"六客牛排，相对于一头牛，它所占的分量无论多么少，都是精华。但是，这些精华的东西，无论它多么精华，又是永远无法与一头完整的牛相比的。"边明古说。

边明古绕口令一样说完了，看了看有点儿茫然的夏扬，又说，给你讲个故事。一天，国王命令全国的人民做奶酪，以庆祝王后的生日。很快，就有一名大臣前来禀报说，亲爱的陛下，牛奶不够，人们根本没有办法做出那么多的奶酪来庆祝王后的生日。国王有些着急，但一时又想不出好的办法。这时候，坐在一边的王后想出了好主意。王后说，这还不简单吗，您让大臣去告诉您的人民,从现在开始,把河里的水叫作牛奶,把牛奶叫作水,这样,牛奶的问题不就解决了吗?国王觉得这个主意非常好,就吩咐大臣去传达旨意。很快,大臣又回来了。他说,报告国王陛下,现在牛奶有了,但是水又不够了。

(原载《收获》2010 年第 2 期)

编选后记

为深入贯彻落实《中共山东省委关于繁荣发展社会主义文艺的实施意见》，全面实施"文学鲁军提升工程"，进一步培养推介优秀青年作家，推动我省文学事业繁荣发展，在省委宣传部指导支持下，山东省作家协会启动了《山东青年文学名家文库》（以下简称《文库》）的编选工作，集中推介10位近年来创作成绩突出的优秀青年作家的作品精选集。

省委宣传部领导对《文库》的编选工作非常重视。省委宣传部主持日常工作的副部长王红勇和省委宣传部副部长程守田多次对编辑出版《文库》提出指导性意见，给予了大力支持。

为确保编选工作的质量和权威性，省作协组建了由有关领导、专家组成的编委会。编委会对入选青年作家的人员构成、文学导向的宏观把握、题材和体裁的合理布局、风格形式的丰富多样以及总体设计的协调统一等方面，进行了认真研究，确定了编选方案。

入选作家的基本标准，一是发表、出版作品数量多、质量高；二是作品格调健康、积极向上；三是年龄45岁左右，特别优秀者可适当放宽，但不得超过50岁（1967年1月1日以后出生）；四是在全国文学界有一定的影响力和知名度，获得过省级以上重要文学奖项。

编选工作正式启动后，先是下发通知，请各市、大企业、行业系统文联（作协）和省作协各文学专业委员会推荐候选人；为避免遗漏，又请省作协主席团成员和省作协签约文学评论家每人推荐10人。在汇总两次推荐意见的基础上，确定了提交评审专家讨论的候选人选。中国作协党组成员、书记处书记、中国作家出版集团管委会主任吴义勤，中国作协办公厅主任李一鸣，中国作协创联部主任彭学明，《文艺报》总编辑梁鸿鹰，《人民文学》主编施战军，中国当代文学研究会会长白烨，中国报告文学学会常务副会长李炳银，中国当代文学研究会副会长贺绍俊等领导和专家参加了在北京召开的评审会，在充分酝酿讨论的基础上，投票评选出10位入选作家。

入选的10位作家是我省近年来创作成绩突出的青年作家的优秀代表。其中，小说作家7人，诗歌作家2人，散文作家1人。《文库》收入的是能够代表其最高水平的、已经在正式报刊上公开发表的作品的精选集。需要特别说明的是，近年来我省文坛涌现出的创作成绩突出的文学新人较多，遗珠之憾肯定在所难免。

省作协领导高度重视这项工作。省作协党组书记姬德君、省作协主席黄发有牵头统筹《文库》各项工作。党组成员、副主席李军、葛长伟指导协调《文库》编选工作。省作协副主席、创联部主任陈文东带领创联部同志承担了《文库》从征集到评审、出版的各项具体工作。张学军、丛新强、贾振勇、刘照如、陈夫龙、李纪钊、李春风、刘青、赵月斌等专家学者和省作协有关业务单位负责同志参加了《文库》入选作家的补选优化论证会，提出了许多建设性意见和建议。省作协办公室为《文库》评审、出版做了许多保障性工作。山东文艺出版社对《文库》的出版工作给予了大力支持和帮助。在此，谨向所有为《文库》编选出版工作给予大力支持和付出辛勤努力的单位和个人，表示诚挚的感谢！

编者

2019年12月